江西理工大学2016年度本科教学质量工程建设项目（编号：XZG-16-04-57）、江西理工大学2018年度本科教学质量工程建设项目（编号：XZG-18-05-76）、江西理工大学巴基斯坦研究中心2020年度重点项目（编号：JD20-ZD02）研究成果；荣获江西理工大学汉语国际教育国家一流本科专业建设经费支持

# 中国十大古典名剧鉴赏

李火秀　何小陆　编著

U0954857

中南大学出版社
www.csupress.com.cn
·长沙·

# 前言

最先使用“戏曲”一词的是宋人刘埙（1240—1319），他在《词人吴用章传》中提出“永嘉戏曲”，即后人所指称的“南戏”“戏文”“永嘉杂剧”。① 而后，“戏曲”之名屡经变迁。近代王国维在《宋元戏曲考》一书中，将“元曲”分为元杂剧、小令、套数加以阐述，并对元杂剧大加赞赏，认为其较前代戏曲进步之原因有二，“一属形式，一属材质，二者兼备，而后我中国之真戏曲出焉”“元剧之作，遂为千古独绝之文字”②。自王国维后，“元杂剧”这一专称被学界广为沿用。戏曲作为中国传统艺术，是中国传统文化中的一朵奇葩，在世界戏剧史上独树一帜。中国戏曲历史悠久，从先秦的“俳优”、汉代的“百戏”、唐代的“参军戏”、宋代的杂剧、南宋的南戏、元代的杂剧到清代的地方戏曲，戏曲艺术发展空前繁荣。千百年来，优秀的戏曲作品一直为民众所喜闻乐见，流传广泛，经久不衰。

中国戏曲是一种内容广泛、高度综合的民族艺术。这种综合性不仅表现在它融汇了音乐、诗歌、舞蹈、杂技、说唱、武术等诸多艺术形式，还表现在它精湛深厚的表演艺术上。它通过演员在舞台上的表演来实现全部功能。其中，唱、念、做、打在演员身上的有机结合，便是戏曲综合性最集中、最突出的体现。唱，指唱腔技法，注重“字正腔圆”；念，指念白，是朗诵技法，要求严格，所谓“千斤话白四两唱”；做，指做功，是身段和表情技法；打，指表演中的武打动作，是在中国传统武术基础上形成的

① 周銮书．江西古文精华丛书：传统[M]．南昌：江西人民出版社，2001：138.

② 王国维．宋元戏曲史[M]．长沙：岳麓书社，2009：66，79.

舞蹈化武术技巧组合。这四种表演技法因剧情变化而定，时而相互衔接，时而相互交叉，充分发挥了各种艺术手段的感染力，使整部戏曲达到了和谐统一的境界。戏曲作为我国古代影响较广、极具民族特色的艺术形式之一，其独特魅力还在于具有鲜明的审美特征和深厚的文化底蕴。戏曲因表演者服饰装扮、动作、语言等的“矫揉造作”，往往被认为是远离生活形态的艺术，但其实质仍然是以现实生活为创作源泉和精神养料的艺术。戏剧家们勤于观察、苦心孤诣，把普通的语言、日常的动作、平淡的感情强化、美化。生活艺术化，是戏曲艺术的审美追求，其实质是透过审美超越的艺术形式来深刻反映历史、社会和人们的生活及情感世界。生离死别、爱恨情仇、喜怒哀乐、善恶因果这些人类永恒的命题，在戏曲的舞台一一上演。演者入戏，观者沉迷，无一不彰显着戏曲在广大民众心中备受推崇的卓然地位。人们在观赏戏曲后能够知礼义、明是非、识大体、求善果，并逐渐形成正确的民族价值观、思维方式。可以说，戏曲中积淀着中华民族的文化心理、道德观念和审美意识，是我国灿烂古代文化的重要组成部分，是发展中国特色、讲好中国故事的题中应有之义。

本书坚持以“经典性”为原则，精选《窦娥冤》《墙头马上》《汉宫秋》《赵氏孤儿》《西厢记》《荆钗记》《琵琶记》《牡丹亭》《长生殿》《桃花扇》这十部影响力大、流传范围广的古典名剧进行鉴赏。笔者从经典性、知识性、思想性、可读性等方面着眼，力求将通识教材与作品鉴赏、理性认知与文本赏读融为一体。本书分别从作品鉴赏和作品精选两个部分加以编排，其中作品鉴赏包括作家生平简介、作品创作背景、思想主题、艺术成就等，并附思考题。作品精选的内容选取的皆是经典剧目，并注重保留原文风貌，目的是深化读者对于古典剧作的阅读感受，激发读者的审美兴趣，提高读者的艺术鉴赏力。

戏如人生，人生如戏。表演者在唱、念、做、打中演绎“汇千古忠孝节义，成一时离合悲欢”的曲目，其中蕴含剧作家深厚的人文思想、美好的生活愿景和积极的人生态度，彰显人类智性的光芒和情感的力量。

# 目 录

# ［元］关汉卿《窦娥冤》：冤狱一场大梦，人生几度秋凉

【作家生平】

关汉卿，号已斋叟，元大都（今北京）人。生于金代末年（1220 年左右），卒于元成宗大德年间（1300 年左右）。元代贾仲明在《凌波仙·吊关汉卿》中称他为“驱梨园领袖，总编修师首，捻杂剧班头”，由此可见他在元代剧坛上的卓越地位。

元成宗元贞、大德年间，关汉卿活跃于杂剧创作圈，是玉京书会里最著名的书会才人。他熟悉舞台表演的各种技艺，有时还“面傅粉墨”，参加演出，是名震大都的梨园领袖。元代熊自得在其著作《析津志·名宦传》中说他“生而倜傥，博学能文。滑稽多智，蕴藉风流，为一时之冠”。关汉卿性情率真耿直，和杂剧作家杨显之、梁进之、费君祥，散曲作家王和卿，杂剧女艺人朱帘秀等相交甚厚。他曾自称：“我是个普天下的郎君领袖，盖世界浪子班头。”① 在《南吕·一枝花·不伏老》结尾一段，他更狂傲倔强地表示：“我是个蒸不烂、煮不熟、捶不匾、炒不爆、响珰珰一粒铜豌豆。”② 由此也能够看出他豪俊狂放、刚正不阿的品行。

关汉卿是元杂剧奠基人，被誉为“曲家圣人”，元代周德清的《中原音韵》、明代何良俊的《四友斋丛说》、近代王国维的《宋元戏曲史》，都把他列为“元曲四大家”之首。他一生创作的杂剧，在钟嗣成的《录鬼簿》

① 关汉卿．关汉卿选集：窦娥冤［M］．康保成，李树玲，选注．北京：人民文学出版社，2020：225.

② 关汉卿．关汉卿选集：窦娥冤［M］．康保成，李树玲，选注．北京：人民文学出版社，2020：226.

中著录了六十多种，现存十八种。他的杂剧从民间传说、历史故事和社会现实中汲取素材，真实地展现了元代人民反抗封建阶级压迫与民族压迫的斗争。关汉卿的杂剧按内容大致可分为三类：第一类为社会公案剧，主题为揭露政治黑暗和统治者的残暴，触及了尖锐的社会矛盾，歌颂了人民的反抗斗争。这类杂剧以《窦娥冤》《蝴蝶梦》《鲁斋郎》等为代表，批判了元朝腐朽的统治，揭露了官场的黑暗，是具有战斗意义的作品。其中，《窦娥冤》最为人称道，被列为中国十大古典悲剧之一，反映了人民的斗争精神，控诉了社会黑暗的现实。第二类为婚姻爱情剧，主要是描写下层妇女的生活和斗争，突出她们在斗争中的勇敢和机智。这类杂剧的著名作品有《救风尘》《望江亭》《金线池》《调风月》《拜月亭》等。在这些作品中，作者刻画了一批正直善良、聪明机智的女性形象，赞扬了她们强烈的反抗意志和敢于与黑暗势力展开搏斗、至死不屈的英勇行为。第三类为历史剧，代表作有《单刀会》《西蜀梦》等。这类作品通过塑造英雄人物形象，歌颂英雄事迹，赋予英雄人物拯救苍生的使命，表达了关汉卿对社会黑暗现实的批判和对英雄现世的渴望。

关汉卿的剧作题材和形式广泛多样，语言充分表现了元剧的“本色”。王国维在《宋元戏曲史》中说他“一空依傍，自铸伟词，而其言曲尽人情，字字本色，故当为元人第一”[①]，这一评价颇为公允。

## 【作品概要】

楚州人蔡婆，丈夫早亡，与八岁儿子一起生活，家中有一些积蓄。书生窦天章，妻子早逝，与七岁女儿端云相依为命。窦天章曾向蔡婆借二十两银子，承诺一年后连本带利还四十两。一年后，蔡婆多次催讨。窦天章因家中贫困无力偿还，于是和蔡婆商量，他去京城参加科考，将女儿送给蔡婆当童养媳来抵债。蔡婆见端云可爱，就答应了，不仅借款不需要窦天章还，另外还赠送窦天章十两纹银，给他作盘缠。窦天章十分感动，离开楚州赴京赶考。端云来到蔡家后，改名为窦娥，她从小懂事乖巧，帮衬蔡婆主持家务，甚是勤恳。窦娥十七岁时与蔡婆的儿子成婚，不料蔡婆的儿

① 王国维．宋元戏曲史[M].长沙：岳麓书社，2009：104.

子不久就病死了。转眼窦娥已守寡三年。

庸医赛卢医向蔡婆借了十两银子，但久借不还。蔡婆前去索债，被赛卢医骗至郊外意图谋害。就在蔡婆快要被勒死的时候，赛卢医的罪行被流氓张驴儿父子撞见，赛卢医仓皇逃走。谁知蔡婆刚脱虎口，又入狼穴。当张驴儿父子得知蔡婆家还有个年轻媳妇时，竟然逼迫蔡婆招他父子两人入赘，并威胁蔡婆，如果她不答应就要将她勒死。蔡婆只好带张驴儿父子回家，并将事情原委告知窦娥。可性情刚烈的窦娥坚决反对，张驴儿露出流氓本性，戏弄窦娥。窦娥义正词严，毫不畏惧，将强要与她拜堂成亲的张驴儿推倒在地。张驴儿父子恼羞成怒，露出凶相。蔡婆急忙上前，向张驴儿父子说情，并安排他们在家里住下。蔡婆因窦娥抱怨，又被张驴儿父子威逼恐吓，心里很是郁闷。过了几天，蔡婆生了重病，卧床不起，张驴儿便想伺机害死蔡婆。他前去村医那里讨要毒药，刚好碰上想逃跑的赛卢医。张驴儿道明来意，见赛卢医不给，便拿自己知晓他谋害蔡婆的事进行威胁。赛卢医为保命，将毒药给了张驴儿。张驴儿回到家后，把毒药倒在羊肚儿汤里，企图毒死蔡婆，霸占窦娥为妻。不料蔡婆恶心呕吐，把汤让给了张驴儿父亲喝。张父喝完汤后中毒身亡。

张驴儿以“药死公公”的罪名将窦娥告到官府。楚州太守桃杌贪赃枉法，草菅人命，在问清原告被告是谁后，并不派人查实案情，反而用棍棒毒打窦娥。窦娥痛昏过去，被衙役用水泼醒三次，但窦娥仍不认罪，州官便命听差殴打蔡婆。窦娥怕蔡婆年老体弱，经不起拷打，只得含恨承认是自己毒死张父，被押入死牢。这天，窦娥被押上刑场，她有冤难诉，悲愤交加，临死前发下三桩誓愿：一愿开斩后鲜血飞上白练，半滴不落尘埃；二愿六月降雪，掩埋尸骸；三愿楚州三年大旱，以示惩罚。结果三桩誓愿一一应验，证明了窦娥的冤屈。

后来，窦天章考取进士，官至肃政廉访使，到山阳考察吏治。入夜，他正在审阅案卷，忽然见到女儿窦娥前来，向他诉说冤情。窦天章听后十分震惊。第二天，窦天章开堂审案，终于使冤案大白。张驴儿被判处死刑；桃杌等相关官吏，刑名违错，各杖一百，永不叙用；赛卢医被发配充军。窦娥的冤案终于得以昭雪。

【作品鉴赏】

《窦娥冤》全名《感天动地窦娥冤》，是关汉卿晚年的作品。这一作品的创作素材源于西汉刘向《说苑》卷五《贵德》中“东海孝妇”的故事：汉朝时，东海郡的一个孝妇周青侍奉婆婆十分恭谨，可婆婆觉得自己年老无用，为不拖累儿媳妇就上吊自杀了。婆婆死后，周青被婆婆女儿告到官府，因经不起酷刑拷打，周青被迫承认杀死婆婆。当时于公当狱吏，他向太守诉说周青孝妇美名流传甚广，不可能做出杀害婆婆的事情，太守却置之不理，于公抱憾含泪而去。周青行刑前立下誓言：“我周青如果死得冤枉，血就会沿着竹竿倒流上去。”果然，待她死后，她的血呈青黄色，沿着竹竿倒流至顶端，又顺着旗帜流下来，此后东海郡三年旱灾。新任太守到职时，于公又向新任太守陈说周青冤枉，新任太守听后深受感动，亲自去祭奠孝妇，天空当即下起雨来。此故事亦见于《汉书·于定国传》，文字描述相差不大，晋代干宝在其《搜神记》中也丰富发展了这个故事。

传说关汉卿在编写《窦娥冤》时，认为窦娥的故事太过凄凉，想安插一些“先苦后甜”的情节，并以喜剧结尾。但其妻万贞儿说：“自古戏曲都脱不了‘先离后合’‘苦尽甘来’的老套，《窦娥冤》何妨以悲剧结尾？不落前人窠臼，也许更能给人巨大的震撼。”如此便有了大悲剧《窦娥冤》。《窦娥冤》现存版本，主要有明代陈与郊编、万历十六年（1588 年）龙峰徐氏刊刻《古名家杂剧》本，明代孟称舜编《古今名剧合选·酹江集》本和明代臧晋叔编《元曲选》本。

## 一、《窦娥冤》的思想意蕴

剧作通过对窦娥悲惨命运的描写，广泛深刻地反映了元代的社会生活，展示出元代黑暗的社会现实。该剧作被王国维盛赞“列之于世界大悲剧中，亦无愧色”[①]。

第一，《窦娥冤》是元代社会悲剧的缩影，真实而深刻地反映了元代统治的残暴专横，对封建吏治的罪恶予以了大胆揭露和谴责，表达了广大

① 王国维．宋元戏曲史[M]．长沙：岳麓书社，2009：98.

民众对“清官”救世的期盼。剧作描写了因官吏贪赃枉法，冤狱层出不穷的社会现象，“衙门从古向南开，就中无个不冤哉”正是其真实写照。元代律法中种族不平等现象严重，如蒙古人、色目人享有诸多特权，杀人偿命乃天经地义，但蒙古人杀人却另可开脱。宋濂在《元史·刑法志四》中记载：“诸蒙古人因争及乘醉殴死汉人者，断罚出征，并全征烧埋银。”由此可以看出，元代规定蒙古人杀了人，只要负担“烧埋银”，即给予受害者部分银两，作为烧埋的费用就可抵罪了，这和汉人仅殴伤“国人”（蒙古人），便被赋予“命杀以惩罪”的严厉惩罚形成了鲜明对照。“元代刑法中充斥了类似条款，而各级官吏结交豪门，裙带用人，官官相护，甚至将生杀大权轻易交给典史。办案时，他们索贿受贿，一味刑求，草菅人命。在这样黑暗腐败的狱政下，全国无辜冤死者，难以数计。”① 在这样的时代背景下，窦娥悲剧的发生就有了必然性，亦是具有普遍意义的社会悲剧。剧作中的桃杌是当时众多腐败无能的贪官污吏的代表。他追逐金钱，将告状的看作“衣食父母”；他欺压弱小，不辨黑白，严刑逼供，蒙冤的窦娥为保全婆婆，不得不屈打成招，含冤而死。作者力图借助下层劳动妇女窦娥的悲惨遭遇来揭露元代政治的黑暗与腐败，而窦天章任官后为窦娥重审冤案，使窦娥沉冤昭雪的情节，则寓意着“清官”为民主持公道与正义，是民众期盼“清官”救世的心理愿望。

第二，《窦娥冤》展现了百姓倾家荡产、卖儿鬻女和流氓恶霸横行乡里等社会乱象，揭露了元代统治下高利贷横行、民不聊生的社会情形。剧中的穷秀才窦天章因借了蔡婆二十两银子，无力偿还，被迫把女儿卖做童养媳，这是窦娥悲剧的根源。剧作中提到的羊羔利，即高利贷。“大约在羊产羔的时期，借钱的人必须还清一份本金一份利息，计算利息的利率十分惊人，用几何级数累增，每隔一年便变相加倍计息，短时间未能偿还，就成为永久的沉重负担了，即使卖田产妻儿也未必能开脱。”② 作为封建剥削的特征之一，高利贷是元代社会的一个突出问题，不但私人放高利贷行为普遍，而且官营高利贷也盛行于世。早在元代建立政权之初，蒙古贵族

① 钱晓红．元代悲剧与元代社会[J]．巢湖学院学报，2007（2）：78-81.

② 钱晓红．元代悲剧与元代社会[J]．巢湖学院学报，2007（2）：78-81.

黩货好财，将金银和其他财物交给回商经营。回商则将银子借贷于人，年息一倍，如无力偿还，次年连息再翻一倍，如此推算，一锭银子连翻十年，就高达一千零二十四锭，这叫作斡脱钱，这些回商也被古代贵族雇主称为斡脱商人。“这些斡脱商人不仅利用其雄厚的货币力量榨取劳动者的膏血，还利用政治特权，横行不法。”[①]这种高利贷经常导致借贷者倾家荡产、家破人亡，黑暗的社会就这样一步一步将窦娥推向了深渊。因为羊羔利能带来一本万利的好处，使张驴儿父子一劳永逸，所以剧中才有了逼婚占财这一情节，而张驴儿父子的逼婚、霸产、谋杀、诬告等行为，正是元代社会流氓残害百姓、邪恶势力恣意横行的真实写照。

第三，《窦娥冤》真实反映了广大底层劳动人民的悲惨命运。窦娥的不幸是底层劳动人民苦难的集中反映，她的抗争是人民群众斗争意识和反抗精神的集中表现。窦娥的一生孤苦无依，在短暂的人生中，她几乎承受了封建社会强加给妇女的一切灾难。窦娥一生的遭遇，充分反映了当时社会的黑暗和人民共同的不幸，尤其是妇女的不幸。她三岁丧母，七岁被卖做童养媳，十七岁结婚，不到两年又夫死守寡。之后，她与婆婆相依为命，安分守己地遵循着封建道德教条，尽孝守节。但即使如此，她在黑暗的社会中也无法容身。张驴儿父子闯进了她的生活，她不得不奋起反抗，坚决地拒绝张驴儿的无理要求。面对张驴儿的诬陷和威胁，她毫无惧色，并且天真地相信官府是“明如镜，清如水”的。面对严刑拷打，她据理力争，即使“捱千般打拷，万种凌逼，一杖下，一道血，一层皮”，昏死三次，仍不肯屈服。只是在桃杌要拷打她的婆婆时，她才含恨屈招。无情的拷打击碎了她对官府的幻想，最后被押赴刑场时，她对统治阶级彻底失望了，但她并未低头。在第三折著名的【端正好】【滚绣球】二曲中，她叱天骂地，对黑暗的社会进行了猛烈的抨击和愤怒的控诉，并把怨恨指向了封建社会的最高主宰——天地鬼神，表现了对封建秩序的怀疑。她在临刑前发下的三桩誓愿一一实现。自然界顺应正义的呼唤，发生了反常的现象，这表现出窦娥的冤枉，也表达了作者对黑暗现实的强烈抗议。为了报仇申冤，窦娥的鬼魂继续进行斗争，面对她那恪守封建礼教并有点昏庸的

① 乔幼梅．宋元时期高利贷资本的发展[J]．中国社会科学，1988（3）：209-222.

父亲，她晓之以理，动之以情，终于使冤案得以昭雪。剧本通过窦娥蒙冤而死的故事，成功塑造了“窦娥”这个悲剧主人公形象，歌颂了窦娥的善良心灵和反抗精神，使其成为元代受到压迫剥削而走向反抗的妇女代表。

《窦娥冤》这一剧作具有深沉的思想内涵和深刻的社会意义。关汉卿以“人命关天关地”的高度社会责任感，强烈地控诉了封建制度的黑暗与腐朽。窦娥是千万个不幸者的缩影，她悲惨的命运代表了元代人民的不幸。因此，“《窦娥冤》是惊心动魄的人间惨剧，反映了元代社会极度恶化的生存空间，其情节发展的偶然性，反映出社会生活的必然性，具有深刻的典型意义”①。而窦娥的大胆谴责，实质上是对元代司法制度的彻底否定，也是对传统封建专制思想的批判，折射出当时广大人民要求变革现实的时代精神，具有很强的民主主义意味。然而，我们从剧作中也可以看出，作者虽反映了人民的反抗精神，却不能意识到人民自身的力量；虽揭露了封建统治的黑暗，却找不到变革的出路，最终还是只能让代表封建统治的“天”和“清官”来解决问题，而这也体现出作者受到了时代与阶级的局限。

## 二、《窦娥冤》的艺术特色

关汉卿是一位杰出的戏剧艺术家，其创作的剧作《窦娥冤》艺术特色鲜明，取得了杰出的艺术成就。

### （一）《窦娥冤》构思巧妙，结构严谨

《窦娥冤》的剧本结构是四折一楔子，情节剪裁得当，故事安排紧凑集中。楔子作序幕，交代窦娥身世。从楔子到第一折，时间跨度长达十三年，用笔却极为简练。在剧本中，窦娥七岁到蔡家，作者对她的成长、结婚到丈夫病死等情节只进行了简单交代。而对于重要情节，作者却毫不吝惜笔墨，如蔡婆外出讨债时遇到流氓张驴儿父子，被其胁迫；张驴儿企图霸占窦娥，见她不从便想毒死蔡婆以要挟窦娥，不料其父误食毒药汤而亡；张驴儿趁机诬告窦娥杀人，官府对蔡婆与窦娥婆媳二人严刑逼供，窦

① 袁行霈，莫砺锋，黄天骥．中国文学史：第3卷[M].北京：高等教育出版社，1999：562.

娥为救蔡婆自认罪名，被判斩刑等，这些情节在第一折和第二折中得到了大量铺陈，为第三折的高潮做足了铺垫。在第三折，作者用整整一折的戏来叙写窦娥对黑暗社会的控诉，把窦娥的反抗精神表现得淋漓尽致，这一折也为第四折中窦娥冤魂的出现埋下了伏笔。正因窦娥不屈服于冤死的命运，她才会在死后给窦天章托梦申诉冤情，案情才得以重新审理，并真相大白于天下。作者将这些剧情组织得精巧自然，使故事一波三折，引人入胜。

### （二）人物形象性格鲜明，具有典型性

关汉卿对窦娥形象的塑造，使其成为元代被压迫、被剥削的底层妇女的代表，更是元代社会善良、坚强妇女的典型。窦娥是一位具有悲剧性格的人物，她是一个本分、善良、孝顺的普通妇女。丈夫死后，她安分守己，默默地忍受着命运的折磨。在第一折【油葫芦】里，窦娥唱出了自己的不幸："莫不是八字儿该载着一世忧？谁似我无尽头！须知道人心不似水长流。我从三岁母亲身亡后，到七岁与父分离久。嫁的个同住人，他可又拔着短筹；撇的俺婆妇每都把空房守，端的个有谁问，有谁瞅？"她对婆婆尽孝，为丈夫守节，俨然一个封建社会"孝女""节妇"形象。可以说，窦娥是在不幸之中，恪守着礼教。但即使如此，她在黑暗的社会中也无法容身，而且在遭受地痞流氓、贪官污吏的重重迫害后，走上了绝路。窦娥的性格特征不仅体现为她的逆来顺受，还体现为她的反抗性。剧作突出表现了她和流氓地痞张驴儿父子的冲突，之后集中描写了贪官污吏对她的压迫，以及她在公堂上与昏官桃杌的冲突，最后写了她的复仇抗争。第三折是窦娥反抗性格的集中体现。剧本将她含冤负屈而无处诉说的激愤描写得淋漓尽致，表现了被压迫人民坚贞不屈的反抗精神，具有感天动地的巨大力量。由此，窦娥由一个本分善良的妇女变成一个坚强的反抗者，这样的情节合情合理，真实可信。

除了窦娥，剧中其他人物也塑造得十分形象生动。蔡婆是一个本性善良，却圆滑世故、苟且偷安的放贷者形象。她以放高利贷为生，但并不像其他放贷者那样阴险狡诈、凶狠暴戾。她向窦天章讨债时语气温和，在窦天章说用窦娥抵债时，还赠给窦天章路费，并转身安慰窦娥："媳妇儿，你

在我家，我是亲婆，你是亲妇，只当自家骨肉一般。你不要啼哭，跟着老身前后执料去来。”窦娥的丈夫去世后，蔡婆与窦娥相依为命，这一幕展现了蔡婆温情的一面。虽然蔡婆并未虐待窦娥，但窦娥沦为童养媳确是蔡婆放高利贷所致，而且窦娥与父亲骨肉分离在蔡婆看来是天经地义的事情，足见蔡婆的精明圆滑。蔡婆身上也体现了实用主义价值观。在楔子中蔡婆便说：“花有重开日，人无再少年。不须长富贵，安乐是神仙。”她一生所追求的就是安安稳稳的现世生活，只注重眼前，不顾及长远，带有明显的小农意识。窦天章是窦娥的父亲，是当时生活在社会底层的知识分子，是作者为展示理想官吏的品格而设的形象。剧作开篇时，窦天章自述身世：他从小学得儒业，可是功名难就，后来娶妻成家，在女儿端云（窦娥）三岁时妻子亡故，只剩自己带着小孩艰难度日。此刻作者向人们展示了一个落魄的读书人形象。因生活艰难困顿，他借了蔡婆二十两银子，无力偿还，又要进京赶考，缺少盘缠，只好把窦娥卖给蔡婆做童养媳。窦娥的悲剧由此上演。在剧作末尾，窦天章以执法严明的“清官”形象出现。窦天章听到端云是药死公公的窦娥，就不顾父女之情，要更加严厉地处置她：“我窦家三辈无犯法之男，五世无再婚之女，到今日被你辱没祖宗世德，又连累我的清名。你快与我细吐真情，不要虚言支对，若说的有半厘差错，牒发你城隍祠内，着你永世不得人身，罚在阴山永为饿鬼。”这里体现出了“赏罚不避亲”的理想知识分子形象。其他人物如张驴儿父子，是流氓无赖的代表；桃杌，是腐败官吏的代表。这些人物形象的塑造，展现了作者对现实生活的敏锐观察和体悟，为看客揭示了元代社会形形色色、不同阶层人物的性格特点和境遇，达到了现实生活和艺术典型相统一的艺术效果。

**（三）语言风格生动流畅、本色当行，唱词精练生动，宾白自然活泼**

在《窦娥冤》中，窦娥有这样一段说白：

“婆婆，那张驴儿把毒药放在羊肚儿汤里，实指望药死了你，要霸占我为妻，不想婆婆让与他老子吃，倒把他老子药死了。我怕连累婆婆，屈招了药死公公，今日赴法场典刑。婆婆，此后遇着冬时年节，月一十五，有瀽不了的浆水饭，瀽半碗儿与我吃；烧不了的纸钱，与窦娥烧一陌儿。则是看你死的孩儿面上。”

这样朴素无华的说白，不事雕琢，朴实自然，从中几乎看不到加工的痕迹，犹如生活本身那样自然、贴切、生动。然而，作者透过这些平凡话语，却鲜明地揭示了窦娥从小就给人做童养媳的屈辱地位与悲惨命运。

第三折的【端正好】【滚绣球】两支曲词，不用典故，不饰辞藻，明白如话，直抒胸臆，恰当地表现了窦娥冤屈悲愤的心情，使人物形象与性格更加鲜明。【鲍老儿】一曲唱词，把窦娥和唯一亲人——蔡婆生死离别的痛苦心情，表达得细致入微，既展现了婆媳两人相依为命的苦难生活，又写出了窦娥对亡夫的深切怀念。关汉卿擅长将人物语言性格化，他紧扣剧中人物的身份、地位和心理，用不同人物的语言表达了作品的思想内容。例如，张驴儿父子的语言粗鲁强横，显示出恶霸凶徒的狠毒本色；赛卢医的语言干练利索，很符合他“酒肉场中三十载，花星整照二十年”的老狎客身份；贪官桃杌语言粗鄙，有时却附庸风雅，装模作样。可以说，在这部剧作中，每个人物因身份、角色不同，其语言也各不相同。其他如【滚绣球】【叨叨令】两曲，都汲取了人民群众日常生活中生动的口语，显得格外亲切自然，通俗易懂。总之，关汉卿的戏剧语言本色当行，不愧是享有“总编修师首”美誉的戏曲家。

### （四）现实主义和浪漫主义相融合

一方面，这部作品具有强烈的现实主义精神。关汉卿重新改编了“东海孝妇”的传说故事，并赋予了它现实意义。关汉卿通过窦娥的冤屈与悲惨命运，揭露了当时社会的黑暗和政治的腐败，展现了元代底层百姓的苦难。尽管窦娥品质高尚，性格刚强，但是由于以桃杌为代表的腐败政权和以张驴儿为代表的黑暗势力的强大，窦娥的反抗显得微弱无力。因此，窦娥的悲剧不可避免，是典型的社会悲剧。另一方面，关汉卿在描写现实生活的同时，也在剧作中添加了不少理想的成分，使作品具有浓郁的浪漫主义气息。作者运用浪漫主义艺术手法，让窦娥临死前发出的三桩誓愿均得以实现，这虽然是现实生活中不可能存在的现象，但在某种程度上也反映了当时的人民群众渴望申冤复仇的愿望，展现了底层人民强烈的反抗意志和斗争精神。结尾窦娥鬼魂的出现，也是作者运用浪漫主义的手法，表现底层群众惩恶扬善心理的手段。因此，关汉卿在现实主义的基础上，为作品染上了浪漫主义的幻想色彩。

关汉卿是一位杰出的戏剧艺术家，他的悲剧《窦娥冤》是中国古典悲剧的典范，对后世文学、戏剧产生了极大的影响。仅就改编之作来说，明代叶宪祖将《窦娥冤》改编成三十二出的传奇《金锁记》，其中的《羊肚》《探监》《斩娥》等，直到现在还在舞台上演出。很多地方戏曲，如徽剧、秦腔、晋剧、河北梆子、桂剧、滇剧编演的《六月雪》，汉剧编演的《羊肚汤》《斩窦娥》，川剧高腔编演的《金锁记》等，都是取材于《窦娥冤》的改编作品。此外，各种说唱艺术，如鼓词、宝卷、子弟书等，也都有以窦娥故事为题材者。20 世纪，《窦娥冤》还被传至西欧与日本，成为世界艺术宝库中的经典之作。

## 【作品精选】

### [元] 关汉卿《窦娥冤》

#### 第三折

〔外扮监斩官上，云〕下官监斩官是也。今日处决犯人，着做公的把住巷口，休放往来人闲走。〔净扮公人，鼓三通，锣三下科，刽子磨旗，提刀、押正旦带枷上，刽子云〕行动些，行动些。监斩官去法场上多时了。〔正旦唱〕

【正宫·端正好】没来由犯王法，不堤防遭刑宪，叫声屈动地惊天。顷刻间游魂先赴森罗殿，怎不将天地也生埋怨。

【滚绣球】有日月朝暮悬，有鬼神掌著生死权。天地也，只合把清浊分辨，可怎生糊突了盗跖颜渊！为善的受贫穷更命短，造恶的享富贵又寿延。天地也，做得个怕硬欺软，却元来也这般顺水推船。地也，你不分好歹何为地？天也，你错勘贤愚枉做天！哎，只落得两泪涟涟。

〔刽子云〕快行动些，误了时辰也。〔正旦唱〕

【倘秀才】则被这枷纽的我左侧右偏，人拥的我前合后偃，我窦娥向哥哥行有句言。〔刽子云〕你有什么话说？〔正旦唱〕前街里去心怀恨，后街里去死无冤，休推辞路远。

〔刽子云〕你如今到法场上面，有甚么亲眷要见的，可教他过来，见你一面也好。〔正旦唱〕

【叨叨令】可怜我孤身只影无亲眷，则落的吞声忍气空嗟怨。〔刽子云〕难道你爷娘家也没的？〔正旦云〕止有个爹爹，十三年前上朝取应去了，至今杳无音信。〔唱〕早已是十年多不睹爹爹面。〔刽子云〕你适才要我往后街里去，是什么主意？〔正旦唱〕怕则怕前街里被我婆婆见。〔刽子云〕你的性命也顾不得，怕他见怎的？〔正旦云〕俺婆婆若见我披枷带锁赴法场餐刀去呵，〔唱〕枉将他气杀也么哥，枉将他气杀也么哥。告哥哥，临危好与人行方便。

〔卜儿哭上科，云〕天那，兀的不是我媳妇儿！〔刽子云〕婆子靠后。〔正旦云〕既是俺婆婆来了，叫他来，待我嘱咐他几句话咱。〔刽子云〕那婆子，近前来，你媳妇要嘱咐你话哩。〔卜儿云〕孩儿，痛杀我也！〔正旦云〕婆婆，那张驴儿把毒药放在羊肚儿汤里，实指望药死了你，要霸占我为妻。不想婆婆让与他老子吃，倒把他老子药死了。我怕连累婆婆，屈招了药死公公，今日赴法场典刑。婆婆，此后遇着冬时年节，月一十五，有瀽不了的浆水饭，瀽半碗儿与我吃；烧不了的纸钱，与窦娥烧一陌儿。则是看你死的孩儿面上！〔唱〕

【快活三】念窦娥葫芦提当罪愆，念窦娥身首不完全，念窦娥从前已往干家缘，婆婆也，你只看窦娥少爷无娘面。

【鲍老儿】念窦娥伏侍婆婆这几年，遇时节将碗凉浆奠；你去那受刑法尸骸上烈些纸钱，只当把你亡化的孩儿荐。〔卜儿哭科，云〕孩儿放心，这个老身都记得。天那，兀的不痛杀我也！〔正旦唱〕婆婆也，再也不要啼啼哭哭，烦烦恼恼，怨气冲天。这都是我做窦娥的没时没运，不明不暗，负屈衔冤。

〔刽子做喝科，云〕兀那婆子靠后，时辰到了也。〔正旦跪科〕〔刽子开枷科〕〔正旦云〕窦娥告监斩大人，有一事肯依窦娥，便死而无怨。〔监斩官云〕你有什么事？你说。〔正旦云〕要一领净席，等我窦娥站立；又要丈二白练，挂在旗枪上：若是我窦娥委实冤枉，刀过处头落，一腔热血

休半点儿沾在地下，都飞在白练上者。〔监斩官云〕这个就依你，打什么不紧！〔剑子做取席站科，又取白练挂旗上科〕〔正旦唱〕

【耍孩儿】不是我窦娥罚下这等无头愿，委实的冤情不浅；若没些儿灵圣与世人传，也不见得湛湛青天。我不要半星热血红尘洒，都只在八尺旗枪素练悬。等他四下里皆瞧见，这就是咱苌弘化碧，望帝啼鹃。

〔剑子云〕你还有甚的说话，此时不对监斩大人说，几时说那？〔正旦再跪科，云〕大人，如今是三伏天道，若窦娥委实冤枉，身死之后，天降三尺瑞雪，遮掩了窦娥尸首。〔监斩官云〕这等三伏天道，你便有冲天的怨气，也召不得一片雪来，可不胡说！〔正旦唱〕

【二煞】你道是暑气暄，不是那下雪天，岂不闻飞霜六月因邹衍？若果有一腔怨气喷如火，定要感的六出冰花滚似绵，免着我尸骸现，要什么素车白马，断送出古陌荒阡！

〔正旦再跪科，云〕大人，我窦娥死的委实冤枉，从今以后，着这楚州亢旱三年！〔监斩官云〕打嘴！那有这等说话！〔正旦唱〕

【一煞】你道是天公不可期，人心不可怜，不知皇天也肯从人愿。做什么三年不见甘霖降？也只为东海曾经孝妇冤！如今轮到你山阳县，这都是官吏每无心正法，使百姓有口难言。

〔剑子做磨旗科，云〕怎么这一会儿天色阴了也？〔内做风科，剑子云〕好冷风也！〔正旦唱〕

【煞尾】浮云为我阴，悲风为我旋，三桩儿誓愿明题遍。〔做哭科，云〕婆婆也，只等待雪飞六月，亢旱三年呵，〔唱〕那其间才把你个屈死的冤魂这窦娥显。

〔剑子做开刀，正旦倒科〕〔监斩官惊云〕呀，真个下雪了，有这等异事！〔剑子云〕我也道平日杀人，满地都是鲜血，这个窦娥的血都飞在那丈二白练上，并无半点落地，委实奇怪！〔监斩官云〕这死罪必有冤枉！早两桩儿应验了，不知亢旱三年的说话准也不准？且看后来如何。左右，也不必等待雪晴，便与我抬他尸首，还了那蔡婆婆去罢。〔众应科，抬尸下〕

## 第四折

〔窦天章冠带引丑张千、祗从上，诗云〕独立空堂思黯然，高峰月出满林烟；非关有事人难睡，自是惊魂夜不眠。老夫窦天章是也。自离了我那端云孩儿，可早十六年光景。老夫自到京师，一举及第，官拜参知政事。只因老夫廉能清正，节操坚刚，谢圣恩可怜，加老夫两淮提刑肃政廉访使之职，随处审囚刷卷，体察滥官污吏，容老夫先斩后奏。老夫一喜一悲：喜呵，老夫身居台省，职掌刑名，势剑金牌，威权万里；悲呵，有端云孩儿，七岁上与了蔡婆婆为儿媳妇，老夫自得官之后，使人往楚州问蔡婆婆家，他邻里街坊道，自当年蔡婆婆不知搬在那里去了，至今音信皆无。老夫为端云孩儿，啼哭的眼目昏花，忧愁的须发斑白。今日来到这淮南地面，不知这楚州为何三年不雨？老夫今在这州厅安歇。张千，说与那州中大小属官，今日免参，明日早见。〔张千向古门云〕一应大小属官，今日免参，明日早见。〔窦天章云〕张千，说与那六房、吏典，但有合刷照文卷，都将来，待老夫灯下看几宗波。〔张千送文卷科。窦天章云〕张千，你与我掌上灯。你每都辛苦了，自去歇息罢。我唤你便来，不唤你休来。〔张千点灯，同祗从下。窦天章云〕我将这文卷看几宗咱。"一起犯人窦娥，将毒药致死公公……"我才看头一宗文卷，就与老夫同姓。这药死公公的罪名，犯在十恶不赦，俺同姓之人也有不畏法度的。这是问结了的文书，不看他罢，我将这文卷压在底下，别看一宗咱。〔做打呵欠科，云〕不觉的一阵昏沉上来，皆因老夫年纪高大，鞍马劳困之故。待我搭伏定书案，歇息些儿咱。〔做睡科。魂旦上，唱〕

【双调·新水令】我每日哭啼啼守住望乡台，急煎煎把仇人等待，慢腾腾昏地里走，足律律旋风中来，则被这雾锁云埋，撺掇的鬼魂快。

〔魂旦望科，云〕门神户尉不放我进去。我是廉访使窦天章女孩儿，因我屈死，父亲不知，特来托一梦与他咱。〔唱〕

【沉醉东风】我是那提刑的女孩，须不比现世的妖怪，怎不容我到灯影前，却拦截在门程外？〔做叫科，云〕我那爷爷呵！〔唱〕枉自有势剑金牌，把俺这屈死三年的腐骨骸，怎脱离无边苦海！

〔做入见哭科，窦天章亦哭科，云〕端云孩儿，你在那里来？〔魂旦虚下，窦天章做醒科，云〕好是奇怪也！老夫才合眼去，梦见端云孩儿，恰便似来我跟前一般；如今在那里？我且再看这文卷咱。〔魂旦上，做弄灯科〕〔窦天章云〕奇怪，我正要看文卷，怎生这灯忽明忽灭的？张千也睡着了，我自己剔灯咱。〔做剔灯，魂旦翻文卷科。窦天章云〕我剔的这灯明了也，再看几宗文卷。"〔一起犯人窦娥，药死公公……"〔做疑怪科，云〕这一宗文卷，我为头看过，压在文卷底下，怎生又在这上头？这几时问结了的，还压在底下，我别看一宗文卷波。〔魂旦再弄灯科，窦天章云〕怎么这灯又是半明半暗的？我再剔这灯咱。〔做剔灯，魂旦再翻文卷科。窦天章云〕我剔的这灯明了，我另拿一宗文卷看咱"〔一起犯人窦娥，药死公公……"呸！好是奇怪！我才将这文书分明压在底下，刚剔了这灯，怎生又翻在面上？莫不是楚州后厅里有鬼么？便无鬼呵，这桩事必有冤枉。将这文卷再压在底下，待我另看一宗如何？〔魂旦又弄灯科。窦天章云〕怎生这灯又不明了？敢有鬼弄这灯？我再剔一剔去。〔做剔灯科。魂旦上，做撞见科。窦天章举剑击桌科。云〕呸！我说有鬼！兀那鬼魂，老夫是朝廷钦差带牌走马肃政廉访使，你向前来，一剑挥之两段。张千，亏你也睡的着，快起来，有鬼有鬼。兀的不吓杀老夫也！〔魂旦唱〕

【乔牌儿】则见他疑心儿胡乱猜，听了我这哭声儿转惊骇。哎，你个窦天章直恁的威风大，且受我窦娥这一拜。

〔窦天章云〕兀那鬼魂，你道窦天章是你父亲"〔受你孩儿窦娥拜"，你敢错认了也？我的女儿叫做端云，七岁上与了蔡婆婆为儿媳妇。你是窦娥，名字差了，怎生是我女孩儿？〔魂旦云〕父亲，你将我与了蔡婆婆家，改名做窦娥了也。〔窦天章云〕你便是端云孩儿？我不问你别的，这药死公公是你不是？〔魂旦云〕是你孩儿来。〔窦天章云〕噤声！你这小妮子，老夫为你啼哭的眼也花了，忧愁的头也白了，你划地犯了十恶大罪，受了典刑！我今日官居台省，职掌刑名，来此两淮审囚刷卷，体察滥官污吏，你是我亲生之女，老夫将你治不的，怎治他人？我当初将你嫁与他家呵，要你三从四德：三从者，在家从父，出嫁从夫，夫死从子；四德者，事公姑，敬夫主，和妯娌，睦街坊。今三从四德全无，划地犯了十恶大罪。我窦家三辈无犯法之男，五世无再婚之女，到今日被你辱没祖宗世德，又连累我的清名。你快与我细吐真情，不要虚言支对。若说的有半厘差错，牒发你城隍祠内，着你永世不得人身，罚在阴山永为饿鬼！〔魂旦云〕父亲停嗔息怒，暂罢狼虎之威，听你孩儿慢慢的说一遍咱。我三岁上亡了母亲，七岁上离了父亲，你将我送与蔡婆婆做儿媳妇。至十七岁与夫配合，才得两年，不幸儿夫亡化，和俺婆婆守寡。这山阳县南门外有个赛卢医，他少俺婆婆二十两银子。俺婆婆去取讨，被他赚到郊外，要将婆婆勒死。不想撞见张驴儿父子两个，救了俺婆婆性命。那张驴儿知道我家有个守寡的媳妇，便道："你婆儿媳妇既无丈夫，不若招我父子两个。"俺婆婆初也不肯，那张驴儿道："你若不肯，我依旧勒死你。"俺婆婆惧怕，不得已含糊许了。只得将他父子两个领到家中，养他过世。有张驴儿数次调戏你女孩儿，我坚执不从。那一日俺婆婆身子不快，想羊肚儿汤吃，你孩儿安排了汤。适值张驴儿父子两个问病，道："将汤来我尝一尝。"说："汤便好，只少些盐醋。"赚的我去取盐醋，他就暗地里下了毒药。实指望药杀俺婆婆，要强逼我成亲。不想俺婆婆偶然发呕，不要汤吃，却让与老张吃，随即七窍流血药死了。张驴儿便道："窦娥药死了俺老子，你要官休？要私休？"我便道："怎生是官休？怎生是私休？"他道："要官休，告到官司，你与俺老子偿命；若私休，你便与我做老婆。"你孩儿便道："好马不备双鞍，烈女不更二夫。我至死不与你做媳妇，我情愿和你见官去！"他将你孩儿拖到官中，受尽三推六问，吊拷绷扒，便打死孩儿，也不肯认。怎当州官见你孩儿不认，便要拷打俺婆婆。我怕婆婆年老，受刑不起，只得屈认了。因此押赴法场，将我典刑。你孩儿对天发下三桩誓愿：第一桩，要丈二白练挂在旗枪上，若系冤枉，刀过头落，一腔热血休滴在地下，都飞在白练上；第二桩，现今三伏天道，下三尺瑞雪，遮掩你孩儿尸首；第三桩，着他楚州大旱三年。果然血飞上白练，六月下雪，三年不雨，都是为你孩儿来。〔诗云〕不告官司只告天，心中怨气口难言。防他老母遭刑宪，情愿无辞认罪愆。三尺琼花骸骨掩，一腔热血练旗悬。岂独霜飞邹衍屈，今朝方表窦娥冤。〔唱〕

【雁儿落】你看这文卷曾道来不道来，则我这冤枉要忍耐如何耐？我不肯顺他人，倒着我赴法场；我不肯辱祖上，倒把我残生坏。

【得胜令】呀，今日个搭伏定摄魂台，一灵儿怨哀哀。父亲也，你现掌着刑名事，亲蒙圣主差，端详这文册，那厮乱纲常当合败，便万剐了乔才，还道报冤仇不畅怀！

〔窦天章做泣科，云〕哎！我那屈死的儿无〔没有也，则被你痛杀我也！我且问你：这楚州三年不雨，可真个是为你来？〔魂旦云〕是为你孩儿来。〔窦天章云〕有这等事！到来朝我与你做主。〔诗云〕白头亲苦痛哀哉，屈杀了你个青春女孩。只恐怕天明了，你且回去，到来日我将文卷改正明白。〔魂旦暂下〕〔窦天章云〕呀，天色明了也。张千，我昨日看几宗文卷，中间有一鬼魂来诉冤枉。我唤你好几次，你再也不应，直恁的好睡那。〔张千云〕我小人两个鼻子孔一夜不曾闭，并不听见女鬼诉什么冤状，也不曾听见相公呼唤。〔窦天章做叱科，云〕嗯！今早升厅坐衙，张千，喝撺厢者。〔张千做么喝科，云〕在衙人马平安！抬书案！〔禀云〕州官见。〔外扮州官入参科〕〔张千云〕该房吏典见。〔丑扮吏入参见科〕〔窦天章问云〕你这楚州一郡，三年不雨，是为着何来？〔州官云〕这个是天道亢旱，楚州百姓之灾，小官等不知其罪。〔窦天章做怒科，云〕你等不知罪么！那山阳县有用毒药谋死公公犯妇窦娥，他问斩之时曾发愿道："若是果有冤枉，着你楚州三年不雨，寸草不生！。"可有这件事来？〔州官云〕这罪是前升任桃州守问成的，现有文卷。〔窦天章云〕这等糊突的官也着他升去！你是继他任的，三年之中可曾祭这冤妇么？〔州官云〕此犯系十恶大罪，元不曾有祠，所以不曾祭得。〔窦天章云〕昔日汉朝有一孝妇守寡，其姑自缢身死，其姑女告孝妇杀姑，东海太守将孝妇斩了。只为一妇含冤，致令三年不雨。后于公治狱，仿佛见孝妇抱卷哭于厅前。于公将文卷改正，亲祭孝妇之墓，天乃大雨。今日你楚州大旱，岂不正与此事相类？张千，分付该房佥牌下山阳县，着拘张驴儿、赛卢医、蔡婆婆一起人犯，火速解审，毋得违误片刻者！〔张千云〕理会的！〔下〕〔丑扮解子押张驴儿、蔡婆婆同张千上，禀云〕山阳县解到审犯听点。〔窦天章云〕张驴儿！〔张驴儿云〕有！〔窦天章云〕蔡婆婆！〔蔡婆婆云〕有！〔窦天章云〕怎么赛卢医是紧要人犯不到？〔解子云〕赛卢医三年前在逃，一面着广捕批缉拿去了，待获日解审。〔窦天章云〕张驴儿，那蔡婆婆是你的后母么？〔张驴儿云〕母亲好冒认的？委实是。〔窦天章云〕这药死你父亲的毒药，卷上不见有合药的人，是那个的毒药？〔张驴儿云〕是窦娥自合就的毒药。〔窦天章云〕这毒药必有一个卖药的医铺。想窦娥是个少年寡妇！那里讨这药来？张驴儿，敢是你合的毒药么？〔张驴儿云〕若是小人合的毒药，不药别人，倒药死自家老子？〔窦天章云〕我那屈死的儿床，这一节是紧要公案，你不自来折辩，怎得一个明白？你如今冤魂却在那里？〔魂旦上，云〕张驴儿，这药不是你合的，是那个合的？〔张驴儿做怕科，云〕有鬼有鬼，撮盐入水，太上老君，急急如律令，敕！〔魂旦云〕张驴儿，你当日下毒药在羊肚儿汤里，本意药死俺婆婆，要逼勒我做浑家，不想俺婆婆不吃，让与你父亲吃，被药死了。你今日还敢赖哩！〔唱〕

【川拨棹】猛见了你这吃敲材，我只问你这毒药从何处来？你本意待暗里栽排，要逼勒我和谐，倒把你亲爷毒害，怎教咱替你耽罪责！

〔魂旦做打张驴儿科〕〔张驴儿做避科，云〕太上老君，急急如律令，敕！大人说这毒药必有个卖药的医铺，若寻得这卖药的人来和小人折对，死也无词。〔丑扮解子解赛卢医上，云〕山阳县续解到犯人一名赛卢医。〔张千喝云〕当面！〔窦天章云〕你三年前要勒死蔡婆婆，赖他银子，这事怎么说？〔赛卢医叩头科。云〕小的要赖蔡婆婆银子的情是有的，当被两个汉子救了，那婆婆并不曾死。〔窦天章云〕这两个汉子你认的他叫做什么名姓？〔赛卢医云〕小的认便认的，慌忙之际可不曾问的他名姓。〔窦天章云〕现有一个在阶下，你去认来。〔赛卢医做下认科，云〕这个是蔡婆婆。〔指张驴儿云〕想必这毒药的事发了。〔上云〕是这一个。容小的诉禀：当日要勒死蔡婆婆时，正遇见他爷儿两个救了那婆婆去。过得几日，他到小的铺中讨服毒药。小的是念佛吃斋人，不敢做昧心的事，说道："铺中只有官料药，并无什么毒药。"他就睁着眼道："你昨日在郊外要勒死蔡婆婆，我拖你见官去！"小的一生最怕的是见官，只得将一服毒药与了他去。小的见他生相是个恶的，一定拿这药去药死了人，久后败露，必然连累小的，一向逃在涿州地方，卖些老鼠药。刚刚是老鼠被药杀了好几个，药死人的药，其实再也不曾合。〔魂旦唱〕

【七弟兄】你只为赖财，放乖，要当灾。〔带云〕这毒药呵，〔唱〕原来是你赛卢医出卖，张驴儿买，没来由填做我犯由牌，到今日官去衙门在。

〔窦天章云〕带那蔡婆婆上来。我看你也六十外人了，家中又是有钱钞的，如何又嫁了老张，做出这等事来？〔蔡婆婆云〕老妇人因为他爷儿两个救了我的性命，收留他在家养膳过世。那张驴儿常说要将他老子接脚进来，老妇人并不曾许他。〔窦天章云〕这等说，你那媳妇就不该认做药

死公公了。〔魂旦云〕当日问官要打俺婆婆，我怕他年老受刑不起，因此咱认做药死公公，委实是屈招个！〔唱〕

【梅花酒】你道是咱不该这招状供写的明白，本一点孝顺的心怀，倒做了惹祸的胚胎。我只道官吏每还覆勘，怎将咱屈斩首在长街！第一要素旗枪鲜血洒，第二要三尺雪将死尸埋，第三要三年旱示天灾：咱誓愿委实大。

【收江南】呀，这的是衙门从古向南开，就中无个不冤哉！痛杀我娇姿弱体闭泉台，早三年以外，则落的悠悠流恨似长淮。

〔窦天章云〕端云儿也，你这冤枉我已尽知，你且回去。待我将这一起人犯并原问官吏另行定罪，改日做个水陆道场超度你生天便了。〔魂旦拜科，唱〕

【鸳鸯煞尾】从今后把金牌势剑从头摆，将滥官污吏都杀坏，与天子分忧、万民除害。〔云〕我可忘了一件，爹爹，俺婆婆年纪高大，无人侍养，你可收恤家中，替你孩儿尽养生送死之礼，我便九泉之下，可也瞑目。〔窦天章云〕好孝顺的儿也！〔魂旦唱〕嘱付你爹爹，收养我奶奶。可怜他无妇无儿，谁管顾年衰迈！再将那文卷舒开，〔带云〕爹爹也，把我窦娥名下，〔唱〕屈死的于伏罪名儿改。〔下〕

〔窦天章云〕唤那蔡婆婆上来，你可认得我么？〔蔡婆婆云〕老妇人眼花了，不认的。〔窦天章云〕我便是窦天章。适才的鬼魂，便是我屈死的女孩儿端云。你这一行人听我下断：张驴儿毒杀亲爷，奸占寡妇，合拟凌迟，押付市曹中钉上木驴，剐一百二十刀处死。升任州守桃杌并该房吏典，刑名违错，各杖一百，永不叙用。赛卢医不合赖钱，勒死平民，又不合修合毒药，致伤人命，发烟瘴地面，永远充军。蔡婆婆我家收养。窦娥罪改正明白。〔词云〕莫道我念亡女与他灭罪消愆，也只可怜见楚州郡大旱三年。昔于公曾表白东海孝妇，果然是感召得灵雨如泉。岂可便推诿道天灾代有，竟不想人之意感应通天。今日个将文卷重行改正，方显的王家法不使民冤。

题目：秉鉴持衡廉访法

正名：感天动地窦娥冤

【思考题】

1. 请对窦娥进行形象分析。

2. 请简述《窦娥冤》的思想主题。

3. 请简述《窦娥冤》的艺术特征。

# ［元］白朴《墙头马上》：墙头马上遥相顾，一见知君即断肠

【作家生平】

白朴（1226—约1306以后），字仁甫（后改字太素），号兰谷，祖籍隩州（今山西河曲）。白朴自幼聪慧，记忆力过人。他家本是金朝的“世臣”，父亲白华在金宣宗贞祐三年（1215年）中进士，官至枢密院判官，和大诗人元好问是好友。白朴在其《天籁集序》中记载：“元、白为中州世契，两家子弟，每举长庆故事，以诗文相往来。”金哀宗天兴三年（1234年），蒙古军大举南侵，白朴与母亲失联。当时白华出使南宋未回，元好问带着年仅九岁的白朴流亡到山东聊城。蒙古太宗窝阔台九年（1237年），白华北归真定（今河北正定县）投靠史天泽，元好问送白朴回到他父亲身边。从十二岁到三十五岁，白朴一直定居真定，用功读书。他在律赋之学上很有天赋，以能诗善赋而闻名。其时，元好问任修撰金朝史书，也常出入大都，从而往来于真定。元好问十分关心白朴的学业，每至其家，都要指导他治学门径。其间，白朴结识了一批文人和剧作家，与杂剧作家李文蔚、侯正卿有交往，与散曲家胡祗遹、王恽、卢挚也有唱和之作，展露出了出色的戏剧才华。

兵乱流离和亡国失母的痛苦，对白朴的影响很大。其密友王博文在《天籁集序》中说他“自幼经丧乱，苍皇失母，便有山川满目之叹；逮亡国，恒郁郁不乐，以故放浪形骸，期于适意”。所以白朴对元朝的统治者极为不满，对官场也淡漠反感。蒙古中统二年（1261年）五月，史天泽由江淮经略使晋升中书右丞相，推荐白朴出仕，他坚决谢绝，并立即离家南下，漫游于九江、巴陵一带。至元十七年（1280年），五十五岁的白朴移

居建康（今南京）。其间曾一度北返，并于成宗元贞年间（1295—1297年）参加了“玉京书会”，与关汉卿、赵子祥等戏曲作家相互切磋，和民间艺人也有广泛的接触。白朴晚年来往于杭州、镇江等地，八十一岁时，还重游扬州，他在其“丙午秋到维扬”的《水龙吟》中云：“情缘未了，谁教重赋，春风人面。”因此，笔者推测当时他与扬州的戏曲艺人有旧交，故而一再往来拜访。

白朴是元曲四大家之一，在戏剧史上具有重要的地位。历来人们评论元代杂剧，都称他与关汉卿、马致远、郑光祖为元杂剧四大家。元代钟嗣成在其《录鬼簿》中记载，白朴所著十五种剧本，现仅存《唐明皇秋夜梧桐雨》《董秀英花月东墙记》《裴少俊墙头马上》三种，以及《韩翠颦御水流红叶》《李克用箭射双雕》两个残折，均收在王文才《白朴戏曲集校注》一书中。白朴工于填词，生平作有二百多首词，王博文将他的词作编定为《天籁集》，其中大多是慨叹“一身九患”“百年孤愤”的伤时感世之作。他的散曲也写得很好，现存三十六支小令和四个套数，附刻在《天籁集》卷末。

## 【作品概要】

唐高宗时期，皇帝派遣工部尚书裴行俭去洛阳挑选花卉。裴行俭因为年老体弱，就让儿子裴少俊代他前往。裴少俊青春年少，长相俊雅，因要参加科举考试，他常年在书房中读书。当裴少俊知道要代替父亲裴行俭外出采集花卉时，非常高兴。

当时正值春天，洛阳到处繁花似锦，风景如画，裴少俊和仆人张千等人眼花缭乱，流连忘返。一天，他们骑着马来到洛阳城郊，裴少俊无意中看见一女子坐在院墙上面眺望郊外的风景。这名女子是洛阳总管李世杰的女儿，名叫李千金，容貌美艳动人。两人一见钟情，相约晚上到李千金的闺房见面。然而，就在裴少俊和李千金幽会时，不慎被李千金的奶妈发现。奶妈非常生气，要将裴少俊送进官府查办。裴少俊与李千金惊慌失措，赶紧给奶妈下跪求情。经过一番恳求，奶妈终于答应让裴少俊带着李千金私奔，等裴少俊日后考取功名再来给李千金父母道歉。

裴少俊把李千金带回家后，由于事先没有征得父母双亲同意，只得偷偷将李千金安置在后花园，由一个老仆人照料日常生活。裴少俊和李千金平时读书作画，吟诗作对，在后花园中过着悠闲自在的生活。一晃眼，七年过去了，他们生养了一对活泼可爱的儿女，一家人生活得有滋有味，其乐融融。

又一年清明时节，裴少俊要到郊外去祭奠先祖。临出发时，他担心父亲发现李千金，就再三叮嘱老仆人一定要小心谨慎，不料李千金还是被裴尚书发现了。裴尚书气急败坏，责骂李千金是淫妇，耽误了裴少俊的前程。李千金据理力争，坚称这是天赐姻缘。裴尚书要李千金将玉簪摘下来，让她在石上磨成针儿般细，若不折，便是天赐姻缘，结果折断；裴尚书又叫人拿来一个银壶，用游丝系住，让李千金到井内打水，若游丝不断，便是夫妻，结果瓶坠。裴尚书认为这是天要叫他们分离，便叫裴少俊写了一道休书，撵走李千金。李千金百般无奈，只好回到洛阳家中。这时父母已亡，李千金便在家中守节。

裴少俊收拾行装，赶赴京城参加科举考试。才华横溢的裴少俊一举考取状元，被皇帝封为洛阳县尹。裴少俊一直对李千金念念不忘，功成名就后的第一件事就是去向李千金赔罪，希望李千金不计前嫌，与他“重做夫妻”。但李千金拒绝和好。裴尚书也带着孙儿孙女前来李家拜望，请求李千金回心转意。李千金依然斩钉截铁地说道：“你休了我，我断然不肯。”只是后来看到啼哭的一双儿女，不禁百感交集，心软下来。最后裴少俊和李千金夫妻团圆，阖家欢喜。

### 【作品鉴赏】

《墙头马上》，全名《裴少俊墙头马上》，是白朴的代表作，与关汉卿的《拜月亭》、王实甫的《西厢记》、郑光祖的《倩女离魂》合称“元代四大爱情剧”。《墙头马上》的素材源于白居易的《井底引银瓶》一诗，诗中描述的是一个婚姻悲剧：一女子爱上了一男子，两人同居了五六年，但被家长认为“聘则为妻奔是妾”，逐出了家门。白居易这首诗作于唐代贞元、元和年间，当时普遍存在“始乱终弃”的社会现象。白居易在诗末告诫世人“寄言痴小人家女，慎勿将身轻许人”，意图是奉劝痴情女子，不要轻易与人私奔。

在白朴以前，《井底引银瓶》的故事，已经受到民间诗人的重视。据宋代周密在其杂史《武林旧事》中记载，宋官本杂剧有《裴少俊伊州》一本；元代陶宗仪《辍耕录》载，金院本有《鸳鸯简》及《墙头马上》各一本；《南词叙录》载，南戏有《裴少俊墙头马上》。而宋代话本《西山一窟鬼》中有“如捻青梅窥少俊，似骑红杏出墙头”的插词，南戏中又有《裴少俊墙头马上》一本。足见早在宋金之际，民间诗人的口头文学已经对白居易诗的故事情节进行发展，并增添了主人公的姓氏。白朴在前人创作的基础上进一步创造，以白居易《井底引银瓶》诗中“墙头马上遥相顾”之意作为标目，融合元代的实际情况，在立意、主题、结局方面做出较大改动，成功地写出了这部具有现实性意义、富有生命力的喜剧。白朴在剧中成功地塑造了一个敢于反抗封建礼教、坚强不屈的女性形象，并以斗争获得胜利而圆满收场。这是一部白朴结合宋元时代的社会情况重新创造出来的，反映了他的进步思想的剧作。

## 一、《墙头马上》的思想主旨

白朴的剧作《墙头马上》立意新颖，别具一格，反映了特定时代的历史变迁、社会现象与人情世态，“是一个最富于社会性的婚姻问题的剧本”①。剧作通过“私奔”的婚恋故事来反映当时的社会问题，具有丰富的思想内涵。

第一，《墙头马上》对以出身和财产门第为标准的父母包办婚姻制度进行了强有力的批判。“聘则为妻，奔则为妾”是以裴父为代表的封建家长固守的传统观念。裴父不顾裴少俊与李千金七年的感情，将李千金赶出家门，他的出发点是李千金是一个不明身份的娼妓女子。但当裴少俊考取功名，裴父发现李千金是李总管的女儿后，当即换了一副嘴脸，以“曾议亲事”作为借口请求李千金的原谅。裴父一系列的小丑行径，揭露了封建家长的虚伪和势利，控诉了封建礼教扼杀婚姻自由的罪恶，抨击了封建势力的虚假和伪善。

第二，《墙头马上》不仅突破了原始素材“止淫奔”的劝诫题旨，还

① 刘大杰．中国文学发展史：下[M].天津：百花文艺出版社，1999：286.

传达了“郎才女貌”、两情相悦的爱情婚姻理想，是对青年男女大胆追求爱情自由与婚姻自主的赞美。李千金在开场时就毫不掩饰自己对爱情和婚姻的渴望，她声称：“我若还招得个风流女婿，怎肯教费工夫学画远山眉。宁可教银缸高照，锦帐低垂；菡萏花深鸳并宿，梧桐枝隐凤双栖。”可以说，为了爱情，李千金无所畏惧。而作为“名门之后”“卿相之子”的裴少俊，性情洒脱，渴望自由。当他到洛阳买花遇见李千金时，对李千金一见钟情，置功名、父命于不顾，当晚即与李千金私会，还将李千金带回家中隐婚七年，最终被其父发现，迫于无奈进京应考。裴少俊被裴尚书逼迫离婚应考时，作了细密而周详的安排：“张千，与我收拾琴剑书箱，我就上朝取应去。一面瞒着父亲，悄悄送小姐回到家中，料也不妨。”这展现了裴少俊“以退为进”，维护婚姻的努力。

第三，《墙头马上》展现的主题具有时代意义。隋朝开创的科举制度，到了唐宋时期，已成为欲入仕途的知识分子的必由之路。唐宋以后，婚变的内容和形式也因科举制的施行发生了深刻变化，士子借助婚姻来改变地位获得富贵成了可能。尤其是宋代以来，科举虽是寒门子弟改变命运的重要途径，但想要飞黄腾达，还必须寻找靠山，捷径之一便是与高门大户联姻。于是，离弃寒贱妻另娶富贵女成为一部分追求安逸富贵的文人的普遍选择。因而，发迹后负心进而婚变的婚姻悲剧便成为普遍的社会现象。白朴的《墙头马上》在打上时代烙印的同时又有创新。剧情内容被置于广阔的社会历史现实背景下，结合当时人们普遍的道德期许与审美愿望，一反原诗“止淫奔”的主题，表达了作者对封建婚姻制度与封建家长的愤懑和谴责，同时展现了作者对深受礼教束缚的女性的深切同情。剧作中，主人公大胆追求爱情、争取婚姻自由、贵不易妻的行为，具有震撼人心的力量。此外，剧作也传达出“有情人终成眷属”的美好愿望，肯定男女情爱与欲望的合理性，以诗“偶然间两相窥望，引逗的春心狂荡。今夜里早赴佳期，成就了墙头马上”作为题旨。剧作中的婚姻观念与传统婚姻观念大相径庭，展现出对男女爱欲及婚姻平等的充分肯定，表达了寻求情感与尊严高度统一的理想爱情，具有超前性。

总之，白朴的这一剧作虽然以传统故事为框架，但又另辟蹊径。剧本描绘了青年男女大胆地追求爱情，勇敢地向封建家长挑战的情景，成为一曲歌颂婚姻自由的赞歌，具有强烈的反封建意义。白朴借主人公李千金之口表达“为了爱情，义无反顾”的婚恋观，这是对封建社会不合理婚姻制度的正面回击，具有深刻的社会现实意义。

## 二、《墙头马上》的艺术成就

明代戏曲家孟称舜《柳枝集》眉批云：“昔人评其（白朴）词，如大鹏之起北溟，奋翼凌乎九霄，有一举万里之志。而此剧潇洒俊丽，又是一种……《墙头马上》说佳人求偶处，亦自奕奕神动，真大家手笔也。”这一评价表明了《墙头马上》在艺术上取得的极高成就。

### （一）结构紧凑严密，扣人心弦

该剧作善于组织尖锐的戏剧冲突，情节一波三折。第一折开头用宾白交代裴、李两家的情况，以及裴少俊奉命到洛阳采办花卉的事。然后写梅香丫头伴千金小姐游园，小姐触景生情而感怀伤春。当李千金在院墙之上向外眺望时，适逢裴少俊骑马路过，两人一见倾心，传递鸳鸯简帖，题诗定情。第二折写两人私约幽会。作者先是细致地描画李千金等待心上人时的复杂心境，但两人幽会时，偏巧又被奶妈撞见；接着便着重刻画李千金勇敢坚强的性格，第一次展示了她坦率爽朗的内心世界，为下文与封建势力作斗争埋下了伏线。而奶妈被说服，一对情人私奔，又使剧情进入了新的境界。第三折在时间上是七年以后，地点则在裴家后花园里。这一折主要写裴、李两人私情被裴尚书发现，引发了一场尖锐的冲突。裴尚书步步紧逼，指责李千金越礼背伦，败坏风俗。李千金则据理力争，认定终生只“裴少俊一个”，说“这姻缘也是天赐的！”而裴尚书则设计使“玉簪折”“银瓶坠”，以天意难违为由，逼迫李千金归家。这一折是全剧的高潮，作者通过激烈的戏剧冲突，把李千金的反抗刻画得极其鲜明。第四折写李千金委曲求全，衔怨含恨回到家中。裴少俊则进京赶考，状元及第。之后裴少俊亲自到李千金家求情。李千金坚持不允，严词拒绝，并对封建家长裴尚书做了尖锐的嘲讽和批判。但端端和重阳的啼哭号泣，拨动了李千金的心弦，她才终于答应重圆。全剧线索分明，波澜起伏，引人入胜。

### （二）人物形象塑造立体丰满，性格鲜明

李千金性格大胆、率真、爽直、泼辣。她出身官宦之家，父亲是洛阳总管，但她能突破封建家庭礼法的束缚，勇敢地追求爱情。当她在院墙上见到裴少俊时，毫不掩饰自己的感情，直接表达爱意。两人私会时被奶妈发现，她勇敢地把责任一人担当："爱别人可舍了自己。"为了爱情，她不怕舆论的非难，断然抛弃了家庭，跟裴少俊私奔。到了裴家，怯懦的裴少俊不敢明告父母，累她躲在后花园中过了七年的"不明白好天良夜"；生下了端端和重阳一对儿女，也只教在书房里玩耍，唯恐被家人识破。第三折写她被裴尚书撞见后，大胆地直认儿媳身份。她不仅希望得到爱情，还把婚姻自主看作人生的权益，认为像卓文君那样私奔是合情合理的事。面对裴尚书的污蔑，李千金毫不怯弱，表现出坚毅倔强的个性。被迫回娘家后，她也毫不懊丧。后来裴尚书得知她是本朝宗室李总管之女，为了顾全裴家的体面，并借此高攀权贵，迫不及待地向她让步和解。当官后的裴少俊来寻李千金和好时，她对封建家长的伪善进行了深刻的揭露和批判。由此，李千金成为"此前文学作品中绝无仅有的女性形象"①：她敢于打破封建伦理观念的牢笼，向旧礼教宣战，是传统女性勇于反封建反礼教的光辉典型。

裴少俊的性格相比李千金显得稍软弱，但不失赤诚与理性。他虽然爱李千金，但不敢跟封建家庭作斗争；当私情被发现后，他胆小怕事，不敢争辩。在父亲声称要送官法办的恐吓下，他的动摇性便完全暴露了，他甚至说出了"少俊是卿相之子，怎好为一妇人，受官司凌辱？情愿写与休书便了。告父亲宽恕"的话。这十足地显示出一个贵族子弟的怯弱性格。不过，当李千金被逐后，他还是瞒着裴尚书悄悄地送她回家，说明他写休书是出于无奈。剧中开篇时对裴少俊的描写较为出彩，如受父命前往洛阳买花，当他偶遇李千金后，一见钟情，当即赋诗"只疑身在武陵游，流水桃花隔岸羞。咫尺刘郎肠已断，为谁含笑倚墙头"，以试探李千金。而后，裴少俊罔顾礼法，与李千金私奔，偷偷将李千金藏在后花园整整七年。这一情节的书写，展现了裴少俊对传统儒生读书取仕，博得"封妻荫子"、光宗耀祖的价值观的轻视。这也为后来裴少俊的一系列"权宜之计"埋下

① 欧阳光．元明清戏剧分类选讲[M].北京：高等教育出版社，2007：116.

伏笔。面对父亲裴尚书的威逼恐吓，裴少俊深知父命难违，只好将计就计，以保全他与李千金的爱情。一方面，他忍痛割爱，送李千金归家；另一方面，他忍辱负重，“上朝取应”，一举取得功名后，当即到李千金家里请求复合。作者对这个人物的描绘没有充分展开，但作为封建时期一个深受礼教束缚的书生形象，这样的性格也是真实的，是合乎情理的。

其他人物如裴尚书，是封建势力的代表人物，他压制青年男女的爱情，用“问天买卦”“石上磨针”“井底引瓶”的毒计拆散一对有情人，是一个尖酸刻薄、迂腐古板的封建家长形象。他对李千金有着前后不同的态度，尤其是当他后来知道李千金是李总管女儿时，完全换了一副嘴脸，恬不知耻地向李千金服罪认错，赤裸裸地显示出这一人物的势利面孔。除此之外，剧作中还描写了机灵的梅香、心善的老院公等真实可爱的小人物群像。

### （三）剧本文辞简练、爽利，饶有别致

例如，第一折叙写裴少俊与李千金一见钟情，各有眷心，当下相约的情景：

〔裴舍云〕如此佳丽美人，料他识字，写个简帖儿嘲拨他。张千，将纸笔来，看他理会的么。〔作写科，云〕张千，将这简帖儿与那小姐去。〔张千云〕舍人使张千去，若有人撞见，这顿打可不善也。〔裴舍云〕我教你，有人若问呵，则说俺买花栽子，不妨事。若见那小姐，说俺舍人教送与你。〔张千云〕舍人，我去。〔裴舍云〕那小姐喜欢，你便招手唤我，我便来；若是抢白，你便摆手，我便走。〔张千云〕我知道。〔作见旦科，云〕小姐，你这后花园里有卖花栽子么？〔梅香云〕这里花栽子谁要买？〔张千云〕俺那舍人要买。〔作招手科，裴舍望科，云〕谢天地，事已谐矣！〔梅香作叫科，云〕小姐，那两个人拿过一张儿纸来，不知写甚么，小姐看咱！〔正旦作念诗科，云〕只疑身在武陵游，流水桃花隔岸羞。咫尺刘郎肠已断，为谁含笑倚墙头。梅香，将纸笔来。〔作写科，云〕梅香，我央你咱，你勿阻我。将这一首诗送与那舍人。〔梅香云〕小姐，教我送这诗与谁去也？诗中意怎生？见那秀才道甚的？则怕有人撞见怎了？〔正旦云〕好姐姐，你与我走一遭去。

这里描写裴少俊与李千金初相识、互生好感，进而赋诗寄情的情景，将儿女情动的心理写得形象、生动，情态毕现。

第三折中，写李千金被休，与一双儿女离别时的痛心情景：

〔正旦云〕少俊，端端，重阳，则被你痛杀我也！〔唱〕

【沉醉东风】梦惊破情缘万结，路迢遥烟水千叠；常言道有亲娘有后爷，无亲娘无疼热。他要送我到官司逞尽豪杰。多谢你把一双幼女痴儿好觑者，我待信拖拖去也。

〔云〕端端，重阳儿也！你晓事些儿，我也不能勾见你了也！〔唱〕

【甜水令】端端共重阳，他须是你裴家枝叶；孩儿也！啼哭的似痴呆，这须是我子母情肠厮牵厮惹，兀的不痛杀人也！

【折桂令】果然人生最苦是离别，方信道花发风筛，月满云遮。谁更敢倒凤颠鸾，撩蜂剔蝎，打草惊蛇？坏了咱墙头上传情简帖，拆开咱柳阴中莺燕蜂蝶。儿也咨嗟，女又拦截，既瓶坠簪折，咱义断恩绝！

以上唱词，将李千金被逼母子分离的痛苦展现得一览无余。孟称舜眉批云“痛绝之语，语语本色”，用语恳切，令人动容。

此外，剧中的宾白通俗，场面安排极为生动，如写院公与两个孩童一段，全是借助说白科介描绘出来的。在第三折中，裴尚书撞见了重阳和端端，便打醒了正睡得糊涂的院公查问：

〔做打科，院公做醒，着扫帚打科，云〕打你娘，那小厮！〔做见，慌科，尚书云〕这两个小的是谁家？〔端端云〕是裴家。〔尚书云〕是那个裴家？〔重阳云〕是裴尚书家。〔院公云〕谁道不是裴尚书家花园？小弟子还不去！〔重阳云〕告我爹爹、奶奶说去。〔院公云〕你两个采了花木，还道告你爹爹、奶奶去？跳起您公公来也，打你娘！〔两人走科，院公云〕你两个不投前面走，便往后头去！

这一段戏，语言诙谐幽默，透露出浓厚的生活气息，把小孩子的天真无邪和老院公力图遮掩的狼狈相，描绘得栩栩如生。在裴尚书不阴不阳、满腹狐疑的态度面前，端端、重阳活蹦乱跳，实话实说；老院公却手足无措，支支吾吾。剧中的次要人物老院公被塑造得敦厚可亲，虽然着墨不多，但一个富有正义感又十分风趣的老翁形象跃然纸上。端端和重阳两个小娃娃也被写得娇憨无邪，情态宛然。这充满喜剧色彩的场面让人忍俊不禁，也为李千金捏一把汗，人物的形象就在戏剧的冲突中凸显出来。作者在这一折中把院公酒后糊涂和两个小孩天真活泼的情态，写得非常精彩。特别是院公错打裴尚书，两个小孩不懂事的憨态，被刻画得惟妙惟肖，引人入胜，达到了强烈的喜剧效果。

《墙头马上》在思想性和艺术性两个方面都达到了相当的高度，它是白朴的成功之作，也是元杂剧中的精品。《墙头马上》是一部正面歌颂青年男女争取婚姻自主、讽刺封建家长迂腐专制的作品，对后世剧本创作有着深远影响。而剧作中塑造的敢爱敢恨、机智勇敢、有大胆反叛精神的李千金，其刚直不阿的性格，与《拜月亭》中的王瑞兰、《西厢记》中的崔莺莺、《倩女离魂》中的张倩女、《牡丹亭》中的杜丽娘等人物形象一样，光彩照人，共同丰富着中国古典戏剧文学的人物画廊。

## 【作品精选】

## ［元］白朴《墙头马上》

### 第二折

〔夫人同老旦嬷嬷上，云〕老身是李相公夫人。相公左司家唤的去了，不见回来。今日老身东阁下探妗子回来，身子有些不快。天色晚也，梅香，绣房中道与小姐，休教他出来。嬷嬷收拾前后，我歇息去也。〔下〕〔裴舍上，云〕我回到这馆驿安下，心中闷倦，那里有心去买花栽子？巴不得天晚了也，我如今与小姐赴期去来。〔下〕〔正旦同梅香上，云〕今日因去后园中看花，墙头见了那生，四目相视，各有此心，将一个简帖儿约今夜来赴期，我回到绣房中。梅香，不知夫人睡去也不曾？〔梅香云〕我去看来。〔下〕〔正旦做睡，梅香推科，云〕小姐，小姐！〔正旦醒科，云〕我正好做梦哩。〔梅香云〕你梦见甚么来？〔正旦唱〕

【南吕·一枝花】睡魔缠缴得慌，别恨禁持得煞。离魂随梦去，几时得好事奔人来？一见了多才，口儿里念心儿里爱，合是姻缘簿上该。则为画眉的张敞风流，掷果的潘郎稔色。

〔梅香云〕今夜好歹来也，则管里作念的眼前活现。〔正旦唱〕

【梁州第七】早是抱闲怨时乖运蹇，又添这害相思月值年灾。〔带云〕休道是我，〔唱〕天若知道和天也害！〔云〕梅香，这早晚多早晚也？〔梅香云〕是申牌时候了。〔正旦唱〕几时得月离海峤，才则是日转申牌。〔梅香云〕小姐，日头下去了，一天星月出来了。〔正旦唱〕怕露惊宿鸟，风弄庭槐。看银河斜映瑶阶，都不动纤细尘埃。月也，你本细如弓一半儿蟾蜍，却休明如镜照三千世界，冷如冰浸十二瑶台！禁垆瑞霭，把剔团圆明月深深拜：你方便我无碍，深拜你个嫦娥不妒色，你敢且半霎儿雾锁云埋。

〔梅香云〕这场事也非容易哩！〔正旦唱〕

【牧羊关】待月帘微簌，迎风户半开。你看，这场风月规划——〔梅香云〕怎生规划？〔正旦云〕你与我接去。〔梅香云〕怕他不来，倒教我去接他？〔正旦唱〕就着这风送花香，云笼月色！〔梅香云〕小姐为甚么着我接他去？〔正旦唱〕你道为甚着你个丫鬟迎少俊，我则怕似赵杲送曾哀。〔梅香云〕这里线也似一条直路，怕他迷了道儿？〔正旦唱〕你道方径直如线，我道侯门深似海。

〔梅香云〕你两个头目，自说话来。〔正旦唱〕

【骂玉郎】相逢正是花溪侧，也须穿短巷过长街。〔梅香云〕到那里便唤你来。〔正旦唱〕又不比秦楼夜宴金钗客，这的担着利害；把你那小性格，且宁奈。

〔感皇恩〕咱这大院深宅，幽砌闲阶，不比操琴堂，沽酒舍，看书斋。〔梅香云〕迟又不是，疾又不是，怎生可是？〔正旦唱〕教你轻分翠竹，款步苍台；休惊起庭鸦喧，邻犬吠，怕院公来！

〔梅香云〕小姐，这来时可着多早晚也？〔正旦唱〕

【采茶歌】把粉墙儿挨，角门儿开，等夫人烧罢夜香来。月色朦胧天色晚，鼓声才动角声哀。

〔梅香云〕我说与你，夫人已睡了也，一准不来了。今夜嬷嬷又在前面守着库房门哩。到天色晚了，我点上灯，就接姐夫去。〔裴舍引张千上，云〕张千，休大惊小怪的，你只在墙外等着。〔做跳墙见科，云〕梅香，我来了也！〔梅香云〕我说去。小姐，姐夫来了也。你两个说话，我门首看着。〔裴舍云〕小生是个寒儒，小姐不弃，小生杀身难报。〔正旦云〕舍人则休负心！〔唱〕

【隔尾】我推粘翠靥遮宫额，怕绰起罗裙露绣鞋，我忙忙扯的鸳鸯被儿盖。翠冠儿懒摘，画屏儿紧挨，是他撒滞殢把香罗带儿解。

〔嬷嬷上，云〕这早晚小姐房里有人说话，在窗下听咱。呀！果然有人，我去觑破他。〔梅香云〕小姐，吹灭了灯，嬷嬷来也。〔嬷嬷云〕吹灭了灯，我听的多时了也。你待走那里去？〔裴舍同旦做跪科，正里云〕是做下来也，怎见父母！奶奶可怜见，你放我两个私走了罢，至死也不敢忘你。〔嬷嬷云〕兀的是不出嫁的闺女，教人营勾了身躯，可又随着他去。这汉子是谁家的？〔裴舍云〕小生是客寄书生，乞容宽恕！〔嬷嬷云〕俺这里不是赢奸买俏去处。〔正旦唱〕

【红芍药】他承宣驰驿奉官差，来这里和买花栽。又不是瀛州方丈接蓬莱，远上天台；比画眉郎多气概，骤青骢踏断章台。〔嬷嬷云〕都是这梅香小奴才勾引来的。〔正旦唱〕枉骂他偷寒送暖小奴才，要这般当面抢白。

〔嬷嬷云〕不是这奴胎是谁？〔正旦唱〕

【菩萨梁州】是这墙头掷果裙钗，马上摇鞭狂客。说与你个聪明的奶奶，送春情是这眼去眉来。〔嬷嬷云〕好，可羞也那不羞？眼去眉来，倒与真奸真盗一般，教官司问去。〔正旦唱〕则这女娘家直恁性儿乖，我待舍残生还却鸳鸯债，也谋成不谋败！是今日且停嗔过后改，怎做的奸盗拿获！

〔嬷嬷云〕你看上这穷酸饿醋甚么好？〔正旦唱〕

【牧羊关】龙虎也招了儒士，神仙也聘与秀才，何况咱是浊骨凡胎！一个刘向题倒西岳灵祠，一个张生煮滚东洋大海；却待要宴瑶池七夕会，便银汉水两分开。委实这乌鹊桥边女，舍不的斗牛星畔客。

〔嬷嬷云〕家丑事不可外扬。兀那汉子，我将你拖到官中，不道的饶了你哩。〔裴舍云〕嬷嬷，你要了我买花栽子的银子，教梅香唤将我来。咱就和你见官去来。〔正旦唱〕

【三煞】不肯教一床锦被权遮盖，可不道九里山前大会垓，绣房里血泊浸尸骸。解下这搂带裙刀，为你逼的我紧也便自伤残害，颠倒把你娘来赖。〔梅香云〕你要他这秀才的银子，教我去唤将他来，便见夫人，也则实说。〔嬷嬷云〕夫人也不信。〔正旦唱〕你则是拾的孩儿落的摔，你待致命图财。

〔二煞〕我怎肯掩残粉泪横眉黛，倚定门儿手托腮，山长水远几时来？且休说度岁经年，只一夜冰消瓦解，恁时节知他是和尚在钵盂在？他凭着满腹文章七步才，管情取日转千阶！

〔嬷嬷云〕亲的则是亲，若夫人变了心，可不枉送我这老性命？我如今和你商量，随你拣一件做：第一件，且教这秀才求官去，再来取你；不着，嫁了别人。第二件，就今夜放你两个走了，等这秀才得了官，那时依旧来认亲。〔正旦云〕嬷嬷，只是走的好！〔唱〕

【黄钟尾】他折一枝丹桂群儒骇，怎肯十谒朱门九不开？〔嬷嬷云〕若以后泄漏出些风声，枉坏了一世前程，拆散了一双佳配。常言道："一岁使长百岁奴。"我耽着利害放您，则要一路上小心在意者！〔正旦云〕母亲年高，怎生割舍？〔嬷嬷云〕夫人处有我在此，你自放心去罢！〔正旦同裴谢科〕〔正旦唱〕不是我敢为非敢作歹，他也有风情有手策；你也会圆成会分解；我也肯过从肯耽待，便锁在空房、嫁在乡外，你道父母年高老迈，那里有女孩儿共爷娘相守到头白？女孩儿是你十五岁寄居的堂上客！〔同裴舍、梅香下〕

〔嬷嬷云〕他每去也，若夫人问时，说个谎道："不知怎生走了"。料夫人必然不敢声扬，等待他日后再来认亲，也未迟哩。〔下〕

## 第三折

〔裴尚书上，云〕自从少俊去洛阳买花栽子回来，今经七年。老夫常是公差，多在外，少在里。且喜少俊颇有大志，每日只在后花园中看书，直等功名成就，方才娶妻。今日是清明节令。老夫待亲自上坟去，奈畏风寒，教夫人和少俊替祭祖去咱。〔下〕〔裴舍引院公上，云〕自离洛阳，同小姐到长安七年也，得了一双儿女：小厮儿叫做端端，女儿唤做重阳。端端六岁，重阳四岁。只在后花园中隐藏，不曾参见父母。皆是院公伏侍，连宅里人也不知道。今日清明节令，父亲畏风寒，我与母亲郊外坟茔中祭奠去。院公在意照顾，怕老相公撞见。〔院公云〕哥哥，"一岁使长百岁奴"，这宅中谁敢提起个李字？若有一些差失，如同那赵盾便有灾难，老汉就是灵辄扶轮；王伯当与李密叠尸。为人须为彻。休道老相公不来，便来呵，老汉凭四方口，调三寸舌，也说将回去。我这是蒯文通、李左车。哥哥，你放心，倚着我呵，万丈水不教泄漏了一点儿。〔裴舍云〕若无疏失，回家多多赏你。〔下〕〔正旦引端端、重阳上，云〕自从跟了舍人来此呵，早又七年光景。得了一双儿女。过日月好疾也呵！〔唱〕

【双调•新水令】数年一枕梦庄蝶，过了些不明白好天良夜。想父母关山途路远，鱼雁信音绝。为甚感叹咨嗟？甚日得离书舍！

〔驻马听〕凭男子豪杰，平步上万里龙庭双凤阙；妻儿真烈，合该得五花官诰七香车。也强如带满头花，向午门左右把状元接；也强如挂拖地红，两头来往交媒谢。今日个改换别，成就了一天锦绣佳风月。

〔云〕我掩上这门，看有甚人来此？〔院公持扫帚上，云〕哥哥祭奠去了。嫂嫂跟前回复去咱。〔见科，云〕嫂嫂，舍人祭奠去了，院公特地说与嫂嫂得知。〔正旦云〕院公可要在意者，则怕老相公撞将来。〔院公云〕老汉有句话敢说么？今日清明节，有甚节令酒果，把些与老汉吃饱了，只在门首坐着，看有甚的人来？〔旦与酒肉吃科，院公云〕夜来两个小使长把墙头上花都折坏了，今日休教出来，只教书房中要，则怕老相公撞见。〔正旦唱〕

【乔牌儿】当拦的便去拦，我把你个院公谢。想昨日被棘针都把衣袂扯，将孩儿指尖儿都挝破也。

〔端端云〕奶奶，我接爹爹去来。〔正旦云〕还未来哩。〔唱〕

【幺篇】便将球棒儿撇，不把胆瓶藉；你哥哥，这其间未是他来时节，怎抵死的要去接？

〔院公云〕我门口去吃了一瓶酒，一分节食，觉一阵昏沉，倚着湖山睡些儿咱。〔端端打科〕〔院公云〕唬杀人也！小爷爷，你要到房里要去！〔又睡科，重阳打科〕〔院公云〕小奶奶，女孩家这般劣。〔又睡科，二人齐打介〕〔院公云〕我告你去也，快书房里去！〔裴尚书引张千上，云〕夫人共少俊祭奠去了，老夫心中闷倦，后花园内走一遭去，看孩儿做下的功课咱。〔见院公云〕这老子睡着了。〔做打科，院公做醒，着扫帚打科，云〕打你娘，那小厮！〔做见，慌科，尚书云〕这两个小的是谁家？〔端端云〕是裴家。〔尚书云〕是那个裴家？〔重阳云〕是裴尚书家。〔院公云〕谁道不是裴尚书家花园？小弟子还不去！〔重阳云〕告我爹爹、奶奶说去。

〔院公云〕你两个采了花木，还道告你爹爹、奶奶去？跳起您公公来也，打你娘！〔两人走科，院公云〕你两个不投前面走，便往后头去！〔二人见旦科，云〕我两人接爹爹去，见一老爹，问是谁家的。〔正旦云〕孩儿也，我教你休出去，兀的怎了？〔尚书做意科，云〕这两个小的，不是寻常之家，这老子其中有诈。我且到堂上看来。〔正旦唱〕

【豆叶儿】接不着你哥哥，正撞见你爷爷。魄散魂消，肠慌腹热，手脚獐狂去不迭！相公把拄杖掂详，院公把扫帚支吾，孩儿把衣袂掀者！

〔尚书云〕咱房里去来。〔到书房，正旦掩门科〕〔尚书云〕更有谁家个妇人？〔院公云〕这妇人折了俺花，在这房门藏来。〔正旦唱〕

【挂玉钩】小业种把栊门掩上些，道不的跳天撅地十分劣；被老相公亲向园中撞见者，唬的我死临侵地难分说！〔尚书云〕拿的芙蓉亭上来。〔正旦唱〕氲氲的脸上羞，扑扑的心头怯；喘似雷轰，烈似风车。

〔院公云〕这妇人折了两朵儿花，怕相公见，躲在这里。合当饶过教家去。〔正旦云〕相公可怜见，妾身是少俊的妻室。〔尚书云〕谁是媒人？下了多少钱财？谁主婚来？〔旦做低头科〕〔尚书云〕这两个小的是谁家？〔院公云〕相公不合烦恼，合欢喜！这的是不曾使一分财礼，得这等花枝般媳妇儿，一双好儿女，合做一个大筵席，老汉买羊去。大嫂，请回书房里去者。〔尚书怒科，云〕这妇人决是娼优酒肆之家！〔正旦云〕妾是官宦人家，不是下贱之人。〔尚书云〕噤声！妇人家共人淫奔，私情来往，这罪过逢赦不赦。送与官司问去，打下你下半截来！〔正旦唱〕

【沽美酒】本是好人家女艳冶，便待要兴词讼，发文牒，送到官司遭痛决；人心非铁，逢赦不该赦？

【太平令】随汉走怎说三贞九烈？勘奸情八棒十挟；谁识他歌台舞榭，甚的是茶房酒舍！相公便把贱妾拷折下截，并不是风尘烟月！

〔尚书云〕则打这老汉，他知情。〔张千云〕这个老子，从来会勾大引小。〔院公云〕相公，七年前舍人哥哥买花栽子时，都是这厮搬大引小，着舍人刁将来的。〔张千云〕老子攀下我来也。〔尚书云〕是了，敢这厮也知情。〔正旦唱〕

【川拨棹】赛灵辄，蒯文通、李左车，都不似季布喉舌，王伯当尸叠。更做道向人处无过背说，是和非须辨别。

〔尚书云〕唤的夫人和少俊来者。〔夫人、裴舍上，见科〕〔尚书云〕你与孩儿通同作弊，乱我家法。〔夫人云〕老相公，我可怎生知道？〔尚书云〕这的是你后园中七年做下功课！我送到官司，依律施行者。〔裴舍云〕少俊是卿相之子，怎好为一妇人，受官司凌辱？情愿写与休书便了，告父亲宽恕！〔正旦唱〕

【七弟兄】是那些劣㦝、痛伤嗟，也时乖运蹇遭磨灭。冰清玉洁肯随邪？怎生的拆开我连理同心结？

〔尚书云〕我便似八烈周公，俺夫人似三移孟母。都因为你个淫妇，枉坏了我少俊前程，辱没了我裴家上祖。兀那妇人你听着：你既为官宦人家，如何与人私奔？昔日无盐采桑于村野，齐王车过见了，欲纳为后，同车。而无盐曰："不可，禀知父母，方可成婚；不见父母，即是私奔。"呸！你比无盐败坏风俗，做的个男游九郡，女嫁三夫。〔正旦云〕我则是裴少俊一个！〔尚书怒云〕可不道女慕贞洁，男效才良；聘则为妻，奔则为妾。你还不归家去！〔正旦云〕这姻缘也是天赐的！〔尚书云〕夫人，将你头上玉簪来。你若天赐的姻缘，问天买卦，将玉簪向上磨做了针儿一般细，不折了便是天赐姻缘，若折了便归家去也！〔正旦唱〕

【梅花酒】他毒肠狠切，丈夫又软揣些些；相公又恶噷噷乖劣，夫人又叫丫丫似蝎螫：你不去望夫石上变化身，筑坟台上立个碑碣？待教我漫㦝㦝，愁万缕闷千叠。心似醉，意如呆；眼似瞎，手如瘸；轻拈掇，慢拿捻！

〔收江南〕呀！玎叮珰掂做了两三截。有鸾胶难续玉簪折，则他这夫妻儿女两离别。总是我业彻，也强如参辰日月不交接。

〔尚书云〕可知道玉簪折了也。你还不肯归家去？再取一个银壶瓶来，将着游丝儿系住，到金井内汲水，不断了便是夫妻；瓶坠簪折，便归家去！〔正旦云〕可怎了也！〔唱〕

【雁儿落】似陷人坑千丈穴，胜滚浪千堆雪。恰才石头上损玉簪，又教我水底捞明月。

【得胜令】冰弦断，便情绝；银瓶坠，永离别。把几口儿分两处。〔尚书云〕随你再嫁别人去。〔正旦唱〕谁更待双轮碾四辙！恋酒色淫邪，那犯七出的应拼舍；享富贵豪奢，这守三从的谁似妾！

〔尚书云〕既然簪折瓶坠，是天着你夫妻分离。着这贼丑生与你一纸休书，便着你归家去。少俊，你只今日便与我收拾琴剑书箱，上朝求官应举去，将这一儿一女收留在我家。张千，便与我赶离了门者。〔下〕〔裴舍与旦休书科〕〔正旦云〕少俊，端端，重阳，则被你痛杀我也！〔唱〕

【沉醉东风】梦惊破情缘万结，路迢遥烟水千叠；常言道有亲娘有后爷，无亲娘无疼热。他要送我到官司逞尽豪杰，多谢你把一双幼女痴儿好觑者，我待信拖拖去也。

〔云〕端端，重阳儿也！你晓事些儿，我也不能勾见你了也！〔唱〕

【甜水令】端端共重阳，他须是你裴家枝叶；孩儿也！啼哭的似痴呆，这须是我子母情肠厮牵厮惹，兀的不痛杀人也！

【折桂令】果然人生最苦是离别，方信道花发风筛，月满云遮。谁更敢倒凤颠鸾，撩蜂剔蝎，打草惊蛇？坏了咱墙头上传情简帖，拆开咱柳阴中莺燕蜂蝶。儿也咨嗟，女又拦截，既瓶坠簪折，咱义断恩绝！

〔张千云〕娘子，你去了罢，老相公便着我回话哩。〔正旦云〕少俊，你也须送我归家去来。〔唱〕

【鸳鸯煞】休把似残花败柳冤仇结，我与你生男长女填还彻。指望生则同衾，死则共穴。唱道题柱胸襟，当垆的志节。也是前世前缘，今生今业。少俊呵，与你干驾了会香车，把这个没气性的文君送了也！〔下〕

〔裴舍云〕父亲，你好下的也！一时间将俺夫妻子父分离，怎生是好？张千，与我收拾琴剑书箱，我就上朝取应去，一面瞒着父亲，悄悄送小姐回到家中，料也不妨。〔诗云〕正是石上磨玉簪，欲成中央折；井底引银瓶，欲上丝绳绝。两者可奈何，似我今朝别！果若有天缘，终当做瓜葛。〔下〕

【思考题】

1. 如何认识《墙头马上》的私奔主题？
2. 请简述李千金形象的性格特征。
3. 请简述《墙头马上》的艺术成就。

# [元]马致远《汉宫秋》：虽然青冢人何在，还为蛾眉斩画师

## 【作家生平】

马致远(约1250—约1321年)，字千里，晚号东篱，大都（今北京）人，原籍河北省东光县马祠堂村。马致远是元代戏曲家、杂剧家、散曲家，被后人誉为“马神仙”，有“曲状元”之称，与关汉卿、郑光祖、白朴并称“元曲四大家”。

马致远才华出众，早年热衷功名，曾写诗直言：“且念鲰生自年幼，写诗曾献上龙楼。”(《女冠子·黄钟·尾》) 马致远对“龙楼凤阁”抱有幻想，但他仕途多舛，经历了蒙古时代的后期及元政权统治的前期，都未曾担任显赫官职。他在中年时中进士，曾任浙江省官吏，后在大都（今北京）任工部主事，但由于地位卑下，终究壮志难酬。“天涯断肠人，就是马致远对自己多半生生活的总结。他痛定思痛，不由得无限感伤。”[①] 马致远曾经历二十年漂泊生涯，但具体行踪无从考察。他晚年由于不满时政，辞官归隐，在道教中寻求解脱，以衔杯击缶自娱，死后葬于祖茔。

马致远从事杂剧创作的时间较长。青年时，他便开始参与杂剧创作，是“贞元书会”的主要成员，与文士王伯成、李时中，艺人花李郎、红字李二等都有交往。在这些成员中，王伯成文名颇高，著有《天宝遗事诸宫调》，杂剧方面有《李太白贬夜郎》传世；李时中曾任中书省掾，工部主事；花李郎、红字李二是元初教坊色长刘要和的女婿，关汉卿曾与李时

---

① 门岿.粉墨功名：元代曲家的文化精神与人生意趣[M].济南：济南出版社，2008：110.

中、花李郎、红字李二在大都共同创作过剧本。马致远与这些文人相互唱和，交往甚密。

明代朱权《太和正音谱》中记载，马致远所作杂剧有十五种，现存七种，分别为《江州司马青衫泪》《破幽梦孤雁汉宫秋》《吕洞宾三醉岳阳楼》《半夜雷轰荐福碑》《马丹阳三度任风子》《开坛阐教黄粱梦》《西华山陈抟高卧》。在《太和正音谱》"群英所编杂剧"一卷中，朱权将马致远列为元人之首，明代臧懋循则将马致远的《汉宫秋》置于《元曲选》之首。马致远也是著名的散曲作家，在散曲方面取得了很高的成就，其散曲作品被辑入《东篱乐府》传世，共收入小令一百零四首，套数十七套。他的小令《天净沙·秋思》脍炙人口，匠心独运，自然天成，丝毫不见雕琢痕迹，被誉为"秋思之祖"。元代以后，马致远仍备受散曲家重视，影响深远。

## 【作品概要】

汉元帝时，担任中大夫之职的毛延寿一味阿谀奉承、百般讨好皇帝。一日，毛延寿又进谗言，让皇帝在全国遍选美女，"以充后宫"。汉元帝听后十分赞赏，令毛延寿拿着圣旨去各地挑选年轻貌美的女子。毛延寿所到之处，家中有适龄女儿的，纷纷给他行贿，唯独王昭君美貌异常，但因家中贫寒，不肯贿赂毛延寿。毛延寿因此对王昭君怀恨在心，原本打算将她除名，但又心生歹意，故意将王昭君的美人图点上破绽，使得王昭君被发配到冷宫，入宫十年一直无缘见到皇帝。

一日夜深，汉元帝游赏后宫时，意外听到昭君弹琵琶，爱其才貌双全，将她封为明妃。知道昭君屈居冷宫的原委后，汉元帝下令将毛延寿斩首，毛延寿急忙逃到匈奴。此时，匈奴首领呼韩邪单于正想与汉室公主订立婚约，毛延寿就趁势将昭君画像献给呼韩邪单于。呼韩耶单于看到昭君画像，认为其美貌惊为天人，于是向汉元帝索要昭君为妻。汉元帝舍不得昭君和番，但此时汉朝国势衰微，满朝文武百官怯懦自私，没有人敢主动请缨，反以女色败国为由，众口一词，把责任推到王昭君身上。昭君为了汉朝天下自愿前往，汉元帝忍痛在灞桥送行。

单于得到昭君后大喜，封其为宁胡阏氏，退兵北去。但昭君不舍家国，怀着对汉元帝的深情厚谊在汉番交界处投江自尽，以全忠贞。汉元帝自昭君走后，日渐消沉，一片相思难以倾诉，只是每到夜半时惊醒，又听到孤雁哀鸣。汉元帝感念昭君的一片深情，心中愈加伤痛不已。自昭君殉国明节后，单于自知理亏，便将毛延寿绑送还汉朝，汉元帝将毛延寿斩首以祭奠昭君。

《汉宫秋》是马致远创作的历史剧，也是马致远杂剧中最著名的一个。马致远在《汉宫秋》剧中塑造了汉元帝、王昭君等人物形象，创造了新的意象和浓郁的悲剧氛围，具有强烈的艺术感染力。清代焦循在其戏曲论著《剧说》中称："元明以来，作昭君杂剧者有四家。马东篱《汉宫秋》一剧，可称绝调，臧晋叔《元曲选》取为第一，良非虚美。"《汉宫秋》如今有以下版本流传：明代脉望馆藏《古名家杂剧》、明代顾曲斋刻《元人杂剧选》《元曲选》甲集本、《酹江集》《元杂剧二种》《元曲大观》《元曲四种》《元人杂剧全集》。

## 【作品鉴赏】

### 一、"昭君出塞和亲"的故事流传

《汉宫秋》全名《破幽梦孤雁汉宫秋》，取材于王昭君出塞和亲的历史故事。这一故事最早见于《汉书·元帝纪》和《匈奴传》。据传，西汉竟宁元年（公元前 33 年），元帝以宫人王嫱赐呼韩邪单于为阏氏。昭君入匈奴，生一男二女。呼韩邪死，从成帝敕令，复为后单于阏氏。在范晔的《后汉书·南匈奴传》中，没有提到关于画工、画像，以及毛延寿的故事，而是增加了昭君自动请缨的举动及原因。范晔在《后汉书·南匈奴传》中记载："昭君字嫱，南郡人也。初，元帝时，以良家子选入掖庭。时呼韩邪来朝，帝敕以宫女五人赐之。昭君入宫数岁，不得见御，积悲怨，乃请掖庭令求行。呼韩邪临辞大会，帝昭五女示之。昭君丰容靓饰，光明汉宫，顾景裴回，竦动左右。帝见大惊，意欲留之，而难于失信，遂与匈奴。及呼韩邪死，其前阏氏子代立，欲妻之。昭君上书求归，成帝敕令从胡俗，遂复为后单于阏氏焉。"《后汉书》中昭君的性情相貌也在《汉宫秋》中得以体现，让后人看到了一个女子的坚强、勇敢，也让人佩服她能够审时度势，主动改变自己的命运。

汉代以后，历代文人以昭君出塞为创作内容的作品不可胜记。不过，画工毛延寿的事情是在《西京杂记》《乐府古题要解》等典籍中开始被提及的，晋代葛洪在《西京杂记》（一作西汉刘歆撰）中记载昭君故事时，增加了毛延寿、陈敞、刘白等画工因受贿作弊而被弃市等情节。之后，昭君出塞的故事在诗词、传奇、戏曲中得到越来越多的描绘、叙述，但在正史中却一直没有记载。汉代以后的笔记小说和文人诗篇，将昭君拒绝行贿作为主要情节之一，还把受贿作弊集中到毛延寿一个人的身上。唐代敦煌的《王昭君变文》是昭君故事在民间流传过程中的重大发展。《王昭君变文》一反正史的记载，把汉元帝时民族矛盾的形势描绘成匈奴强大、汉朝虚弱，把昭君出塞看作朝廷屈辱求和的表现。其中，增加了单于按图索求，以及昭君到匈奴后，因思念家国，郁郁寡欢、积郁成疾，直至病故等情节。后世吟咏昭君的诗歌数量甚多，这些作品大都流露出幽愤之情，抒发作者的不满。例如，宋代诗人汪元量有诗“宫人清夜按瑶琴，不识明妃出塞心”（《湖州歌九十八首》）；文天祥《指南后录·和中斋韵》亦有“俯头北去明妃泪”的诗句。王昭君的故事在流传过程中不断被增饰，并逐渐成为民间说唱文艺的重要题材。历史上的“昭君和亲”是汉番友好往来的象征，在客观上对密切当时的民族关系起到了促进作用。

从历史的记载中可以看出，汉元帝和王昭君并无太多瓜葛，但《汉宫秋》却对历史做了很大的修改。历史上，汉元帝统治时期的汉王朝是一个国力强盛、雄视万邦的泱泱大国。汉元帝是为笼络南匈奴单于，才把宫女王昭君嫁给他。《汉宫秋》却将昭君和亲的历史背景全部颠覆，以汉元帝和昭君的爱情悲剧为线索，虚构了一个衰弱的汉王朝被强大的匈奴胁迫，九五之尊的汉家天子在万般无奈下把自己的宠妃送给匈奴的故事。马致远对剧作结局也做了修改。历史上的王昭君不仅嫁入了匈奴，还生了一男二女，为汉匈和睦、文化交流做出了贡献。而剧中第三折却安排王昭君投江自尽，使其实现了“宁做南朝黄泉客，不做他邦掌印人”的志愿，这里王昭君的形象代表的是舍生取义的爱国主义精神。同时《汉宫秋》将毛延寿由普通画工转变为中大夫身份，他因索贿不成心生歹意，事发后又卖国投敌，出卖了昭君，落了个被斩首祭奠明妃的可悲可耻下场。所有这些对历史事件的改动，都是作者匠心所系，包含了深刻的时代内涵和现实意蕴，彰显了作者独特的审美创造。

## 二、《汉宫秋》的思想内容

《汉宫秋》在博取众家之长的基础上推陈出新，对历史事件做了一系列艺术处理，蕴含着丰富厚重的思想内容。

### （一）政治批判色彩强烈

剧中毛延寿是政治危机的罪魁祸首，他不是一般的索贿作弊的画工，而是平时一味谄谀取宠，当阴谋败露时又不惜叛国投敌的中大夫。作为中大夫，他欺大压小，全凭谗佞奸贪、百般巧诈。他挑唆汉元帝在全国选秀，而在选秀过程中，又对秀女敲诈勒索，迫害贤良。事情败露后，他又迅速投敌叛国。同时，剧作对以尚书为代表的文武大臣的软弱无能进行了辛辣嘲讽，他们平时“山呼万岁，舞蹈扬尘”，一旦国家处于危机之中，却又全都束手无策。因而在作品中，作者借汉元帝之口，对他们进行了强烈的谴责。汉元帝谴责说：“兴废从来有，干戈不肯休。可不食君禄，命悬君口。太平时卖你宰相功劳，有事处把俺佳人递流。你们干请了皇家俸，着甚的分破帝王忧？”至于汉元帝，他在开篇时一味纵容奸臣毛延寿，对他言听计从，后来面对强敌匈奴索要昭君的威胁，虽痛心却无可奈何，最后迫于内外压力，只得屈服于和亲政策。作为一国之君却不能保护自己的爱妃，“只凭佳人平定天下”。事实上，昭君是否出塞，不仅是汉元帝与朝廷文臣武将之间矛盾冲突的焦点，还是匈奴与汉朝之间矛盾冲突的焦点。把“和亲”之举作为国家衰弱的象征，写历史兴亡的感慨，表现了作者强烈的爱国情结。

### （二）通过讲述汉元帝与昭君的故事，歌颂忠贞不渝的爱情

作者通过对汉元帝、昭君二人的深厚爱情及在民族压迫下生离死别的情景的精细描摹，表现了对这一爱情悲剧的深切同情。剧中，汉元帝巡视后宫，被昭君的琵琶声吸引，接着便是为昭君的姿色倾倒。他从昭君的琵琶声中听出了哀怨之情，从而心生怜爱之意：“我特来填还你这泪揾湿鲛绡帕，温和你露冷透凌波袜。”（第一折【油葫芦】）他宠爱昭君，不因其农家女子的身份而轻视她。在昭君为父亲求恩典时，汉元帝有这样的唱词：“你便晨挑菜，夜看瓜，春种谷，夏洗麻，情取棘针门粉壁上除了差

法。你向正阳门改嫁的倒荣华。俺官职颇高如村社长，这宅院刚大似县官衙。谢天地可怜穷女婿，再谁敢欺负俺丈人家！”（第一折【金盏儿】）可见他对昭君是以夫妻相称，是“五百载该拨下的配偶”。第二折中，两人情意正浓，汉元帝下朝后不许人去惊动昭君，而是“待朕悄地看咱”。汉元帝在马致远笔下成了一个怜香惜玉、可亲可爱的君王。对于王昭君舍身为国的精神，汉元帝心中痛惜，与昭君在灞桥饯别，依依不舍。汉元帝眼睁睁看着昭君远去，悲从中来，由于痛苦不堪所产生的呼喊，饱含了骤失爱侣的无奈与痛楚。第四折对汉元帝在秋夜雁声中思念昭君的描写，浓墨重彩，其悲痛之情令人动容。

### （三）反对投降，盼民族和睦

据史书记载，昭君出塞嫁给呼韩邪单于，终随胡俗。而《汉宫秋》塑造的昭君，却是一个忠贞不渝、正义凛然、敢于抗争的形象。当大军压境，懦弱的汉元帝与无能的满朝文武束手无策之时，是昭君深明大义，出于“怕江山有失”“为国家大计”的立场，毅然割舍了儿女情长，挺身而出，“情愿和番”，从而让国家得到了安宁。最后昭君为免遭异族统治者玷污，在番汉交界处投江殉国。王昭君以身殉难的悲壮之举，与文武百官“只凭佳人平定天下”的屈辱求和之举，形成了鲜明的对比。全剧以昭君的一身正气和家国情怀，来反衬那些以“女色败国论”求和者的怯懦与无耻。昭君以自我牺牲的方式，维护了自身尊严与国家尊严，她投江殉国那一幕，迸发出强烈的悲剧美感和动人力量。这一创造性描写，升华了昭君的形象，既写出了昭君对元帝的眷恋之情，又写出了昭君能为“国家大计”而毅然选择“出塞和番”，并不惜以身殉国的大无畏精神，充分表现了作者对昭君的深切同情和高度赞扬，使剧作成为一曲爱国主义的赞歌。

### （四）“以史写心”，展现作者对元统治下文人悲苦命运的忧思

从现有的材料看，马致远大约生活在1250—1321年间，这正是蒙古统治者继灭金之后，不断挥师南下，最终灭亡南宋，完成统一的时期。在这个连年征伐、血雨腥风的时代，自唐宋发展起来的封建经济文化遭到了空前的摧残和破坏。虽然在南下灭宋的过程中，蒙古最高统治者也曾诏谕

“毋得妄加掠杀”，但现实却不是如此。[①]北宋谢采伯在其《密斋笔记》中所说的“数千里间，杀戮皆尽，城郭丘虚，金帛子女、牛羊马畜，皆席卷而去，屋宇悉皆烧毁”正是那个黑暗时代的写照。这一时期，元代文人的地位一落千丈，尤其是在元代前期，这种情况尤为突出。虽不至于像宋末遗民郑思肖、谢枋得所说的“九儒十丐”“介乎娼之下、丐之上者”，但文人备受苛虐、地位卑贱也确是事实。马致远《荐福碑》中所写的“你本是儒人，我着你今后不如人”，正是这种情况的真实反映。而且，最令文人痛心和失望的是读书取仕之途被隔断。元代几乎废除了自隋唐以来建立起来的科举制度，这一点对于元代文人，尤其是那些身居下层的汉族知识分子来说，其影响是极为深远的，这无疑剥夺了他们实现传统的所谓“治国平天下”人生价值的机会，士人再想靠科举入仕难如登天。在马致远身上非常典型地体现着那个时代知识分子的彷徨、苦闷及愤慨。故此，在《汉宫秋》中，马致远不仅是为写历史而写历史，更是融进了他自己的忧患意识与反思精神，借昭君和番的历史故事来反映现实，书写人生困境，折射出当时文人的内心矛盾和思想苦闷，具有鲜明的时代特点。

总之，在剧作中，马致远对史实加以改编，赋予昭君出塞这个历史故事以时代内涵，把昭君放在匈奴强大、“专事征伐”，汉朝虚弱、“只凭佳人定天下”的特定历史条件之下，从而凸显国家存亡这一重大主题。作者一方面通过揭示爱情悲剧的社会根源，暴露封建王朝的腐败无能；另一方面通过突出民族矛盾，反映时代特点，借以反思现实，使汉元帝、昭君的爱情悲剧与民族悲剧紧密相连，显示出鲜明的时代感和强烈的现实色彩。

## 三、《汉宫秋》的艺术特色

马致远从事杂剧创作的时间较长，后人对他的杂剧评价很高，如元末明初的贾仲明在诗中说“万花丛中马神仙，百世集中说致远”“姓名香贯满梨园”。马致远的《汉宫秋》是一部著名的历史悲剧，明人臧晋叔所著的《元曲选》将它选为第一，清代焦循在《剧说》中亦赞之为“绝调”。《汉宫秋》在中国戏曲史上之所以有如此高的地位，其卓尔不群的艺术成

① 宋濂．元代：世祖纪五[M]．点校本．北京：中华书局，1976：155.

就是重要原因。

### （一）情节结构安排精巧，矛盾冲突设置新颖

《汉宫秋》共四折一楔子，围绕汉元帝和昭君两条主线安排情节，情节设计环环相扣，矛盾冲突层层推进，紧张性与曲折性兼具。在楔子中，单于自报家门，交代汉朝弱匈奴强的背景。汉元帝听信毛延寿谗言，毛延寿奉命到全国各地选秀，单于恃强凌弱向汉索亲。在第一折中，毛延寿借选秀之事中饱私囊、贪赃枉法，昭君因不愿行贿而被毛延寿点破美人图，被迫居于永巷，这是全剧第一个主要矛盾，也是后续矛盾的生发点。继之，昭君在夜间借琵琶抒发烦闷，汉元帝巧闻琵琶得见昭君，得知实情后，汉元帝下令捉拿毛延寿，毛延寿畏罪潜逃并将美人图献给单于。单于派使者求索昭君，“若不肯予，不日南侵，江山难保”，这是第二个大矛盾。剧情从昭君与毛延寿的冲突过渡到汉元帝与毛延寿的冲突，引起汉胡对抗的紧张形势。是否交出昭君和亲，汉元帝与群臣之间又形成了一个矛盾点，大臣劝元帝不要因女色误国，汉元帝责怪大臣无一人可退番兵。就在双方僵持不下之时，昭君自愿提出和亲，矛盾冲突稍有缓和。第三折主要讲汉元帝与昭君忍痛惜别，昭君随番使入塞，行至黑江边投江而死，这是昭君在守节与苟活的自我矛盾中做出的艰难抉择。第四折主要展现汉元帝强烈的情感冲突，昭君入梦却转瞬消散，汉元帝辗转难眠，徒留满腔思念之情。全剧共四折，各种矛盾交织推进，线索清晰明了，情节跌宕起伏，悬念丛生，整部戏剧充满艺术张力。

### （二）人物形象刻画生动，心理情感描摹细腻真切

《汉宫秋》取材于历史，但在人物角色的塑造上又不拘泥于史实，而是进行了一番改造。汉元帝作为悲剧的主人公，善于抒情的马致远在他身上着墨甚多，尤其是对人物的心理描写，委婉细腻，真切感人。汉元帝一出场，就自夸“自朕嗣位以来，四海晏然，八方宁静”，心中只为“今后宫寂寞”而发愁。“百般巧诈，一味谄谀”的中大夫毛延寿投其所好，劝他“遣官遍行天下，选择室女”，正中他下怀。待毛延寿叛国投敌，单于使者带着美人图，强索昭君之时，汉元帝还在做他太平天子、风流皇帝的美梦。剧中的汉元帝只知标榜自己“忠臣皆有用，高枕已无忧”，到兵临

城下之时，他又只能火烧眉毛干着急。汉元帝先是怒斥群臣：“我养军千日，用军一时，空有满朝文武，那一个与我退的番兵！都是些畏刀避箭的，恁不去出力，怎生教娘娘和番？”尽管汉元帝斥文臣、骂武将，尖锐刻薄，但终究无济于事，最后仍然是被迫“割恩断爱”，做了一个“别虞姬楚霸王”。因此，剧作对汉元帝此时的心理做了细腻深刻的描绘，形象地写出了身为九五之尊的帝王，在这关键时刻孤独无助、缠绵不舍、哀怨苦痛的心理，令人看后为之动容。第三折写汉元帝送别昭君，这一折的唱词字字饱含主人公的血泪，且情绪是循序渐进直至爆发的。【七弟兄】【梅花酒】【收江南】三曲连唱，将汉元帝痛失爱人的悲怆表现得淋漓尽致。第四折对汉元帝在秋夜雁声中思念昭君的描写浓墨重彩，更是爱情的升华。至此，一个孤独无助而又痛苦不堪的深情帝王形象跃然而出。可见，作者并没有过分美化汉元帝对昭君的爱情，而是如实地写出了汉元帝爱昭君的具体内容及其局限性。这样，汉元帝对昭君的温柔多情与他治理国家社稷的昏庸无能，便构成了复杂又和谐的整体，自然而逼真地刻画出了汉元帝深爱昭君的鲜明形象。

《汉宫秋》对王昭君形象的塑造也独出机杼。昭君在剧中只有说白和科介，从因拒绝贿赂毛延寿而深居永巷、弹琵琶诉苦闷，到自请出塞和番，再到留下汉家衣裳、沉黑江全节，这些精彩关目虽寥寥数语，着墨不多，但将昭君形象刻画得栩栩如生。同时，作者对昭君的经历和结局进行了有别于史实的改编。在历史上，昭君是一个由皇帝“钦点”的“和亲英雄”；而在剧中，昭君则是为息刀兵主动和番，自沉黑江而死，成了一个具有强烈民族精神和忠君观念的女性。相较于历史上的昭君，剧作中昭君的曲折经历和坚贞品格更能引起读者的情感共鸣。王昭君天生丽质，美艳动人，毛延寿选尽天下美人，也觉得昭君“十分艳丽，真乃天下绝色”。之后，王昭君因才貌双全，使汉元帝一见倾心，单于仅仅见到画像便起意索要。不仅如此，昭君之美还在于美德。她品行端重，正直无畏，不愿贿赂毛延寿，以至被打入冷宫，直至一个偶然的夜晚，才因一曲琵琶引得皇帝宠幸，足见王昭君是个品性才情兼具的女子。在得知北番兵临城下、来势汹汹时，她毅然决然地说：“妾既蒙陛下厚恩，当效一死，以报陛下。妾情愿和番，得息刀兵，亦可留名青史。”她自请和亲的光辉形象，和那些在关键时刻一味推脱责任、软弱无能的文武百官形成了鲜明对照，展现了昭君为国家大义挺身而出的勇敢与担当。而王昭君在黑河自尽，又展现了她的民族气节和忠贞不渝。至于毛延寿，剧中的毛延寿是在后世诗文改编基础上进行的再加工，他不仅是“丑画图”的贪官，还是挑起争端的罪人。正是由于这些创新，原本平实的历史变得精彩纷呈，引人注目，经过剧作者的改编，人物形象更加生动，剧情也更跌宕有致。

### （三）剧中唱词声情并茂，意境优美，具有浓郁的抒情风格

一方面，该剧借助大量意象，营造意境美。例如，汉元帝与王昭君灞桥饯别的场面，曲词优美、缠绵、哀婉，透过意象来衬托元帝的离别之恨和思念之苦，极富艺术感染力。汉元帝一上场，便通过一句唱词“尚兀自渭城衰柳助凄凉，共那灞桥流水添惆怅”使得整个送别场景如在眼前，也将汉元帝内心的离愁别恨展现得淋漓尽致。这里，“渭城”“衰柳”“灞桥”“流水”四个意象都是中国古典诗词中常用的意象，马致远将这几个具有特定文化内涵的具象性意象巧妙地组合在一起，构成了一幅凄凉哀婉的送别图，贯穿其中的是汉元帝送别昭君时极度悲痛、极端依恋而又极为无奈的复杂心态。又如，马致远擅长选取具有强烈感情色彩的塞北风光和宫中秋景来营造悲剧意境，以下是最为人称道的唱段之一【梅花酒】：

“呀！俺向着这迥野悲凉。草已添黄，兔早迎霜。犬褪得毛苍，人搠起缨枪，马负着行装，车运着糇粮，打猎起围场。他、他、他，伤心辞汉主；我、我、我，携手上河梁。他部从入穷荒；我銮舆返咸阳。返咸阳，过宫墙；过宫墙，绕回廊；绕回廊，近椒房；近椒房，月昏黄；月昏黄，夜生凉；夜生凉，泣寒螀；泣寒螀，绿纱窗；绿纱窗，不思量！”

该唱段描写的是汉元帝独自一人如泣如诉，吟唱离别之苦。作者通过意象将眼前的实景和想象中的虚景相互交错，融情于景，那情景如在眼前、如在耳畔，令人不忍卒读。同时，该唱段巧妙地运用顶针手法，音节急迫短促，循环往复，音乐感十足。再加上在暮秋天气，“草已添黄，兔早迎霜”，愈发使得“离情”更悲，“离愁”更愁。在中国传统文化中，“雁”这个意象被赋予了许多特定的文化内涵，马致远在这里选取雁的意象，实是写汉元帝的所见所闻，写汉元帝在昭君走后的惆怅情怀；虚则是

写昭君出塞后的孤独处境和思乡之情。剧中第四折，描摹了汉元帝因思念昭君，而夜挂美人图以解愁闷的景象，而就在他昏昏沉沉入梦时，却被孤雁声惊醒，更觉孤苦凄凉，这渲染了汉元帝剪不断、挥不去的愁思与孤独。在唱段【幺篇】中，“伤感似替昭君思汉主，哀怨似作薤露哭田横，凄怆似和半夜楚歌声，悲切似唱三叠阳关令”几句唱词将汉元帝对昭君的思念渲染到极致，深化了剧作的悲剧意境。剧作最后以两支曲子【尧民歌】【随煞】收尾，深化了汉元帝的相思入骨，悲怨难解，营造出浓厚的抒情色彩和悲剧气氛。

另一方面，剧中对诗句的化用及典故的使用，使曲词清朗俊雅而不浓艳。马致远以诗笔写戏曲，在《汉宫秋》中化用了大量的诗句和典故，它们本身已具有相应的历史意义和审美内涵，但在作者的加工转述过程中又积淀了新的意蕴，使其内涵更加充实丰满。在诗句的化用上，最突出的是化用前人吟咏昭君的诗作，如第二折【贺新郎】中的“您须见舞春风嫩柳宫腰瘦，怎下的教他环佩影摇青冢月，琵琶声断黑江秋！”出自金代王元节的《春冢》：“环佩魂归青冢月，琵琶声断黑山秋。汉家多少征西将，泉下相逢也合羞。”这是汉元帝的唱词，点出了昭君出塞的结局，用以表达对昭君的不舍和痛惜，也讽刺了群臣欲以一女子求和的无能和怯懦。在第三折中，昭君的说白“红颜胜人多薄命，莫怨春风当自嗟”是直接引用的欧阳修《和王介甫明妃曲二首》中的句子；而诗句“今日汉宫人，明朝胡地妾”则引自李白《王昭君二首》。这两句均于说白中化用诗句，符合剧中人物的身份，也使语言更加雅致。《汉宫秋》在用典上也较为频繁。楔子中，番王用的几个典故交代了历史上匈奴的状况，虽有夸张附会之意，但也陈述了全剧故事的背景。而毛延寿的说白“教皇帝少见儒臣，多昵女色”“田舍翁多收十斛麦，尚欲易妇”则是展现出了他的丑恶面目。第一折元帝巡宫时遇见昭君，在【醉中天】中道“若是越勾践姑苏台上见他，那西施半筹也不纳，更敢早十年败国亡家”，将昭君与西施作比，昭君有过之而无不及，强调了昭君的倾城之颜。第三折汉元帝送别昭君，【雁儿落】中的唱词：“我做了别虞姬楚霸王，全不见守玉关征西将。哪里取保亲的李左车，送女客的萧丞相？”前句化用霸王别姬的典故，后句中的李左车和萧丞相是历史人物，但并未做保媒送亲之事，这里是用来讽刺大臣们只会做保媒送亲的事而别无他能。这些典故点缀于剧中，将剧作本身承载的历史内涵与作者所要表达的含义多重叠加，隐喻贴切且应和情境，深化了剧中人物的形象特征。这一折戏剧语言的特色，辞词写得既通俗易懂，又文采斐然；既使用了许多俚语、俗语，如“您但提起刀枪，却早小鹿儿心头撞”，又化用了许多诗词中的句子，如“旧恩金勒短，新恨玉鞭长”，写得婉转缠绵，感人肺腑，具有强烈的抒情性。尤其是【梅花酒】和【收江南】两支曲子，脍炙人口，传诵不绝。

总之，《汉宫秋》这一剧作展现了别具一格的艺术风采，是我国古代戏曲中少有的具有高超艺术技巧和深厚思想内蕴的作品，被王国维列为元曲三大杰作之一，称为“千古绝品”，实在名副其实。明代朱权在其著作《太和正音谱》中高度评价马致远，认为：“马东篱之词，如朝阳鸣凤。其词典雅清丽，可与灵光景福两相颉颃，有振鬣长鸣万马皆喑之意。又若神凤飞于九霄，岂可与凡鸟共语哉！宜列群英之上。”可见马致远在元曲作家中的卓越地位。

## 【作品精选】

### [元]马致远《汉宫秋》

第三折

〔番使拥旦上，奏胡乐科，旦云〕妾身王昭君，自从选入宫中，被毛延寿将美人图点破，送入冷宫；甫能得蒙恩幸，又被他献与番王形像。今拥兵来索，待不去，又怕江山有失；没奈何将妾身出塞和番。这一去，胡地风霜，怎生消受也！自古道：‘红颜胜人多薄命，莫怨春风当自嗟。’〔驾引文武内官上，云〕今日灞桥饯送明妃，却早来到也！〔唱〕

【双调·新水令】锦貂裘生改尽汉宫妆，我则索看昭君画图模样。旧恩金勒短，新恨玉鞭长。本是对金殿鸳鸯，分飞翼，怎承望！

〔云〕您文武百官计议，怎生退了番兵，免明妃和番者。〔唱〕

【驻马听】宰相每商量，大国使还朝多赐赏。早是俺夫妻悒怏，小家儿出外也摇装。尚兀自渭城衰柳助凄凉，共那灞桥流水添惆怅。偏您不断肠，想娘娘那一天愁都撮在琵琶上。

〔做下马科〕〔与旦打悲科〕〔驾云〕左右慢慢唱者，我与明妃饯一杯酒。〔唱〕

【步步娇】您将那一曲阳关休轻放，俺咫尺如天样，慢慢的捧玉觞。朕本意待尊前捱些时光，且休问劣了宫商，您则与我半句儿俄延着唱。

〔番使云〕请娘娘早行，天色晚了也。〔驾唱〕

【落梅风】可怜俺别离重，你好是归去的忙。寡人心先到他李陵台上？回头儿却才魂梦里想，便休题贵人多忘。

〔旦云〕妾这一去，再何时得见陛下？把我汉家衣服都留下者。〔诗云〕正是：今日汉宫人，明朝胡地妾；忍着主衣裳，为人作春色！〔留衣服科〕〔驾唱〕

【殿前欢】则甚么留下舞衣裳，被西风吹散旧时香。我委实怕宫车再过青苔巷，猛到椒房，那一会想菱花镜里妆，风流相，兜的又横心上。看今日昭君出塞，几时似苏武还乡？

〔番使云〕请娘娘行罢，臣等来多时了也。〔驾云〕罢罢罢！明妃，你这一去，休怨朕躬也。〔做别科，驾云〕我那里是大汉皇帝！〔唱〕

【雁儿落】我做了别虞姬楚霸王，全不见守玉关征西将。那里取保亲的李左车，送女客的萧丞相？

〔尚书云〕陛下不必挂念。〔驾唱〕

【得胜令】他去也不沙架海紫金梁，枉养着那边庭上铁衣郎。您也要左右人扶侍，俺可甚糟糠妻下堂！您但提起刀枪，却早小鹿儿心头撞。今日央及煞娘娘，怎做的男儿当自强！

〔尚书云〕陛下，咱回朝去罢。〔驾唱〕

【川拨棹】怕不待放丝缰，咱可甚鞭敲金镫响。你管燮理阴阳，掌握朝纲，治国安邦，展土开疆；假若俺高皇，差你个梅香，背井离乡，卧雪眠霜，若是他不恋恁春风画堂，我便官封你一字王。

〔尚书云〕陛下，不必苦死留他，着他去了罢。〔驾唱〕

【七弟兄】说什么大王、不当、恋王嫱，兀良！怎禁他临去也回头望。那堪这散风雪旌节影悠扬，动关山鼓角声悲壮。

【梅花酒】呀！俺向着这迥野悲凉。草已添黄，兔早迎霜。犬褪得毛苍，人搠起缨枪，马负着行装，车运着糇粮，打猎起围场。他、他、他，伤心辞汉主；我、我、我，携手上河梁。他部从入穷荒；我銮舆返咸阳。返咸阳，过宫墙；过宫墙，绕回廊；绕回廊，近椒房；近椒房，月昏黄；月昏黄，夜生凉；夜生凉，泣寒螿；泣寒螿，绿纱窗；绿纱窗，不思量！

【收江南】呀！不思量，除是铁心肠；铁心肠，也愁泪滴千行。美人图今夜挂昭阳，我那里供养，便是我高烧银烛照红妆。

〔尚书云〕陛下，回銮罢，娘娘去远了也。〔驾唱〕

【鸳鸯煞】我索大臣行说一个推辞谎，又则怕笔尖儿那伙编修讲。不见他花朵儿精神，怎趁那草地里风光？唱道伫立多时，徘徊半晌，猛听的塞雁南翔，呀呀的声嘹亮，却原来满目牛羊，是兀那载离恨的毡车半坡里响。〔下〕

〔番王引部落拥昭君上，云〕今日汉朝不弃旧盟，将王昭君与俺番家和亲。我将昭君封为宁胡阏氏，坐我正宫。两国息兵，多少是好。众将士，传下号令，大众起行，望北而去。〔做行科〕〔旦问云〕这里甚地面了？〔番使云〕这是黑江，番汉交界去处。南边属汉家，北边属我番国。〔旦云〕大王，借一杯酒望南浇奠，辞了汉家，长行去罢。〔做奠酒科，云〕汉朝皇帝，妾身今生已矣，尚待来生也。〔做跳江科，番王惊救不及，叹科，云〕嗨！可惜，可惜！昭君不肯入番，投江而死。罢罢罢！就葬在此江边，号为青冢者。我想来，人也死了，枉与汉朝结下这般仇隙，都是毛延寿那厮搬弄出来的。把都儿，将毛延寿拿下，解送汉朝处治，我依旧与汉朝结和，永为甥舅，却不是好？〔诗云〕则为他丹青画误了昭君，背汉主暗地私奔；将美人图又来哄我，要索取出塞和亲。岂知道投江而死，空落的一见消魂。似这等奸邪逆贼，留着他终是祸根；不如送他去汉朝哈喇，依还的甥舅礼，两国长存。〔下〕

## 第四折

〔驾引内官上，云〕自家汉元帝，自从明妃和番，寡人一百日不曾设朝。今当此夜景萧索，好生烦恼。且将这美人图挂起，少解闷怀也呵。〔唱〕

【中吕·粉蝶儿】宝殿凉生，夜迢迢六宫人静。对银台一点寒灯，枕席间，临寝处，越显的吾身薄幸。万里龙廷，知他宿谁家一灵真性。

〔云〕小黄门，你看炉香尽了，再添上些香。〔唱〕

【醉春风】烧尽御炉香，再添黄串饼。想娘娘似竹林寺，不见半分形；则留下这个影、影。未死之时，再生之日，我可也一般恭敬。

〔云〕一时困倦，我且睡些儿。〔唱〕

【叫声】高唐梦，苦难成。那里也爱卿、爱卿，却怎生无些灵圣？偏不许楚襄王枕上雨云情。

〔做睡科〕〔旦上，云〕妾身王嫱，和番到北地，私自逃回。兀的不是我主人！陛下，妾身来了也。〔番兵上，云〕恰才我打了个盹，王昭君就偷走回去了。我急急赶来，进的汉宫，兀的不是昭君！〔做拿旦下〕〔驾醒科，云〕恰才见明妃回来，这些儿如何就不见了。〔唱〕

【剔银灯】恰才这搭儿单于王使命，呼唤俺那昭君名姓；偏寡人唤娘娘不肯灯前应，却原来是画上的丹青。猛听得仙音院，凤管鸣，更说甚箫韶九成。

【蔓青菜】白日里无承应，教寡人不曾一觉到天明，做的个团圆梦境。〔雁叫科，唱〕却原来雁叫长门两三声，怎知道更有个人孤另！〔雁叫科〕〔唱〕

【白鹤子】多管是春秋高，筋力短；莫不是食水少，骨毛轻？待去后，愁江南网罗宽；待向前，怕塞北雕弓硬。

【幺篇】伤感似替昭君思汉主，哀怨似作薤露哭田横，凄怆似和半夜楚歌声，悲切似唱三叠阳关令。

〔雁叫科〕〔云〕则被那泼毛团叫的凄楚人也。〔唱〕

【上小楼】早是我神思不宁，又添个冤家缠定。他叫得慢一会儿，紧一声儿，和尽寒更。不争你打盘旋，这搭里同声相应，可不差讹了四时节令？

【幺篇】你却待寻子卿、觅李陵。对着银台，叫醒咱家，对影生情。则俺那远乡的汉明妃，虽然薄命，不见你个泼毛团，也耳根清净。

〔雁叫科〕〔云〕这雁儿呵。〔唱〕

【满庭芳】又不是心中爱听，大古似林风瑟瑟，岩溜泠泠。我只见山长水远天如镜，又生怕误了你途程。见被你冷落了潇湘暮景，更打动我边塞离情。还说甚雁过留声，那堪更瑶阶夜永，嫌杀月儿明！

〔黄门云〕陛下省烦恼，龙体为重。〔驾云〕不由我不烦恼也。〔唱〕

【十二月】休道是咱家动情，你宰相每也生憎。不比那雕梁燕语，不比那锦树莺鸣。汉昭君离乡背井，知他在何处愁听？〔雁叫科〕〔唱〕

【尧民歌】呀呀的飞过蓼花汀，孤雁儿不离了凤凰城。画檐间铁马响丁丁，宝殿中御榻冷清清，寒也波更，萧萧落叶声，烛暗长门静。

【随煞】一声儿绕汉宫，一声儿寄渭城，暗添人白发成衰病，直恁的吾家可也劝不省。

〔尚书上云〕今日早朝散后，有番国差使命绑送毛延寿来，说因毛延寿叛国败盟，致此祸衅。今昭君已死，情愿两国讲和。伏候圣旨。〔驾云〕既如此，便将毛延寿斩首，祭献明妃。着光禄寺大排筵席，犒赏来使回去。〔诗云〕叶落深宫雁叫时，梦回孤枕夜相思；虽然青冢人何在，还为蛾眉斩画师。

题目　沉黑江明妃青冢恨

正名　破幽梦孤雁汉宫秋

【思考题】

1. 如何理解马致远对昭君出塞故事的改编？
2. 请简述《汉宫秋》的思想主题。
3. 请简述《汉宫秋》的艺术成就。

# [元]纪君祥《赵氏孤儿》：一曲忠义颂，巍巍垂青史

【作家生平】

纪君祥，又名纪天祥，生卒年不详，元代大都(今北京)人。据元代钟嗣成所著的《录鬼簿》记载，纪君祥与杂剧作家郑廷玉、李寿卿等人的生活年代大致相同，为元代前期杂剧作家。纪君祥所创作的剧本存目有《冤报冤赵氏孤儿》《陈文图悟道松阴梦》《信安王断复贩茶船》《韩湘子三度韩退之》《曹伯明错勘赃》和《驴皮记》六种。不过，这些剧本大多已失传，仅《冤报冤赵氏孤儿》存有全本，另有《陈文图悟道松阴梦》仅存一些残曲。明初朱权所著的《太和正音谱》中有“纪君祥之词如雪里梅花”之言，可见其创作以格调雅致取胜。

纪君祥从《左传》《国语》《史记·赵世家》，以及汉代刘向的《新序·节士》《说苑·复思》等史籍中取材，又吸收借鉴了历代流传的程婴保护赵氏孤儿的故事，在此基础上，做了大胆的艺术加工和创造，最终写出了《赵氏孤儿》这部震撼人心的复仇悲剧。在剧本中，作者充分肯定了为正义而自我牺牲和向邪恶势力复仇的精神，这可能与元灭宋后实行民族歧视政策，从而在民间引起普遍的复宋情绪有关。由于宋朝建立者姓赵，自承先秦赵氏高贵血脉，为表彰存赵的忠义之举，两宋历代皇帝都曾给程婴、公孙杵臼等人追封尊号，建庙祀奉，因此扩大了这些历史人物的影响。不仅如此，赵氏孤儿的故事在我国历代各个阶层民众中，甚至在许多西方国家中都有着很大的影响。

【作品概要】

春秋晋灵公时期，晋国的文武大臣上卿赵盾与大将军屠岸贾不和，屠岸贾蓄意谋害赵盾全家。一次，屠岸贾派刺客鉏麑去刺杀赵盾，不料鉏麑深夜带刀越墙来到赵府准备行刺时，却见赵盾勤于国事、忠心为国，是个贤相，于是不忍加害，竟触槐树而死。

鉏麑刺杀不成，屠岸贾只得另生他计。一天，西戎向晋国进贡了一头猛犬，名叫神獒，晋灵公把它赐给了屠岸贾。屠岸贾将神獒锁在净房中饿了三五天，然后在后花园中扎下一个穿着紫袍玉带、象简乌靴，与赵盾一般打扮的草人，并在草人腹中悬一羊心肺，以此训练神獒。如此试验百日，屠岸贾觉得神獒可以为其所用了。于是入宫去见灵公，诡说西戎神獒能辨认忠奸，谁对灵公不忠，神獒便扑咬谁。灵公大喜，让屠岸贾牵来神獒。这时赵盾着紫袍玉带、象简乌靴，正立在灵公坐榻之边。神獒见了，扑着他便咬，赵盾急忙闪避，神獒追着赵盾绕殿而走。这时，殿前太尉提弥明一劈将那神獒分为两半，赵盾逃出殿门，便寻他原乘的驷马车，谁知屠岸贾早使人将驷马摘了二马，双轮去了一轮。危急时刻，旁边转过一个壮士——桑下饿人灵辄，是为报答之前赵盾的一饭之恩而来，只见他一臂扶轮、一手策马，救出赵盾，回到了家。

屠岸贾率兵包围了赵盾府邸，灭其满门三百余口，连驸马赵朔也未能幸免。怀有身孕的赵朔之妻赵庄姬因是晋灵公的女儿，幸免于难，但被囚在驸马府中，生下了一个儿子。不久，屠岸贾听说公主生下一个男孩，便想斩草除根，以绝后患，于是命令下将军韩厥守住府门。公主央求门下草泽医生程婴掩藏婴儿出去，嘱托程婴将赵氏孤儿抚养长大为赵家报仇，说完便自缢而死。当程婴把婴儿放在药箱中带出府门时，把守府门的下将军韩厥，原本就对屠岸贾陷害忠良、斩草除根的做法深为痛恨，在明知程婴药箱藏匿着赵氏孤儿的情况下仍故意放走程婴，还当场拔剑自刎，以信守诺言。屠岸贾得知赵氏孤儿被救走后，假借灵公命令封城，到各家各户搜查一月以上、半年以下的新生婴儿，并称如无人献出孤儿，就将国中新生婴儿全部杀绝。

程婴从驸马府出来后，赶到好友公孙杵臼的太平庄住处。公孙杵臼原是晋国中大夫，为人讲信义，因年已七十，又见屠岸贾专权，便辞职归农。程婴见了公孙杵臼，将事情原委一一告知。两人为此定计：程婴舍子，公孙舍命，保下孤儿性命。随后，程婴将刚出生未满月的儿子程勃交给公孙杵臼后便出面揭发，屠岸贾信以为真，派人搜出婴儿并残忍杀害，公孙杵臼大骂屠岸贾后自己撞死在台阶上。

程婴因此获得屠岸贾信任，成为他的门客，并让屠岸贾认下名为程勃实为赵氏孤儿的幼子为养子，改名为屠成。从此，程婴忍辱负重，背负着背信弃义、卖友求荣的骂名把赵氏孤儿养育长大。二十年后，他觉得赵氏孤儿已长大成人，是该得知真相的时候了。一日，屠成从校场回来拜见程婴，程婴有意让其到书房看书。屠成在书房发现一个手卷，上面画的都是当年屠岸贾残害赵盾全家的具体过程，不由看得目瞪口呆。这时，程婴出来向他道明了事情的真相，屠成听后如遭晴天霹雳，悲愤不已，始知自己竟是赵氏孤儿，决心为家族报仇。

此时灵公已死，悼公在位，赵氏孤儿将屠岸贾专权横行、残害忠良之事上告悼公，悼公便命赵氏孤儿联合戍边回朝的大将军魏绛诛杀屠岸贾。赵盾全家大仇得报，赵氏孤儿恢复本姓，认祖归宗，被赐名赵武。

### 【作品鉴赏】

《赵氏孤儿》全名《冤报冤赵氏孤儿》，又名《赵氏孤儿大报仇》，是一部十分感人的历史悲剧，被称为“元代四大悲剧之一”。它生动展现了春秋时代晋灵公时期统治阶级内部政治斗争的血腥和残酷，热情讴歌了忠义，强烈鞭挞了奸佞，塑造了一群为了维护正义而英勇献身的英雄形象，可谓“一曲忠义颂，巍巍垂青史”。因此，《赵氏孤儿》一问世便造成了社会轰动，此后更是成为许多剧作家创作的主题，明人传奇《八义记》就是根据《赵氏孤儿》改编的。《赵氏孤儿》的版本现有两种：《元刊杂剧三十种》本和明人编刊的《元曲选》本。元刊本有四折，只载曲词，无科白；明刊本有五折，科白俱全，但部分曲词与元刊本有所不同。

《赵氏孤儿》在戏剧发展史上影响深远，历来有多个剧种改编上演。尤为难得的是，这部剧作很早就被译成外文，推向世界。早在1735年，法国的马若瑟就将《赵氏孤儿》翻译成法文，收在杜赫德编著的《中华帝国全志》中。《赵氏孤儿》在巴黎出版后，被誉为“传入欧洲的第一部中国戏剧”。后来，《赵氏孤儿》又有英、俄、意等多种译本，在欧洲引起了巨大反响。一出中国传统戏剧，能够被翻译成多种文字，在世界上广泛流传，可见它有多么引人入胜的艺术魅力。特别是法国启蒙思想家伏尔泰于1755年将其改编为《中国孤儿》搬上戏剧舞台后，《赵氏孤儿》成为西方视野中典型的中国故事，享誉世界。伏尔泰在《反驳卢梭的“文明不幸福”论》中指出，“《赵氏孤儿》是了解中国精神的里程碑式的作品，是过去和将来有关这一幅员辽阔的帝国的任何一部游记所无法比拟的……提供了理性必然战胜蛮力，智慧必然战胜野蛮的伟大榜样”。

## 一、《赵氏孤儿》的故事演变

赵氏孤儿的故事源于先秦时期的历史记载，通过史书、文人笔记、杂剧、传奇和章回小说等在社会上广为流传。在这一过程中，不仅故事的叙述重点发生了从重史到重奇的变化，故事的忠义主题也在内涵上不断丰富和深化。

先秦时期，在《春秋》《左传》《公羊传》等著述中，《赵氏孤儿》的故事特点在于简洁朴实地记叙弑君篡位、大夫夺权、乱伦通奸等丑恶事件，真实地反映当时的社会历史现象。其中，《春秋》记载了赵盾弑君及赵氏灭族两件大事，表现了春秋时期诸侯国内严重的君臣冲突；《左传》则写出了赵氏家族内部的腐败与混乱不堪，最终引发灭门之祸。此时的赵氏孤儿故事，以淫乱与屠杀为叙述主题，不过“义”的叙事元素也有所体现。例如，《左传》记载晋灵公派遣的刺客鉏麑，本要刺杀赵盾，却因看到赵盾“盛服将朝，尚早，坐而假寐”而杀意顿消，退而叹其“不忘恭敬”，自己触槐而死。鉏麑刺杀未成，晋灵公请赵盾喝酒，伏甲攻之，武士提弥明知道后助赵盾脱困，自己却力尽而亡。再如《左传》《公羊传》中均提到“桑下饿夫”灵辄，只为一饭之恩，“抱盾而走”。上述三位义士身上凸显的义薄云天，无疑体现了先秦世人重视的“义”文化。

汉代是赵氏孤儿故事基本框架成型的时代，不仅故事的主题由淫乱与屠杀向尚义精神转化，君臣矛盾也演变成忠奸矛盾。赵盾死后，屠岸贾矫以君命灭赵氏全族，赵朔遗孤由程婴救出得脱；为保全赵氏孤儿，程婴与公孙杵臼商议，取他人婴儿冒充赵氏孤儿藏于公孙杵臼处，并由程婴出卖于屠岸贾；公孙杵臼与假孤儿殒命，程婴携真孤儿藏匿深山十五年，最后在韩厥帮助下得报大仇，程婴遂自杀。《史记·赵世家》中的赵氏孤儿故事首次增加了门客公孙杵臼和友人程婴的形象。面对赵氏灭门之祸，公孙杵臼质问程婴“胡不死”，可见当恩主遭难，门客是否殉主才是当时的人最为看重的。正所谓“士之为人，当理不避其难，临患忘利，遗生行义，视死如归”①。赵氏孤儿故事增添的两位义士——公孙杵臼与程婴，正是忠义的化身，这也开启了后世对两位义士的无限敬仰之情。在整个保孤过程中，杵臼死义，程婴则在孤儿成功复仇之后，以自杀的方式为自己的一生义举画上了圆满的句号。程婴活着就是为了保孤复仇，心愿达成，只欠一死，以报恩主与公孙杵臼，他本身就是“义”的完美化身。而此时的“义”文化不仅体现在门客、朋友的关系上，最亲密的夫妻之间同样见证着“义”的高贵。赵朔之妻庄姬在《史记》中也一改以往的荡妇形象，而被塑造为一个信守承诺、坚贞不屈，为丈夫和家族力保骨血的节烈女子，那份母亲的舐犊情怀，那份为家族的忍辱负重，让人肃然起敬。众多“义”元素的加入，使得赵氏孤儿的故事脱胎换骨，承载了可贵的然诺精神与社会责任，由此具备了巨大能量。可以说，先秦时期的君子之义发展至汉代，内涵得以扩充。义已不单单是约束君子行为的标准之一，更成为夫妻、朋友、兄弟之间彼此信任的基础，并逐渐发展为普通人之间的情感要求，成为所有人普遍遵循的道德准则和行为规范。

唐宋时期，赵氏孤儿的故事形态较以往没有太大的改变，但是看似相同的故事叙述也折射出不同时代的社会文化差异：唐人重侠义轻死忠，宋人却将忠义伦理抬到道德的制高点。唐代社会风气豪放霸气，人们的忠义观念较为开放自信。在唐人眼中，忠君报国固然荣耀，但独立的人格精神更加值得珍视，这使得他们不甘屈从于统治阶级的权势，而企图获得政治和精神上的双重自由。特别是在异域文化输入，以及“胡风”的影响下，唐人尚武轻儒，君臣大义的礼法往往被搁置一边，形成了放荡不羁、豪放大气的处事风格。不过，唐代的正统忠义观虽较为淡薄，但在社会底层流

① 吕不韦.吕氏春秋[M].沈阳：万卷出版有限责任公司，2017.

传的侠义精神却日渐兴盛。对于热衷行侠仗义的唐人来说，义与侠二者相辅相成，缺一不可。程婴、公孙杵臼为留下赵氏一脉骨血，与屠岸贾斗智斗勇，慷慨赴死，无愧“侠义”二字。这与唐代整体的文化心态相符合，是受到民众肯定和支持的正义行为，因此，《史记》版本的故事能在唐代社会广为传播。赵氏孤儿的故事在宋代也特别受世人关注，程婴、公孙杵臼、韩厥三位义士也一再获得敕封，并享受立庙祭祀的待遇。一方面，这得益于宋代独特的政治背景。开国皇帝赵匡胤黄袍加身得以称帝，对武将的防范远胜其他，由此带来一系列祸患：朝廷内部奸臣当道，国势渐弱，内忧外患，人民常年身处辽、西夏、金、蒙古之间的战争中，苦不堪言，甚至两次遭受亡国之痛。在这样的困境中，统治者迫切需要寻得一个坚定的信仰，以构建共同御敌的情感力量。而赵氏孤儿故事中赵氏灭而再续的历史结局，恰恰迎合了宋代统治者渴望家族绵延不断的愿望。因此，赵氏被宋代追立为先祖，祀享春秋，也是水到渠成的事了。从普通民众的视角来看，赵氏孤儿故事中忠臣义士誓死存孤成就了后世大宋，忠义之心日月可鉴，故事主人公对权暴邪恶的愤然反抗，激发了宋人强烈的爱国热情。人们对保孤义士程婴、公孙杵臼、韩厥的敬重之情迅速升温，形成了全社会的敬仰文化。南宋建立之初，宋高宗立庙致祭三人，以表彰其“存赵”之忠，官方意识导向强烈。在接下来的宋元对抗中，士人们往往以赵氏孤儿的故事激励斗志，在风雨飘摇的战乱年代，“存赵”成为宋人共同的心理期许。此外，继朝廷倡导立庙祭祀之后，宋代民众也开始了对程婴、公孙杵臼、韩厥及赵氏孤儿的群体朝拜。甚至千百年来，广大民众以赵氏孤儿庙祈雨，足见民众对其神灵庇护的笃信。

元明清时期是赵氏孤儿故事的重大转折期，此时正值少数民族取代中原汉族的政权更迭期，赵氏孤儿的故事被深深地打上了汉族的文化烙印。从保孤斗争中忠臣义士的不断增加与更加惨烈的情节设置可以看出，这一时期的故事在忠义主题上明显倾向于绝对的忠君观，而义则相对受到冷落，忠义教化论突出。同时，赵氏孤儿故事在元明清三代的集中式大规模传播，反映了人们希望汉族文化传统亡而再续、永不中断的社会心理。而对忠君思想的绝对化强调，则源于元明清时期皇帝权力独大的政治现实——元代君臣关系的主奴化观念极为突出，唐宋以来君王与士大夫共治天下的局面被打破，君主享有支配一切的至高权力。元朝为之后明清强化专制主义的君权打下了基础。生活在皇权专制下的人们都希望过上安居乐业的太平生活，久而久之，反而强化了自身对君权的畸形期待心理，君权恶性膨胀的现象更加严重。无论是《元史》《明史》还是《清史稿》，其中《忠义传》所记载的人物事迹均与唐宋有所不同，忠君报国的官吏们仍然榜上有名，但是在民间行侠仗义的普通人再也难以进入史册，只有那些为国死节的百姓才可以走进正史。由此可见，此时的忠义观更加倾向于“忠”，义也逐渐被“忠”化，同时强调的更多是臣民对国家及君主的忠诚与维护。

元明清时期赵氏孤儿故事的忠臣色彩不断凸显，主要表现为以下三种方式。第一种方式：义士变忠臣。故事中的公孙杵臼由赵氏门客变为忠君爱国的老宰辅。如果说门客公孙杵臼在赵氏危难之际，死保赵孤的行为是效忠恩主的话，那么忠臣公孙杵臼的勇于担当和无畏牺牲，就不仅是对朋友赵盾的两肋插刀，更是一代忠臣的抗奸之举。不吝己身，铲除奸佞，匡扶正义，这是公孙杵臼挽救赵氏孤儿的出发点，忠君思想在文本中占据了重要位置。在元杂剧《赵氏孤儿》中，替孤儿而死的婴儿被改编成程婴的儿子，程婴入屠府作门客，孤儿认贼作父二十年后才知真相，这一变化无疑更具传奇性和戏剧性。另有戏文《赵氏孤儿记》、传奇《八义记》等铺陈其事，虽有增减，但皆不偏离纪氏杂剧所述情节。第二种方式：同是忠臣，但忠的程度由弱变强，这主要表现在韩厥的身份变化上。韩厥本来只是孤儿复立的推动人，与程婴、公孙杵臼相比，忠义色彩不够强烈。元杂剧却将韩厥变成了救孤队伍里的重要一员，让其高喊着“忠臣不怕死，怕死不忠臣”而毅然自刎，悲壮的救孤过程使韩厥之忠变得越发耀眼和震撼人心。第三种方式：新增忠臣。明刊本杂剧《赵氏孤儿》第五折“复仇”中增加忠臣魏绛，替代了韩厥的复孤重任。至此，故事中保孤救孤的忠臣不断增加，忠君思想在剧本中越发凸显。

## 二、《赵氏孤儿》的思想主题

元杂剧《赵氏孤儿》"所大力彰显的，其实是一个'义'字"①。从某种意义来看，这部剧作是一部典型的忠义伦理教化剧，通过程婴、公孙杵臼和屠岸贾之间保孤、救孤与搜孤、杀孤的矛盾斗争，谴责了屠岸贾的凶残暴虐，歌颂了程婴、公孙杵臼等人坚持忠义的凛然正气。因此，赵氏孤儿故事历来被认作"忠臣义士的别传"。其中，最突出的"义士代表"就是程婴。为了突出和强化程婴的道德光辉，元杂剧的剧本也一改先前故事中程婴用别人孩子代替赵氏孤儿的写法，而将情节设置为程婴主动献亲生子以替赵氏孤儿。同样是一条小生命，以他人之子代自己之子未免自私和残忍，但杂剧的这一重要改动，完全洗刷了程婴身上唯一的"污点"。为救赵氏孤儿及全城婴儿牺牲自己的孩子，故事跨越亲情的藩篱走向崇高，将忠义文化推展到一个新境界，这对于现实生活中面临相似人生选择的人们也具有一定导向意义。

元顺帝时，昔班帖木儿与妻子在部落谋叛中为保赵王，竟以自己的孩子观音奴代替赵王而死。为救他子，牺牲己子，这些历史事件虽发生在不同时代，今天读来却与历史故事惊人地相似，俨然就是赵氏孤儿故事的现实翻版。一个广为流传的历史故事，真实性尚待考证，而后世竟出现以其为参照的真实事件，这不得不归功于"忠义教化"潜在的强大影响力。明代《八义记》更是从题目上率先显露了其忠义教化的目的，其直接以"八义"命名，表明传奇创作的目的正是教化民众，培养人们忠义的品格。冯梦龙的《东周列国志》中有关赵氏孤儿的故事同样充满了忠孝节义等伦理道德观念，忠义成为作者决定人格价值取向、区分善恶标准的核心。明清小说多劝善惩恶，并且有意识地利用佛道二教的"福善祸淫"思想为儒家所信奉的伦理道德服务，教化的内容离不开忠孝节义的基本框架。明清教化剧和小说的盛行，从根本上来说是因为封建统治者希望通过文艺作品来加强对民众思想的控制，企图以道德教化拯救腐朽堕落的世道，而这只能算作封建社会末期统治者的美好幻想罢了。

---

① 欧阳光．元明清戏剧分类选讲［M］．北京：高等教育出版社，2007：25.

特别值得注意的是，赵氏孤儿故事往往在改朝换代之际，影响尤大，传播尤广。宋亡元兴及由明入清，均是一段汉族统治者被其他民族取而代之的时期，赵氏孤儿故事在这种时代背景下的广泛传播，恰恰是一种汉民族集体无意识的民族认同的体现。蒙古与清朝满族文化相继入侵中原，草原游牧文化与传统中原农耕文化形成一种异质冲突，像清初朝廷强制汉人剃发引发汉人以死抗命一样，文化上的冲突往往会超越政治和经济的范畴，成为最易引发社会暴动的因素。国家存亡之际，原有的中原传统文化面临断裂危机，而此时世人对赵氏孤儿故事中忠义文化的大肆宣扬、对舍生保孤行为的推崇赞许，无非是想借故事传达生命再续、传统不亡的民族信念，表现了人们对中华文化的强烈依赖。明代高僧憨山大师在论述“知人之难”时，慨叹忠臣稀少，并举出赵氏孤儿的例子，称赞程婴、公孙杵臼均为冒死救孤的忠臣。在“死易立孤难”的处境之下，无论是公孙杵臼的舍命存孤，还是程婴的隐忍育孤，都是在国破家亡之际被士人们予以肯定的忠义行为。程婴、公孙杵臼二人的象征意义已经远远超越赵氏孤儿故事本身，而成为民族存续的精神代表。世人对忠义精神的赞扬，正是对中华文化传统精神的继承，只要孤儿不死，程婴、公孙杵臼前仆后继，中华民族的文化血脉就不会中断。因此，“活下去，不中断”成为这一时期赵氏孤儿故事传播的深层精神动力。

忠义文化，可谓影响中国传统士大夫道德精神的主流文化。自古以来，忠君报国、舍生取义就是志士仁人一以贯之的行为准则。在赵氏孤儿故事中，刺客鉏麑为救赵盾陷入忠义两难的困境，触槐而死的举动更显其侠义；殿前太尉提弥明为保护赵盾免遭毒害，敢于劈毙神獒；桑下饿人灵辄为了报一饭之恩，不避危难扶轮而走。三位义士的侠义精神都体现了他们重道义恩仇胜于生命的价值观。在赵氏孤儿故事的核心“搜孤救孤”中，程婴献亲骨肉代赵孤而死的大义与隐忍，公孙杵臼与假孤儿一同赴难的无畏与牺牲，韩厥私放孤儿的坚决与担当，更是树立了忠义精神的不朽丰碑。

实际上，赵氏孤儿故事直到今天也没有停止流传和演变的脚步，电影、电视剧等各种新版赵氏孤儿故事的不断上演，再一次印证了中国传统价值观的巨大魅力。那是一种“忠义守德”的国民风范，是支撑中华民族屹立不倒的脊梁。虽然赵氏孤儿故事的发展走向经历了一系列变化，但故事沉淀至今，其内核仍然是舍生取义的义士精神和存根延续的民族责任感，这才是赵氏孤儿故事真正的生命力所在。

## 三、《赵氏孤儿》的艺术成就

清代姚燮在《今乐考证》中说："世以《史记》赵氏孤儿作杂剧，是以杂剧为《史记》也。史迁好摭拾不经之言为传。不怪其然也。又或辨其有无者，噫，不足辨也。《经》曰：'赵盾弑其君。'则盾固未尝杀于灵公也，盾之善终，又何尝死于屠岸贾也耶？"近代著名学者王国维在《宋元戏曲考》中指出："明以后，传奇无非喜剧，而元则有悲剧在其中。……其最有悲剧之性质者，则如关汉卿之《窦娥冤》，纪君祥之《赵氏孤儿》。剧中虽有恶人交构其间，而其蹈汤赴火者，仍出于其主人翁之意志，即列之于世界大悲剧中，亦无愧色也。"日本青木正儿的《元人杂剧概说》认为："此剧其事既佳，而结构亦紧密不懈，曲词遒劲。又能适合其内容，总该把它列为杰作之一。像第三折程婴用亲生子做替身的那一场，凄恻动人。"可以说，《赵氏孤儿》之所以在戏剧发展史上占有重要地位，并在海内外产生深远影响，与其所具有的突出艺术成就是密不可分的。

### （一）具有波澜跌宕、惊心动魄、扣人心弦的戏剧冲突

屠岸贾要陷害忠良，程婴等人要保护忠良，这是一场邪恶与正义之间的冲突。在冲突发展的初始阶段，屠岸贾要搜出赵氏孤儿，派人"把住府门，不搜进去的，只搜出来的""等一月满足，杀这小厮"。公主在危急中求救于草泽医生程婴，程婴犹豫不定，公主只好手托婴儿跪地哀恳，终于打动程婴，程婴决定冒死相救。可程婴在临别时又担忧公主在严刑威逼之下，暴露救孤之事，为取信于程婴，公主最终自缢而死。这是全剧的第一个冲突。

将军韩厥把守宫门，指着程婴的药箱，仔细审视程婴的神态，反复诘问，最后当面揭破："你道是桔梗、甘草、薄荷，我可搜出人参来也。"最后韩厥欲放走程婴，程婴却反问："将军，我若出的这府去，你报与屠岸贾知道，别差将军赶来拿住我程婴，这个孤儿万无活理。罢，罢，罢！将军，你拿将程婴去，请功受赏。我与赵氏孤儿，情愿一处身亡便了。"韩厥不

作犹疑，毅然自刎，借以激励程婴的救孤之心，表明自己的纯洁之志，从而树立了为正义而殉身的英雄形象。这是全剧的第二个冲突。

终于，两条人命换得孤儿脱离险境。却不料，一波才平，一波又起。凶残的屠岸贾见放走了赵氏孤儿，便下令："把普国内但是半岁之下、一月之上新添的小厮，都与我拘刷将来，见一个剁三剑，其中必然有赵氏孤儿。"这一命令，使全剧的矛盾冲突进一步加剧，并揭示出《赵氏孤儿》戏剧冲突的社会意义，使这一历史故事脱离了一般忠奸斗争恩恩怨怨的窠臼，获得了新的生命。

第三折中，屠岸贾面对告发的程婴，冷静地审问："你和公孙杵臼往日无仇，近日无冤，你因何告他藏着赵氏孤儿？"程婴临变不乱，平静从容地说出一番道理："为了挽救一国生灵，更是免我程家绝后！"屠贼觉得在情在理，才转疑为喜。继而，屠岸贾杀气腾腾，直奔太平庄，捉拿公孙杵臼。遭到严刑逼问时，公孙杵臼一边矢口否认"藏孤"之事，一边反问："是那个昧情出告？"当屠岸贾告知是"程婴首告着你哩"时，公孙立刻骂道："元来这程婴舌是斩身刀！"这一骂是在做戏，其用意全在于打消屠贼的怀疑，掩盖二人合谋"救孤"的真相。但是，狡猾的屠岸贾并没有因此消除疑虑，反而让程婴拣一条不粗不细的棍子打公孙杵臼。这一招十分厉害，这既可观察公孙杵臼的反应，又可考验程婴的态度，是一条一箭双雕的毒计。屠岸贾突如其来的一手，程婴完全没有料到，他推三阻四，几乎引起屠岸贾的怀疑，没办法只得操起棍子向公孙打去。公孙杵臼更没有心理准备，所以当屠岸贾故意告诉他"是程婴打你来"时，他禁不住问："程婴，你铲的打我那！"猛然挨了程婴的拷打，一时头昏脑涨，语无伦次，险些暴露真相。然而，公孙杵臼毕竟识破了屠岸贾的阴谋，毒刑虽然是"委实的难熬"，但他还是咬牙挺住。这是全剧的第三个冲突。

正在僵持的时候，卒子报告："土洞中搜出个赵氏孤儿来了也。"屠岸贾便停止拷问公孙杵臼，戏剧冲突的焦点由此转向各个人物对待这一事件的反应。屠岸贾见搜出了"孤儿"，大喜过望，不禁笑了起来，觉得终于战胜了公孙杵臼，达到了斩草除根的目的。于是当着公孙杵臼和程婴的面，亲手把"孤儿"剁成三段。而程婴见搜出了"孤儿"，心情却极端复杂：有了"孤儿"，消除了屠岸贾对自己的怀疑，赵氏孤儿得救了，全国的婴孩也得救了。但是，这被搜出的孩子，正是自己的骨肉。眼看亲生儿子惨遭杀戮，他怎能不心惊肉跳，悲痛万分，“做惊疼科”“掩泪科”，又唯恐让屠岸贾瞧出破绽。作者通过程婴的动作和语言，把其内心冲突刻画得淋漓尽致，尤其是剑剁婴儿那一刻，程婴强压愤怒、欲哭不能、像地心岩浆似的内心情感，剧本通过公孙杵臼的眼中所见，真切地反映了出来：“见程婴心似热油浇，泪珠儿不敢对人抛。背地里揾了，没来由割舍的亲生骨肉吃三刀。”这种撕心裂肺似的内心冲突比外部冲突更加震撼人心。这是全剧的第四个冲突。

纵观全剧，各种冲突一波三折，各种矛盾错综复杂，激烈的内部冲突与外部冲突结合得天衣无缝，产生了丰富而生动的戏剧效果。

### （二）人物形象性格鲜明、感人至深

剧中的几个正面人物形象，都具有不畏强权、见义勇为、视死如归的崇高品格。

公主为坚程婴之志，在把孤儿托付给他之后便悬梁自尽。程婴受公主之托，用药箱把孤儿带出宫门。把守宫门的是下将军韩厥，韩厥虽为屠岸贾的部下，但对其挟势弄权、杀害忠良的行为并不认同，因此，当掩藏的孤儿在宫门处将要被搜出的千钧一发之际，才会有韩厥对程婴说的一番话：“我韩厥是一个顶天立地的男儿，怎肯做这段勾当！”出于对赵氏忠良的深切同情和对屠岸贾的无比愤慨，韩厥不仅放走了赵氏孤儿，还为了让程婴放心，割断屠岸贾追查孤儿的线索而拔剑自刎，用自己的生命奏响了一曲感人至深的悲歌。

公孙杵臼耿介忠直，对屠岸贾的所作所为更是愤愤不平。他和程婴决定一个牺牲亲生儿子，一个献出自己的生命。程婴“出首”，公孙杵臼被屠岸贾捉拿以后，屠贼千方百计要逼出赵氏孤儿，公孙杵臼宁死不屈，从始至终骂不绝口。当军士从土窑中搜出的“赵氏孤儿”被屠岸贾连剁三刀死于非命时，公孙杵臼更是义愤填膺，痛斥屠岸贾残害忠良终有报应，然后撞阶身亡。在这位七旬老人的身上，弥漫的是一种慷慨忠义之气。

除了韩厥、公孙杵臼之外，作者还成功地塑造了程婴这样一个“草泽医生”的义士形象。在剧中，有两个细节非常感人：一是当孤儿被搜出之

后，他心知孤儿难以保住，便对韩厥说道："将军，你拿将程婴去，请功受赏。我与赵氏孤儿，情愿一处身亡便了。"二是屠岸贾当着程婴的面，亲手将假冒赵氏孤儿的程婴之子剁为三段，这使程婴处于常人所无法承受的精神重负之下。而在严峻的考验面前，他强忍悲痛，始终不露破绽。在紧张尖锐的矛盾冲突中，程婴忍辱负重、沉着坚毅、视死如归的性格特点，得到了充分的展现。

### （三）具有独特的语言特色

元杂剧的角色分为旦、净、末、杂，并采用"一人主唱"的形式。但《赵氏孤儿》并非完全的"一人主唱"，因为赵氏孤儿每一折的主角都不同，并没有完全贯穿始终的角色。屠岸贾是第一个上场的人物，他一出场就表明了与赵盾素来不和的背景。至于为什么要加害赵盾，屠岸贾的第一句台词"人无害虎心，虎有伤人意；当时不尽情，过后空淘气"就道出了缘由。也就是说，如果他不除掉赵盾这个祸患，那么将来赵盾就可能成为自己仕途的绊脚石。这句话体现出屠岸贾是一个心胸狭窄且心狠手辣的恶人。

## 【作品精选】

## ［元］纪君祥《赵氏孤儿》

### 第二折

〔屠岸贾领卒子上，云〕事不关心，关心者乱。某屠岸贾，只为公主生下一个小的，唤做赵氏孤儿，我差下将军韩厥把住府门，搜检奸细。一面张挂榜文，若有掩藏赵氏孤儿者，全家处斩，九族不留。怕那赵氏孤儿会飞上天去？怎么这早晚还不见送到孤儿？使我放心不下。令人，与我门外觑者。〔卒子报科，云〕报元帅，祸事到了也。〔屠岸贾云〕祸从何来？〔卒子云〕公主在府中将裙带自缢而死，把府门的韩厥将军也自刎身亡了也。〔屠岸贾云〕韩厥为何自刎了？必然走了赵氏孤儿，怎生是好？眉头一皱，计上心来。我如今不免诈传灵公的命，把晋国内但是半岁之下、一月之上，新添的小厮，都与我拘刷将来，见一个剁三剑。其中必然有赵氏孤儿，可不除了我这腹心之害？令人，与我张挂榜文，着晋国内但是半岁之下，一月之上新添的小厮，都拘刷到我帅府中来听令。违者全家处斩，九族不留。〔诗云〕我拘刷尽普国婴孩，料孤儿没处藏埋；一任他金枝玉叶，难逃我剑下之灾。〔下。正末扮公孙杵臼领家童上，云〕老夫公孙杵臼是也。在晋灵公位下，为中大夫之职。只因年纪高大，见屠岸贾专权，老夫掌不得王事，罢职归农。苫庄三顷地，扶手一张锄，住在这吕吕太平庄上。往常我夜眠斗帐听寒角，如今斜倚柴门数雁行，倒大来悠哉也呵。〔唱〕

【南吕】【一枝花】兀的不屈沉杀大丈夫，损坏了真梁栋？被那些腌臜屠狗辈，欺负俺慷慨钓鳌翁。正遇着不道的灵公，偏贼子加恩宠，着贤人受困穷；若不是急流中将脚步抽回，险些儿闹市里把头皮断送。

【梁州第七】他他他在元帅府扬威也那耀勇，我我我在太平庄罢职归农，再休想鹓班豹尾相随从。他如今官高一品，位极三公，户封八县，禄享千锺；见不平处有眼如矇，听咒骂处有耳如聋。他他他只将那会谄谀的着列鼎重茵，害忠良的便加官请俸，耗国家的都叙爵论功。他他他只贪着目前受用，全不省爬的高来可也跌的来肿，怎如俺守田园，学耕种，早跳出伤人饿虎丛，倒大来从容。

〔程婴上，云〕程婴，你好慌也。小舍人，你好险也。屠岸贾，你好狠也。我程婴虽然担着个死撞出城来，闻的那屠岸贾见说走了赵氏孤儿，要将普国内半岁之下、一月之上小孩儿每，都拘摄到元帅府里，不问是孤儿不是孤儿，他一个个亲手剁做三段。我将的这小舍人送到那厢去？好，有了，我想吕吕太平庄上公孙杵臼，他与赵盾是一殿之臣，最相交厚。他如今罢职归农，那老宰辅是个忠直的人，那里堪可掩藏。我如今来到庄上，就在这芭棚下放下这药箱。小舍人，你且权时歇息咱，我见了公孙杵臼，便来看你。家童，报复去，道有程婴求见。〔家童报科，云〕有程婴在于门首。〔正末云〕道有请。〔家童云〕请进。〔正末见科，云〕程婴，你来有何事？〔程婴云〕在下见老宰辅在这太平庄上，特来相访。〔正末云〕自从我罢官之后，众宰辅每好么？〔程婴云〕嗨，这不比老宰辅为官时节，如今屠岸贾专权，较往常都不同了也。〔正末云〕也该着众宰辅每劝谏劝谏。〔程婴云〕老宰辅，这等贼臣，自古有之；便是那唐虞之世，也还有四凶哩。〔正末唱〕

【隔尾】你道是古来多被奸臣弄，便是圣世何尝没四凶？谁似这万人恨、千人嫌、一人重？他不廉不公，不孝不忠，单只会把赵盾全家杀的个绝了种。

〔程婴云〕老宰辅，幸的皇天有眼，赵氏还未绝种哩。〔正末云〕他家满门良贱三百馀口，诛尽杀绝，便是驸马也被三般朝典短刀自刎了，公主也将裙带缢死了，还有什么种在那里？〔程婴云〕那前项的事，老宰辅都已知道，不必说了。近日公主囚禁府中，生下一子，唤做孤儿，这不是赵家是那家的种？但恐屠岸贾得知，又要杀坏；若杀了这一个小的，可不将赵家真绝了种也？〔正末云〕如今这孤儿却在那里？不知可有人救的出来么？〔程婴云〕老宰辅，既有这点见怜之意，在下敢不实说：公主临亡时，将这孤儿交付与了程婴，着好生照觑他，待到成人长大，与父母报仇雪恨。我程婴抱的这孤儿出门，被韩厥将军要拿的去报与屠岸贾；是程婴数说了一场，那韩厥将军放我出了府门，自刎而亡。如今将的这孤儿无处掩藏，我特来投奔老宰辅。我想宰辅与赵盾元是一殿之臣，必然交厚，怎生可怜见救这个孤儿咱。〔正末云〕那孤儿今在何处？〔程婴云〕现在芭棚下哩。〔正末云〕休惊唬着孤儿，你快抱的来。〔程婴做取箱开看科，云〕谢天地，小舍人还睡着哩。〔正末接科〕〔唱〕

【牧羊关】这孩儿未生时绝了亲戚，怀着时灭了祖宗，便长成人也则是少吉多凶。他父亲斩首在云阳，他娘呵囚在禁中。那里是有血腥的白衣相？则是个无恩念的黑头虫。〔程婴云〕赵氏一家，全靠着这小舍人，要他报仇哩。〔正末唱〕你道他是个报父母的真男子，我道来则是个妨爷娘的小业种。

〔程婴云〕老宰辅不知，那屠岸贾为走了赵氏孤儿，普国内小的都拘刷将来，要伤害性命。老宰辅，我如今将赵氏孤儿偷藏在老宰辅根前，一者报赵驸马平日优待之恩，二者要救普国小儿之命。念程婴年近四旬有五，所生一子，未经满月，待假妆做赵氏孤儿，等老宰辅告首与屠岸贾去，只说程婴藏着孤儿，把俺父子二人一处身死。老宰辅慢慢的抬举的孤儿成人长大，与他父母报仇，可不好也？〔正末云〕程婴，你如今多大年纪了？〔程婴云〕在下四十五岁了。〔正末云〕这小的算着二十年呵，方报的父母仇恨。你再着二十年也，只是六十五岁；我再着二十年呵，可不九十岁了？

其时存亡未知，怎么还与赵家报的仇？程婴，你肯舍的你孩儿，倒将来交付与我；你自首告屠岸贾处，说道太平庄上公孙杵臼藏着赵氏孤儿，那屠岸贾领兵校来拿住我和你亲儿，一处而死。你将的赵氏孤儿，抬举成人，与他父母报仇，方才是个长策。〔程婴云〕老宰辅，是则是，怎么难为的你老宰辅？你则将我的孩儿，假妆做赵氏孤儿，报与屠岸贾去，等俺父子二人一处而死罢。〔正末云〕程婴，我一言已定，你再不必多疑了。〔唱〕

【红芍药】须二十年酬报的主人公，恁时节才称心胸，只怕我迟疾死后一场空。〔程婴云〕老宰辅，你精神还强健哩。〔正末唱〕我精神比往日难同，闪下这小孩童，怎见功？你急切里老不的形容，正好替赵家出力做先锋。〔带云〕程婴，你只依着我便了。〔唱〕我委实的捱不彻暮鼓晨钟。

〔程婴云〕老宰辅，你好好的在家，我程婴不识进退，平白地将着这愁布袋连累你老宰辅，以此放心不下。〔正末云〕程婴，你说那里话？我是七十岁的人，死是常事，也不争这早晚。〔唱〕

【菩萨梁州】向这傀儡棚中鼓笛搬弄，只当做场短梦，猛回头早老尽英雄。有恩不报怎相逢，见义不为非为勇。〔程婴云〕老宰辅，既应承了，休要失信。〔正末唱〕言而无信言何用？〔程婴云〕老宰辅，你若存的赵氏孤儿，当名标青史，万古留芳。〔正末唱〕也不索把咱来厮陪奉，大丈夫何愁一命终？况兼我白发蓬松。

〔程婴云〕老宰辅还有一件，若是屠岸贾拿住老宰辅，你怎熬的这三推六问？少不得指攀我程婴下来。俺父子两个死是分内，只可惜赵氏孤儿终归一死，可不把你老宰辅干累了也？〔正末云〕程婴，你也说的是。我想那屠岸贾与赵驸马呵，〔唱〕

【三煞】这两家做下敌头重，但要访的孤儿有影踪，必然把太平庄上兵围拥，铁桶般密不通风。〔云〕那屠岸贾拿住了我，高声喝道："老匹夫，岂不见三日前出下榜文？偏是你藏下赵氏孤儿，与俺作对。请波！请波！"〔唱〕则说："老匹夫请先入瓮。也须知榜揭处天都动，偏你这罢职归田一老农，公然敢剔蝎撩蜂！"

【二煞】他把绷扒吊拷般般用，情节根由细细穷，那其间枯皮朽骨难禁痛，少不得从实攀供，可知道你个程婴怕恐。〔带云〕程婴你放心者。〔唱〕我从来一诺似千金重，便将我送上刀山与剑锋，断不做有始无终。

〔云〕程婴，你则放心前去，抬举的这孤儿成人长大，与他父母报仇雪恨。老夫一死，何足道哉？〔唱〕

【煞尾】凭着赵家枝叶千年永，晋国山河百二雄，显耀英材统军众，威压诸邦尽伏拱。遍拜公卿诉苦衷，祸难当初起下宫，可怜三百口亲丁饮剑锋，刚留得孤苦伶仃一小童。巴到今朝袭父封，提起冤仇泪如涌，要请甚旗牌下九重，早拿出奸臣帅府中，断首分骸祭祖宗，九族全诛不宽纵。恁时节才不负你冒死存孤报主公；便是我也甘心儿葬近要离路傍冢。〔下〕

〔程婴云〕事势急了，我依旧将这孤儿抱的我家去，将我的孩儿送到太平庄上来。〔诗云〕甘将自己亲生子，偷换他家赵氏孤；这本程婴义分应该得，只可惜遗累公孙老大夫。〔下〕

## 第三折

〔屠岸贾领卒子上，云〕兀的不走了赵氏孤儿也！某已曾张挂榜文，限三日之内，不将孤儿出首，即将普国内小儿，但是半岁以下，一月以上，都拘刷到我帅府中，尽行诛戮。令人，门首觑者，若有首告之人，报复某家知道。〔程婴上，云〕自家程婴是也。昨日将我的孩儿送与公孙杵臼去了，我今日到屠岸贾根前首告去来。令人，报复去，道有了赵氏孤儿也。〔卒子云〕你则在这里，等我报复去。〔报科，云〕报的元帅得知，有人来报，赵氏孤儿有了也。〔屠岸贾云〕在那里？〔卒子云〕现在门首哩。〔屠岸贾云〕着他过来。〔卒子云〕着过来。〔做见科，屠岸贾云〕兀那厮你是何人？〔程婴云〕小人是个草泽医士程婴。〔屠岸贾云〕赵氏孤儿今在何处？〔程婴云〕在吕吕太平庄上公孙杵臼家藏着哩。〔屠岸贾云〕你怎生知道来？〔程婴云〕小人与公孙杵臼曾有一面之交，我去探望他，谁想卧房中锦绷绣褥上，倘着一个小孩儿。我想公孙杵臼年纪七十，从来没儿没女，这个是那里来的？我说道："这小的莫非是赵氏孤儿么？"只见他登时变色，不能答应，以此知孤儿在公孙杵臼家里。〔屠岸贾云〕咄，你这匹夫，你怎瞒的过我？你和公孙杵臼往日无仇，近日无冤，你因何告他藏着赵氏孤儿？你敢是知情么？说的是，万事全休；说的不是，令人，磨的剑快，先杀了这个匹夫者。〔程婴云〕告元帅暂息雷霆之怒，略罢虎狼之威，听小人诉说一遍咱。我小人与公孙杵臼原无仇隙，只因元帅传下榜文，要将普国内小儿拘刷到帅府，尽行杀坏。我一来为救普国内小儿之命，二来小人四旬有五，近生一子，尚未满月，元帅军令，不敢不献出来，可不小人也绝后了？我想有了赵氏孤儿，便不损坏一国生灵，连小人的孩儿也得无事，所以出首。〔诗云〕告大人暂停嗔怒，这便是首告缘故；虽然救普国生灵，其实怕程家绝户。〔屠岸贾笑科，云〕哦，是了！公孙杵臼元与赵盾一殿之臣，可知有这事来。令人，则今日点就本部下人马，同程婴到太平庄上，拿公孙杵臼走一遭去。〔同下〕〔正末公孙杵臼上，云〕老夫公孙杵臼是也。想昨日与程婴商议救赵氏孤儿一事，今日他到屠岸贾府中首告去了，这早晚屠岸贾这厮必然来也呵。〔唱〕

【双调·新水令】我则见荡征尘飞过小溪桥，多管是损忠良贼徒来到。齐臻臻摆着士卒，明晃晃列着枪刀；眼见的我死在今朝，更避甚痛笞掠？

〔屠岸贾同程婴领卒子上，云〕来到这吕吕太平庄上也。令人，与我围了太平庄者。程婴，那里是公孙杵臼宅院？〔程婴云〕则这个便是。〔屠岸贾云〕拿过那老匹夫来。公孙杵臼，你知罪么？〔正末云〕我不知罪。〔屠岸贾云〕我知你个老匹夫和赵盾是一殿之臣，怎敢掩藏着赵氏孤儿？〔正末云〕老元帅，我有熊心豹胆，怎敢掩藏着赵氏孤儿！〔屠岸贾云〕不打不招，令人，与我拣大棒子着实打者。〔卒子做打科，正末唱〕

【驻马听】想着我罢职辞朝，曾与赵盾名为刎颈交。〔云〕这事是谁见来？〔屠岸贾云〕现有程婴首告着你哩。〔正末唱〕是那个埋情出告？元来这程婴舌是斩身刀。〔云〕你杀了赵家满门良贱，三百馀口，则剩下这孩儿，你又要伤他性命。〔唱〕你正是狂风偏纵扑天雕，严霜故打枯根草；不争把孤儿又杀坏了，可着他三百口冤仇甚人来报？

〔屠岸贾云〕老匹夫，你把孤儿藏在那里？快招出来，免受刑法。〔正末云〕我有甚么孤儿藏在那里？谁见来？〔屠岸贾云〕你不招，令人，与我踩下去着实打者。〔做打科〕〔屠岸贾云〕这老匹夫，赖肉顽皮，不肯招承，可恼可恼。程婴，这原是你出首的，就着替我行杖者。〔程婴云〕元帅，小人是个草泽医士，撮药尚然腕弱，怎生行的杖？〔屠岸贾云〕程婴，你不行杖，敢怕指攀出你么？〔程婴云〕元帅，小人行杖便了。〔做拿杖子科，屠岸贾云〕程婴，我见你把棍子拣了又拣，只拣着那细棍子，敢怕打的他疼了，要指攀下你来？〔程婴云〕我就拿大棍子打者。〔屠岸贾云〕住者，你头里只拣着那细棍子打，如今你却拿起大棍子来，三两下打死了呵，你就做的个死无招对。〔程婴云〕着我拿细棍子又不是，拿大棍子又不是，好着我两下做人难也。〔屠岸贾云〕程婴，你只拿着那中等棍子打公孙杵臼。老匹夫，你可知道行杖的就是程婴么？〔程婴行杖科，云〕快招了者。〔三科了〕〔正末云〕哎哟，打了这一日，不似这儿棍子打的我疼，是谁打我来？〔屠岸贾云〕是程婴打你来。〔正末云〕程婴，你划的打我那！〔程婴云〕元帅，打的这老头儿兀的不胡说哩。〔正末唱〕

【雁儿落】是那一个实丕丕将着粗棍敲？打的来痛杀杀精皮掉。我和你狠程婴有甚的仇？却教我老公孙受这般虐！

〔程婴云〕快招了者。〔正末云〕我招，我招。〔唱〕

【得胜令】打的我无缝可能逃，有口屈成招，莫不是那孤儿他知道？故意的把咱家指定了。〔程婴做慌科，正末唱〕我委实的难熬，尚兀自强着牙根儿闹；暗地里偷瞧，只见他早唬的腿脡儿摇。

〔程婴云〕你快招罢，省得打杀你。〔正末云〕有有有。〔唱〕

【水仙子】俺二人商议要救这小儿曹。〔屠岸贾云〕可知道指攀下来也。你说二人，一个是你了，那一个是谁？你实说将出来，我饶你的性命。〔正末云〕你要我说那一个，我说我说。〔唱〕哎，一句话来到我舌尖上却咽了。〔屠岸贾云〕程婴，这桩事敢有你么？〔程婴云〕兀那老头儿，你休妄指平人。〔正末云〕程婴，你慌怎么？〔唱〕我怎生把你程婴道，似这般有上梢无下梢？〔屠岸贾云〕你头里说两个，你怎生这一会儿可说无了。〔正末唱〕只被你打的来不知一个颠倒。〔屠岸贾云〕你还不说，我就打死你个老匹夫。〔正末唱〕遮莫便打的我皮都绽肉尽销，休想我有半字儿攀着。

〔卒子抱徕儿上科，云〕元帅爷，贺喜土洞中搜出个赵氏孤儿来了也。〔屠岸贾笑科，云〕将那小的拿近前来，我亲自下手，剁做三段。兀那老匹夫，你道无有赵氏孤儿，这个是谁？〔正末唱〕

【川拨棹】你当日演神獒，把忠臣来扑咬，逼的他走死荒郊，刎死钢刀，缢死裙腰，将三百口全家老小尽行诛剿，并没那半个儿剩落，还不厌你心苗。

〔屠岸贾云〕我见了这孤儿，就不由我不恼也。〔正末唱〕

【七弟兄】我只见他左瞧，右瞧，怒咆哮，火不腾改变了狰狞貌，按狮蛮拽札起锦征袍，把龙泉扯离出沙鱼鞘。

〔屠岸贾怒云〕我拔出这剑来，一剑，两剑，三剑。〔程婴做惊疼科〕〔屠岸贾云〕把这一个小业种剁了三剑，兀的不称了我平生所愿也。〔正末唱〕

【梅花酒】呀，见孩儿卧血泊。那一个哭哭号号，这一个怨怨焦焦，连我也战战摇摇。直恁般歹做作，只除是没天道。呀，想孩儿离褥草，到今日恰十朝，刀下处怎耽饶？空生长，枉劬劳，还说甚要防老？

【收江南】呀，兀的不是家富小儿骄。〔程婴掩泪科〕〔正末唱〕见程婴心似热油浇，泪珠儿不敢对人抛，背地里揾了，没来由割舍的亲生骨肉吃三刀。

〔云〕屠岸贾那贼，你试觑者，上有天哩，怎肯饶过的你！我死，打什么不紧！〔唱〕

【鸳鸯煞】我七旬死后偏何老，这孩儿一岁死后偏知小。俺两个一处身亡，落的个万代名标。我嘱付你个后死的程婴，休别了横亡的赵朔；畅道是光阴过去的疾，冤仇报复的早，将那厮万剐千刀，切莫要轻轻的素放了。

〔正末撞科，云〕我撞阶基，觅个死处。〔下〕〔卒子报科，云〕公孙杵臼撞阶基身死了也。〔屠岸贾笑科〕那老匹夫既然撞死，可也罢了。〔作笑科，云〕程婴，这一桩里多亏了你。若不是你呵，如何杀的赵氏孤儿？〔程婴云〕元帅，小人原与赵氏无仇，一来救普国内众生，二来小人跟前也有个孩儿，未曾满月，若不搜的那赵氏孤儿出来，我这孩儿也无活的人也。〔屠岸贾云〕程婴，你是我心腹的人，不如只在我家中，做个门客抬举你那孩儿成人长大，在你跟前习文，送在我根前演武。我也年近五旬，尚无子嗣，就将你的孩儿与我做个义儿。我偌大年纪了，后来我的官位，也等你的孩儿讨个应袭，你意下如何？〔程婴云〕多谢元帅抬举。〔屠岸贾诗云〕则为朝纲中独显赵盾，不由我心中生忿；如今削除了这点萌芽，方才是永无后衅。〔同下〕

【思考题】

1. 如何理解《赵氏孤儿》的忠义主题?
2. 如何看待赵氏孤儿对养父屠岸贾的复仇行为?
3. 请简述《赵氏孤儿》的艺术成就。

# ［元］王实甫《西厢记》：则因月底联诗句，成就了怨女旷夫

【作家生平】

王实甫（1260—1336 年），名德信，大都（今北京市）人，祖籍河北保定定兴（今定兴县）。王实甫虽受过儒家正统教育，却不被封建礼法所拘。明代陈所闻《北宫词纪》中所收的署名王实甫的散曲《商调 · 集贤宾》《退隐》写道："想着那红尘黄阁昔年羞，到如今白发青衫此地游。""人事远，老怀幽，志难酬，知机的王粲；梦无凭，见景的庄周。""怕狼虎恶图谋，遇事休开口，逢人只点头，见香饵莫吞钩，高抄起经纶大手。"由此可知王实甫早年曾经为官，宦途不无坎坷。晚年弃官归隐，吟风弄月，纵游园林。

王实甫的创作活动主要发生在元成宗元贞、大德年间（1297—1307 年），这正是元杂剧的鼎盛时期。明代贾仲明增补《录鬼簿》，有《凌波仙》词吊王实甫："风月营密匝匝列旌旗，莺花寨明飚飚排剑戟，翠红乡雄赳赳施谋智。作词章、风韵美，士林中、等辈伏低。"所谓"风月营""莺花寨""翠红乡"，皆是教坊、勾栏之地，可见王实甫常在演出杂剧及歌舞的游艺场所出入，与艺人有密切交往，且擅长写"儿女风情"这一类的戏。

王实甫与关汉卿齐名，其作品全面继承了唐诗宋词精美的语言艺术，又吸收了元代民间生动活泼的口头语言，创造了璀璨的元曲词汇，成为中国戏曲史上"文采派"的杰出代表。明初朱权《太和正音谱》称誉王实甫的词如"花间美人""铺叙委婉，深得骚人之趣""极有佳句"。可见，他的作品在元代和元明之际十分为人推崇。

王实甫著有杂剧十四种，现存《西厢记》《丽春堂》《破窑记》三种。另有《贩茶船》《芙蓉亭》两种，各传有曲文一折。王实甫还有少量散曲

流传，现有小令一首，套曲三种（其中有一残套），散见于《中原音韵》《雍熙乐府》《北宫词纪》和《九宫大成》等书中。其中，小令《中吕·十二月过尧民歌·别情》较有特色，词采旖旎，情思委婉，与《西厢记》的曲词风格相近。

【作品概要】

前朝崔相国病逝，夫人郑氏带女儿莺莺、侍女红娘和小童欢郎等人，扶相国灵柩回河北安葬。途中因故受阻，只能暂住河中府普救寺。崔莺莺年芳十九，美若天仙，针织女工、诗词书算无所不能。崔相国在世时，已将莺莺许配给郑氏的侄儿、郑尚书之子郑恒。此时，河南洛阳书生张珙（字君瑞）赴京赶考，路过河中府顺道看望同窗好友白马将军。某日，张生游览普救寺，无意中见到了国色天香的崔莺莺，对之一见钟情。张生为了追求崔莺莺，放弃赶考，向寺中方丈借宿于西厢房。

张生的住所与莺莺所住之处只一墙之隔。张生从和尚那里知道莺莺小姐每夜都要到花园内烧香。夜深人静，月朗风清，僧众都睡着了，张生来到后花园内，偷看小姐烧香。随即吟诗一首："月色溶溶夜，花阴寂寂春；如何临皓魄，不见月中人？"莺莺也随即和了一首："兰闺久寂寞，无事度芳春；料得行吟者，应怜长叹人。"当下两人互生爱慕之情。

叛将孙飞虎听说莺莺"有倾国倾城之容，西子太真之颜"，便率领五千人马包围普救寺，限老夫人三日之内交出莺莺做他的"压寨夫人"。崔老夫人无计可施，许愿"谁有退兵计策，就把莺莺嫁给谁"。在这危难时刻，张生挺身而出，写信求救于白马将军杜确，打败了孙飞虎。

崔老夫人在酬谢席上以莺莺已许配给郑恒为由，让张生与崔莺莺结拜为兄妹，并厚赠金帛，让张生另择佳偶，这使得张生和莺莺都很痛苦。张生因此害了相思病，红娘见之不忍，为张生与莺莺二人传递书信，相约月下。当晚，张生翻墙赴约，莺莺斥其行为不端，致使张生一病不起。后经红娘撮合，莺莺深夜探访张生书斋，并与之私定终身。此事被崔老夫人察出异样，将红娘抓去拷问，但红娘据理力争，让崔老夫人答应了莺莺和张生的婚事，条件是张生必须考取状元。老夫人无奈，告诉张生如果想娶莺莺，必须进京赶考取得功名。莺莺在十里长亭摆下筵席为张生送行，长亭送别后，张生行至草桥店，梦中与莺莺相会，醒来不胜惆怅。

张生上京应试，考取了状元，写信向莺莺报喜。这时郑恒又一次来到普救寺，捏造谎言说张生已被卫尚书招为东床佳婿，于是崔老夫人再次将莺莺许给郑恒，并决定择吉日完婚。恰巧成亲之日，张生以河中府尹的身份归来，征西大元帅杜确前来祝贺，郑恒羞愧难言，含恨自尽，张生与莺莺终成眷属。

## 【作品鉴赏】

《西厢记》是元代杂剧创作中的优秀作品之一，被誉为“杂剧之冠”。明清两代《西厢记》的刊本很多，明刊《西厢记》尚存近四十种，清刊《西厢记》也存近四十种。明刊本以弘治十一年金台岳家刻本《奇妙全相注释西厢记》为最早版本，而以王骥德校本和凌濛初校本影响较大。明清之际，金圣叹批改《西厢记》，删去第五折，以《草桥惊梦》作结。现存的最早版本为清朝顺治年间贯华堂刻《西厢记：贯华堂第六才子书》，此本在清代影响最大。

### 一、《西厢记》故事渊源

《西厢记》全名《崔莺莺待月西厢记》，又称“北西厢”，约成书于元代元贞、大德年间，是王实甫的代表作。崔张故事源远流长，最早见于唐代著名诗人元稹所写的传奇小说《莺莺传》（又名《会真记》）。《莺莺传》中，张生抛弃了莺莺，是个悲剧。在这个版本当中，张生热衷功名利禄，不敢反抗封建家长，人物形象令人生厌。但当时还有人赞成张生的做法，写文章称始乱终弃的行为是善于“补过”，这显然是站在张生的立场上，美化张生。唐代以后，这个爱情故事的结局，令许多人感到遗憾和不满，斥责张生为“薄情年少如飞絮”。此后，故事广泛流传，产生了不少歌咏其事的诗词。

宋代以后，一些文人直接以《莺莺传》为题材进行再创作，如秦观的《调笑令·鸳鸯》和赵令畤的《元微之崔莺莺商调蝶恋花》鼓子词。这些诗词都对莺莺的命运表达了同情，并对张生始乱终弃的薄情行为进行了批评，但故事情节并没有新的发展。

金代，董解元的《西厢记诸宫调》问世，俗称“董西厢”，这部作品是在《莺莺传》的基础上创造出来的一种以第三人称叙事的说唱文学，无论是其思想性还是艺术性，都远远超过前人所作的其他版本。它对《莺莺传》中的故事情节和人物形象进行了根本性的改造：矛盾冲突变成了争取恋爱自由的青年男女同封建家长之间的斗争，张生成了多情才子，莺莺则富有反抗精神。故事以莺莺携张生私奔作结，使旧故事别开生面。董解元版的《西厢记》随着情节的增加，人物的感情更为复杂、细腻，人物性格也更为丰满。在文字的运用上，作者既善于写景，也善于写情，还善于以口语入曲，使作品更为生动和富于生活气息，艺术性较前人的作品有较大提高。可以说，“董西厢”为“王西厢”的出现打下了坚实的基础。但“董西厢”在艺术上尚显粗糙，对爱情的描写也尚欠纯挚，还不能满足人们的审美要求。到了元代，随着都市经济的繁荣，戏剧更加发达，这时，大戏剧家王实甫在“董西厢”的基础上将崔张故事改为了杂剧，也就是如今流传的《西厢记》。

元代王实甫的《西厢记》在情节上与“董西厢”大致相同，但题材更集中，反封建的思想倾向更鲜明，还剔除了一些不合理的情节。在形式上，《西厢记》打破了元杂剧四折一楔子的传统，扩展为五本二十一折五楔子，使多种宫调用韵广泛多变，艺术水平也有很大的提高。作为我国古典戏剧中的一部典范性作品，其规模之宏伟、结构之严密、情节之曲折、点缀之富有情趣、刻画人物之生动细腻，不仅前无古人，还超过了同时代的其他剧作家，成为我国古代爱情剧中成就较高、影响颇深的作品。正因为如此，元代贾仲明在《凌波仙》中称：“新杂剧，旧传奇，《西厢记》天下夺魁。”

## 二、《西厢记》的思想主题

王实甫的杂剧《西厢记》对原有崔张故事的题旨做了新的改造，展现了鲜明、深刻的反封建主题。这部作品最明显的变化是从根本上改变了《莺莺传》的主题思想和崔莺莺的悲剧结局，把主人公张生和崔莺莺塑造成了敢于冲破封建礼教束缚、勇敢追求爱情自由和婚姻自主的青年男女，突出了“愿普天下有情人都成眷属”的主题，表现了反对封建礼教和封建婚姻制度的进步思想。与此同时，《西厢记》虽然也是以功成名就和有情人终成眷属作为团圆结局，但全剧贯穿了重爱情、轻功名的思想，歌颂了以爱情为基础的男女结合。张生和崔莺莺的恋爱故事，已经不再停留在“才子佳人”的模式上，也没有把“夫贵妻荣”作为婚姻的理想。他们否定了封建社会传统的联姻方式，始终追求真挚的感情，将爱情置于功名利禄之上，具有崇高、纯粹的独特意义。

张生和崔莺莺的形象是这部伟大爱情剧的关键。张生怀才不遇，湖海飘零，在应试途中由于邂逅莺莺而留滞蒲东，将“云路鹏程”丢在了脑后。张生对爱情诚挚、执着而又专一，甚而近乎痴傻。前人评论张生形象，就常说他是“志诚种”。张生的性格既机灵又忠厚，有时还带些懦弱和傻气。例如，张生在道场上对着红娘自报家门，就显得冒失和鲁莽，同时又不失可爱。又如，当崔夫人赖婚后，张生为了爱情，对着丫鬟红娘下跪哭诉以博取同情，这种呆傻让人又气又觉得可笑。同时，张生的这份傻气与他对爱情的执着是密不可分的。张生饱读诗书，才华横溢，他用琴音诉心曲，博得莺莺的青睐；张生为爱执着，勇敢担当，在孙飞虎兵围普救寺时，他巧妙用计，写信给白马将军，救了寺中众人；张生敢于大胆主动地追求自己的爱情，面对老夫人的“逼试”，他义无反顾，踏上科考之路，最终“一举及第，得了头名状元”。与《西厢记诸宫调》中张生主动提出进京求取功名不同，王实甫的杂剧将这一情节改为张生“心不存学海文林，梦不离柳影花阴”，为求娶莺莺才被逼上京赶考。张生冲破层层礼教的束缚，以他的“志诚”跨越了封建制度的阻碍，鼓舞了青年男女为争取爱情自由与婚姻自主而抗争。

作为相国小姐的崔莺莺，不以门第、财力和权势为择偶标准，和白衣书生张生倾心相爱，经过联吟、寺警、听琴、赖婚、逼试等一系列事件，突显出以真挚心灵上的相契合为要求的珍贵感情。《西厢记》的突出之处，在于这部作品对受到封建礼教约束的闺阁小姐，以及勇敢追逐爱情自由的女性思想、感情、心理转变做了十分细致而深刻的刻画。崔莺莺是相国之女，她深沉、含蓄、内敛，封建家庭的教养无法完全扑灭她内心的青春热情。她一出场就情不自禁地感叹：“花落水流红，闲愁万种，无语怨东风。”正是这种难以捉摸、无以名状的少女“情动”与“闲愁”，使她不由自主地对张生一见倾心。月下隔墙吟诗时，她大胆地对张生吐露心声：“兰闺久寂寞，无事度芳春；料得行吟者，应怜长叹人。”于是她陷入情网之中而不能自拔，每日饱尝相思的痛苦，“神魂荡漾，情思不快，茶饭少进”“每日价情思睡昏昏”。同时，莺莺也深感封建家庭的压抑，她越来越不满于老夫人的约束，并迁怒红娘的跟随，使她与心上人情意难通。她说：“俺娘也好没意思！这些时直恁般堤防着人；小梅香伏侍得勤，老夫人拘系得紧，则怕俺女孩儿折了气分。”正在这时，意外突生：孙飞虎兵围普救寺，索要莺莺。张生在危难之际，仗义修书，请好友白马将军杜确前来解围。老夫人当众许婚，后来却出尔反尔，让张生与莺莺以兄妹相称。但是这并不能阻挡两个年轻人的浓烈爱意与刻骨相思，也恰是老夫人这一决断，成为莺莺敢于冲破老夫人的约束，决心对张生以身相许的潜在动力。第二本第四折她唱道：“白头娘不负荷，青春女成担阁，将俺那锦片也似前程蹬脱。俺娘把甜句儿落空了他，虚名儿误赚了我。”但是，冲破心理的樊笼毕竟比冲破外在人为的约束还要艰难，于是就有了莺莺的“闹简”和“赖简”。“闹简”和“赖简”中莺莺所表现的“假意儿”，不仅是为了试探红娘是否可靠、张生是否真心，更是为了展现出崔莺莺要战胜传统教养、女性禁忌的艰难。在认可了爱情的合理性之后，崔莺莺还要积蓄相当的心理准备，以便承受这种爱情。莺莺和张生自由结合的事情暴露后，老夫人以“俺三辈儿不招白衣女婿”为由，逼迫张生上京应考求官，莺莺与张生的爱情又面临新的危机。长亭送别时，莺莺既忧虑张生考试落第，婚事终成泡影；又担心张生考取功名后变心，另就高门，自己被弃。她承担着如此沉重的精神重压，不由得想道：“虽离了我眼前，却在心上有；不甫能离了心上，又早眉头。忘了时依然还又，恶思量无了无休。”莺莺在长亭送别时叮嘱张生“此一行得官不得官，疾早便回来”，表明莺莺并不看重功名，真心认为“但得一个并头莲，煞强如状元及第”。即使张生高中的消息传来，她也不以为喜，甚至收到张生高中报喜的书信，也未给她带来欢乐：“早是我只因他去减了风流，不争你寄得书来又与我添些儿症候。”莺莺和张生最后的团圆，实在是得之不易。《西厢记》深刻地揭示了崔莺莺的恋爱心理，作者通过描写崔莺莺在爱与不敢、爱与不能之间的犹豫、徘徊、深陷与挣扎等心理活动，细致地展现了她内心的强烈要求逐步压倒并战胜外部压抑、传统禁锢和心理樊笼的全过程。剧作对崔莺莺恋爱心理及其展开过程的深度描摹，包含着深厚的社会内容和文化意味。

## 三、《西厢记》的艺术成就

《西厢记》是我国家喻户晓的古典戏剧名著，王世贞称《西厢记》为北曲的压卷之作，王骥德称赞其为“千古绝技”（《曲律》），清代戏曲家李渔认为：“自由《西厢》而迄于今，四百余载，推《西厢》为填词第一者，不知几千万”（《闲情偶寄》）。《西厢记》之所以能获得如此高的评价，与其杰出的艺术成就密不可分。

### （一）高超的情节结构艺术

《西厢记》规模宏大，共有五本二十一折，突破了元杂剧的一般惯例。由于《西厢记》使用了鸿篇巨制来表现一个曲折动人的爱情故事，因此，它避免了其他元杂剧由于篇幅限制而造成的剧情简单化和某种程度的模式化，能够游刃有余地展开情节，刻画人物，这是王实甫的一个创举。剧作情节设计巧妙，矛盾冲突环环相扣。剧作主线是以崔老夫人为一方，以莺莺、张生、红娘为另一方之间的矛盾，辅线则是莺莺、张生和红娘之间的矛盾，两条线索交错展开，互相制约、相辅相成。从一开始崔张邂逅于普救寺而彼此相慕，就陷入一种困境；而后孙飞虎兵围普救寺，张生在老夫人许婚的条件下飞书解围，似乎使这一矛盾得到解决；然而紧接着又是老夫人赖婚，困境再度形成。此后，崔张两人在红娘的帮助下暗相沟通，却又因莺莺的疑惧而好事多磨，使张生病卧相思床，眼见得好梦成空；忽然莺莺夜访，两人私自同居，出现爱情的高潮。而后幽情败露，老夫人发威大怒，又使剧情变得紧张；而红娘据理力争并抓住老夫人的弱点加以要挟，使得她不得不认可既成事实，矛盾似乎又得到解决。然而老夫人提出相府不招“白衣女婿”的附加条件，又迫使张生赴考，造成有情人的伤感别离。在可能是后人续作的第五本中，直到大团圆之前，还出现同莺莺原有婚约的郑恒骗婚的情节，再度横生枝节。这样山重水复、萦回曲折的复杂情节，是一般短篇杂剧不可能具有的。这些情节设置不仅使得故事富于变化，情趣浓厚，而且经过不断的磨炼，主人公的爱情也不断得到强化，被展现得淋漓尽致。就这样，全剧紧紧围绕崔、张爱情这条主线安排了非常曲折丰富的情节，使得故事线索虽单一，但并不简单乏味，令人陡生增一出则太繁，减一出则太简之感。

### （二）人物形象的成功塑造

王实甫善于按照人物的地位、身份、教养，以及彼此之间的具体关系，准确地把握人物的性格特征。张生、崔莺莺都是具有丰富心理内涵和性格张力的人物形象。张生才华出众，敦厚朴实，王实甫不仅写出了张生的痴情与风度，更写出了张生的才华与软弱，使他成为封建社会中多情软弱的才子代表。总之，王实甫笔下的张生没有追名逐利的庸俗，他对封建礼教的反抗和对爱情的执着追求，都体现了作者愿天下有情人终成眷属的理想。崔莺莺形象的塑造则独具匠心。在元稹的《莺莺传》中，崔莺莺已具备一定的性格特点，到了董解元的《西厢记诸宫调》，她的性格有了进一步的发展，人物形象开始变得鲜明起来。但这一人物形象仍然描写得不够细致，甚至有些前后矛盾。例如，一开始崔莺莺已经和张生以诗唱和，间接表达了彼此的爱慕之心，但当张生进一步以情诗相赠时，她却在心中骂他“淫滥如猪狗”，这种决然否定的态度因没有得到细节的铺垫，显得格外突兀。到了《西厢记》中，崔莺莺的形象得到了更加精细的刻画，她的性格显得更为明朗而又丰富，其思想及心理的转变过程也被刻画得生动且可信。红娘是全剧中一个重要的角色，她在剧中只是一个婢女身份，却是剧中最活跃、最令人喜爱的人物。她机智聪明，热情泼辣，又富有同情心，常在崔张两人的爱情处在困境的时候，以其特有的机警使矛盾得以化解。无论是张生的酸腐、莺莺的矫情，还是老夫人的固执蛮横，在红娘眼中都显得虚伪、可笑，所以她都一一地对他们加以驳斥。红娘不受任何教条的约束，她的道学语汇用得最多，一会儿讲“礼”，一会儿讲“信”，周公孔孟，头头是道，却无不为她所用。她为崔张二人穿针引线，传递书信，帮助二人私下相合。她没有莺莺小姐的矜持和做作，也不像其他才子佳人戏剧中的丫鬟一样对主子唯命是从，她的每一次出场都让人觉得可亲可敬。这个人物形象固然有些理想化的成分，却有一定的现实性。红娘身上反映着市井社会的人生态度，而市井人物受传统教条的束缚最少，他们对各种“道理”的取舍，也更多的是从实际利害上考虑的。红娘无疑是《西厢记》中最让人喜欢的角色，也是剧中必不可少的角色。此外，剧中着墨不多的老夫人形象，将封建家长的专横、霸道和迂腐体现得淋漓尽致，也给人们留下了深刻的印象。

### （三）精妙绝伦的语言艺术

《西厢记》的语言运用别具一格，不仅能够自然地引用前人诗词文赋中的语句，还大量吸收和提炼了民间口语、俗语，形成了既典雅华美又通俗流畅的语言风格。如《长亭送别》一折里崔莺莺一出场唱的三支曲子，就历来为人称道：

【正宫·端正好】碧云天，黄花地，西风紧。北雁南飞。晓来谁染霜林醉？总是离人泪。

【滚绣球】恨相见得迟，怨归去得疾。柳丝长玉骢难系，恨不倩疏林挂住斜晖。马儿迍迍的行，车儿快快的随，却告了相思回避，破题儿又早别离。听得道一声去也，松了金钏；遥望见十里长亭，减了玉肌：此恨谁知？

【叨叨令】见安排着车儿、马儿，不由人熬熬煎煎的气；有甚么心情花儿、靥儿，打扮得娇娇滴滴的媚；准备着被儿、枕儿，则索昏昏沉沉的睡；从今后衫儿、袖儿，都揾帮重重叠叠的泪。兀的不闷杀人也么哥！兀的不闷杀人也么哥！久已后书儿、信儿，索与我凄凄惶惶的寄。

第一支曲子【端正好】，作者用几个带有季节性特征的景物，衬托出离人的悲伤情绪，情景交融，含蓄细腻，表现了人物的内心世界。这里融合化用宋人范仲淹的《苏幕遮》语句，用高超的语言技巧营造出浓郁的抒情气氛，遂成千古绝唱。第二支曲子【滚绣球】的这段曲词，是莺莺在赴长亭的路上唱的，主要以描写途中的景物来抒情写意，从不同侧面展示主人公复杂的内心世界。“柳丝长玉骢难系，恨不倩疏林挂住斜晖。”“玉骢”是指张生骑的青白色的马；“倩”，是请的意思；“斜晖”，指斜照的阳光。莺莺看到长长的柳丝就想到它系不住张生骑的马儿；看到疏朗的树林就想请它们挂住流逝的阳光，让时间走得慢一点。“马儿迍迍的行，车儿快快的随。”“迍迍”，就是慢慢的意思。张生骑马在前，莺莺坐车在后，莺莺要马儿慢慢地走，车儿快快地跟上，好让自己同张生靠得更近些，也能有更多一点的时间待在一起。“却告了相思回避，破题儿又早别离。”这两句是说，刚逃过了情人之间的相思之苦，才开始在一起又很快要分离。“听得道一声去也，松了金钏；遥望见十里长亭，减了玉肌：此恨谁知？”“金钏”就是戴在手腕上的金镯子；“长亭”是古代设立在大道旁边为送别饯行而用的亭子，古语有“十里一长亭，五里一短亭”的说法，所以叫“十里长亭”。莺莺刚听见一声张生要走，手腕上戴的金镯子就松下来了；远远看见送别的十里长亭，人马上就瘦下来了：这种离愁别恨有谁能知道啊？作者运用了高度夸张的表现手法，来形容当时莺莺和张生缠绵欲绝的离别之情。

【滚绣球】这段曲词和前面那段【端正好】相比，在情景的铺设上是不太相同的。【端正好】主要是采用触景生情的手法，以凄凉的暮秋景象来引出莺莺的离愁别恨。【滚绣球】这段曲辞，则比较多地采用了由情及景的手法，柳丝系马儿、疏林挂斜晖、马慢走车快行、松金钏减玉肌等所有这些描写，无不是由莺莺对张生的依恋惜别之情引发出来的。作者对莺莺内心活动的刻画，并不是依仗苍白空泛的曲辞，而是借助鲜明生动的形象。作者把天地景物乃至车马首饰统统拿来，赋予丰富的联想和夸张，作为表情达意的手段。这就使得抽象的人物感情表现得十分具体真实，细腻动人。

第三支曲子【叨叨令】从文转白，由雅而俗，用直抒胸臆的手法来铺陈情节。先是说莺莺看见送行的车马，心中非常难过、憋闷；进而又说无心梳妆打扮，今后只能用昏睡和哭泣来熬度时光。紧接着，是莺莺无可奈何的悲叹：“兀的不闷杀人也么哥！兀的不闷杀人也么哥！”“兀的不”，就是怎么不的意思；“也么哥”，是曲辞中的衬字，没有实在的含义。这两句叠句是说：“怎么不烦闷死人啊？怎么不烦闷死人啊？”然而烦闷和悲叹也无法改变她和张生离别的事实，所以最后她只好叮嘱张生：“久已后书儿、信儿，索与我凄凄惶惶的寄。”这里的“索”，是必须、应该的意思；“惶惶”，是匆忙、赶紧的意思。这两句是嘱咐张生分别后赶紧寄书信回来。这段曲词是莺莺在自己情郎和最知心的丫鬟红娘面前尽情倾诉离愁，采用了普通的口语，如车儿马儿、花儿靥儿、被儿枕儿、衫儿袖儿、熬熬煎煎、昏昏沉沉等来表现内心的痛苦。作者把这些日常的口语巧妙地组合起来，用一连串的排比、重叠，造成音节和声韵的回环流转，产生了“一唱三叹”的艺术效果。

以上三支曲子较能体现《西厢记》亦雅亦俗的语言风格。其实，《西厢记》中的佳句历来脍炙人口。明代朱权在《太和正音谱》中说“王实甫之词，如花间美人。铺叙委婉，深得骚人之趣。极有佳句，若玉环之出浴华清，绿珠之采莲洛浦”；曹雪芹在《红楼梦》中借林黛玉之口，赞誉《西厢记》“曲词警人，余香满口”。可见王实甫语言表达能力非同一般。

作为我国古典戏剧中的一部典范性作品，《西厢记》在中国文学史上产生了广泛而深远的影响。金圣叹在《第六才子书》中批语：“有人来说《西厢记》是淫书，此人日后定堕拔舌地狱。何也？《西厢记》不同小可，乃是天地妙文。”《西厢记》在思想和艺术上的巨大成就，不仅使其成为我国古典戏剧的现实主义杰作，还对后来以爱情为题材的小说、戏剧创作影响很大，元、明、清三代的文学作品中不乏受《西厢记》人物、故事情节、思想艺术等影响之作。例如，元代白朴的《东墙记》、郑光祖的《㑳梅香》、明代高濂的《玉簪记》、汤显祖的《牡丹亭》、清代李渔的《风筝误》、曹雪芹的《红楼梦》等都在不同程度上受到了《西厢记》的影响。《西厢记》还跨越国界，流传到世界各国，是目前被译成外文最多的中国戏曲名著。早在 1804 年，日本学者冈岛咏舟就将《西厢记》翻译成日语，目前已知的日文译本有十八种之多。除日文外，它还有英、荷、法、俄、意、拉丁、蒙、朝、越等多种文字译本在世界各地流行。由此可见，《西厢记》在世界戏剧史上具有颇高的地位。

## 【作品精选】

### ［元］王实甫《西厢记》

#### 第一本·第三折

〔正旦上云〕老夫人着红娘问长老去了，这小贱人不来我行回话。〔红上云〕回夫人话了，去回小姐话去。〔旦云〕使你问长老：几时做好事？〔红云〕恰回夫人话也，正待回姐姐话：二月十五日，请夫人姐姐拈香。

〔红笑云〕姐姐，你不知，我对你说一件好笑的勾当。咱前日寺里见的那秀才，今日也在方丈里。他先出门儿外等着红娘，深深唱个喏道："小生姓张，名珙，字君瑞，本贯西洛人也，年二十三岁，正月十七子时建生，并不曾娶妻。"姐姐，却是谁问他来？他又问："那壁小娘子莫非莺莺小姐的侍妾乎？小姐常出来么？"被红娘抢白了一顿呵回来了。姐姐，我不知了想甚么哩，世上有这等傻角！〔旦笑云〕红娘，休对夫人说。天色晚也，安排香案，咱花园内烧香去来。〔下〕〔末上云〕搬至寺中，正近西厢居址。我问和尚每来，小姐每夜花园内烧香。这个花园和俺寺中合着。比及小姐出来，我先在太湖石畔墙角儿边等待，饱看一会。两廊僧众都睡着了。夜深人静，月朗风清，是好天气也呵！正是"闲寻方丈高僧语，闷对西厢皓月吟"。

【越调·斗鹌鹑】玉宇无尘，银河泻影；月色横空，花阴满庭；罗袂生寒，芳心自警。侧着耳朵儿听，蹑着脚步儿行：悄悄冥冥，潜潜等等。

【紫花儿序】等待那齐齐整整，袅袅婷婷，姐姐莺莺。一更之后，万籁无声，直至莺庭。若是回廊下没揣的见俺可憎，将他来紧紧的搂定；只问你那会少离多，有影无形。

〔旦引红娘上云〕开了角门儿，将香桌出来者。〔末唱〕

【金蕉叶】猛听得角门儿呀的一声，风过处衣香细生。踮着脚尖儿仔细定睛，比我那初见时庞儿越整。

〔旦云〕红娘，移香桌儿近太湖石畔放者！〔末做看科云〕料想春娇厌拘束，等闲飞出广寒宫。看他容分一捻，体露半襟，軃香袖以无言，垂罗裙而不语。似汀陵妃子，斜倚舜庙朱扉；如玉殿嫦娥，微现蟾宫素影。是好女子也呵！

【调笑令】我这里甫能、见娉婷，比着那月殿嫦娥也不恁般撑。遮遮掩掩穿芳径，料应来小脚儿难行。可喜娘的脸儿百媚生，兀的不引了人魂灵！

〔旦云〕取香来！〔末云〕听小姐祝告甚么？〔旦云〕此一柱香，愿化去先人，早生天界！此一炷香，愿堂中老母，身安无事！此一炷香——〔做不语科，红云〕姐姐不祝这一炷香，我替姐姐祝告：愿俺姐姐早寻一个姐夫，拖带红娘咱！〔旦再拜云〕心中无限伤心事，尽在深深两拜中。

〔长吁科〕〔末云〕小姐倚栏长叹，似有动情之意。

【小桃红】夜深香霭散空庭，帘幕东风静。拜罢也斜将曲栏凭，长吁了两三声。剔团圆明月如悬镜。又不见轻云薄雾，都只是香烟人气，两般儿氤氲得不分明。

我虽不及司马相如，我则看小姐颇有文君之意。我且高吟一绝，看他则甚："月色溶溶夜，花阴寂寂春；如何临皓魄，不见月中人？"〔旦云〕有人墙角吟诗。〔红云〕这声音便是那二十三岁不曾娶妻的那傻角。〔旦云〕好清新之诗，我依韵做一首。〔红云〕你两个是好做一首。〔旦念诗云〕"兰闺久寂寞，无事度芳春；料得行吟者，应怜长叹人。"〔末云〕好应酬得快也呵！

【秃厮儿】早是那脸儿上扑堆着可憎，那堪那心儿里埋没着聪明。他把那新诗和得忒应声，一字字，诉衷情，堪听。

【圣药王】那语句清，音律轻，小名儿不枉了唤做莺莺。他若是共小生、厮觑定，隔墙儿酬和到天明。方信道"惺惺的自古惜惺惺"。

我撞出去，看他说甚么。

【麻郎儿】我拽起罗衫欲行，〔旦做见科〕他陪着笑脸儿相迎。〔红云〕姐姐，有人，咱家去来，怕夫人嗔着。〔莺回顾下〕〔末唱〕不做美的红娘太浅情，便做道"谨依来命"。

【幺篇】我忽听、一声、猛惊。元来是扑刺刺宿鸟飞腾，颤巍巍花梢弄影，乱纷纷落红满径。

小姐，你去了呵，那里发付小生！

【络丝娘】空撇下碧澄澄苍苔露冷，明皎皎花筛月影。白日凄凉枉耽病，今夜把相思再整。

【东原乐】帘垂下，户已扃，却才个悄悄相问，他那里低低应，月朗风清恰二更，厮㑀幸：他无缘，小生薄命。

【绵搭絮】恰寻归路，伫立空庭，竹梢风摆，斗柄云横。呀！今夜凄凉有四星，他不睬人待怎生！虽然是眼角儿传情，咱两个口不言心自省。

今夜甚睡到得我眼里呵！

【拙鲁速】对着盏碧荧荧短檠灯，倚着扇冷清清旧帏屏。灯儿又不明，梦儿又不成；窗儿外淅零零的风儿透疏棂，忒楞楞的纸条儿鸣；枕头儿上孤另，被窝儿里寂静。你便是铁石人，铁石人也动情。

【幺篇】怨不能，恨不成，坐不安，睡不宁。有一日柳遮花映，雾帐云屏，夜阑人静，海誓山盟。恁时节风流嘉庆，锦片也似前程，美满恩情，咱两个画堂春自生。

【尾】一天好事从今定，一首诗分明照证；再不向青琐闼梦儿中寻，则去那碧桃花树儿下等。〔下〕

## 第二本·第五折

〔末上云〕红娘之言，深有意趣。天色晚也，月儿，你早些出来么！〔焚香了〕呀，却早发擂也；呀，却早撞钟也。〔做理琴科〕琴呵，小生与足下湖海相随数年，今夜这一场大功，都在你这神品、金徽、玉轸、蛇腹、断纹、峄阳、焦尾、冰弦之上。天哪！却怎生借得一阵顺风，将小生这琴声吹入俺那小姐玉琢成、粉捏就、知音的耳朵里去者！〔旦引红上，红云〕小姐，烧香去来，好明月也呵！〔旦云〕事已无成，烧香何济！月儿，你团圆呵，咱却怎生？

【越调·斗鹌鹑】云敛晴空，冰轮乍涌；风扫残红，香阶乱拥；离恨千端，闲愁万种。夫人哪，“靡不有初，鲜克有终”。他做了个影儿里的情郎，我做了个画儿里的爱宠。

【紫花儿序】只落得心儿里念想，口儿里闲提，则索向梦儿里相逢。俺娘昨日个大开东阁，我则道怎生般炮凤烹龙？朦胧，可教我“翠袖殷勤捧玉钟”，却不道“主人情重”？则为那兄妹排连，因此上鱼水难同。

〔红云〕姐姐，你看月阑，明日敢有风也？〔旦云〕风月天边有，人间好事无。

【小桃红】人间看波，玉容深锁绣帏中，怕有人搬弄。想嫦娥，西没东生谁与共？怨天公，裴航不作游仙梦。这云似我罗帏数重，只恐怕嫦娥心动，因此上围住广寒宫。

〔红做咳嗽科〕〔末云〕来了。〔做理琴科〕〔旦云〕这甚么响？〔红发科〕〔旦唱〕

【天净沙】莫不是步摇得宝髻玲珑？莫不是裙拖得环珮叮咚？莫不是

铁马儿檐前骤风？莫不是金钩双控，吉丁当敲响帘栊？

【调笑令】莫不是梵王宫，夜撞钟？莫不是疏竹潇潇曲槛中？莫不是牙尺剪刀声相送？莫不是漏声长滴响壶铜？潜身再听在墙角东，原来是近西厢理连结丝桐。

【秃厮儿】其声壮，似铁骑刀枪冗冗；其声幽，似落花流水溶溶；其声高，似风清月朗鹤唳空；其声低，似听儿女语，小窗中，喁喁。

【圣药王】他那里思不穷，我这里意已通，娇鸾雏凤失雌雄；他曲未终，我意转浓，争奈伯劳飞燕各西东：尽在不言中。

我近书窗听咱。〔红云〕姐姐，你这里听，我瞧夫人，一会便来。〔末云〕窗外有人，已定是小姐，我将弦改过，弹一曲，就歌一篇，名曰《凤求凰》。昔日司马相如得此曲成事，我虽不及相如，愿小姐有文君之意。〔歌曰〕有美人兮，见之不忘。一日不见兮，思之如狂。凤飞翩翩兮，四海求凰。无奈佳人兮，不在东墙。张弦代语兮，欲诉衷肠。何时见许兮，慰我彷徨？愿言配德兮，携手相将！不得于飞兮，使我沦亡。〔旦云〕是弹得好也呵！其词哀，其意切，凄凄然如鹤唳天；故使妾闻之，不觉泪下。

【麻郎儿】这的是令他人耳聪，诉自己情衷。知音者芳心自懂，感怀者断肠悲痛。

【幺篇】这一篇与本宫、始终、不同。又不是清夜闻钟，又不是黄鹤醉翁，又不是泣麟悲凤。

【络丝娘】一字字更长漏永，一声声衣宽带松。别恨离愁，变成一弄。张生呵，越教人知重。

〔末云〕夫人且做忘恩，小姐，你也说谎也呵！〔旦云〕你差怨了我。

【东原乐】这的是俺娘的机变，非干是妾身脱空；若由得我呵，乞求得效鸾凤。俺娘无夜无明并女工；我若得些儿闲空，张生呵，怎教你无人处把妾身做诵。

【绵搭絮】疏帘风细，幽室灯清，都则是一层儿红纸，几榥儿疏棂，兀的不是隔着云山几万重，怎得个人来信息通？便做道十二巫峰，他也曾赋高唐来梦中。

〔红云〕夫人寻小姐哩，咱家去来。〔旦唱〕

【拙鲁速】则见他走将来气冲冲，怎不教人恨匆匆。唬得人来怕恐。

早是不曾转动，女孩儿家直恁响喉咙！紧摩弄，索将他拦纵，则恐夫人行把我来厮葬送。

〔红云〕姐姐则管听琴怎么？张生着我对姐姐说，他回去也。〔旦云〕好姐姐呵，是必再着他住一程儿！〔红云〕再说甚么？〔旦云〕你去呵，

【尾】则说道夫人时下有人唧哝，好共歹不着你落空。不问俺口不应的狠毒娘，怎肯着别离了志诚种？〔并下〕

【络丝娘煞尾】不争惹恨牵情逗引，少不得废寝忘餐病症。

题目　张君瑞破贼计 莽和尚生杀心

正名　小红娘昼请客 崔莺莺夜听琴

## 第三本·第三折

〔红上云〕今日小姐着我寄书与张生，当面偌多般假意儿，原来诗内暗约着他来。小姐也不对我说，我也不瞧破他，则请他烧香。今夜晚妆处比每日较别，我看他到其间怎的瞒我？〔红唤科〕姐姐，咱烧香去来。〔旦上云〕花阴重叠香风细，庭院深沉淡月明。〔红云〕今夜月明风清，好一派景致也呵！

【双调·新水令】晚风寒峭透窗纱，控金钩绣帘不挂。门阑凝暮霭，楼角敛残霞。恰对菱花，楼上晚妆罢。

【驻马听】不近喧哗，嫩绿池溏藏睡鸭；自然幽雅，淡黄杨柳带栖鸦。金莲蹴损牡丹芽，玉簪抓住荼蘼架。夜凉苔径滑，露珠儿湿透了凌波袜。

我看那生和俺小姐巴不得到晚。

【乔牌儿】自从那日初时想月华，捱一刻似一夏；见柳梢斜日迟迟下，早道“好教贤圣打”。

【搅筝琶】打扮的身子儿诈，准备着云雨会巫峡。只为这燕侣莺俦，锁不住心猿意马。不则俺那姐姐害，那生呵！二三日来水米不粘牙。因姐姐闭月羞花，真假、这其间性儿难按纳，一地里胡拿。

姐姐这湖山下立地，我开了寺里角门儿。怕有人听俺说话，我且看一看。〔做意了〕偌早晚傻角却不来，赫赫赤赤，来。〔末云〕这其间正好去也，赫赫赤赤。〔红云〕那鸟来了。

【沉醉东风】我则道槐影风摇暮鸦，原来是玉人帽侧乌纱。一个潜身在曲槛边，一个背立在湖山下；那里叙寒温，并不曾打话。〔红云〕赫赫赤赤，那鸟来了。〔末云〕小姐，你来也。〔搂住红科，红云〕禽兽，是我，你看得好仔细着，若是夫人怎了。〔末云〕小生害得眼花，搂得慌了些儿，不知是谁，望乞恕罪！〔红唱〕便做道搂得慌呵，你好索觑咱，多管是饿得你个穷神眼花。

〔末云〕小姐在那里？〔红云〕在湖山下，我问你咱，真个着你来哩？〔末云〕小生猜诗谜社家，风流隋何，浪子陆贾，准定扢扎帮便倒地。〔红云〕你休从门里去，则道我使你来。你跳过这墙去，今夜这一弄助你两个成亲。我说与你，依着我者。

【乔牌儿】你看那淡云笼月华，似红纸护银蜡；柳丝花朵垂帘下，绿莎茵铺着绣榻。

【甜水令】良夜迢迢，闲庭寂静，花枝低亚。他是个女孩儿家，你索将性儿温存，话儿摩弄，意儿谦洽；休猜做败柳残花。

【折桂令】他是个娇滴滴美玉无瑕，粉脸生春，云鬓堆鸦。恁的般受怕担惊，又不图甚浪酒闲茶。则你那夹被儿时当奋发，指头儿告了消乏；打叠起嗟呀，毕罢了牵挂，收拾了忧愁，准备着撑达。

〔末做跳墙搂旦科〕〔旦云〕是谁？〔末云〕是小生。〔旦怒云〕张生，你是何等之人！我在这里烧香，你无故至此；若夫人闻知，有何理说！〔末云〕呀，变了卦也！〔红唱〕

【锦上花】为甚媒人，心无惊怕；赤紧的夫妻每，意不争差。我这里蹑足潜踪，悄地听咱：一个羞惭，一个怒发。

【幺篇】张生无一言，呀，莺莺变了卦。一个悄悄冥冥，一个絮絮答答。却早禁住隋何，迸住陆贾，叉手躬身，妆聋做哑。

张生背地里嘴那里去了？向前搂住丢翻，告到官司，怕羞了你！

【清江引】没人处只会闲嗑牙，就里空奸诈。怎想湖山边，不记“西厢下”。香美娘处分破花木瓜。

〔旦云〕红娘，有贼。〔红云〕是谁？〔末云〕是小生。〔红云〕张生，你来这里有甚么勾当？〔旦云〕扯到夫人那里去！〔红云〕到夫人那里，怕坏了他行止。我与姐姐处分他一场。张生，你过来跪着！你既读孔圣之书，必达周公之礼，夤夜来此何干？

【雁儿落】不是俺一家儿乔作衙，说几句衷肠话。我则道你文学海样深，谁知你色胆有天来大？

〔红云〕你知罪么？〔末云〕小生不知罪。〔红唱〕

【得胜令】谁着你夤夜入人家，非奸做贼拿。你本是个折桂客，做了偷花汉；不想去跳龙门，学骟马。姐姐，且看红娘面饶过这生者！〔旦云〕若不看红娘面，扯你到夫人那里去，看你有何面目见江东父老？起来！〔红唱〕谢小姐贤达，看我面遂情罢。若到官司详察，"你既是秀才，只合苦志于寒窗之下，谁教你夤夜辄入人家花园，做得个非奸即盗"。先生呵，准备着精皮肤吃顿打。

〔旦云〕先生虽有活人之恩，恩则当报。既为兄妹，何生此心？万一夫人知之，先生何以自安？今后再勿如此，若更为之，与足下决无干休。〔下〕〔末朝鬼门道云〕你着我来，却怎么有偌多说话！〔红扳过末云〕羞也，羞也，却不"风流隋何，浪子陆贾"？〔末云〕得罪波"社家"，今日便早则死心塌地。〔红唱〕

【离亭宴带歇指煞】再休题"春宵一刻千金阶"，准备着"寒窗更守十年寡"。猜诗谜的社家，拍了"迎风户半开"，山障了"隔墙花影动"，绿惨了"待月西厢下"。你将何郎粉面搽，他自把张敞眉儿画。强风情措大，晴干了尤云滞雨心，悔过了窃玉偷香胆，删抹了倚翠偎红话。〔末云〕小生再写一简，烦小娘子将去，以尽衷情如何？〔红唱〕淫词儿早则休，简帖儿从今罢。犹古自参不透风流调法。从今后悔罪也卓文君，你与我游学去波汉司马。〔下〕

〔末云〕你这小姐送了人也！此一念小生再不敢举，奈有病体日笃，将如之奈何？夜来得简方喜，今日强扶至此，又值这一场怨气，眼见得休也。则索回书房中纳闷去。桂子闲中落，槐花病里看。〔下〕

## 第四本·第二折

〔夫人引俫上云〕这几日窃见莺莺语言恍惚，神思加倍，腰肢体态，比向日不同；莫不做下来了么？〔俫云〕前日晚夕，奶奶睡了，我见姐姐和红娘烧香，半晌不回来，我家去睡了。〔夫人云〕这桩事都在红娘身上，唤红娘来！〔俫唤红科〕〔红云〕哥哥唤我怎么？〔俫云〕奶奶知道你和姐姐去花园里去，如今要打你哩。〔红云〕呀！小姐，你带累我也！小哥哥，你先去，我便来也。〔红唤旦科，红云〕姐姐，事发了也，老夫人唤我哩，却怎了？〔旦云〕好姐姐，遮盖咱！〔红云〕娘呵，你做的隐秀者，我道你做下来也。〔旦念〕月圆便有阴云蔽，花发须教急雨催。〔红唱〕

【越调·斗鹌鹑】则着你夜去明来，倒有个天长地久；不争你握雨携云，常使我提心在口。你则合带月披星，谁着你停眠整宿？老夫人心数多，情性㑇；使不着我巧语花言，将没做有。

【紫花儿序】老夫人猜那穷酸做了新婿，小姐做了娇妻，这小贱人做了牵头。俺小姐这些时春山低翠，秋水凝眸，别样的都休，试把你裙带儿拴，纽门儿扣，比着你旧时肥瘦，出落得精神，别样的风流。

〔旦云〕红娘，你到那里小心回话者！〔红云〕我到夫人处，必问："这小贱人，〔唱〕

【金蕉叶】我着你但去处行监坐守，谁着你迤逗的胡行乱走？"若问着此一节呵如何诉休？你便索与他个"知情"的犯由。

姐姐，你受责理当，我图甚么来？

【调笑令】你绣帏里效绸缪，倒凤颠鸾百事有。我在窗儿外几曾轻咳嗽，立苍苔将绣鞋儿冰透。今日个嫩皮肤倒将粗棍抽，姐姐呵，俺这通殷勤的着甚来由？

姐姐在这里等着，我过去。说过呵，休欢喜；说不过，休烦恼。〔红见夫人科〕〔夫人云〕小贱人，为甚么不跪下！你知罪么？〔红跪云〕红娘不知罪。〔夫人云〕你故自口强哩。若实说呵，饶你；若不实说呵，我直打死你这个贱人！谁着你和小姐花园里去来？〔红云〕不曾去，谁见来？〔夫人云〕欢郎见你去来，尚故自推哩。〔打科〕〔红云〕夫人休闪了手，且息怒停嗔，听红娘说。

【鬼三台】夜坐时停了针绣，共姐姐闲穷究，说张生哥哥病久。咱两个背着夫人，向书房问候。〔夫人云〕问候呵，他说甚么？〔红云〕他说来，道"老夫人事已休，将恩变为仇，着小生半途喜变做忧"。他道："红娘你且先行，教小姐权时落后。"

〔夫人云〕他是个女孩儿家，着他落后怎么！〔红唱〕

【秃厮儿】我只道神针法灸，谁承望燕侣莺俦。他两个经今月余则是一处宿，何须你一一问缘由？

【圣药王】他每不识忧，不识愁，一双心意两相投。夫人得好休，便好休，这其间何必苦追求？常言道“女大不中留”。

〔夫人云〕这端事都是你个贱人。〔红云〕非是张生小姐红娘之罪，乃夫人之过也。〔夫人云〕这贱人倒指下我来，怎么是我之过？〔红云〕信者人之根本。“人而无信，不知其可也。大车无輗，小车无軏，其何以行之哉？”当日军围普救，夫人所许退军者，以女妻之。张生非慕小姐颜色，岂肯区区建退军之策？兵退身安，夫人悔却前言，岂得不为失信乎？既然不肯成就其事，只合酬之以金帛，令张生舍此而去。却不当留请张生于书院，使怨女旷夫，各相早晚窥视，所以夫人有此一端。目下老夫人若不息其事，一来辱没相国家谱，二来张生日后名重天下，施恩于人，忍令反受其辱哉？使至官司，老夫人亦得治家不严之罪。官司若推其详，亦知老夫人背义而忘恩，岂得为贤哉？红娘不敢自专，乞望夫人台鉴：莫若恕其小过，成就大事，撋之以去其污，岂不为长便乎？

【麻郎儿】秀才是文章魁首，姐姐是仕女班头；一个通彻三教九流，一个晓尽描鸾刺绣。

【幺篇】世有、便休、罢手，大恩人怎做敌头？起白马将军故友，斩飞虎叛贼草寇。

【络丝娘】不争和张解元参辰卯酉，便是与崔相国出乖弄丑。到底干连着自己骨肉，夫人索穷究。

〔夫人云〕这小贱人也道得是。我不合养了这个不肖之女。待经官呵，玷辱家门。罢罢！俺家无犯法之男，再婚之女，与了这厮罢。红娘，唤那贱人来！〔红见旦云〕且喜姐姐，那棍子则是滴溜溜在我身上，吃我直说过了。我也怕不得许多，夫人如今唤你来，待成合亲事。〔旦云〕羞人答答的，怎么见夫人？〔红云〕娘根前有甚么羞？

【小桃红】当日个月明才上柳梢头，却早人约黄昏后。羞得我脑背后将牙儿衬着衫儿袖。猛凝眸，看时节则见鞋底尖儿瘦。一个恣情的不休，一个哑声儿厮耨。呸！那其间可怎生不害半星儿羞？

〔旦见夫人科〕〔夫人云〕莺莺，我怎生抬举你来，今日做这等的勾当；则是我的孽障，待怨谁的是！我待经官来，辱没了你父亲，这等事不是俺相国人家的勾当。罢罢罢！谁似俺养女的不长进！红娘，书房里唤将那禽兽来！〔红唤末科〕〔末云〕小娘子唤小生做甚么？〔红云〕你的事发了也，如今夫人唤你来，将小姐配与你哩。小姐先招了也，你过去。〔末云〕小生惶恐，如何见老夫人？当初谁在老夫人行说来？〔红云〕休佯小心，过去便了。

【幺篇】既然泄漏怎干休？是我相投首。俺家里陪酒陪茶倒搁就，你休愁，何须约定通媒媾？我弃了部署不收，你原来“苗而不秀”。呸！你是个银样镴枪头。

〔末见夫人科〕〔夫人云〕好秀才呵，岂不闻“非先王之德行不敢行”。我待送你去官司里去来，恐辱没了俺家谱。我如今将莺莺与你为妻，只是俺三辈儿不招白衣女婿，你明日便上朝取应去。我与你养着媳妇，得官呵，来见我；驳落呵，休来见我。〔红云〕张生早则喜也。

【东原乐】相思事，一笔勾，早则展放从前眉儿皱，美爱幽欢恰动头。既能够，张生，你觑兀的般可喜娘庞儿也要人消受。

〔夫人云〕明日收拾行装，安排果酒，请长老一同送张生到十里长亭去。〔旦念〕寄语西河堤畔柳，安排青眼送行人。〔同夫人下〕〔红唱〕

【收尾】来时节画堂箫鼓鸣春昼，列着一对儿鸾交凤友。那其间才受你说媒红，方吃你谢亲酒。〔并下〕

## 第四本·第三折

〔夫人长老上云〕今日送张生赴京，十里长亭安排下筵席。我和长老先行，不见张生小姐来到。

〔旦、末、红同上〕〔旦云〕今日送张生上朝取应，早是离人伤感，况值那暮秋天气，好烦恼人也呵！悲欢聚散一杯酒，南北东西万里程。

【正宫·端正好】碧云天，黄花地，西风紧，北雁南飞。晓来谁染霜林醉？总是离人泪。

【滚绣球】恨相见得迟，怨归去得疾。柳丝长玉骢难系，恨不倩疏林挂住斜晖。马儿迍迍的行，车儿快快的随，却告了相思回避，破题儿又早别离。听得道一声去也，松了金钏；遥望见十里长亭，减了玉肌：此恨谁知？

〔红云〕姐姐今日怎么不打扮？〔旦云〕你那知我的心里呵？

【叨叨令】见安排着车儿、马儿，不由人熬熬煎煎的气；有甚么心情花儿、靥儿，打扮得娇娇滴滴的媚；准备着被儿、枕儿，则索昏昏沉沉的睡；从今后衫儿、袖儿，都揾做重重叠叠的泪。兀的不闷杀人也么哥！兀的不闷杀人也么哥！久已后书儿、信儿，索与我恓恓惶惶的寄。

〔做到，见夫人科〕〔夫人云〕张生和长老坐，小姐这壁坐，红娘将酒来。张生，你向前来，是自家亲眷，不要回避。俺今日将莺莺与你，到京师休辱没了俺孩儿，挣揣一个状元回来者。〔末云〕小生托夫人余荫，凭着胸中之才，视官如拾芥耳。〔洁云〕夫人主见不差，张生不是落后的人。〔把酒了，坐〕〔旦长吁科，唱〕

【脱布衫】下西风黄叶纷飞，染寒烟衰草萋迷。酒席上斜签着坐的，蹙愁眉死临侵地。

【小梁州】我见他阁泪汪汪不敢垂，恐怕人知；猛然见了把头低，长吁气，推整素罗衣。

【幺篇】虽然久后成佳配，奈时间怎不悲啼。意似痴，心如醉，昨宵今日，清减了小腰围。

〔夫人云〕小姐把盏者！〔红递酒，旦把盏长吁科云〕请吃酒！

【上小楼】合欢未已，离愁相继。想着俺前暮私情，昨夜成亲，今日别离。我谂知这几日相思滋味，却元来此别离情更增十倍。

【幺篇】年少呵轻远别，情薄呵易弃掷。全不想腿儿相挨，脸儿相偎，手儿相携。你与俺崔相国做女婿，妻荣夫贵，但得一个并头莲，煞强如状元及第。

〔夫人云〕红娘把盏者！〔红把酒科〕〔旦唱〕

【满庭芳】供食太急，须臾对面，顷刻别离。若不是酒席间子母每当回避，有心待与他举案齐眉。虽然是厮守得一时半刻，也合着俺夫妻每共桌而食。眼底空留意，寻思起就里，险化做望夫石。

〔红云〕姐姐不曾吃早饭，饮一口儿汤水。〔旦云〕红娘，甚么汤水咽得下！

【快活三】将来的酒共食，尝着似土和泥。假若便是土和泥，也有些土气息，泥滋味。

【朝天子】暖溶溶玉醅，白泠泠似水，多半是相思泪。眼面前茶饭怕不待要吃，恨塞满愁肠胃。“蜗角虚名，蝇头微利”，拆鸳鸯在两下里。一个这壁，一个那壁，一递一声长吁气。

〔夫人云〕辆起车儿，俺先回去，小姐随后和红娘来。〔下〕〔末辞洁科〕〔洁云〕此一行别无话儿，贫僧准备买登科录看，做亲的茶饭少不得贫僧的。先生在意，鞍马上保重者！从今经忏无心礼，专听春雷第一声。〔下〕〔旦唱〕

【四边静】霎时间杯盘狼藉，车儿投东，马儿向西，两意徘徊，落日山横翠。知他今宵宿在那里？在梦也难寻觅。

张生，此一行得官不得官，疾便回来。〔末云〕小生这一去白夺一个状元，正是“青霄有路终须到，金榜无名誓不归”。〔旦云〕君行别无所赠，口占一绝，为君送行：“弃掷今何在，当时且自亲。还将旧来意，怜取眼前人。”〔末云〕小姐之意差矣，张珙更敢怜谁？谨赓一绝，以剖寸心：“人生长远别，孰与最关亲？不遇知音者，谁怜长叹人？”〔旦唱〕

【耍孩儿】淋漓襟袖啼红泪，比司马青衫更湿。伯劳东去燕西飞，未登程先问归期。虽然眼底人千里，且尽生前酒一杯。未饮心先醉，眼中流血，心内成灰。

【五煞】到京师服水土，趁程途节饮食，顺时自保揣身体。荒村雨露宜眠早，野店风霜要起迟！鞍马秋风里，最难调护，最要扶持。

【四煞】这忧愁诉与谁？相思只自知，老天不管人憔悴。泪添九曲黄河溢，恨压三峰华岳低。到晚来闷把西楼倚，见了些夕阳古道，衰柳长堤。

【三煞】笑吟吟一处来，哭啼啼独自归。归家若到罗帏里，昨宵个绣衾香暖留春住，今夜个翠被生寒有梦知。留恋你别无意，见据鞍上马，阁不住泪眼愁眉。

〔末云〕有甚言语嘱咐小生咱？〔旦唱〕

【二煞】你休忧“文齐福不齐”，我则怕你“停妻再娶妻”。休要“一春鱼雁无消息”！我这里青鸾有信频须寄，你却休“金榜无名誓不归”。此一节君须记：若见了那异乡花草，再休似此处栖迟。

〔末云〕再谁似小姐？小生又生此念？〔旦唱〕

【一煞】青山隔送行，疏林不做美，淡烟暮霭相遮蔽。夕阳古道无人语，禾黍秋风听马嘶。我为甚么懒上车儿内，来时甚急，去后何迟！

〔红云〕夫人去好一会，姐姐，咱家去！〔旦唱〕

【收尾】四围山色中，一鞭残照里。遍人间烦恼填胸臆，量这些大小车儿如何载得起？

〔旦、红下〕〔末云〕仆童赶早行一程儿，早寻个宿处。泪随流水急，愁逐野云飞。〔下〕

## 第五本·第二折

〔末上云〕"画虎未成君莫笑，安排牙爪始惊人。"本是举过便除，奉圣旨着翰林院编修国史。他每那知我的心，甚么文章做得成。使琴童递佳音，不见回来。这几日睡卧不宁，饮食少进，给假在驿亭中将息。早间太医着人来看视，下药去了。我这病卢扁也医不得。自离了小姐，无一日心闲也呵！

【中吕·粉蝶儿】从到京师，思量心旦夕如是，向心头横躺着俺那莺儿。请医师，看诊罢，一星星说是。本意待推辞，只被他察虚实不须看视。

【醉春风】他道是医杂证有方术，治相思无药饵。莺莺呵，你若是知我害相思，我甘心儿死、死。四海无家，一身客寄，半年将至。

〔仆上云〕我则道哥哥除了，元来在驿亭中抱病，须索回书去咱。〔见了科〕〔末云〕你回来了也。

【迎仙客】疑怪这噪花枝灵鹊儿，垂帘幕喜蛛儿，正应着短檠上夜来灯爆时。若不是断肠词，决定是断肠诗。〔仆云〕小夫人有书至此。〔末接科〕写时管情泪如丝，既不呵，怎生泪点儿封皮上渍。

〔末读书科〕"薄命妾崔氏拜复，敬奉才郎君瑞文儿：自音容去后，不觉许时，仰敬之心，未尝少怠。纵云日近长安远，何故鳞鸿之杳矣。莫因花柳之心，弃妾恩情之意？正念间，琴童至，得见翰墨，始知中科，使妾喜之如狂。郎之才望，亦不辱相国之家谱也。今因琴童回，无以奉贡，聊有瑶琴一张，玉簪一枝，斑管一枝，裹肚一条，汗衫一领，袜儿一双，权表妾之真诚。匆匆草字欠恭，伏乞情恕不备。谨依来韵，遂继一绝云：阑干倚遍盼才郎，莫恋宸京黄四娘；病里得书如中甲，窗前览镜试新妆。”那风风流流的姐姐，似这等女子，张珙死也死得着了。

【上小楼】这的堪为字史，当为款识。有柳骨颜筋，张旭张芝，羲之献之。此一时，彼一时，佳人才思，俺莺莺世间无二。

【幺篇】俺做经咒般持，符篆般使。高似金章，重似金帛，贵似金资。这上面若签个押字，使个令史，差个勾使，则是一张忙不及印赴期的咨示。

〔末拿汗衫儿科〕休道文章，只看他这针指，人间少有。

【满庭芳】怎不教张生爱尔，堪针工出色，女教为师。几千般用意针针是，可索寻思。长共短又没个样子，窄和宽想象著腰肢，好共歹无人试。想当初做时，用煞那小心儿。

小姐寄来这几件东西，都有缘故，一件件我都猜着了。

【白鹤子】这琴，他教我闭门学禁指，留意谱声诗，调养圣贤心，洗荡巢由耳。

【二煞】这玉簪，纤长如竹笋，细白似葱枝，温润有清香，莹洁无瑕玼。

【三煞】这斑管，霜枝曾栖凤凰，泪点渍胭脂，当时舜帝恸娥皇，今日淑女思君子。

【四煞】这裹肚，手中一叶绵，灯下几回丝，表出腹中愁，果称心间事。

【五煞】这鞋袜儿，针脚儿细似虮子，绢帛儿腻似鹅脂，既知礼不胡行，愿足下当如此。

琴童，你临行小夫人对你说甚么？〔仆云〕着哥哥休别继良姻。〔末云〕小姐，你尚然不知我的心哩。

【快活三】冷清清客店儿，风淅淅雨丝丝，雨儿零，风儿细，梦回时，多少伤心事。

【朝天子】四肢不能动止，急切里盼不到蒲东寺。小夫人须是你见时，别有甚闲传示？我是个浪子官人，风流学士，怎肯带残花折旧枝。自思、到此，甚的是闲街市。

【贺圣朝】少甚宰相人家，招婿的娇姿。其间或有个人儿似尔，那里取那温柔，这般才思？想莺莺意儿，怎不教人梦想眠思？

琴童，将这衣裳东西收拾好者。

【耍孩儿】则在书房中倾倒个藤箱子，向箱子里面铺几张纸。放时节须索用心思，休教藤刺儿抓住绵丝。高抬在衣架上怕吹了颜色，乱裹在包袱中恐锉了褶儿。当如此，切须爱护，勿得因而。

【二煞】恰新婚，才燕尔，为功名来到此。长安忆念蒲东寺。昨宵个春风桃李花开夜，今日个秋雨梧桐叶落时。愁如是，身遥心迩，坐想行思。

【三煞】这天高地厚情，直到海枯石烂时，此时作念何时止？直到烛灰眼下才无泪，蚕老心中罢却丝。我不比游荡轻薄子，轻夫妇的琴瑟，拆鸾凤的雄雌。

【四煞】不闻黄犬音，难传红叶诗，驿长不遇梅花使。孤身去国三千里，一日归必十二时。凭栏视，听江声浩荡，看山色参差。

【尾】忧则忧我在病中，喜则喜你来到此。投至得引人魂卓氏音书至，险将这害鬼病的相如盼望死。〔下〕

## 【思考题】

1. 请简述《西厢记》的故事源流。
2. 请对崔莺莺的性格特征进行分析。
3. 请简述《西厢记》的思想主题。
4. 请简述《西厢记》的艺术成就。

# ［元］柯丹丘《荆钗记》：愿得一心人，白头不相离

【作家生平】

柯丹丘（亦称柯丹邱），生卒年不详。吕天成《曲品》题作“柯丹丘撰”，清代张大复在《寒山堂曲谱》卷首“总目”称“吴门学究敬先书会柯丹丘著”。吴门，即苏州的古称；敬先书会的才人，被人称为学究，其实，“学究”为宋元人语，指读书人。书会是宋元时期特有的民间编撰剧本、话本及说唱文学的团体，聚集的多为下层文人和艺人，在周密的《武林旧事》中，这些人被列为“诸色伎艺人”。另一说《荆钗记》作者另有其人。徐渭在《南词叙录》中说，《王十朋荆钗记》有两个版本。一本是宋元间无名氏作。王十朋是南宋温州乐清县人，字龟龄，号梅溪，官至龙图阁学士，《荆钗记》借用了他的名字，剧中情节却与他的生平事迹不符。《瓯江逸志》记载，有一权臣，因受到王十朋弹劾，便指使门客写了这个剧本诬蔑他。还有一种说法是，钱玉莲本娼家女子，在王十朋中状元后遭到抛弃，愤而投江。但在现存《荆钗记》中，王十朋是被肯定的人物。另一本是明初李景云作。千古名联“云朝朝朝朝朝朝朝散，潮长长长长长长长消”即出自其手，《荆钗记》虽是用了王十朋的名字，但剧中情节却与他的生平大不相同。王国维在《曲录》中认为是“丹丘先生为宁献王道号”，推断此剧为明太祖第十七子宁王朱权所作，而朱权生于明洪武十一年（1378 年）。综合以上几种观点，现在一般认为《荆钗记》作者是元末柯丹丘。

《荆钗记》今存本经明人修改，以影钞明嘉靖姑苏叶氏所刻温泉子编集、梦仙子校正《原本王状元荆钗记》为较近古本，该本文辞质朴自然，雕

琢痕迹较少。《荆钗记》在当时影响较大，与《白兔记》《拜月亭记》《杀狗记》并称“四大南戏”，也叫“四大传奇”，这些剧目在明清两代都很盛行。现如今，在昆曲、湘剧、川剧、滇剧、莆仙戏、梨园戏等剧种中，《荆钗记》这个剧目仍在上演，舞台上常演的有“见娘”“男祭”“投江”等几折。

【作品概要】

书生王十朋幼年丧父，家道清贫，与母亲相依为命。贡元钱流行见王十朋聪明好学，为人正派，便将自己与前妻所生的女儿钱玉莲许配给王十朋。王十朋的母亲因家贫，便以荆钗作为聘礼。而玉莲继母嫌贫爱富，欲将玉莲嫁给当地富豪孙汝权，玉莲不从，只愿听从父亲安排嫁给王十朋。

婚后半载，试期来临，王十朋便告别母亲与妻子，上京应试，最后得中状元，授江西饶州佥判。丞相万俟见王十朋才貌双全，欲招他为婿，十朋不从。万俟恼羞成怒，将王十朋改调广东潮阳任佥判，并不准他回家省亲。十朋离京赴任前托承局带回一封家书，不料信被随十朋至京的孙汝权骗走，并加以篡改，诈称十朋已入赘相府，让玉莲另嫁他人。孙汝权回到温州后，立即找到玉莲继母，再逼玉莲嫁给自己，玉莲誓死不从，投江殉节，幸被新任福建安抚钱载和救起，收为义女，带至任所。钱载和来到福建任上后，即差人去饶州寻找王十朋。奉命寻找王十朋的人打听到新任饶州太守也姓王，到任不久便病故，遂回来告知玉莲。玉莲误以为丈夫已死，悲痛欲绝。而十朋在赴任前欲接取母亲与妻子来京城，却听说玉莲已投江而亡，十分悲恸。

五年后，王十朋调任吉安太守，而钱载和也由福建安抚升任两广巡抚。钱载和赴任途中路过吉安府，王十朋前去码头拜谒。当钱载和知道王十朋就是玉莲的丈夫后，就在船上设宴，席上出示玉莲一直佩戴的荆钗，十朋确认，于是夫妇相认，全家团圆。

【作品鉴赏】

宋元南戏，是指从北宋末年到元末明初在中国南方流行的传统戏曲艺术。南戏，又有戏文、南曲戏文、温州杂剧、永嘉杂剧等名称。《荆钗记》为南戏代表作之一，一共四十八出，在明清时期传演甚广，影响深远。

## 一、《荆钗记》的思想内涵

《荆钗记》深刻地反映了当时的时代生活，是对“富贵易妻”现象的反思与控诉，也是对富不易交、贵不易妻的坚贞爱情的赞颂。书生发迹变泰后负心弃妻的现象，与宋代科举制度有着密切的关系。科举制度规定，男子不论门第出身，只要考取功名，即可入仕为官，这为寒士发迹提供了一条捷径。“朝为田舍郎，暮登天子堂”便是这种情况的写照。两宋时期，新贵大批出现，但书生初入仕途，需要寻找靠山，权门豪贵也需要拉拢新进以扩充势力，联姻便成了他们利益结合的手段，所以这种婚姻具有强烈的政治目的。当书生攀上高枝，抛弃糟糠之妻时，便与原来的家庭和知恩图报的观念，不可避免地发生冲突，导致了一幕幕家庭和道德悲剧的出现。市民大众厌恶书生这种薄幸的行为，不惜口诛笔伐，这就是宋代产生大量谴责婚变作品的原因。在宋元南戏作品中，也出现了较多负心婚变题材的剧本，如《王魁》《张协状元》《赵贞女蔡二郎》等都是负情戏。

在宋元南戏负心婚变题材中，《荆钗记》无疑是一部为薄情负心书生翻案的剧作。《荆钗记》的作者对富贵不弃糟糠之妻、宁冒风险拒绝与位高权重的宰相联姻的王十朋的歌颂，正是对那些负心汉的鞭挞，以及对“富贵易妻”这一社会问题的严肃批判。在《荆钗记》中，王十朋是被肯定的人物，剧中塑造王十朋、钱玉莲夫妻的人物形象，描写他们坚贞不渝的美好情操，从正面表明了作者对这一社会问题的态度。

从相关史料可知，王十朋故事原先是“富贵易妻”的负心题材，经改编后，王十朋才演变成一个忠于爱情、信守承诺的人物形象。在剧作中，钱玉莲的后母姚氏所讲的话，实际上是符合当时的真实情况的：“不管王十朋中与不中，你都是苦命，不中你也受穷，中了以后，你就会被抛弃。”这话陈述的正是当时社会的普遍现象。《荆钗记》通过描写王十朋和钱玉莲历经磨难而不变心的高贵品德，揭露和批判了孙汝权的丑恶嘴脸及玉莲后母、万俟丞相等人庸俗贪婪的思想，表达了作者对“义夫节妇”的赞赏，是对坚贞诚信的婚姻道德的大力倡导。

王十朋被称为“义夫”，他的“义”表现为对糟糠之妻的忠贞之情，他不忘“义”，就是不忘贫贱夫妻之“情”。这主要体现在两件事上：一是在他考中状元后，丞相逼婚，他不忘贫贱时以身相许的妻子，坚决不从。丞相以“富易交，贵易妻”加以游说，他以“糟糠之妻不下堂，贫贱之交不可忘”据理力争；丞相把他拘留在京都，又将他入职之地改调为烟瘴蛮荒的潮州，而王十朋却毅然赴任，没有丝毫反悔之意。二是在他得知玉莲被后母逼迫投河自尽后，历多年而感情如初，不变其心。第三十五出“时祀”书写了他对玉莲的深情：

〔生读祝文介〕维大宋熙宁七年吉月辛卯朔日己酉，赐进士及第任潮阳浙江温州府永嘉县孝夫王十朋。谨以清酌素馔之奠，致祭于亡过妻玉莲钱氏夫人前而言曰：惟灵之生，抱义而归；惟灵之死，抱节而归，义也。呜呼噫嘻！昔受荆钗为聘，同甘苦于茅庐。春闱一赴，鸾凤分飞。诈书一到，骨肉分离。姑娘为夺婚之媒，继母为逼嫁之威。捱不过连朝折挫，抵不过昼夜禁持。拜辞睡昏昏之老姑，哭出冷清清之绣帏。江津渡口，月淡星稀，脱鞋遗迹于岸边，抱石投江于海底。江流哽咽，风木惨凄。波滚滚而洪涛逐魄，浪层层而水泛香肌。哭一声妻，寒壑应猿啼。叫一声妻，云愁雨怨天地悲。妻魂不寐，默而鉴之。於戏哀哉！尚飨！

【沽美酒】〔生唱〕纸钱飘，蝴蝶飞。纸钱飘，蝴蝶飞。血泪染，杜鹃啼。睹物伤情越惨凄。灵魂恁自知，灵魂恁自知。俺不是负心的，负心的随着灯灭。花谢有芳菲时节，月缺有团圆之夜。我呵！徒然间早起晚寐，想伊念伊。妻，要相逢除非是梦儿里再成姻契。

【尾】昏昏默默归何处？哽哽咽咽思念你。直上嫦娥宫殿里。

在“祝文”中，王十朋声泪俱下，回想与玉莲的相知相惜，虽然婚前没有与玉莲见过面，但玉莲甘愿以富嫁贫，不能不使他敬佩、动情，半载情投意合的夫妻生活，更使他们建立了深厚的感情。而此时阴阳两隔，王十朋不由得悲从心来，哭诉玉莲如何与自己相濡以沫、患难与共，又如何经历逼嫁、投江自杀等，沉痛之情满溢而出。接着【沽美酒】一曲，直接道出王十朋对玉莲的无尽爱意与思念：“俺不是负心的，负心的随着灯灭。”“早起晚寐，想伊念伊。”而结尾，又一再表白——“哽哽咽咽思念你”。由于王十朋对玉莲真挚、深沉的爱情，他“纵独处鳏居决不再婚”，钱载和以“不孝有三，无后为大”劝其再娶，他却“宁违圣经”，拒媒于千里之外。《荆钗记》高度赞扬了王十朋对妻子的忠诚，他守情不移，宁无子嗣也不再娶。

王十朋的“义”，还表现在对岳父钱流行的情谊上。钱流行在王十朋一贫如洗时，主动托媒把知书识礼、如花似玉的独生女嫁给他，又资助其盘缠，养其母妻，让他安心赴京应试。岳父对他的恩情，他铭记在心。他认为，玉莲虽“死”，但“义不可绝”，他衷心奉养岳父母，“以全半子终养之情”，足见王十朋是一个重情重义的男子。王十朋对待婚姻的态度，反映了被压迫人民的婚姻思想和道德观念，其中包含着夫妻平等、互相敬重的进步思想。作品中的王十朋，是一个“忠、孝、节、义”俱全的人物。作者既浓墨重彩地叙写王十朋的“义”，同时，也对他的其他德行加以颂扬。例如，他的忠，表现为赤心报国，居官清廉；他的孝，表现为奉养老母，心真意诚；他的节，表现为富贵不乱其情，威武不屈其志。无疑，此剧中的王十朋是被理想化了的人物，事实上，他并非历史上的王十朋。南宋时，温州确曾有过王十朋这个人物，他官至龙图阁学士，当时负有盛名，但是他没有这样一段与妻子悲欢离合的动人故事。《荆钗记》中的王十朋，完全是个虚构的形象，是作者按照自己的理想塑造出来的。

剧作还塑造了钱玉莲的“节妇”形象。钱玉莲虽然有“烈女不更二夫”的封建思想，但这不是她形象的主要方面。这个人物的可爱可敬之处，一方面表现在她具有中国劳动妇女勤劳、善良、贤淑的美好德行；另一方面还在于她对爱情忠贞不渝，以及坚决果敢与勇于反抗的性格。议婚时，父亲为她选中了家境清贫但才德出众的王十朋，继母却看中了温州城内的首富孙汝权。面对价值悬殊的两份聘礼——木荆钗和金钗，钱玉莲毫不犹豫地选择了王十朋。她钟情于王十朋，认为王十朋“虽贫，乃是才学之士”；她鄙弃孙汝权，认为他“纵富，乃是奸诈之徒”。玉莲不以财富取人，而凭才德定情，表现了她的纯良。姑母（媒人）劝玉莲嫁给孙汝权时，她婉言相拒；当姑母出言不逊、无理相逼时，玉莲也敢于顶撞。可以说，玉莲敢于质疑和反抗以“父母之命、媒妁之言”为准则的封建婚姻制度，就显示出了她与众不同的胆识。孙汝权偷改家书为“休书”，钱玉莲在这突如其来的打击面前没有丧失理智，而是清楚地看出了“休书”的破绽，并坚信王十朋并非薄情寡义之人。后母逼她改嫁，不改嫁只有死路一条，她沉着、坚定地选择了后者。与王十朋一样，她身上具有富贵不能动其志、威逼不能移其情的高尚品格。钱玉莲的“守节”，实质上是守情，而她的情深义重最终战胜了恶势力，夫妻得以团圆。

总之，《荆钗记》“可谓元代后期婚变题材中一部彻底为书生正名的剧作，它虽受文人加工创作中‘翻案’意识的影响，但仍以其浓厚的民间气息，平民的意识及纯朴的情感，成为演绎质朴情爱理想的经典作品”①。剧作以“义夫节妇千古永传扬”为思想主旨，歌颂了坚贞不渝的夫妇之爱，对封建恶势力的低劣卑下、唯利是图，作品也给予了无情的揭露和嘲讽。剧作表达了普通百姓的道德理想和美好愿望，丰富了南戏的创作内容，也为后世忠贞爱情类剧目的创作树立了典范。

当然，《荆钗记》剧作也含有一些封建思想糟粕。例如，作品中有关三纲五常的封建说教、对天子圣明的盲目讴歌等，都要用批判性思维看待。尤其值得指出的是，该剧作是今存全本宋元南戏作品中一部歌颂忠贞爱情又侧重写男子发迹变泰后不弃糟糠之妻的佳作，其意义不容忽视。

## 二、《荆钗记》的艺术特色

《荆钗记》是我国古典艺术中的奇葩，历来的戏曲评论家都对它有很高的评价。王世贞在《艺苑卮言》中称赏《荆钗记》“近俗而时动人”；郁兰生称《荆钗记》为“以真切之调，写真切之情，情文相生，最不易得”(《曲品》)。《荆钗记》是南戏四大经典剧目之一，以乐清历史文化名人王十朋为原型创作，历经数百年，至今久演不衰，具有很高的艺术价值。

### （一）情节线索明晰，结构设计精巧

剧作情节环环相扣，三组矛盾冲突相互交织，分别为钱玉莲与继母的矛盾、王十朋与孙汝权的矛盾、王十朋与万俟丞相的矛盾。这三组矛盾都紧紧围绕着王十朋夫妇的悲欢离合这一主线来展开。剧作开始，作者就用强烈的对比手法揭示了剧中的矛盾：一方是有真才实学却一贫如洗的王十朋，一方是虚伪奸佞但腰缠万贯的孙汝权。孙汝权百般讨好钱玉莲继母，并拿出金钗作为聘礼，继母贪图钱财，逼迫钱玉莲答应与孙汝权的婚

① 欧阳光．元明清戏剧分类选讲[M].北京：高等教育出版社，2007：200.

事。而钱玉莲心仪老实敦厚又才华横溢的王十朋，她看穿了孙汝权的无耻品行，对继母的贪婪、自私也极为不满，因而与继母、孙汝权之间有着不可调和的矛盾。而王十朋深情、专一，在贫困之时能够忠贞不渝，在富贵之时也能不忘糟糠之妻。同样，钱玉莲也始终坚贞不渝，在面对恶势力逼迫时宁愿自杀，以死明志。在这三组矛盾的背后，作者又巧妙地运用道具，将象征王十朋与钱玉莲爱情的木荆钗作为线索，贯穿全剧的始终。在剧作开头，荆钗是聘礼，是他们得以结合的纽带；玉莲被逼投江，将荆钗系于腰间，作为她殉情的见证；后来，荆钗又作为他们两人团圆的媒介而出现。以荆钗始，以荆钗终，全剧首尾照应，浑然一体。

### （二）人物塑造鲜明生动，栩栩如生

剧作成功塑造了“义夫”王十朋和“节妇”钱玉莲的人物形象。王十朋是一个作者极力塑造的德才兼备的理想人物。与早期南戏中富贵易妻的蔡伯喈、王魁、张协等人物形象相比，王十朋是一个重情重义的“义夫”形象。他原是温州城里的一介书生，父亲早逝，家境贫寒。因文采斐然被贡生钱流行看中赏识，贡生之女钱玉莲爱慕其才德，不嫌弃他一贫如洗，甘愿与他结为百年之好。夫妻二人婚后浓情蜜意，半年后，十朋赴京赶考，与玉莲分别。玉莲担心十朋“贫富别娶”，再三叮嘱“成名思故里，切莫学王魁”，十朋则信誓旦旦“守忠信”，表示绝不“贪荣忘恩负义，附热趋炎”。从这里可以看出这位“义夫”的美德。当王十朋进京后，一举夺得状元，万俟丞相想招他为婿时，十朋却以古人“糟糠之妻不下堂，贫贱之交不可忘”之言拒绝，即使在触怒丞相被贬官后也不改初衷。他对玉莲的忠诚，以及他那种“富贵不能淫”的高尚人格，让王十朋这一“义夫”形象熠熠生辉。当得知玉莲被逼改嫁后投江殉情，王十朋悲痛欲绝，宁可鳏寡孤独，也不接受再婚，甚至不顾他人“不孝有三，无后为大”的劝诫。后来王十朋在升任吉安太守后，还去迎接岳父母和他共享富贵，再次彰显出了王十朋的“义夫”形象。剧作中，“义夫”王十朋其实是一个理想化的人物，作者借这一形象来鞭挞王魁、张协之流的负心汉，并在他身上寄寓了广大人民群众对质朴纯真爱情的美好向往，以及忠贞不渝的婚姻理想和道德观念。

该剧作对“节妇”钱玉莲的形象塑造颇具匠心。作者善于通过精彩纷呈的细节，来描摹人物的思想情感和心理状态。剧中着重刻画了钱玉莲“忠贞守节”的精神品格，如第二十六出“投江”：

【梧叶儿】〔旦上，唱〕遭折挫，受禁持，不由人不泪垂。无由洗恨，无由远耻。事临危，拼死在黄泉作怨鬼。

自古道“河狭水紧，人急计生”。来到江头了也。天那，夫承宠渥，九重仙阙拜龙颜；妾受凄凉，一纸诈书分凤侣。富室强谋娶妇，惑乱人伦；萱堂怒逼成亲，毁伤风化。妾凯肯从新而弃归？焉能反正以从邪？争如就死忘生，不可辜恩负义。一怕损夫之行；二恐误妾之名；三虑玷辱宗风；四恐乖违妇道。惟存节志，不为邀名。拴原聘之荆钗，永随身伴；脱所穿之绣履，遗弃江边。妾虽不能效引刀断鼻朱妙英，却慕取抱石投江浣纱女。

在这一出戏中，钱玉莲认定被逼改嫁是“毁伤风化”，即“一怕损夫之行；二恐误妾之名；三虑玷辱宗风；四恐乖违妇道”。因此，为了保存“节志”，她下定赴死的决心。通过唱词，我们可以感受到钱玉莲对恶霸孙汝权、贪婪后母的悲愤。同时，她临死不忘戴上与王十朋的定情之物——木荆钗，并发出“拴原聘之荆钗，永随身伴”的誓愿，更是表达了她以死来表示对丈夫忠贞的坚定与无畏。这出戏情感展现细腻、真切，场面感染力强，将钱玉莲以木荆钗择郎无怨无悔和携带木荆钗投江赴死以表至死不渝的一片深情，展现得淋漓尽致。但是，我们应持辩证眼光来看待玉莲这个“节妇”的形象，剧作对玉莲忠贞品格的歌颂，有封建贞洁道德观的历史局限性。

### （三）文辞本色当行，情文相生

《荆钗记》的曲文、曲调等不事雕琢，自有其动人之处，剧本擅长运用本色之语来表达人物的思想感情。

例如，第二十七出“忆母”：

【喜迁莺】〔生上，唱〕从别家乡，期逼春闱，催赴科场。鹏程展翅，蟾宫折桂，幸喜名标金榜。旅邸忆念，孤鸾幽室，萱花高堂，鱼雁杳，信音稀，使人日夜思想。人在东瓯，身淹上苑，望中山色空迷眼。终朝旅思叹萧条，高堂亲鬓愁衰短。秦岭云横，蓝关雪漫，潮阳未到魂先断。春归花落久栖迟，愁深那觉时光换。

…………

【前腔】猛思那日临行际，蒙岳丈惜伊玉树，兼爱我寒枝。念行囊空虚，欣然便周全助路资。召共居，感此义山恩海深难弃。细踌躇，甚日酬取？教我怎生忘渠？但愿得一家到此沾禄养，也显得半子从今展孝私。

这出戏里的语言直抒胸臆，不事雕琢。【喜迁莺】叙写王十朋告别家乡、亲人，赴京参加科考并一举金榜题名，高中状元，之后在外做官，山高路远，音信阻隔。但对亲人、对岳丈的知遇顾念之恩，永志不忘。【前腔】叙写王十朋再次深情回忆岳丈不嫌自己家贫，慷慨相助的往事，并表达此恩此情，无以为报，“甚日酬取？”唯愿“一家到此沾禄养，也显得半子从今展孝私”。接岳丈一家到身边奉养一事，更表现了他的深情厚谊。几个唱段一气呵成，将知恩报恩的情感渲染到极致。

又如，第十八出“闺念”：

【破阵子】〔旦上，唱〕灯灿金花无寐，尘生锦瑟消魂。凤管台空，鸾笺信杳，孤帏不断离情。巫山梦断银缸雨，绣阁香消玉镜蒙。十朋，休怨怀想人。妾惭非淑女，父命嫁洪儒。矢心共贫素，布荆乐有余。旦夕侍巾栉，齐眉愧不如。两情正欢洽，一旦赴征书。折此蓝田玉，分我合浦珠。翠钿空零落，绿鬓渐萧疏。登楼试晚妆，镜破意踌躇。羞看舞双燕，交彩人空虚。况有高堂亲，忧怀日倚闾。愿言还游子，及早赋归欤。奴家自从才郎别后，每日鸡鸣而起，敬奉姑嫜，勤事父母。如今天尚未明，意欲对镜梳妆，争奈离愁千种，想起别时，不觉垂泪。

【四朝元】云程思奋，迢迢赴玉京。为策名仙籍，献赋金门，一旦成孤另。自骊驹唱断，自骊驹唱断，空忆草碧河梁，柳绿长亭。一骑天涯，正是百花风景，到此春将尽。嗏！寂寞度芳辰，凤帐鸳衾，翠减兰香冷。君行万里程，妾怀万般恨。别离太急，思思念念，是奴薄命！

【前腔】妇仪当尽，昏问寝兴。听谯楼更漏，紫陌鸡声，忙把衣衫整。要殷勤定省，要殷勤定省。自觑堂上姑嫜，萱草椿庭，白发三亲，也索一般恭敬，不敢辞劳顿。嗏！端不为家贫，欲尽奴情，愿来蘋蘩进。儿夫事远征，亲年当暮景，孝思力罄。行行步步，是奴常分。

这整整一出戏，都是玉莲独自抒情的曲文，这出戏表达的是钱玉莲在家里想念王十朋，“勤把萱亲奉侍，专等儿夫返故里”，把她的愁闷、思念、孤寂、希望等思想情感表现得比较充分，描写了十朋赴京后，杳无音信，玉莲闺房思夫，缠绵悱恻，字字泣血，肝肠寸断的场景。

剧中其他内容也是写得情真意切，文词质朴自然，较少雕琢痕迹，十分富有语言感染力。例如，《祭江》《见母》《时祀》《夜香》等部分，抒发了剧中人物的哀痛之情，团圆时则集悲喜于一场，耐人寻味。

《荆钗记》作为四大南戏之一，在中国戏曲史上占有一席之地。明代王骥德说，四戏“传之凡二三百年，至今不废”。今人认为，就整个作品的审美倾向来看，它“仍然不失为优秀的作品”(《中国戏曲通史》)。

【作品精选】

## ［元］柯丹丘《荆钗记》

### 第十八出·闺念

【破阵子】〔旦上，云〕灯灿金花无寐，尘生锦瑟消魂。凤管台空，鸾笺信杳，孤帏不断离情。巫山梦断银缸雨，绣阁香消玉镜蒙。十朋，休怨怀想人。妾惭非淑女，父命嫁洪儒。矢心共贫素，布荆乐有余。旦夕侍巾栉，齐眉愧不如。两情正欢洽，一旦赴征书。折此蓝田玉，分我合浦珠。翠钿空零落，绿鬓渐萧疏。登楼试晚妆，镜破意踌躇。羞看舞双燕，交彩人空虚。况有高堂亲，忧怀日倚闾。愿言还游子，及早赋归欤。奴家自从才郎别后，每日鸡鸣而起，敬奉姑嫜，勤事父母。如今天尚未明，意欲对镜梳妆，争奈离愁千种，想起别时，不觉垂泪。

春风吹柳拂行旌，忆别河桥万种情；天上杏花开欲遍，才郎从此步云程。

【四朝元】云程思奋，迢迢赴玉京。为策名仙籍，献赋金门，一旦成孤另。自骊驹唱断，自骊驹唱断，空忆草碧河梁，柳绿长亭。一骑天涯，正是百花风景，到此春将尽。嗏！寂寞度芳辰，凤帐鸳衾，翠减兰香冷。君行万里程，妾怀万般恨。别离太急，思思念念，是奴薄命！

薄命佳人多苦辛，通宵不寐听鸡鸣；高堂侍奉三亲老，要使晨昏妇道行。

【前腔】妇仪当尽，昏问寝兴。听谯楼更漏，紫陌鸡声，忙把衣衫整。要殷勤定省，要殷勤定省。自觑堂上姑嫜，萱草椿庭，白发三亲，也索一般恭敬，不敢辞劳顿。嗏！端不为家贫，欲尽奴情，愿来蘋蘩进。儿夫事远征，亲年当暮景，孝思力罄。行行步步，是奴常分。

事亲一一体夫心，无暇重调绿绮琴；憔悴容颜愁里变，妆台从此懒相临。

【前腔】慵临妆镜，菱花暗锁尘。自曲江人去，凤拆鸾分，羞睹孤飞影。渐脂憔粉悴，渐脂憔粉悴，说甚眉扫青山，鬓挽乌云？玉箸痕多，只为荆钗情分，肠断当年聘。嗏！欲照又还停，只见貌减容消，展转添愁闷。团团宝鉴明，萧萧翠环冷。为思结发，丝丝缕缕，万千愁病。

愁病恹恹瘦损神，只因夫婿寓瑶京；那堪雁帛鱼书杳，肠断香闺独宿人。

【前腔】从离乡郡，皇都觅利名。想龙门求变，豹文思炳，凤阁图衣锦。奈归期未定，奈归期未定，便做折桂蟾宫，赐宴琼林，须念兰房有奴孤形独影，莫向红楼凭。嗏！独坐暗伤神，雁杳鱼沉，教奴望断衡湘信。长安红杏深，家山白云隐。早祈归省，孜孜翕翕，举家欢庆。

【尾声】时光似箭如梭掷，勤把萱亲奉侍，专等儿夫返故里。

只为功名抛却亲，儿夫必定离京城。

真个路遥知马力，果然日久见人心。

## 第二十四出·大逼

【字字双】〔净上，唱〕试官没眼他及第，得志。恋着相府多荣贵，入赘。不思贫窘弃前妻，忘义。叵耐穷酸太无知，呕气。

黄柏肚皮甘草口，才人相貌畜生心。叵耐忘恩负义贼，弃旧怜新，入赘万俟丞相府中了。前日寄书回来，教母亲离了媳妇。这气如何忍得？我家老贼儿今早出去，体问消息，未知若何。待他回来，便知分晓。

【玉胞肚】〔外上，唱〕读书豪俊，忍撇下瓯城故人。〔丑上，唱〕负心贼有才实无信，才及第，弃旧怜新。〔合〕他贪奢恋侈，实丕丕使不仁，行短天教一世贫。〔外唱〕只因差一着，满盘都是空。〔净云〕老儿，体问消息如何了？〔外云〕一言难尽。〔净云〕怎么说？〔丑云〕好教嫂嫂知道。方才哥哥到我家中，说那王秀才的情节未尽，恰好孙官人近日在京回来，正好到我家中探望。我将此事问他，真个赘在万俟丞相府中了。言语并不差池。〔净云〕实也不实？〔丑云〕怎么不实！〔净云〕我说道，老贼不听我说，你做得好事！〔唱〕

【浆水令】你当初不听我们，到如今被他负恩。〔外唱〕世间谁是预知人，何须斗口与我相争？〔丑唱〕都忍耐，听解纷，家必自毁令人哂。〔合〕寻思起教人气忿。谁知道，谁知道恁般不仁。

【前腔】〔丑唱〕那孙官人来说事因，他依然要愿续此亲。〔净唱〕那人果不弃寒门，教他选日下定成亲。〔外唱〕听伊言，心自忖，只恐我儿不从顺。〔合前〕〔净云〕姑娘，既然孙官人果有此心，事不宜迟。〔丑云〕便是。他今日送财礼，明日就成亲。〔净云〕若如此甚好。〔丑云〕我便去报与他知道，教哥哥便去对玉莲说，教他准备成亲。〔外云〕我难对他说，你们自去与他说。〔净云〕姑娘，待我自与玉莲说，你二人自回去。〔介云〕情到不堪回首处，一齐分付与东风。〔外、丑先下〕〔净云〕且叫玉莲与他说，肯嫁孙家，房奁首饰，件件与他。若不肯时，头上剥到脚下，打他半死，不怕不从。玉莲！

【金蕉叶】〔旦上，唱〕奈何奈何，信谗言母亲怪我，尺水翻成一丈波。天那！是何人暗地里调唆？〔见介〕〔净云〕孩儿，早知今日，悔不当初。早依我说，不见如此。你爹爹出去体问你丈夫消息，委实赘在万俟丞相府中了。你爹爹说道：他那里重婚，我这里改嫁。因此将你许了孙家了。你可梳妆准备。〔旦云〕母亲差矣，王秀才是贤良儒士，未必辜恩负义。玉莲是贞洁妇人，焉敢再嫁？他果然重婚相府，奴家情愿在家守节。〔净云〕什么守节？“要知山下路，须问过来人。”我当时若守得定时，为何又嫁你老子？“守节”二字，只好口说，一个时辰也熬不得的。〔旦云〕母亲，此乃伤风化之言，不须提起。〔净云〕我儿，今番断不由你了，依了娘说，我与你母子相亲。再若不从，朝一顿，暮一顿，打得你黄肿成病。教你汤不得吃，水不得进。嫁不嫁，今日还我个明白！〔唱〕

【孝顺歌】孙员外，家富足，他们有的是金共玉。你一心嫁寒儒，缘何弃撇汝？〔旦唱〕容奴禀覆，未必儿夫将奴辜负。那一个横死贼徒，忒兀自生嫉妒？〔净唱〕这纸书你重看取，明写着赘相府。

【前腔】〔旦唱〕书中句都是虚，没来由队真闲气蛊。他曾读圣贤书，如何损名誉？〔净唱〕你这腌臜蠢物，他弃旧怜新，情如朝露。你兀自不改前非，又敢来胡推阻。〔旦唱〕富与贵，人所欲。论人伦，焉敢把名污？

【前腔】〔净唱〕他登高第身挂绿，侯门赘居谐凤侣。〔旦唱〕他为官理民庶，必然守法度，岂肯停妻再娶？〔净唱〕他负义辜恩，一筹不数。你因甚苦死执迷，不听娘言语？〔旦唱〕空自说要改嫁奴，宁可剪下发做尼姑！〔净打旦介，唱〕

【前腔】贼泼贱敢抵触，告官司拷打你不孝妇！〔旦唱〕官司要厚风俗，终不然勒奴再嫁夫。〔净云〕抵触得我好！〔旦云〕非奴抵触。〔净云〕恼得娘心头腾腾发怒，便打死你这丫头，罪不及重婚母。〔旦云〕打死了奴，做个节孝妇。若要奴再招夫，直待石烂与海枯。〔净云〕贱人，石头怎得烂？海水怎得枯？你敢说三个不嫁么？〔旦云〕不嫁，不嫁，只是不嫁！〔净云〕好回得停当！我要你嫁孙家，一片好心，你到反为不美。罢！罢！自从今日，脱下衣服首饰还我，与你三条门路：刀上死也得；水里死也得；绳上死也得，只凭你。肯嫁孙家，进我门来；不肯嫁，好好走出去。〔旦唱〕萱亲息怒且相容，〔净唱〕母命如何不听从？〔旦唱〕休想门阑多喜庆，〔净唱〕管教女婿近乘龙！〔净下〕

〔旦吊场，云〕自古道："忠臣不事二君，烈女不更二夫。"焉肯再事他人？母亲逼奴改嫁，不容推阻，如之奈何？千休万休，不如死休。倘若落在他圈套，不如将身丧溺江中，免得被他凌辱，以表贞洁。

【五更转】心痛苦，难分诉。丈夫！一从往帝都，终朝望你谐夫妇。谁想今朝，拆散中途。我母亲信谗言，将奴误。娘呵！你一心贪恋，贪恋他豪富，把礼义纲常全然不顾。母亲，你今日听信假书，逼奴改嫁，此事决然不可！

【前腔】奴哽咽，难移步，不想堂前有老姑。婆婆，奴家今日撇了你去。千愁万怨，休怨儿媳妇，也不是你孩儿将奴辜负。婆婆，奴家若不改嫁，又不投江，恐母亲逼勒奴生嗔怒。罢！罢！贤愚寿夭天之数，拼死黄泉，丈夫！不把你清名辱污。

【满江红】拼此身来，早去跳江心，捞明月。〔下〕

## 第二十六出·投江

【梧叶儿】〔旦上，唱〕遭折挫，受禁持，不由人不泪垂。无由洗恨，无由远耻。事临危，拼死在黄泉作怨鬼。

自古道“河狭水紧，人急计生”。来到江头了也。天那，夫承宠渥，九重仙阙拜龙颜；妾受凄凉，一纸诈书分凤侣。富室强谋娶妇，惑乱人伦；萱堂怒逼成亲，毁伤风化。妾凯肯从新而弃归？焉能反正以从邪？争如就死忘生，不可辜恩负义。一怕损夫之行；二恐误妾之名；三虑玷辱宗风；四恐乖违妇道。惟存节志，不为邀名。拴原聘之荆钗，永随身伴；脱所穿之绣履，遗弃江边。妾虽不能效引刀断鼻朱妙英，却慕取抱石投江浣纱女。

【香罗带】一从别了夫，朝思暮苦。寄来书道赘居丞相府。母亲和姑妈逼勒奴也，改嫁孙郎妇。奴岂旨再招夫？萱堂苦苦责打奴，只得拼死在黄泉路，免得把清名来辱污。

【胡捣练】伤风化，乱纲常，萱亲逼嫁富家郎。若把身名辱污了，不如一命丧长江。〔投江介〕〔丑上，救旦下〕

【五供养】〔外上，唱〕餐风宿水，海舟中多少忧危。终宵魂梦里，似神迷。披衣强起，玉宇清高如洗。江风紧，海潮回，侧听邻岸晓鸡啼。人平不语，水平不流。叫梢水，什么人？

【山歌】〔丑上，唱〕夜行船里捞救一枝花，五更转说天净纱，脱布衫跳下江儿水，一支红绣鞋失落在浣溪沙。

禀老爹：夜至五更前后，有一妇人投水，小的捞救在船。〔外云〕果有一妇人，宁可信其有，不可信其无。快请夫人出来，一壁厢把投水妇人换了衣服带过来。

【菊花新】〔贴旦上，云〕日上三竿犹未起，闻呼未审何因。〔外云〕夜来有一妇人投江，梢手救得在小船上。夫人，你把些干衣服与他换了湿的来见我。

【糖多令】〔旦上，唱〕无奈祸临头，今朝拼死休，如痴似醉任飘流。不想舟人捞救，我身出丑，脸惭羞。〔见介〕〔外云〕妇人，我且问你，你是何等人家儿女？因何短见投水？必有缘故。

【玉交枝】〔旦云〕容奴伸诉。〔外云〕你在那里住居？〔旦云〕念妾在双门住居。〔外云〕姓甚名谁？〔旦云〕玉莲姓钱儒家女。〔外云〕原来与我同姓。你曾嫁人么？〔旦云〕年时获配鸳侣。〔外云〕既有丈夫，丈夫姓甚名谁？在家、出外？〔旦云〕王十朋是夫出应举。〔外云〕且住。王十朋是你丈夫，他得中了头名状元，有书回来么？〔旦云〕数日前有传尺素。〔外云〕既有书来，为何投水？〔旦云〕因此书骨肉间阻，因此书衔冤负屈。〔外云〕书中必有缘故。

【前腔】〔旦唱〕书中缘故，道休妻重婚在相府。〔外唱〕他是读书人，岂肯违法度？我晓得了，莫不是朋党嫉妒？〔旦唱〕萱亲信听谗诈书，逼奴改嫁孙郎妇。〔外唱〕怎么不从母命？〔旦唱〕论贞洁不更二夫，奴焉敢伤风败俗？〔外云〕原来是王状元的贞烈夫人，快请起来。〔唱〕

【前腔】听他言语，论贞洁他人怎比，思量我也难留你。左右叫舟子，不如送还伊父。〔旦唱〕若还送奴归故里，不如早丧黄泉路，到显得名传万古，尽教他前婚后娶。

【前腔】〔外唱〕不须忧虑，且带你同临任所。修书遣人饶州去，管教你夫妇重会。〔旦唱〕若还这般周济奴，犹如久旱逢甘雨，便是妾重生父母。望公相与奴做主。

〔外云〕既然如此，不肯回去。我不是别人，乃是前任本府太守。今蒙圣恩除授福建安抚，即日将带家小之任。你丈夫既为饶州佥判，与福建相隔不远。你如今不肯回去，就在我船上，与我老夫人同临任所。我想起来，一路上怎么称呼。他也姓钱，我也姓钱，你拜我为义父。到任所修一封书，差人到饶州报与你丈夫知道，教他取你去。夫妇重会，缺月再圆。心下如何？〔旦背，云〕若无钧眷在船，事有可疑。既有钧眷在船，去也无妨。只是撇了婆婆，于理不当。〔介云〕若得老相公如此周全，重生父母，再养爹娘。〔外云〕将酒来，递了我的酒。〔介云〕梅香、左右，都要称小姐。

【黄莺儿】〔旦唱〕公相望垂怜，感夫人意非浅。又蒙结拜为姻眷，恩德万千，何日报全？愿公相早登八位三台显。〔合〕泪涟涟，双亲远别，重得遇椿萱。

【前腔】〔外唱〕不必泪涟涟，这相逢非偶然。同临任所为姻眷，聊附寸笺，饶州报传，管教你夫妇重相见。〔合〕免忧煎，夫妻有日，重得遇椿萱。

【前腔】〔贴唱〕天赐这姻缘，喜他们也姓钱，同临所作宛转。明日动船，开洋过浅，愿一阵好风，急去登福建。〔合前〕

【前腔】〔旦唱〕溺水自心酸，我婆婆苦万千，堂前继母心不善。儿夫去远，家尊老年，何日得见王佥判？〔合前〕

〔外〕夫妻忧虑各西东，〔老〕会合今朝喜气浓。

〔旦〕一叶浮萍归大海，〔合〕人生何处不相逢。

## 第三十出·祭江

【风马儿】〔老旦上，唱〕柳拂征衣露未央，可怜年迈往他乡。〔末唱〕谩自殷勤设奠，血泪洒长江。

〔老旦云〕渺渺茫茫浪泼天，可怜辜负你青年。〔末云〕小姐，你清名须并浣纱女，白发亲姑谁可怜？老安人，正在此处拾的绣鞋。〔老旦云〕就此摆下祭礼。

【绵搭絮】寻踪觅迹到江边。李成舅，可曾带得香来？〔末云〕小人不曾带得。〔老旦云〕我那儿，只一块香没福受用。〔做苦科，唱〕只得撮土为香，礼虽微，表姑情意坚。望灵魂暂且听言：指望松萝相倚，谁想你抱石含冤？这也不要埋怨你丈夫，都是你的亲娘把乘龙女婿嫌。

【忆多娇】〔末唱〕愁哽咽，情惨切，萱堂苦逼中道绝，暮忆朝思难诉说。〔合〕丧溺江心，丧溺江心，永远传扬孝烈。〔老旦云〕我那媳妇的儿，我有半年粮食，也不见得到你家来。

【绵搭絮】只为家贫无倚，在他闾阎。是你的儿夫去经年，杳没音信传。是你的继母呵，信谗言。镇日熬煎，熬煎得你抱屈含冤。我那儿，撇得我无倚无依。你带我的孝才是顺理。今日呵，反披麻哭少年！

【忆多娇】〔末唱〕心痛惜，情惨戚，将身赴江学抱石。可怜夫妇鸾凤拆，〔合〕即日登程，即日登程，渺渺音容远隔。〔末云〕老安人，不须啼哭，趱行前去。

【风入松】〔老旦唱〕叹连年贫苦未逢时，谁想一旦分离。我孩儿自别求科举，怎知道妻房溺水？但说来，又恐惊骇我儿，决不可与他知。〔末唱〕安人不必恁忧虑，且听男女咨启。只说状元催逼起，先令我送安人来至。那其间方说就里，决不要使惊疑。

【急三枪】〔老旦唱〕痛易情难诉！痛易情难诉！常思忆，常忧虑，心戚戚，泪如珠。〔末唱〕且自登程去，且自登程去。休思忆，休忧虑，途路上，免嗟吁。

【风入松】〔老旦唱〕如何教我免嗟吁？我这老景凭谁？年华老迈难移步，旦夕间有谁来温顾？恨只恨他们继母。逼他嫁，死得最无辜。〔末唱〕果然死得最无辜，论贞洁真无。姻缘契合从今古，拆散了夫妻皆天数。漫腾腾洛阳近也，今且喜到京都。

万里关山去路长，可怜年迈往他乡；
江边不敢高声哭，恐怕猿闻也断肠。

## 第四十五出·荐亡

〔净扮道士上，云〕捏诀惊三界，扣齿动百神。狗肉吃两块，好酒饮三瓶。等到天明后，依然去诵经。门徒闻不善，道我不志诚。今日上元令节，本观修设醮会。太老爷拈香，道人打起钟磬。待我把经文诵完，肚中空虚，要吃也无。八个馄饨，使我自然。田螺棘螺，共买五钱。吃了三碗，吐泻半年。头头利市，和合仙官，召请必竟来临。取出云璈，赞扬法事。癞头婆娘请我，时时到他家里，正值肚饥，便吃蒸饼、烂煮猪蹄、油煎鸡卵、热炒鸭儿、盐拌白菜、酱煮乌龟、糟鏖豆腐、及攒盐齑。临临两碗，笋干粉皮。般般吃尽，不剩些儿。肚中膨胀，饱病难医。尿粪急送，不可迟疑。忽然阿出，污了道衣。怕人哂笑，火速走归。道婆看见，一顿擂搥，打得不可思议功德。

【玩仙灯】〔生上，唱〕节届元宵，灯月灿然高，到观门拈香荐悼。

〔净云〕道士接爷爷。〔生云〕功果都完了么？〔净云〕经文都完了，专等老爷拈香。

【一封书】〔生唱〕特朝拜上清，仗此名香表志诚。亡妻滞水滨，愿神魂得上升。〔净唱〕横死孤魂都召请，请到坛前听往生。〔合〕诵仙经，荐亡灵，仗此功勋超圣境。

【前腔】〔旦、丑上，唱〕前日已预名，届此良辰来殿庭。拈香炷宝鼎，望慈悲作证盟。〔净唱〕惟愿亡灵来受领，献取香花酒果饼。〔合前〕

【前腔】〔生唱〕蓦然见俊英，与一丫鬟前后行。潜地想面形，转教人疑虑生。〔末唱〕他两次三回常观顾，觑了恩官也动情。〔合前〕

【前腔】〔旦唱〕回廊下撞迎，顿教人心暗惊。那烧香上卿，好似亡夫王十朋。〔丑唱〕休得轻言当三省，烧罢名香转看灯。〔合前〕〔下〕〔生云〕见鞍思马，睹物思人。适才那妇人，好像我夫人。叫道士过来，适才妇人，那家宅眷？〔净云〕钱都爷小姐。〔生云〕原来天下有这般相似的。

〔生唱〕忽睹佳人意自疑，拈香已毕早回归；思量总是一场梦，你是何人我是谁？

## 【思考题】

1. 与其他负心婚变剧比较，《荆钗记》的突破表现在哪里？
2. 请简述《荆钗记》的思想内涵。
3. 请简述《荆钗记》的艺术特色。

# ［元］高明《琵琶记》：莫道名高与爵贵，须知子孝与妻贤

## 【作家生平】

高明（约生于1305年前后，约卒于元末明初），元代戏曲作家、诗人，字则诚，自号菜根道人，浙江瑞安人。瑞安属古永嘉郡，永嘉亦称东嘉，故后人称高明为“东嘉先生”。

高明出身书香门第，是理学家黄溍的弟子。元顺帝至正五年（1345年），高明中进士，历任处州录事、江浙行省丞相掾、浙东阃幕都事、福建行省都事等职。他为官清廉，官声颇佳。高明晚年正值元末动乱，他辞官隐居于宁波城东的栎社，以词曲自娱，并在此期间写成《琵琶记》。相传，明初朱元璋慕其名，遣使征召，他“佯狂不出”，不久病卒。

高明是我国古代杰出的戏曲家，在戏剧发展史上的地位与关汉卿在元杂剧发展史上的地位一样崇高，因此被后世文学家誉为“传奇之祖”，《琵琶记》是其代表作之一。除此之外，他的著作还有戏曲《闵子骞单衣记》、诗文集《柔克斋集》二十卷，可惜没有保存下来。近人冒广生曾辑其诗四十九首、词一首，刊于《永嘉诗人祠堂丛刻》。

## 【作品概要】

东汉时期，陈留人蔡伯喈娶妻赵五娘。新婚两月，夫妻和顺相敬，父母身体康健，一家人和和美美。在一个春光明媚的日子里，全家花下酌酒，为父母祝寿，其乐融融。

不久，朝廷黄榜招贤，郡县把蔡伯喈推荐上报。蔡伯喈以双亲年迈不能远离为由，坚决拒绝；蔡母也恐失去倚恃，不愿伯喈上京赴考。然而，

蔡父认为这是光宗耀祖的大好时机，硬逼着伯喈赴试；邻居张广才也一力赞成，且答应照顾蔡家。蔡伯喈万般无奈，只得打点上京。

蔡伯喈一举及第，登上状元，官拜议郎。他思念父母，正要上表辞官，不料牛丞相此时却奉旨招伯喈为婿，伯喈以已有妻室、双亲年迈为由予以拒绝。牛丞相非常恼怒，上奏朝廷，请旨不准伯喈辞官拒婚。无奈之下，蔡伯喈只得与牛小姐成婚。

蔡伯喈走后，赵五娘于家中尽心竭力地侍奉公婆。当时陈留遇上饥荒之年，生活艰难，蔡家陷入困苦之中。蔡母埋怨蔡父不该逼伯喈上京考试，二人终日争吵。五娘从中百般劝解，并典卖钗簪首饰，换粮米养活公婆，自己却在背地里吃糠挨饿，好不容易得到一些救济粮，又被恶霸里正抢去。

五娘躲在厨房吃糠的行为引起蔡父蔡母的猜疑，他们以为她在背地里偷吃好东西。一日，蔡父蔡母突然闯入厨房，抢过五娘的饭食查看，才知道儿媳妇吃的是糠。悲痛之下，蔡母倒地身亡，蔡父也后悔不该让伯喈上京。不久，蔡父罹病。临终之前，蔡父对儿媳妇赵五娘的辛勤侍奉深感愧疚，他要五娘改嫁，并留下一根拄杖给邻人张广才，嘱其等蔡伯喈归来，打他出家门。蔡父死时，因无力安葬，赵五娘不得不剪下自己的头发典卖，埋葬了公公，并以麻裙包土自筑坟台，之后画出公婆遗像，身背琵琶，一路弹唱行孝曲子卖艺，进京寻夫。

蔡伯喈在牛府弹琴抒愁，因为心意烦乱时时出错。他思念父母妻子，托人往家乡捎信，不料捎信的人却是骗子，信没有捎出去。中秋之夜，蔡伯喈与牛氏在花园中赏月，月色皎洁，牛氏心情畅快，伯喈却见月伤心，思念家人。牛氏窥探到伯喈的心事，于是劝牛丞相同意自己和伯喈回陈留探亲。牛丞相考虑再三，决定还是派人到陈留接蔡伯喈的父母妻子来京。

赵五娘只身来到京城，适逢弥陀寺做法会，便去追荐公婆，在寺门前展挂公婆遗像卖唱。此时蔡伯喈也前来佛寺祈祷父母来京一路平安。伯喈随从因五娘卖唱碍事，赶走了五娘，不料五娘落下了遗像，伯喈发现后，将父母遗像带回府。五娘寻遗像到牛府，与牛小姐相遇，二人相惜，各诉衷肠，说出原委，才知道“三不从做成灾祸天来大”。

在牛小姐的安排下，赵五娘与蔡伯喈相见，彼此细说别后情况，蔡伯喈痛感“文章误我，我误爹娘；文章误我，我误妻房”。牛丞相也终于同意伯喈偕牛氏、五娘回陈留守墓。张广才也知道伯喈事出无奈，原谅了他。

【作品鉴赏】

高明的《琵琶记》不同于元代北方的杂剧，其属于南戏，是我国古代戏曲中的一部经典名著，共四十出。《琵琶记》讲述的是东汉时期的书生蔡伯喈与原配妻子赵五娘的悲欢离合，情节曲折，感人至深。这部剧在反映古代忠孝两难全的道德困境的同时，也对一些读书人考取功名就攀附权贵、背信弃义等行为进行了强烈的谴责。《琵琶记》在我国文学史上有着崇高的地位，高明在民间创作的基础上，将戏文的剧本创作提高到了一个新的水平。

## 一、《琵琶记》的故事演变

《琵琶记》的故事源自民间南戏《赵贞女》(即《赵贞女蔡二郎》)，更早时还有金院本《蔡伯喈》。据《南词叙录》记载，《赵贞女》的基本情节是蔡二郎应举，考中了状元，结果他贪恋功名利禄，故意隐瞒家庭婚姻情况，抛弃双亲和妻子入赘相府。其妻赵贞女在饥荒之年，独立支撑门户，赡养公婆，竭尽孝道。公婆死后，她以罗裙包土，修筑坟茔，然后身背琵琶，上京寻夫。可是蔡二郎不仅不肯相认，竟还丧尽天良，放马踩踹，致使天神震怒。最后，蔡二郎遭到惩罚，被暴雷轰死。正如京剧《小上坟》“啰啰腔”唱词所说：“贤慧的五娘遭马踹，到后来五雷轰顶是那蔡伯喈。”

宋代戏文所写的蔡二郎，亦称蔡中郎，也就是汉代著名文士蔡邕，字伯喈。戏中所写的情况，只是出于民间传说。陆游在诗《小舟游近村舍舟步归》中云：“斜阳古柳赵家庄，负鼓盲翁正作场。死后是非谁管得，满村听说蔡中郎！”可见早在南宋前期，以蔡二郎为题材的民间文艺作品已广泛传唱于城乡各地。类似这种题材，在同时代及后世的说话、鼓词、诸宫调、杂剧等民间曲艺中，还有《王魁负桂英》《陈叔文三负心》《王宗道负心》和《张协状元》，以及影响更为广泛的京剧《铡美案》等，都充满了对封建士子享受荣华富贵后负心忘本卑劣行径的鞭挞。这表明书生的负心婚变现象并非个例，在那时已有一定的普遍性。书生贪新弃旧、攀龙附凤的行为尤其受到市民阶层的关注，故而明代即有“仗义每多屠狗辈，负心多是读书人”的说法流行于世。

《琵琶记》基本上继承了《赵贞女》故事的框架，保留了赵贞女“有贞有烈”的故事内核，但对蔡伯喈的形象进行了全面的改造，将原故事中蔡伯喈背亲弃妇的形象改编成了“全忠全孝”的书生。蔡伯喈为了终养年迈的父母，本来并不热衷功名，但是辞试不从、辞官不从、辞婚不从。这“三不从”导致了一连串的不幸，最终落得个“可惜二亲饥寒死，博换得孩儿名利归”的结局。

## 二、《琵琶记》的思想主旨

《琵琶记》经高明改编后，将蔡伯喈从负心汉变成了忠孝双全的正面人物，颂扬他是全忠全孝的典型，并且把悲剧的结局改成了大团圆的结局。

《琵琶记》中说蔡伯喈原是孝子，同赵五娘结婚后感情很好。戏剧中产生矛盾的原因是他本来不肯上京应试，而父亲不从；他考中状元后，牛府招之为婿，他辞婚，而牛丞相不从；他想辞官归里，而皇上又不从。这就是所谓“三不从”或“三被强”，足以证明蔡伯喈“背亲弃妇”是被迫造成的，责任不在男主人公本人。这便是颠覆蔡伯喈形象，为蔡伯喈卫护的主要情节。剧中另一条线索是写蔡伯喈入京后，家乡陈留郡遇到了严重的灾荒，赵五娘艰难地维持一家的生计，而当蔡婆和蔡公在饥饿中死去后，赵五娘一路弹唱琵琶词行乞，到京师寻找丈夫。剧本最后部分，由于牛小姐的贤惠大度，赵五娘和蔡伯喈终于得以团圆，并得到了朝廷的旌表。高明的创作意图很明显，是要借此宣扬孝子贤妇的传统道德。他在剧本开场的《水调歌头》词中宣称：“不关风化体，纵好也徒然。”“休论插科打诨，也不寻宫数调，只看子孝共妻贤。”此外，剧中也体现了人性的精华，主要是作者成功地塑造了劳动妇女赵五娘的悲剧形象。作者通过赵五娘的悲惨遭遇，谴责了古代选官制度的毒害人心，揭露了封建礼教的罪恶，反映了农村遭灾后的惨象，抨击了官吏鱼肉乡民的暴行，侧面折射了元代末年的社会矛盾。

总体来看，《琵琶记》所叙写的确是“子孝与妻贤”的内容，作者主观上希望“为文人立心”，宣传忠孝节义的传统道德。高明强调封建伦理的重要性，希望通过戏曲的力量，让观众受到教化。同时，高明能正视社会生活的真实，在肯定孝子贤妻的同时，揭示封建伦理本身存在的矛盾，阐明封建社会忠孝难以两全的现实；既宣扬忠孝节义的传统道德，又对于当时的黑暗现实有所批判，揭露了封建社会的黑暗，如牛丞相的专横、地方官吏的腐败，展示了由于封建伦理而产生的社会悲剧，给予了观众强烈的震撼。

## 三、《琵琶记》的艺术成就

明代何良俊在《四友斋丛说》中说：“金元人呼北戏为杂剧，南戏为戏文。近代人杂剧以王实甫之《西厢记》，戏文以高则诚之《琵琶记》为绝唱。”清代黄图珌在《看山阁集闲笔》中说：“《琵琶》为南曲之宗，《西厢》乃北调之祖，调高辞美，各极其妙。”可见《琵琶记》在艺术技巧方面达到的成就和高度。《琵琶记》共四十二出，情节处理紧凑密合。作者把京城牛府与乡下蔡家这两条线索的戏剧冲突交错写出，使丞相府第骄侈奢华的生活与农村百姓的苦难遭遇形成了强烈的对比，既展现了贫富不均的社会现实，又使剧作产生了对比强烈的艺术效果。作者对语言的运用也很得体，能照应到不同阶层人物的身份，如牛府诸人的语言尚雅，而乡村蔡家诸人的吐语俚俗，富于个性；表现在曲词上，能用浅近的口语描摹出人物复杂的思想感情。

### （一）《琵琶记》的结构布置为人称道

臧晋叔在《负抱堂集·荆钗记引》中说：“构调工而稳，运思婉而匝，用事雅而切，布格圆而整。”吕天成在《曲品》中评价：“串插甚合局段，苦乐相错，具见体裁，可师可法，而不可及也。”《琵琶记》叙事采用的是双线结构：一条线是蔡伯喈上京考试入赘牛府，另一条线是赵五娘在家奉养公婆。在宋元南戏和明清传奇中，有许多剧本都是双线结构，但在这些双线结构中，两个故事有许多情节是互不相关的，它们不能彼此促进、互为增辉。而《琵琶记》的双线结构不同，它们共同讲述一家的故事，共同表演一个主题。两条线索交错发展，对比排列，产生了强烈的悲剧效果和巨大的艺术感染力。作者把蔡伯喈在牛府的奢华生活和赵五娘在家乡的苦难景象交错演出，形成了强烈对比。例如，“成婚”与“食糠”，“弹琴”与“尝药”，“筑坟”与“赏月”几出戏，通过对比写法突出了戏剧冲突，加强了悲剧气氛。“剧作在一悲一喜、一哀一乐、一贫一富、一贵一贱的对比中不断加强悲剧气氛，激发观众爱恨，既让观众感受到主人公的悲剧命运，又让观众清楚地看到造成悲剧的社会原因。从个人悲惨境遇的呈现到对造成悲剧的社会制度的揭露，双线叙事的方式取得了极大成功。”①

### （二）《琵琶记》刻画了典型环境中的典型人物

作者描写了旷野原空、人离业败、饥人满道、灾害频仍、贪官污吏鱼肉乡里的典型环境，并在这样的社会环境里描写了赵五娘悲惨的生活遭遇，突出了她在灾荒岁月中“儿独自养亲”的艰难处境。赵五娘仪容俊雅，德行幽闲，知书达理，嫁与蔡伯喈为妻。故事发生的时候，她结婚才两个月。丈夫进京赶考，她独自一人在家侍奉公婆，承担起家庭的全部重担。饥荒年间，她把救济粮留给公婆，自己却在背地里偷偷吃糠。公婆死了，无钱买棺材，她剪下头发，沿街叫卖；无钱请人埋葬公婆，她用麻裙包土，自筑坟墓，然后进京寻夫。在极度艰难的环境中，她含辛茹苦，任劳任怨，以柔弱的肩膀承担生活的苦难，勇敢地自我牺牲和为家庭奉献。赵五娘的形象一方面在很大程度上保留着民间创作的特点，另一方面又体现着高明的道德理想。赵五娘这一形象集中体现了封建社会中下层妇女的优点：吃苦耐劳、孝敬温顺、克己待人、勇于自我牺牲。同时集中体现了下层妇女的弱点：过分温顺屈从，而缺乏自主意识和反抗精神，具有一定程度的奴性。作者多角度地展示了赵五娘这个人物的个性和内心世界，使她成为全剧最为光辉的人物，成为一个光彩照人的贤孝妇形象，在全社会具有典型意义。

蔡伯喈在高明的《琵琶记》中是一个贤孝子形象，他为了奉养年迈的父母，不愿去考取功名，无奈父命难违，只得被迫参加科考；他在京城，处于富贵生活之中，并没有忘掉父母的养育之恩，他还时时想到父母的衣

① 欧阳光．元明清戏剧分类选讲[M].北京：高等教育出版社，2007：208.

食冷暖，担心父母在家挨饥受饿。同时，他专情于糟糠之妻，尽管他迫于丞相官威，入赘相府，生活在温柔之乡，但他时时思念家中的妻子赵五娘。他想过弃官而归，又怕与“炙手可热”的牛丞相发生冲突，招来不测。正是优柔寡断、委曲求全的软弱性格，造成了蔡伯喈的人生悲剧。蔡伯喈经常彷徨苦闷，忐忑难安，这是那时的知识分子普遍具有的软弱性格和复杂心理，这种软弱性格的形成，与他恪守礼教伦理观念有关。他努力按照伦理纲常行事，但封建伦理本身难周全的矛盾却使他无所适从：从君从父的伦理要求，使他难以违抗；家庭的灾难，又使他难辞其咎。所以他始终处于夹缝之中，难以两全。剧中精心描摹了蔡伯喈的性格张力，对其两难处境和复杂心理做了精彩的刻画。

作者对剧中其他人物形象的塑造也颇具匠心，如张广才就是一个成功的义士形象，他身上饱含中华民族优秀品德——“义”。他善良无私，乐于助人，饥荒年间，他将得到的救济粮分一半给赵五娘，帮助她一家度日。蔡公蔡婆死后，他又赠送棺材，帮助这个弱女子埋葬公婆。他救人于危难之中，有恩于人还不图报答，他的善良之心、仁爱之心、无私之心在闪闪发光。因此，张广才就成了千百年来人们歌颂的形象。

### （三）《琵琶记》语言特色鲜明，文采和本色兼备

蔡伯喈在京城生活这条线的人物，用的是文采语言、华美词句，文采灿然；语言则富于色彩，讲究字句的雕琢、典故的运用，是一种高雅的、高度诗化的语言。而这种语言风格是由蔡伯喈、牛小姐、牛丞相的文化水平和富贵生活环境所决定的。蔡伯喈、牛小姐、牛丞相等人，他们过的是锦衣玉食的富贵生活，用语雅致，才符合人物身份。例如，第二十二出“琴诉荷池”：

【一枝花】〔生上，云〕闲庭槐影转，深院荷香满。帘垂清昼永，怎消遣？十二栏杆，无事闲凭遍。闷来把湘簟展，梦到家山，又被翠竹敲风惊断。

【南乡子】翠竹影摇金，水殿帘栊映碧阴。人静昼长无个事，沉吟，碧酒金樽懒去斟。幽恨苦相寻，离别经年没信音。寒暑相催人易老，关心，却把闲愁付玉琴。院子，将琴书过来。

…………

【前腔】〔生唱〕蓝田日暖玉生烟，似望帝春心托杜鹃，好姻缘翻做恶姻缘。只怕眼底知音少，争得鸾胶续断弦。

这里描写庭院景致，言辞高雅而不浅俗，“蓝田日暖玉生烟，似望帝春心托杜鹃”援用唐代李商隐《锦瑟》的诗句。蔡伯喈借诗中杜鹃啼血、良玉生烟等典故，表达自己真挚浓烈的感情，抒发自己幽怨悲凉的情绪。

在同一出中，蔡伯喈、牛小姐两人讨论琴曲：

〔贴云〕奴家久闻相公高于音乐，如何来到此间，丝竹之音，杳然绝响。斗胆请再操一曲，相公肯么？〔生云〕夫人待要听琴。弹甚么曲好？我弹一曲《雉朝飞》何如？〔贴云〕这是无妻的曲，不好。〔生云〕呀，说错了，如今弹一曲《孤鸾寡鹄》何如？〔贴云〕两个夫妻正团圆，说甚么孤寡。〔生云〕不然弹一曲《昭君怨》何如？〔贴云〕两个夫妻正和美，说甚么宫怨。

蔡伯喈、牛小姐都有良好的文化修养，讨论曲目及曲目意旨得心应手，然而因两人身世、心境不同，曲目的选择各有其隐喻。蔡伯喈内心牵挂家中年迈双亲，思念妻子，故有无妻、孤苦、悲怨曲目的选择；而牛小姐正值新婚，对夫婿不甚了解，除了爱慕夫婿英才之外，其他的并不甚知晓，故而，牛小姐否定蔡伯喈推荐的那些无妻、孤寡、悲怨曲目。无疑，这些琴目皆有所指，蕴含着丰富的文化意味。例如，弹奏《昭君怨》是援引王昭君的历史故事来表达自己的悲愤之情。此外，《琵琶记》的其他曲词，如第二十四出“宦邸忧思”、第三十一出“几言谏父”等，都辞藻华美，含蓄深沉，大量运用古典诗词来表情达意。

赵五娘这条线的人物，如蔡公、蔡婆、张广才等，都是底层老百姓，作者运用他们的本色语言来抒情达意。赵五娘艰苦备尝，不辍劳作，支撑着一家身衣口食，同时勉力劝解二老，那种体贴入微、既在物质上又从精神上多方照顾慰藉老人的情怀确实感人至深。在第十七出“义仓赈济”里，赵五娘早已“衣衫尽解典、囊箧已罄然”“说得不出闺门的清平话”，抛头露面到官府乞领仓米，又遭到恶吏的欺侮凌辱，发出“千死万死不如早死”的哀嚎，要投井自尽。可是，她想到二老会因此不好过，从而辜负了丈夫临行的嘱托，因而虽然力枯形惫也只得隐忍止步。得到张大公转赠的一点仓谷后，她安排一口淡饭给二老充饥，自己却只以糠秕在暗处吞咽。在著名的第二十一出“糟糠自餍”里，赵五娘连唱“孝顺歌”借物以抒怀：

【孝顺歌】呕得我肝肠痛，珠泪垂，喉咙尚兀自牢嗄住。糠那！你遭砻被舂杵，筛你簸扬你，吃尽控持。好似奴家身狼狈，千辛万苦皆经历。苦人吃着苦味，两苦相逢，可知道欲吞不去。

【前腔】糠和米，本是相依倚，被簸扬作两处飞？一贱与一贵，好似奴家与夫婿，终无见期。丈夫，你便是米呵，米在他方没寻处。奴家恰便似糠呵，怎的把糠来救得人饥馁？好似儿夫出去，怎的教奴，供膳得公婆甘旨？

【前腔】思量我生无益，死又值甚的！不如忍饥死了为怨鬼。只一件，公婆老年纪，靠奴家相依倚，只得苟活片时。片时苟活虽容易，到底日久也难相聚。谩把糠来相比，这糠呵，尚兀自有人吃，奴家的骨头，知他埋在何处？

这部分唱词不讲究辞藻的华丽，而是自然朴实，通俗易懂，生活气息很浓。赵五娘运用糠和米这种日常生活常见的物象来形容自己的处境。米是“贵”，形容丈夫的富贵生活；“糠”是“贱”，自道自己是“苦人”，“吃着苦味，两苦相逢”。而更为悲惨的是，自己恐怕连“糠”都不如，“这糠呵，尚兀自有人吃，奴家的骨头，知他埋在何处？”这几句内心的独白，将这个普通妇女身世的艰难、内心的痛苦和始终如一地侍奉二老的意愿展现得淋漓尽致。当公婆私下窥伺，发现赵五娘吞咽糠秕时，赵五娘说道：“爹妈休疑，奴须是你孩儿的糟糠妻室。”糟糠之妻典故的运用，不但表明了女主人公对自己作为伯喈贫贱相守妻子的认识，而且表现了她与二老死生不渝、风雨同舟的坚定信念。二老相继死去以后，赵五娘剪发买葬，十爪挖泥，罗裙包土，按那个时代的风俗埋葬和祭奠二老。如第二十五出“祝发买葬”：

【金珑璁】〔旦上，唱〕饥荒先自窘，那堪连丧双亲，身独自，怎支分？我衣衫都解尽，首饰并没分文，无计策，只得剪香云。

【蝶恋花】万苦千辛难摆拨，力尽心穷，两泪空流血。裙布钗荆今已竭，萱花椿树连摧折。金剪盈盈明似雪，远照乌云，掩映愁眉月。一片孝心难尽说，一齐分付青丝发。奴家前日婆婆没了，已得张太公周济。如今公公又没了，无钱资送，难再去求告他？我思想起来，没奈何了，只得剪下头发，卖几贯钞，为送终之用。虽然这头发值钱不多，也只把他做些意儿，恰似教化一般。苦，不幸丧双亲，求人不可频。聊将青丝发，断送白头人。

这支曲子中，一句“万苦千辛难摆拨，力尽心穷，两泪空流血”，把赵五娘的苦楚表现得淋漓尽致。作者歌颂了赵五娘的有贞有烈、守礼行孝，但以更多的笔墨，揭露了封建社会底层女性的生活苦难和难以排解的内心隐痛，而这正是《琵琶记》的悲苦动人之处。《琵琶记》全剧素朴、完整、生动、感人，剧中两种不同的人物线，使用两种不同的语言，构成两种不同的语言风格，显示了作者细腻的情感表达手法和独特的审美倾向。

《琵琶记》在艺术上所取得的成就，不仅对当时的剧坛影响深刻，而且也为后世的明清传奇开辟了道路。因此，《琵琶记》自问世以来，一直颇受世人关注。明清时期，高明的《琵琶记》不但被市井百姓户诵家传，被誉为“《女通鉴》”，而且名公士子的戏曲论著中亦常以此为话题。在传承过程中，《琵琶记》被同时期或后期的许多剧种改编演唱，传播形式多样。例如，昆曲《琵琶记》、越剧《琵琶记》、豫剧《琵琶记》、川剧《琵琶记》、京剧《赵五娘》、淮剧《赵五娘》等，均由高明元杂剧版本的《琵琶记》改编而成。《琵琶记》也是具有世界影响力的古典戏曲之一，在世界范围内颇受好评。

## 【作品精选】

### ［元］高明《琵琶记》

#### 第四出·蔡公逼试

【一剪梅】〔生上，唱〕浪暖桃香欲化鱼，期逼春闱，诏赴春闱。郡中空有辟贤书，心恋亲闱，难舍亲闱。〔生云〕世间好物不坚牢，彩云易散琉璃脆。蔡邕本欲甘守清贫，力行孝道。谁知朝廷黄榜招贤，郡中把我名字保申上司去了；一壁厢已有吏来辟召，自家力以亲老为辞。这吏人虽则去，只怕明日又来，我只得力辞便了。正是：人爵不如天爵贵，功名争似孝名高。〔唱〕

【宜春令】虽然读万卷书，论功名非吾意儿。只愁亲老，梦魂不到春闱里。便教我做到九棘三槐，怎撇得萱花椿树。天那！我这衷肠，一点孝心对谁语？

【前腔】〔末张太公上，唱〕相邻并相依倚，往常间有事，来相报知。〔生云〕来的却是张太公呵。〔相见科，末云〕秀才，试期逼矣，早办行装前途去。〔生云〕公公，我双亲年老，不去。〔末云〕呀！秀才，子虽念亲老孤单，亲须望孩儿荣贵。你趁此青春不去，更待何日？〔生云〕公公言极有理，争奈父母无人奉侍，如何去得？〔末云〕你既不肯去呵，且看老员外和老安人出来如何说；我想起来，也只是教你去的分晓。道犹未了，老员外来也。〔外上，唱〕

【前腔】时光短，雪鬓催，守清贫不图甚的。有儿聪慧，但得他为官，吾心足矣。〔外末相见科，外云〕孩儿，天子诏招取贤良，秀才每都求科试。你快赴春闱，急急整着行李。〔末云〕老安人也出来了。〔净上，唱〕

【前腔】娘年老，八十余，眼儿昏又聋着两耳。又没个七男八婿，只有一个孩儿，要他供甘旨。方才得六十日夫妻，老贼强逼他争名夺利。天那，细思之，怎不教老娘呕气。〔相见科〕〔净云〕孩儿。我不合娶个媳妇与你，方才得两个月，你浑身便瘦了一半。若再过三年，怕不成一个枯髅。〔末云〕呀，老安人，你要他夫妻不谐呵。〔外云〕孩儿，如今黄榜招贤，试期已逼；郡中既然辟召你，你的学问可知，如何不去赴选？〔生云〕告爹爹得知，孩儿非不要去。争奈爹妈年老，家中无人侍奉。〔末云〕老员外和老安人，不可不作成秀才去走一遭。〔净云〕咳，太公，你岂不知道，我家中又没有七子八婿，只有一个孩儿，如何去得？〔外云〕呀！你怎说这话，如今去赴选的，家中都有七子八婿么？〔净云〕老贼，你如今眼又昏，耳又聋，又走动不得。你教他去后，倘有些个差池，兀教谁来看顾你？真个没饭吃便饿死你，没衣穿便冻死你，你知道么？〔外云〕你妇人家理会得甚么！孩儿若做得官时，也改换我门闾，如何不教他去？〔生云〕爹爹说得自是，只是孩儿难去。

【绣带儿】〔生唱〕亲年老，光阴有几？行孝正当今日。〔末唱〕秀才此行，必定脱白挂绿。〔生唱〕终不然为着一领蓝袍，却落后五彩斑衣。思之，此行荣贵虽可拟，怕亲老等不得荣贵。〔外云〕孩儿，春闱里纷纷的都是大儒，难道是没爹娘的方去求试？

【前腔换头】〔末唱〕秀才，你休疑，男儿汉，凌云志气，何必苦恁淹滞。秀才，你此回不去呵，可不干费了十载青灯，枉捱过半世黄齑？须知，此行是亲志，你休固拒。秀才，那些个养亲之志。〔净云〕我百年事只有此儿，老贼！难道是庭前森森丹桂。

【太师引】〔外唱〕他意儿我也难提起，这其间就里我自知。〔末云〕老员外知他为着什么？〔外唱〕他恋着被窝中恩爱，舍不得离海角天涯。〔生云〕孩儿岂有此心。〔外云〕你是个读书之人，我说一个比方与你听：涂山四日离大禹，你今毕姻已曾两月，直恁的舍不得分离。〔末笑科，云〕呀！秀才，你敢是如此么？〔生云〕太公，卑人怎敢？〔末唱〕秀才，你贪鸳侣，守着凤帏，只怕误了你鹏程鹗荐消息。

【前腔】〔净唱〕太公，他意儿只要供甘旨，又何曾贪欢恋妻。自古道曾参纯孝，何曾去应举及第？功名富贵天付与，天若与不求而至。〔生云〕娘言是，望爹行听取。〔外云〕呀，娘言的是，父言的非呵。你敢是恋新婚，逆亲言么？〔生跪天科，云〕天那！蔡邕若是恋着新婚，不肯去呵，天须鉴蔡邕不孝的情罪。〔外怒介，云〕畜生，我教你去赴选，也只是要改换门闾，光显祖宗，你却七推八阻，有许多说话。〔生云〕爹爹，孩儿岂敢推阻，争奈爹妈年老，无人侍奉。万一有些差池，一来人道孩儿不孝，撇了爹娘，去取功名；二来人道爹爹所见不达，止有一子，教他远离，孩儿以此不敢从命。〔外云〕不从我命，也由你；你且说如何唤做孝？〔净云〕老贼，你年纪八十余岁，也不识做孝？披麻带索便唤做孝。〔外云〕咦，你晓得甚么！〔生云〕告爹爹：凡为人子者，冬温夏凊，昏定晨省，问其燠寒，搔其疴痒，出入则扶持之，问所欲则敬进之。所以父母在，不远游；出不易方，复不过时。古人的孝，也只是如此。〔外云〕孩儿，你说的都是小节，不曾说着大孝。〔净云〕老贼，你又不曾死，只管教他做大孝，越出去赴选不得。〔末云〕咦，这话有些不祥。〔外云〕孩儿，你听我说：夫孝始于事亲，中于事君，终于立身。身体发肤，受之父母，不敢毁伤，孝之始也。立身行道，扬名后世，以显父母，孝之终也。是以家贫亲老，不为禄仕，所以为不孝。你若是做得官时节，也显得父母好处，兀的不是大孝是甚么？〔生云〕爹爹说得极是。但孩儿此去，知道做得官否？若还不中时节，既不能够事亲，又不能够事君，却不两下担阁了。〔末云〕秀才所见差矣。老汉尝闻古人云：幼而学，壮而行；怀宝迷邦，谓之不仁。孔席不暇暖，墨突不待黔，伊尹负鼎俎于汤，百里奚五羊皮自鬻，也只要顺时行道，济世安民。自古道：学成文武艺，货与帝王家。秀才，你这般才学，如何不去做官？〔净云〕太公，你都有好言劝我孩儿去赴选。我有个故事说与你听。〔末云〕老汉愿闻。〔净云〕在先东村李员外有个孩儿，也读两行书。他爹爹每日闹吵，只是教孩儿去求官，孩儿吃不过爹爹闹吵，去到长安，那里无人抬举。他遂流落去街上乞食，见个平章宰相，他疾忙在地上拜着，叫声抬举他。那宰相道：我与你做个养济院大使，去管你爹娘。这孩儿自思道：做个养济院大使，如何管得自己的父母。比及他回家，不想他父母无人供养，流落在养济院里居住。他父母见孩儿回来，说道我教孩儿去得是，今日我孩儿做个头目，众人也不敢欺负我。你如今劝我孩儿去赴选，千万叫他做个养济院头目回来，众人也不敢欺负我。〔末笑科，云〕老安人你说这乞丐事，尽教我听了半日。〔外云〕孩儿，你趁早收拾行李起程。〔生云〕爹爹，孩儿去则不妨，只是爹妈年老，教谁看管。〔末云〕秀才不必忧虑。自古道千钱买邻，八百买舍。老汉既忝在邻居，你但放心前去，若是宅上有些小欠缺，老汉自当应承。〔生云〕如此，多谢公公！凡事仗托周济。此行若获寸进，决不敢忘恩。卑人没奈何，只得收拾行李便去。

【三学士】〔生唱〕谢得公公意甚美，凡事仗托扶持。假饶一举登科日，难道是双亲未老时。只恐锦衣归故里，怕双亲不见儿。

【前腔】〔外唱〕萱室椿庭衰老矣，指望你改换门闾。孩儿，你道是无人供养我，若是你做得官来时节呵，三牲五鼎供朝夕，须胜似啜菽并饮水。你若锦衣归故里，我便死呵，一灵儿终是喜。

【前腔】〔末唱〕托在邻家相依倚，自当效些区区。秀才，你为甚十年窗下无人问？只图个一举成名天下知。你若不锦衣归故里，谁知你读万卷书？

【前腔】〔净唱〕一旦分离掌上珠，我这老景凭谁？苦，忍将父母饥寒死，博得孩儿名利归。你纵然锦衣归故里，补不得你名行亏。

急办行装赴试闱，父亲严命怎生违？
一举首登龙虎榜，十年身到凤凰池。

## 第十七出・义仓赈济

【普贤歌】〔丑上，唱〕身充里正实难当，杂泛差徭日夜忙。官司点义仓，并无些子粮，拼一顿拖翻吃大棒。我做都官管百姓，另是一般行径。破靴破帽破衣裳，打扮须要厮称。到官府百般下情，下乡村十分豪兴。讨官粮大大做个官升，卖私盐轻轻弄条乔秤。点催首放富差贫，保解户欺软怕硬。猛拼打强放泼，毕竟是个毕竟。谁知天不由人，万事皆从前定。骗得五两十两，到使五锭十锭。田园尽都典卖，并无些子余剩。叵耐厅前首领，嫌恨司房乔令。把我千样凌辱，将我万般督并。动不动去了破帽，打得我黄肿成病。几番要自缢投河，不要了这条性命。今番又点义仓，并无粮米抵应。若还把我拖翻，便叫高台明镜。小人也不是都官，也不是里正，休将屈棒错打了平民。〔内问〕你是谁？〔丑云〕我是搬戏的副净。〔内云〕休道出本来面目。〔丑云〕苦！往常间把义仓谷子偷将家去，养老婆孩儿了。今日上司官点义仓放谷，赈济贫民，仓中没有一些，那里讨还他？没奈何我待把家私并老婆儿子都卖了，也赔不起。不免去与李社长商量则个，转弯抹角，兀的便是李社长家里。李社长，李社长。〔净云〕谁叫老爷？〔丑云〕咦，你惯要做大，且出来。

【前腔】〔净上，唱〕身充社长管官仓，老小一家都在仓里养。〔丑云〕好好，你一家老小都在仓里养。事发时节，如何摆布？〔净云〕事发尽不妨，里正先吃棒。〔丑云〕尊兄，饶得你过么？〔净云〕先打了都官，方才打社长。老夫年傍八旬，家中只有三人。因充社长勾当，谁知也不安宁。又要告官书题粉壁，又要劝民栽种翻耕，又要管淘河砌磡，又要办木桶麻绳。若有人家嫁娶，须索请我去做宾。人人称我年高伏众，个个叫我社长官人。若得一纸状子，强似厅上县丞。原告许我银子三锭五锭，被告送我猪脚十斤廿斤。若还得了两家财物，只得蒙眬写个回文。每日去干得泄水功德，竟不知自家家里祸因。大的孩儿不孝不义，小的媳妇逼擲离分。单单只有第三个孩儿本分，常常抢去了老夫的头巾。激得我老夫性发，只得唱个陶真。〔丑云〕呀，陶真怎的唱？〔净云〕呀，到被你听见了。也罢，我唱你打和。〔丑云〕使得。〔净唱〕孝顺还生孝顺子。〔丑唱〕打打哈莲花落。〔净唱〕忤逆还生忤逆儿。〔丑唱〕打打哈莲花落。〔净唱〕不信但看檐前水。〔丑唱〕打打哈莲花落。〔净唱〕点点滴滴不差移。〔丑唱〕打打哈莲花落。〔净云〕住休。〔丑云〕你若不叫住，我直唱到天明。〔净云〕里正，你叫我出来，有甚事说？〔丑云〕社长哥，今日官司给散义仓，仓中又无稻子，如何是好？我和你不免合赔些子。〔净云〕呀，仓中稻子都是你搬去吃了，怎的叫我和你合赔？小畜生到不亏了你。上司来时，干我甚事。我自回去抱子弄孙嬉他娘。正是：闭门不管窗前月，一任梅花自主张。〔下〕〔丑云〕苦！李社长又去了，上司官又来了。如何是好？呀，喝道声渐渐近了，只得迎接则个。〔外放粮官、末皂隶上〕

【前腔】〔外唱〕亲承朝命赈饥荒，〔末唱〕跃马扬鞭到此方。〔丑唱〕里正接老爷。〔末唱〕起去，疾忙开义仓，支与百姓粮。从实支收休要谎。〔外云〕里正将支收簿来看。〔丑云〕簿在此。〔外读介，云〕元管二十九石，新收三十六石，除支一十九石，见在四十六石。左右开仓，呀，这仓里那有四十六石？〔丑云〕有有，相公。〔外云〕左右与他取了甘结，一面着他唤饥民来支粮。〔丑云〕一心忙似箭，两脚走如飞。〔下，外云〕左右，这厮说谎，仓里那得这些稻子？〔末云〕相公且由他。若是不足数，只要他赔偿便了。〔外云〕也说得是。〔丑瞎子上，唱〕

【吴小四】肚又饥，眼又昏，家私没半分，子哭儿啼不可闻。闻知相公来济民，请些官粮去救贫。〔做错跪介，云〕相公可怜见。〔末云〕相公在这里。〔外云〕老的姓甚名谁？家里有几口？〔丑云〕小的姓丘名乙己，家住上大村，有三千七十口。〔外云〕胡说，那里有许多口？〔丑云〕告相公得知：上大人，丘乙己，化三千，七十士。〔末云〕一口胡柴。〔外云〕你实有几口？〔丑云〕小的夫妻两口，孩儿两口。〔外云〕支粮与他。〔末云〕支四口粮了。〔丑云〕多谢相公。正是：一日不识羞，三日不忍饿。〔下〕〔净聋子上，唱〕

【前腔】叹连朝，饥怎忍？家中有五六人。前日老婆典了裙，今日媳妇又典裤，恰好遇官司来济贫。相公可怜见。〔外云〕老的姓甚名谁？家里有几口？〔净做聋，外复问介，净云〕小的姓大，名比丘僧。住在祇树给孤独园，有一千二百五十口。〔外云〕胡说，那里有许多口？〔净云〕告相公得知：《弥陀经》中道：祇树给孤独园，与大比丘僧一千二百五十人俱。〔末云〕佛口蛇心。〔外云〕你实有几口？〔净云〕小的有两个媳妇，三个孩儿，和我共六口。〔外云〕支粮与他。〔末云〕支六口粮了。〔净云〕多谢相公。正是：今日得君提掇起，免教人在污泥中。〔下〕〔旦上，唱〕

【捣练子】嗟命薄，叹年艰，含羞忍泪向人前，犹恐公婆悬望眼。路逢险处难回避，事到头来不自由。奴家少长闺门，岂识途路。今日见官司放粮济贫，只得去请些稻子，以救公婆之命。〔外云〕妇人，你姓甚名谁？来此怎的？〔旦云〕告相公：奴家姓赵，名五娘。公公蔡崇简。因儿夫出外，特来请些粮米，以救公婆之命。〔外云〕你丈夫那里去了，使你妇人家来请粮？

【普天乐】〔旦唱〕儿夫一向留都下。〔外唱〕你家里还有谁？〔旦唱〕只有年老爹和妈。〔外唱〕有弟兄么？〔旦唱〕弟和兄更没一个。〔外唱〕既没有弟兄，谁看承你的爹妈？〔旦唱〕看承尽是奴家。〔外云〕这般说起来，你好苦呵！妇人家不出闺门，你何不使个男子汉来请粮。〔旦做悲介，云〕历尽苦，谁怜我？相公，怎说得不出闺门的清平话？〔外云〕你家里有几口？〔旦云〕只有三口。〔外云〕左右支粮与他。〔末云〕没粮了。〔旦哭，云〕若无粮，我也不敢回家。〔外云〕怎的不敢回家？〔旦云〕相公，岂忍见公婆受馁。天那，叹奴家命薄，直恁折挫。〔外云〕左右，这仓中稻子没了。一来凑原数不起，二来这妇人说得好苦，你去拿那里正来，要这厮赔偿。〔末云〕领钧旨。假饶走上焰摩天，脚下腾云须赶上。〔旦云〕望相公可怜见，主张些粮米，与奴家救济公婆之命。〔外云〕我自有分晓。〔末押丑上介，云〕似瓮中捉鳖，手到拿来。〔外云〕里正，这仓中稻子凑原数不起，尽是你自偷了，你好好招伏。〔丑云〕相公，小人招不得。自古道东量西折，难教小人赔偿。〔外云〕畜生，尖斛量入，平斛量出，如何会折了许多。左右，拿下打四十。〔丑云〕相公不要打，小人情愿招了。〔读招介，云〕招状人姓猫，名狸，见年三十有余。身上并无疾病，只有白带不除。今与短状招伏，因为官粮久亏。说到义仓情弊，中间无甚跷蹊。稻熟排门收敛，敛了各自将归。并无仓廪盛贮，那有帐目收支？纵然有得些小，胡乱寄在民居。官司差人点视，便籴些谷支持。上下得钱便罢，不问仓实仓虚。假饶清官廉吏，被我影射片时。东家借得十扛，西家借得五箕。但见仓中有谷，其间就里怎知？年年把当常事，番番一似要嬉。不道今年荒旱，不道今年民饥。不因分俵赈济，如何会泄天机？假饶奏到三十三天，我里正无甚罪过。〔末云〕为甚的？〔丑云〕只是点粮诈钱的做马做驴，招状执结是实，伏乞相公指挥。〔外云〕左右押这厮去，就要赔偿。〔末押丑下〕正是：惧法朝朝乐，欺公日日忧。〔末押丑上，云〕假饶人心似铁，怎逃官法如炉？告相公，里正赔偿的稻子有了。〔外云〕支与那妇人去。〔旦云〕多谢相公。〔末与旦〕〔丑觊觎科，云〕由你半路去，我好歹与你夺了便罢。〔旦唱〕谢得恩官为主维。〔丑唱〕只教中路有灾危。〔外唱〕当权若不行方便，如入宝山空手回。〔外末丑下〕〔旦唱〕一斟一酌，莫非前定。今日奴家去请粮，谁知道里正作弊，仓中没了。若不得相公督并，里正赔偿，奴家如何得这些谷回家救济二亲？正是饥时得一口，强似饱时得一斗。〔欲下〕〔丑上拦住介，云〕恩人相见，分外眼明。仇人相见，分外眼睁。我也会见你过来呵。你快把稻子还我，万事全休。〔旦云〕呀！相公与奴家的稻子，如何还你。〔丑云〕咳，方才不是你只管告不休，相公如何要我赔偿这稻子？是我卖老小卖家私的，你如何拿去？〔抢介〕〔旦云〕里正官人，你要用强，可怜奴家艰辛。〔丑云〕可怜你甚的！

【锁南枝】〔旦唱〕儿夫去，竟不还，公婆两人都老年。自从昨日到如今，不能够一餐饭。〔丑云〕你公婆没饭吃，也不干我事。〔旦唱〕奴请粮，他在家悬望眼。念我年老公婆，做方便。〔拜丑介〕〔丑云〕不要拜，不要拜。这般时年，我做不得方便，你将稻子还我便罢。

【前腔换头】〔旦唱〕乡官可怜见，这些稻子呵，是我公婆命所关。若是必须将去，宁可脱下衣裳，就问乡官换。〔做脱衣介〕〔丑云〕不要不要，你身上也寒冷。〔旦唱〕宁使奴，身上寒。只要与公婆，救残喘。〔丑云〕娘子罢罢。你说起这话，都是孝心，我不忍问。你取了，莫怪莫怪，你去罢。〔旦云〕如此多谢。〔丑虚下躲介〕〔旦云〕谢天谢地，且喜里正去了，不免趱行几步。〔丑上推旦，夺下介〕

【前腔】〔旦唱〕夺将去，真可怜，公婆望奴不见还。纵然他不埋冤，道我做媳妇的有何干？他忍饥，添我夫罪愆。教我怎见得我夫面？千死万

死，终久是死。不如早死为强，此间有一口古井，不免投入死休。〔欲投井介，唱〕

【前腔换头】将身赴井泉，思量左右难。我丈夫当年分散，叮咛嘱付爹娘，教我与他相看管。苦，我死却，他形影单。夫婿与公婆，可不两埋怨？

【前腔】〔外上，唱〕媳妇去，不见还，教人在家凝望眼。〔跌倒，旦扶介，外唱〕呀，你在这里闲行，教我望得肝肠断。〔旦唱〕公公，奴请粮，为你供午餐。又谁知被人骗。〔外云〕媳妇却怎么说？〔旦云〕公公，奴家请得些稻子，到半途之中，却被里正夺去了。〔外哭，云〕天那，元来如此。〔唱〕

【前腔换头】思量我命乖蹇，不由人不珠泪涟。料想终须饿死，不如早赴黄泉，免把你厮牵绊。媳妇，婆老年，不久延。你须是，好看管。呀，元来这里有一口古井，不免投入死休。

【前腔】〔旦唱〕公公，你若身倾弃，我苦怎言？公还死了婆怎免？你两人一旦身亡，教我独自如何展？公公，你吃苦辛，其实难过遣。我痛伤悲，只得强相劝。

【前腔换头】〔外唱〕媳妇，你衣衫尽解典，囊箧已罄然。纵使目前存活，到底日久日深，你与我难相恋。苦，衣食缺，你行孝难。活冤家，不如早拆散。〔欲投井，旦救介〕〔末挑谷上，唱〕

【前腔】不丰岁，荒歉年，官司把粮来给散。见一个年老的公公在那里频嗟叹，待向前仔细看。呀，我道是谁，元来是蔡老员外和五娘子呵！你两人在此有何干？〔旦云〕公公，一言难尽。奴家今日闻知官司给散义仓，去请些粮米，与公婆充饥。谁想里正作弊，仓中没了稻子。谢得相公，着令里正赔纳，把些与奴家。来到半途，被里正夺去。奴家害羞回来，公公见说，也要投井死，奴家正在此劝解公公。〔末云〕咳，五娘子你差了，老夫方才也请得些官粮，正要将来分送你公公，你怎的不来与我商量？却自家出去，被那狂徒欺侮。〔唱〕

【前腔换头】我听你说这言，待我赶去，骂那厮铁心肠，昧心汉。〔旦云〕公公，他去得远了。〔外云〕罢罢，太公，我和你是良善之人，不要与那狂徒一般见识。只是这几日饿得难过。〔末云〕员外，你且不须忧虑，我也请得些官粮，和你两下分一半。〔旦云〕这是公公请的，如何使得？〔末云〕咳，五娘子，你休恁推，莫弃嫌，且将回，权做雨厨饭。〔旦云〕如此多谢了公公。〔末云〕怎说这话？五娘子，你伯喈当初出去，把爹娘嘱付与老夫。今日是荒年饥岁，亏杀你独自支吾。终不然我自温饱，教你忍饥受饿。古语云：济人须济急时无，你胡乱将这些救济公姑则个。五娘子你先回去，我和你公公随后缓缓的来。

【洞仙歌】〔旦唱〕苦，家私没半分，靠着奴此身。只要救公婆，岂辞多苦辛？〔合〕空把泪珠揾，可怜饥与贫，这苦说不尽。

【前腔】〔外唱〕太公，我本为泉下人，他救我一命存。只怕我不久身亡，报不得媳妇恩。〔合前〕

【前腔】〔末唱〕见说不可闻，况我托在邻。终不然我享安和，忍见你受饥窘？〔合前〕

命薄多年受苦辛，不如身死早离分。

惟有感恩并积恨，万年千载不成尘。

## 第二十一出・糟糠自餍

【山坡羊】〔旦上，唱〕乱荒荒不丰稔的年岁，远迢迢不回来的夫婿，急煎煎不耐烦的二亲，软怯怯不济事的孤身体。苦，衣尽典，寸丝不挂体。几番拼死了奴身己，争奈没主公婆教谁看取？〔合〕思之，虚飘飘命怎期？难捱，实丕丕灾共危。

【前腔】滴溜溜难穷尽的珠泪，乱纷纷难宽解的愁绪。骨崖崖难扶持的病身，战兢兢难捱过的时和岁。这糠，我待不吃你呵，教奴怎忍饥？我待吃你呵，教奴怎生吃？思量起来，不如奴先死，图得不知他亲死时。〔合前〕奴家早上安排些饭与公婆吃，岂不欲买些鲑菜，争奈无钱可买。不想婆婆抵死埋怨，只道奴家背地自吃了甚么东西。不知奴家吃的是米膜糠秕，又不敢教他知道。便做他埋怨杀我，我也不分说。苦！这糠秕怎的吃得下。〔吃吐介，唱〕

【孝顺歌】呕得我肝肠痛，珠泪垂，喉咙尚兀自牢嗄住。糠那！你遭砻被舂杵，筛你簸扬你，吃尽控持。好似奴家身狼狈，千辛万苦皆经历。苦人吃着苦味，两苦相逢，可知道欲吞不去。〔外、净潜上，探觑介〕

【前腔】〔旦唱〕糠和米，本是相依倚，被簸扬作两处飞？一贱与一贵，好似奴家与夫婿，终无见期。丈夫，你便是米呵，米在他方没寻处。奴家恰便是糠呵，怎的把糠来救得人饥馁？好似儿夫出去，怎的教奴，供膳得公婆甘旨？〔外、净潜下介〕

【前腔】〔旦唱〕思量我生无益，死又值甚的！不如忍饥死了为怨鬼。只一件，公婆老年纪，靠着奴家相依倚，只得苟活片时。片时苟活虽容易，到底日久也难相聚，谩把糠来相比，这糠呵，尚兀自有人吃，奴家的骨头，知他埋在何处？〔外、净上，净云〕媳妇，你在这里吃甚么？〔旦云〕奴家不曾吃甚么。〔净搜拿旦介〕〔旦云〕婆婆你吃不得。〔外云〕咳，这是甚么东西？

【前腔】〔旦唱〕这是谷中膜，米上皮，〔外云〕呀，这便是糠，要他何用。〔旦唱〕将来逼逻堪疗饥。〔外云〕咦，这糠只好将去喂猪狗，如何把来自吃？〔旦唱〕尝闻古贤书，狗彘食人食，也强如草根树皮。〔外、净云〕恁的苦涩东西，怕不噎坏了你？〔旦唱〕啮雪吞毡，苏卿犹健，餐松食柏，到做得神仙侣。这糠呵，纵然吃些何虑？〔净云〕阿公，你休听他说谎，糠秕如何吃得？〔旦云〕爹妈休疑，奴须是你孩儿的糟糠妻室。〔外、净看哭介，云〕媳妇，我元来错埋冤了你，兀的不痛杀我也。〔闷倒，旦叫哭介〕

【雁过沙】〔旦唱〕苦，沉沉向冥途，空教我耳边呼。公公，婆婆，我不能够尽心相奉事，反教你为我归黄土。教人道你死缘何故？公公，婆婆，怎生割舍得抛弃了奴？〔外醒介〕〔旦云〕谢天谢地，公公醒了。公公你挣揣。

【前腔】〔外唱〕媳妇，你担饥事姑舅。媳妇，你担饥怎生度？〔旦唱〕公公且自宽心，不要烦恼。〔外唱〕媳妇，我错埋冤了你。你也不推辞，到如今始信有糟糠妇。媳妇，料应我不久归阴府。也省得为我死的，累你生的受苦。〔旦扶外起介，云〕公公且在床上安息，待我看婆婆如何？〔叫不醒介，云〕呀，婆婆不济事了。如何是好？

【前腔】〔旦唱〕婆婆气全无，教奴怎支吾？咳，丈夫呵，我千辛万苦，为你相看顾，如今到此难回护。我只愁母死难留父，况衣衫尽解，囊箧又无。〔外云〕媳妇，婆婆还好么？〔旦云〕婆婆不好了。

【前腔】〔外唱〕天那，我当初不寻思，教孩儿往帝都。把媳妇闪得苦又孤，婆婆送入黄泉路，算来是我相耽误。不如我死，免把你再辜负。〔旦云〕公公休说这话，且自将息。〔外云〕媳妇，婆婆死了，衣衾棺椁，是件皆无。如何是好？〔旦云〕公公宽心。待奴家区处。〔末上，唱〕福无双降犹难信，祸不单行却是真。老夫为何道此两句？为邻家蔡伯喈妻房赵氏五娘，他嫁得伯喈，方才两月，伯喈便出去赴选。自去之后，连遭饥荒，公婆年纪皆在八十之上，家里没个相扶持的。甘旨之奉，亏杀这赵五娘子。把些衣服首饰之类，尽皆典卖，办些粮米，供给公婆，却背地里把些糠秕逼逻充饥。这般荒年饥岁，少甚么有三五个孩儿的人家，供膳不得爹娘。这个小娘子，真个今人中少有，古人中难得。那婆婆不知道，颠倒把他埋冤；适来听得他公婆知道，却又痛心，都害了病。如今不免到他家里探望则个。呀，五娘子，你为甚的慌慌张张？〔旦云〕公公，天有不测风云，人有旦夕祸福。奴家婆婆死了。〔末云〕咳，你婆婆既死了，你公公如今在那里？〔旦云〕在床上睡着。〔末云〕待我看一看。〔外云〕太公休怪，我起来不得了。〔末云〕老员外快不要劳动。〔旦云〕太公，我婆婆衣衾棺椁，是件皆无，如何是好？〔末云〕五娘子，你不要愁烦，我自有区处。

【玉胞肚】〔旦唱〕千般生受，教奴家如何措手？终不然把他骸骨，没棺材送在荒丘？〔合〕相看到此，不由人不珠泪流，不是冤家不聚头。

【前腔】〔末唱〕五娘子，不必多忧，资送婆婆，在我身上有。你但小心承直公公，莫教他又成不救。〔合前〕

【前腔】〔外唱〕张公护救，我媳妇实难启口。孩儿去后，又遇饥荒，把衣衫典卖无留。〔合前〕〔末云〕老员外，你请进里面去歇息。待我一霎时叫家僮讨棺木来，把老安人殡殓了。选个吉日，送在南山安葬去。〔外云〕如此，多谢太公周济。

只为无钱送老娘，须知此事有商量。

归家不敢高声哭，惟恐猿闻也断肠。

## 第二十三出・代尝汤药

【霜天晓角】〔旦上，唱〕难捱怎避，灾祸重重至？最苦婆婆死矣，公公病，又将危。屋漏更遭连夜雨，船迟又被打头风。奴家自从婆婆死后，万千狼狈；谁知公公病又将危。如今赎得些药，已煎在此，不免再安排一口粥汤。

【犯胡兵】囊无半点调药费，良医怎求？天那，纵然救得目前，饭食何处有？料应难到后。谩说道有病遇良医，饥荒怎救？

【前腔】公公这病呵，愁万苦千恁生受，妆成这症候。药呵，纵然救得目前，怎免得忧与愁？料应不会久。他只为不见孩儿，才得这病。若要这病好时呵，除非是子孝父心宽，方才可救。药已熟了，且扶公公出来吃些，看如何？〔旦下，扶外上〕

【霜天晓角】〔外唱〕神散魂飞，料应不久矣。〔旦云〕公公请挣揣。〔外唱〕我纵然抬头强起，形衰倦，怎支持？〔旦云〕公公，药已熟了，慢慢吃些。〔外〕媳妇，我吃不得这药了。

【香遍满】〔旦唱〕论来汤药，须索是子先尝，方进与父母。公公，莫不是为无子先尝，恰便寻思苦？〔外吃药吐介〕〔旦云〕公公，且耐烦吃些。〔外云〕媳妇，这药我吃不得了。我宁可早死了罢，免得累你。〔旦云〕公公，你须索挣揣，怎舍得一命殂？〔外云〕媳妇你吃糠，省钱赎药与我吃，我怎的吃得下？〔旦唱〕苦！元来不吃药，也只为着糟糠妇。〔旦云〕公公，你既不吃药，且吃一口粥汤，看如何？〔外吃粥吐介〕〔旦云〕公公，还慢慢吃些。〔外云〕媳妇，我肚腹膨胀，怎吃得下？

【前腔】〔旦唱〕公公，你万千愁苦，堆积在闷怀成气蛊，可知道吃了吞还吐。〔外云〕媳妇，我不济事了，必是死也。孩儿又不回来，只是亏了你。〔旦云〕公公，且自宽心，不要烦恼。〔旦背哭介，唱〕怕添亲怨忆，暗将珠泪堕。〔外云〕媳妇你吃糠，却教我吃粥，我怎的吃得下哩？〔旦唱〕苦，元来不吃粥，也只为糟糠妇。〔外云〕媳妇，我死也不妨。只怨孩儿不在家，亏杀了你。你近前来，有两句言语分付你。〔旦云〕公公如何？〔外做跌倒拜介，唱〕

【歌儿】媳妇，我三年谢得你相奉事，只恨我当初，把你相担误。天那，我待欲报你的深恩，待来生我做你的媳妇。怨只怨蔡伯喈不孝子，苦只苦赵五娘辛勤妇。〔旦云〕公公，奴身不足惜。

【前腔换头】我一怨你身死后有谁来祀；二怨你有孩儿不得相看顾；三怨你三年间，没一个饱暖的日子。三载相看甘共苦，一朝分别难同死。

【前腔】〔外唱〕媳妇，我死呵，你将我骨头休埋在土。〔旦云〕呀，公公百岁后，不埋在土，却放在那里？〔外云〕媳妇，都是我当初不合教孩儿出去，误得你恁的受苦。我甘受折罚，任取尸骸露。〔旦云〕公公，你休这般说，被人谈笑。〔外云〕媳妇，不笑着你，留与傍人道，蔡伯喈不葬亲父。怨只怨蔡伯喈不孝子，苦只苦赵五娘辛勤妇。

【前腔换头】〔旦唱〕公公，倘你死呵，公婆已得做一处所。料想奴家，不久也归阴府。苦，可怜一家，三个怨鬼在冥途。三载相看甘共苦，一朝分别难同死。〔外云〕媳妇，我毕竟是死了，你替我请张太公过来。〔旦云〕公公说犹未了。恰好张太公来也。〔末上，唱〕岁歉无夫婿，家贫丧老亲。可怜贞洁女，日夜受艰辛。五娘子，你公公病症如何？〔旦云〕太公，我公公的病症，十分危笃。〔末云〕如此，待我向前看看。老员外，你贵体若何？〔外云〕苦，张太公，我不济事了，毕竟是个死。你今来得恰好，我凭你为证。写下遗嘱与媳妇收执，待我死后，教他休要守孝，早早改嫁便了。〔旦云〕公公，你休那般说。自古道忠臣不事二君，烈女不更二夫。公公休要写。〔外云〕媳妇，你取纸笔过来。〔旦云〕公公，奴家生是蔡郎妻，死是蔡郎妇。千万休写，枉自劳神。〔外云〕媳妇，你不取纸笔来，要气杀我也。〔末云〕五娘子，你休逆他，嫁与不嫁在乎你，且取将过来。〔旦取上，外写作介〕咳，这一管笔倒有千斤来重。

【罗帐里坐】媳妇，你艰辛万千，是我担误了伊。你不嫁人呵，身衣口食，怎生区处？休休，当初元是我拆散了你夫妻。我如今死了呵，终不然教你又守着灵帏？〔放笔介，唱〕已知死别在须臾，更与甚么生人做主？

【前腔】〔末唱〕这中间就里，我难说怎提？五娘子，你若不嫁人，恐非活计；若不守孝，又被人谈议。可怜家破与人离，怎不教人泪垂。

【前腔】〔旦唱〕公公严命，非奴敢违。若是教我嫁人呵，那些个不更二夫，却不误奴一世？公公，我一马一鞍，誓无他志。可怜家破与人离，怎不教人泪垂。

〔外云〕张太公，我凭你为证，留下这条拄杖，待我那不孝子回来，把他与我打将出去！〔外倒，旦扶介〕

公公病里莫生嗔，员外宽心保自身。

正是药医不死病，果然佛度有缘人。

## 第二十五出·祝发买葬

【金珑璁】〔旦上，唱〕饥荒先自窘，那堪连丧双亲，身独自，怎支分？我衣衫都解尽，首饰并没分文，无计策，只得剪香云。

【蝶恋花】万苦千辛难摆拨，力尽心穷，两泪空流血。裙布钗荆今已竭，萱花椿树连摧折。金剪盈盈明似雪，远照乌云，掩映愁眉月。一片孝心难尽说，一齐分付青丝发。奴家前日婆婆没了，已得张太公周济。如今公公又没了，无钱资送，难再去求告他？我思想起来，没奈何了，只得剪下头发，卖几贯钞，为送终之用。虽然这头发值钱不多，也只把他做些意儿，恰似教化一般。苦，不幸丧双亲，求人不可频。聊将青丝发，断送白头人。

【香罗带】一从鸾凤分，谁梳鬓云？妆台懒临生暗尘，那更钗梳首饰典无存也，头发，是我担阁你，度青春。如今又剪你，资送老亲。剪发伤情也，怨只怨结发薄幸人。

【前腔】思量薄幸人，辜奴此身，欲剪未剪教我先泪零。我当初早披剃入空门也，做个尼姑去，今日免艰辛。咳，只有我的头发恁般苦，少什么佳人的珠围翠拥兰麝熏。呀，似这般狼狈呵，我的身死兀自无埋处，说什么剪头发愚妇人！

【前腔】堪怜愚妇人，单身又贫。头发，我待不剪你呵，开口告人羞怎忍？我待剪你呵，金刀下处应心疼也。却将堆鸦髻，舞鸾鬓，与乌鸟报答鹤发亲。教人道雾鬓云鬟女，断送霜鬟雪鬓人。〔剪下哭介，唱〕

【临江仙】连丧双亲无计策，只得剪下香鬟，非奴苦要孝名传。正是上山擒虎易，开口告人难。头发既已剪下，免不得将去货卖。穿长街，抹短巷，叫一声卖头发。

【梅花塘】卖头发，买的休论价。念我受饥荒，囊箧无些个。丈夫出去，那堪连丧了公婆，没奈何，只得剪头发，资送他。呀，怎的都没人买？

【香柳娘】看青丝细发，看青丝细发，剪来堪爱。如何卖也没人买？这饥荒死丧，这饥荒死丧，怎教我女裙钗，当得恁狼狈？况连朝受馁，况连朝受馁，我的脚儿怎抬？其实难捱。〔做跌倒起介，唱〕

【前腔】往前街后街，往前街后街，并无人采。我待再叫一声，咽喉气噎，无如之奈。苦！我如今便死，我如今便死，暴露我尸骸，谁人与遮盖？天那！我到底也只是个死。将头发去卖，将头发去卖，卖了把公婆葬埋，奴便死何害？〔做倒介〕〔末上，唱〕慈悲胜念千声佛，造恶徒烧万炷香。今日蔡老员外病症不知如何，我且去看一看。呀，五娘子，你为何倒在街上？〔旦云〕苦，太公可怜见，救奴家则个。〔末杖扶介，云〕五娘子，你手里拿着头发做什么？〔旦云〕奴家公公又没了，无钱资送。只得把自己头发剪下，欲卖几文钞，为送终之用。〔末哭介，云〕元来你公公又死了，呵，你怎的不来和我商量？把这头发剪下做什么？〔旦云〕奴家多番来定害公公，不敢再来相恼。〔末云〕呀，你说那里话！五娘子：

【前腔】〔末唱〕你儿夫曾付托，儿夫曾付托，我怎生违背？你无钱使用，我须当贷。你将头发剪下，将头发剪下，又跌倒在长街，都缘我之罪。〔合〕叹一家破败，叹一家破败，否极何时泰来？各出珠泪。

【前腔】〔旦唱〕谢公公慷慨，谢公公慷慨，把钱相贷，我公婆在地下相感戴。只恐奴身死也，恐奴身死也，兀自没人埋。公公，谁还你恩债？〔合〕叹一家破败，叹一家破败，否极何时泰来？各出珠泪。〔末云〕五娘子，你先回家去，我即着人送些布帛米谷之类与你使用。〔旦云〕如此多谢公公，请收这头发。〔末云〕咳，难得难得，这是孝妇的头发，剪来断送公婆的。我留在家中，不惟传留做个话名，后日蔡伯喈回来，将与他看，也使他惶愧。

谢得公公救妾身！伊夫曾托我亲邻。

从空伸出拿云手，提起天罗地网人。

## 第三十七出·书馆悲逢

【鹊桥仙】〔生上，唱〕披香侍宴，上林游赏，醉后人扶马上。金莲花炬照回廊，正院宇梅梢月上。日晏下彤闱，平明登紫阁。何如在书案，快哉天下乐。自家早临长乐，夜直严更。召问鬼神，或前宣室之席；光传太乙，时颁天禄之藜。惟有戴星冲黑出汉宫，安能滴露研朱点周易？俺这几日且喜朝无繁政，官有余闲。庶可留志于诗书，从事于翰墨。正是：事业要当穷万卷，人生须是惜分阴。〔看书介〕这是什么书？是《尚书》。呀，这《尧典》道："虞舜父顽母嚚象傲，克谐以孝。"咳，他父母那般相待他，他犹自克谐以孝。我父母亏了我什么？我倒不能够奉养他。看什么《尚书》！这是什么书？是《春秋》。呀，《春秋》中颖考叔曰："小人有母，未尝君之羹，请以遗之。"咳，他有一口汤吃，兀自寻思着娘。我如今做官享天禄，倒把父母撇了！看什么《春秋》！天那，枉看这书，行不得济什么事？你看那书中那一句不说着孝义，当初俺父母教我读诗书，知孝义，谁知道反被诗书误了我，还看他怎的？

【解三酲】叹双亲把儿指望，教儿读古圣文章。似我会读书的，倒把亲撇漾；少什么不识字的，到得终奉养。书啊，我只为其中自有黄金屋，反教我撇却椿庭萱草堂。还思想，毕竟是文章误我，我误爹娘。

【前腔】比似我做个负义亏心台馆客，到不如守义终身田舍郎。《白头吟》记得不曾忘，绿鬓妇何故在他方？书啊，我只为其中有女颜如玉，反教我撇却糟糠妻下堂。还思想，毕竟是文章误我，我误妻房。书既懒看他，且看这壁间山水古画，散闷则个呀，这一轴画像，是我昨日在弥陀寺中烧香拾得的，如何院子也将来挂在此间？且看什么故事？〔看画介〕

【太师引】细端详，这是谁笔仗？觑着他，教我心儿好感伤。〔细看介〕好似我双亲模样。差矣，我的媳妇会针黹，便做是我的爹娘啊，怎穿着破损衣裳？前日已有书来，道别后容颜无恙，怎的这般凄凉形状？且住，我这里要寄一封书回去，尚不能够，他那里啊，有谁来往直将到洛阳？天下也有面貌厮象的，须知道仲尼阳虎一般庞。我理会得了！

【前腔】这是街坊，谁劣相，砌庄家形衰貌黄。假如我爹娘啊，若没个媳妇来相傍，少不得也这般凄凉。敢是个神图佛像？呀，却怎的，我正看间，猛可的小鹿儿心头撞？这也不是神图佛像，敢是当初的画工有甚缘故？丹青匠由他主张，须知道毛延寿误了王嫱。若是个神图佛像，背面必有标题。待我转过来看，呀，原来有一首诗在上面。〔读诗介〕这厮好无礼，句句道着下官。等闲的怎敢到此？想必夫人知道，待我问，便知分晓。夫人那里？

【夜游湖】〔贴上，唱〕犹恐他心思未到，教他题诗句，暗里相嘲。翰墨关心，丹青入眼，强如把语言相告。〔生怒介，云〕夫人，谁人到我书馆中来？〔贴云〕没有人。〔生云〕我前日去弥陀寺中烧香，拾得一轴画像，院子不省得，也将来挂在这里。什么人在背面题着一首诗？〔贴云〕敢是当原写的。〔生云〕那里是，墨迹尚未曾干？〔贴背介，云〕我理会得了，相公，这诗如何说？请读与奴家知道。〔生念诗介〕〔贴云〕相公，奴家不省其意。请解说一遍，与奴家晓得也好。〔生云〕“昆山有良璧，郁郁璠玙姿。嗟彼一点瑕，掩此连城瑜。”昆山是地名，产得好玉，价值连城，若有些儿瑕玷，便不贵重了。“人生非孔颜，名节鲜不亏。”孔子颜子是大圣大贤，德行浑全。大凡人非圣贤，能忠不能孝，能孝不能忠，所以名节多至欠缺。“拙哉西河守，胡不如皋鱼。”西河守吴起，是战国时人，魏文侯拜他为西河守，母死不奔丧。皋鱼是春秋时人，只为周游列国，父母死了，后来回归，自刎而亡。“宋弘既以义，黄允何其愚。”宋弘是光武时人，光武试把姐姐湖阳公主嫁他，宋弘不从。对道：贫贱之交不可忘，糟糠之妻不下堂。黄允是桓帝时人，司徒袁隗要把侄女嫁他，他就休了前妻，娶了袁氏。“风木有余恨，连理无傍枝。”孔子听得皋鱼哭啼，问其故，皋鱼说道：“树欲静而风不止，子欲养而亲不在。”西晋时东宫门有槐树一株，连理而生，四傍皆无小枝。“寄与青云客，慎勿乖天彝。”传言与做官的，切莫违了天伦。〔贴云〕相公，那不奔丧和那自刎的，那一个是孝道？〔生云〕那不奔丧的是乱道。〔贴云〕相公，那不弃妻和那弃妻的，那一个是正道？〔生云〕那弃了妻的是乱道。〔贴云〕相公，比如你待要学那一个？〔生云〕呀，我的父母知他存亡如何？我决不学那不奔丧的见识。〔贴云〕相公，你虽不学那不奔丧的，且如你这般富贵，腰金衣紫，假有糟糠之妇，褴褛丑恶，可不辱没了你，你莫不也索休了？〔生怒介，云〕夫人，你说那里话，纵是辱没杀我，终是我的妻房，义不可绝。〔唱〕

【铧锹儿】夫人，你说得好笑，可见你心儿窄小。我决不学那黄允的见识，没来由漾却苦李，再寻甜桃。古人云：弃妻止有七出之条，他不嫉不淫与不盗，终无去条。那弃妻的，众所诮；那不弃妻的，人所褒。纵然他丑貌，怎肯相休弃了？

【前腔】〔贴唱〕伊家富豪，那更青春年少。看你紫袍挂体，金带垂腰。做你的媳妇啊，应须有封号，金花紫诰。必俊俏，须媚娇。若还他丑貌，怎不相休弃了？

【前腔】〔生唱〕夫人，你言颠语倒，恼得我心儿转焦。莫不是你把咱奚落，特兀自妆乔？引得我泪痕交，扑簌簌这遭。这题诗的是谁？〔贴云〕相公，你问他待怎的？〔生唱〕夫人，他把我嘲，难恕饶。你说与我知道，怎肯干休罢了？

【前腔】〔贴唱〕相公，我心中忖料，想不是个薄情分晓。管教你夫妇会合在今朝。你还认得那题诗的么？〔生云〕不认得。〔贴唱〕伊家枉然焦，只怕你哭声渐高。〔生云〕是谁？〔贴唱〕是伊大嫂，身姓赵。正要说与你知道，怎肯干休罢了？姐姐有请。〔旦上，唱〕

【入赚】听得闹吵，敢是我儿夫看诗啰唣。〔贴云〕姐姐快来。〔旦唱〕是谁忽叫，想是夫人召，必有分晓。〔贴云〕相公，是他题诗句，你还认得否？〔生云〕他从那里来？〔贴云〕相公，他从陈留郡，为你来寻讨。〔生认介，云〕呀，我道是谁？原来是你啊，娘子，你怎的穿着破袄，衣衫尽是素缟，莫不是我双亲不保。〔旦唱〕官人，从别后，遭水旱，我两三人只道同做饿殍。〔生云〕张太公曾周济你么？〔旦唱〕只有张公可怜，叹双亲别无倚靠。〔生云〕后来却如何？〔旦唱〕两口颠连相继死。〔生云〕苦！原来我爹娘都死了，娘子，那时如何得殡敛？〔旦唱〕我剪头发卖钱送伊妣考。〔生云〕如今安葬了未曾？〔旦唱〕把坟自造，土泥尽是我麻裙裹包。〔生云〕罢了，听伊言语，怎不痛伤噎倒？〔生倒，旦、贴作扶起介〕〔旦云〕官人，这画像就是你爹妈的真容。〔生哭介〕

【小桃红】〔生唱〕蔡邕不孝，把父母相抛。爹爹，我与你别时，岂知恁地！早知你形衰耄，怎留圣朝？娘子，你为我受烦恼，你为我受劬劳。谢你葬我爹，葬我娘，你的恩难报也！做不得养子能代老。〔合〕这苦知多少，此恨怎消？天降灾殃人怎逃？娘子，这真容是谁画的？

【前腔】〔旦唱〕这仪容像貌，是我亲描。〔生云〕娘子，路途遥远，你那得盘缠，来到此间？〔旦低唱介〕乞丐把琵琶拨，怎禁路遥？官人，说什么受烦恼？说什么受劬劳？不信看你爹，看你娘，比别时兀自形枯槁也。我的一身难打熬。〔合前〕

【前腔】〔贴唱〕设着圈套，被我爹相招。相公，你也说不早，况音信杳。姐姐，你为我受烦恼，为我受劬劳。相公，是我误你爹，误你娘，误你名为不孝也。做不得妻贤夫祸少。〔合前〕

【前腔】〔生唱〕我脱却巾帼，解却衣袍。〔贴唱〕相公，急上辞官表，共行孝道。〔生唱〕夫人，只怕你去不得。〔贴唱〕相公，我岂敢惮烦恼？岂敢惮劬劳？同去拜你爹，拜你娘，亲把坟茔扫也。使地下亡灵安宅兆。〔合前〕

【余文】〔合〕几年间分别无音耗，奈千山万水迢遥。天那，只为三不从生出这祸苗。

只为君亲三不从，致令骨肉两西东。

今宵剩把银缸照，犹恐相逢是梦中。

## 【思考题】

1．如何看待《琵琶记》的“孝义”主题？

2．如何理解蔡伯喈形象的文学演变？

3．请简述《琵琶记》的艺术成就。

# [明] 汤显祖《牡丹亭》：问世间情为何物？直教人生死相许

## 【作家生平】

汤显祖（1550—1616 年），字义仍，号海若、若士，别署清远道人，江西临川人。汤显祖出身书香世家，高祖、曾祖藏书，好文；祖父汤懋昭精通黄老学说，善诗文，被学者推为“词坛名将”；父亲汤尚贤是著名老庄学者，重视家族教育，在临川城唐公庙创建“汤氏家塾”，并聘请江西理学大师罗汝芳为塾师；伯父汤尚质酷爱戏曲，还从事过戏曲活动；母亲自幼熟读诗书。在浓厚的家学风气浸润下，童年和青年时期的汤显祖曾热衷读书取仕，博得功名。他二十一岁中举人，三十四岁中进士，在南京先后任太常寺博士、詹事府主簿和礼部祠祭司主事。汤显祖所处的时代，文坛为拟古思潮所左右，其中王世贞不仅有才能，而且有地位和势力，俨然为文坛盟主。可是，汤显祖的文学思想和旨趣与王世贞辈大相径庭，他是一个尊重文学而不屈服于权势的人，重创新而反对复古，受到反理学、反传统、反专制思想潮流的影响。

万历十九年（1591 年），汤显祖因不满当时朝廷的腐败，上《论辅臣科臣疏》弹劾官僚，抨击朝政，因此触怒皇帝，被贬为徐闻典史。之后他调任浙江遂昌县知县，一任五年，政绩斐然，却因压制豪强、触怒权贵而招致上司的非议，遭到地方势力的反对，于万历二十六年（1598 年）愤而弃官归乡。家居期间，汤显祖一方面希望有“起报知遇”之日，另一方面却又指望“朝廷有威风之臣，郡邑无饿虎之吏，吟咏升平，每年添一卷诗足矣”，未果，后逐渐打消仕进之念，潜心于戏剧及诗词创作。在汤显祖多方面的成就中，戏曲创作为最，他一生共创作了五部戏剧作品，即《紫箫记》《紫钗记》《牡丹亭》《邯郸记》与《南柯记》。其中，后四部合称“临川四梦”（又叫“玉茗堂四梦”）。汤显祖著有《宜黄县戏神清源师庙记》，是中国戏曲史上论述戏剧表演的一篇重要文献，对现代的导演学起到了重要启发作用。汤显祖还是一位杰出的诗人，在当时诗坛占有重要地位，其诗作有《玉茗堂全集》四卷、《红泉逸草》一卷、《问棘邮草》二卷。

万历四十二年（1614 年），汤显祖六十五岁，他决定效仿慧远大师，在庐山结栖贤莲社，求生净土，但最终并未成功。两年后，也就是万历四十四年六月十六日，汤显祖逝世。

汤显祖一生蔑视封建权贵，常得罪名人，晚年淡泊守贫，不肯与郡县官周旋。汤显祖晚年思想比较消极，这同他潜心研究佛学有关，也同他辞官后长期置身政治斗争之外有关。他自称“偏州浪士，盛世遗民”，说“天下事耳之而已，顺之而已”。清人张廷玉等人编撰的《明史》评价他“意气慷剀”“蹭蹬穷老”，这评语颇能概括其生平之要。

## 【作品概要】

《牡丹亭》共五十五出，写的是杜丽娘和柳梦梅的爱情故事。南宋时期，南安太守杜宝有一个女儿，名叫杜丽娘，年方十六，长相俊美，聪明可爱。杜宝十分宠爱丽娘，特意请了家庭教师陈最良来教丽娘读书识字。陈最良是个六十多岁的老秀才，言行古板，他给丽娘讲古典诗的时候，总是一副说教的样子，讲课的内容也仅限于女子三从四德之类的训诫。一次，陈最良给丽娘讲解《诗经·关雎》，讲到“窈窕淑女，君子好逑”的时候，丽娘不觉情思涌动，她想自己已经这么大了，连闺房都没有走出去过，真是遗憾啊。丽娘有一个丫鬟名叫春香，乖巧伶俐，她看到小姐这么愁闷，就想了一个主意。

一天，趁家人不注意，春香偷偷地带着丽娘去游逛后花园，时值春暖花开之际，花园中灿烂的春光春景深深地触动了丽娘。杜丽娘突然觉得以前在闺房中的生活是如此寂寥，面对良辰美景，她禁不住唉声叹气。她一路玩赏，一路感慨，当她感觉有点疲乏的时候，就倚靠在花园中的石桌上睡着了，还做了一个梦。丽娘在睡梦中，见到了一位风度翩翩的书生，他叫柳梦梅，手里拿着一根柳枝前来向她示爱。丽娘和柳梦梅一见钟情，相互爱慕，当即在牡丹亭畔幽会。正当两人情意绵绵时，丽娘从梦中醒来，丽娘想着睡梦中的情景，不禁惆怅万分。从此，丽娘对梦中的情人日思夜想，她整天都期待着与情人再次相遇，可是梦中的情形却再也没有出现。丽娘因此生了一场大病，并不幸去世了。临死前，她请求母亲把她葬在花园的梅树下，并嘱咐丫鬟春香将自己的画像藏在太湖石底。丽娘死后没过多久，父亲杜宝接到皇帝旨令，要到另一个地方任职。临行前，杜宝委托老秀才陈最良看家护院，并让他在后花园中修建“梅花庵观”。

三年后，果真有一位名叫柳梦梅的书生出现了，他去京城参加科举考试。这一天，他经过杜府，因感到路途疲劳困顿，就想到梅花庵观中休息几日。想不到的是，他在散步闲逛的时候，无意间拾捡到被压在太湖石下的丽娘画像，上面还题有一首情诗，寓意两人有美好姻缘。柳梦梅对丽娘的画像十分爱慕，日夜思念丽娘，柳梦梅的一片痴情，感动了丽娘的魂魄，丽娘再生，与柳梦梅结为夫妇。

随后，柳梦梅去参加考试。丽娘想把自己复活的喜讯告诉父母，于是，她托付柳梦梅去传报。可是，当杜宝听说女儿复活，并和柳梦梅结婚这一消息后，十分震惊，他不相信这是事实，并把柳梦梅当作盗墓贼囚禁起来。

转眼到了科考发榜的时候，柳梦梅中了状元。可是，杜宝还是不承认女儿的婚事。最终，皇帝也知晓了这一事情的原委，皇帝感慨二人的旷世奇缘，亲自赐婚，丽娘和柳梦梅两位有情人终成眷属。

## 【作品鉴赏】

《牡丹亭还魂记》(简称《牡丹亭》，也称《还魂梦》或《牡丹亭梦》)，是以明代话本小说《杜丽娘慕色还魂》为蓝本加工改编而成的。《牡丹亭还魂记》的改编主要体现在四个方面：一是突出杜宝等人的封建卫道士形象；二是改变杜、柳门当户对的关系；三是改话本杜丽娘封建淑女形象为叛逆女性形象；四是强调当时人们追求自由爱情的艰难曲折。《牡丹亭还魂记》的改编使这一传统的“还魂”母题具有了崭新的思想内容。和话本相比，《牡丹亭》不仅在情节和描写上做了较大改动，而且在主题思想方面也有极大的提高，因此一问世就在社会上产生了巨大影响，成为我国戏剧文学发展史上一个重要的里程碑。

## 一、“至情”理念的阐发

在《牡丹亭·题词》里，汤显祖写道：“情不知所起，一往而深。生者可以死，死可以生。生而不可与死，死而不可复生者，皆非情之至也。”这里所说的“情不知所起”是指“情”乃与生俱来，自然而生，不需任何理由、缘由；而“生者可以死，死可以生”是指“情”具有超越生死的自由性，即所谓的“至情”。同时，汤显祖认为“至情”最有效的感悟方式是借戏剧之道来表达，《牡丹亭》便是汤显祖“至情”论的真情演绎。

汤显祖创作《牡丹亭》时，正是他抨击朝政而遭贬谪的时期。他经历仕途的变化挫折，不仅更深入地了解到了社会的矛盾冲突，还对王学左派也有了更多的接触和更深切的体悟。汤显祖自小跟随罗汝芳学习，读“非圣之书”。罗汝芳在其著作《近溪字集》等书中提出了“制欲非体仁”的观点，肯定人的多种欲求，汤显祖的思想观念受其师罗汝芳的影响颇深。同时，王学左派的代表人物李贽，他的诸多论说带有强烈的个性解放色彩，也对汤显祖的思想理念产生了巨大影响。汤显祖的好友达观和尚也对汤显祖的人生观念影响颇深，特别是对汤显祖在确立以戏曲救世、以至情悟人的观念方面影响较为明显。在这些进步思想家的影响下，汤显祖推崇人之真情，从人情出发，反对程朱理学对人性的束缚与摧残，可见“情”是汤显祖文学思想的内核。而“至情”是汤显祖所追求的人生最高境界，是其整个艺术创作生命的灵魂。

在《牡丹亭》中，汤显祖以超现实的艺术想象力，开辟了柳梦梅和杜丽娘独特的相遇、相爱方式。柳梦梅和杜丽娘的情感来源并非媒人的牵线搭桥，也不是现实中的一见钟情，而是“画”与“梦”。在没有现实意义上的碰面但两人心有灵犀的情况下就产生了爱情，这便是汤显祖所认同的理想和完美的“爱”。剧中所构筑的情感人生，是自由浪漫的，杜丽娘则是“至情论”的一个完美体现。杜丽娘是一个有个性、有情感的人，她不甘被传统思想束缚，追求自由美好的爱情生活。尽管杜丽娘身为千金小姐，生活在与外界隔绝的封建深宅之中，接受严格的传统教育，但依然不能阻挡她对大自然、对美与爱的强烈渴望，这是一种自然生命的冲动。在“闹殇”一出里，杜丽娘因无法忍受对梦中人柳梦梅的思念，含情而死。

这一死，让人们看到了汤显祖对杜丽娘超越生死的“至情”的描画，在出生入死，死而复生中，最终成全了两人的爱情。

当然，《牡丹亭》中的“至情”理念，不仅表现在男女自由追求爱情的层面，更深层次的意义是汤显祖用“情”来对封建礼教、理学观念进行抨击，彰显作者对人性自由、主体觉醒的自觉追求。剧作中，作者既写了“理”对“情”的压制与扼杀，又写了“情”对“理”的反抗与斗争，可以说，汤显祖对“至情”思想的推崇与其早年经历和明清时期启蒙思潮兴起等因素密切相关。坚持反理学立场和人文主义情怀的汤显祖，在前人成果的基础上，最终创作出了传奇之作《牡丹亭》。

## 二、《牡丹亭》的思想主题

《牡丹亭》是汤显祖“至情”理念的生动演绎，是一部伟大而传奇的爱情剧。该剧作用“梦”来承载本不可能实现的情感经历，将“情”体现得淋漓尽致。杜丽娘是“至情”的化身，她出身贵族，饱读诗书，长期被封建礼教压抑束缚。她在《诗经·关雎》的启发下，内心的情感开始苏醒。在游玩后花园时，她受到生机勃勃的春天与大自然的感召，拨动了多情的心弦。《牡丹亭》这一作品描写了丽娘游园、惊梦、寻梦，直至因情而死的过程。丽娘突破了外在礼教的规训，战胜了内心的怯懦，变得更为大胆勇敢，明代王思任在其著作《批点玉茗堂牡丹亭词序》中说道：“月可沉，天可瘦，泉台可瞑，獠牙判官可狎而处，而梅柳二字，一灵咬住，不肯使劫灰烧失。”可见，身在幽冥的杜丽娘，对于爱情的追求更加坦诚、直接。丽娘的“至情”感动了花神、判官等人，而阳世的柳梦梅冒着砍头之罪，为丽娘开棺还魂，最终两人结为夫妻。杜丽娘由生入死、由死复生，与柳梦梅共同构建了一段感天动地、荡气回肠的爱情故事。

《牡丹亭》的爱情描写，具有过去一些爱情剧所无法比拟的思想高度和时代特色。同是表现爱情，王实甫的《西厢记》表达的是“愿普天下有情人都成了眷属”的主题，歌颂的是张生与崔莺莺冲破礼教提防、打破门第观念、经过斗争获得自由爱情胜利的不懈追求精神；而《牡丹亭》叙写的是“情之至”时“生者可以死，死可以生”的生死爱情观，歌颂的是杜丽娘和柳梦梅对爱情一往情深、至死不渝的执着追求精神。《牡丹亭》彰显了汤显祖对社会人生和爱情的哲学思考与世情体验，具有强烈的时代意义。剧作表现的“情”和“理”的冲突，展现了以情反理的时代主题。《牡丹亭》的主题突破了中国传统伦理道德观念中“情”和“理”的内涵，其中的“情”主要表现为男女主人公柳梦梅和杜丽娘对自由爱情的大胆追求；“理”主要表现为当时社会的封建伦理道德观念对个性、思想自由的压制束缚。杜丽娘是剧中“至情”的化身，作者在她身上集中表现了以情反理的思想。作者一方面如实地展示了杜丽娘的“慕色而亡”，以残酷的现实环境来突出其理想实现的痛苦性和艰难性，表现出无处不在的封建礼教对人性的漠视与对真情的虐杀；另一方面又设置了杜丽娘的因情复生，以美好的浪漫幻想来展现她为爱情而进行不屈不挠的斗争，显示出至情和人性的巨大力量与崇高价值。《牡丹亭》的意义在于用形象化的手法肯定了爱和欲的客观性与合理性，并对不合理的“文明”（特指明代官方所极力宣扬的理学、礼教）提出了强烈批判。《牡丹亭》突出了情（欲）与理（礼）的冲突，强调了情的客观性与合理性。因此，剧作除了以出生入死追求爱情展现浓厚的浪漫主义色彩之外，更重要的是赋予了爱情能战胜一切、超越生死的巨大力量。

同时，《牡丹亭》崇尚个性解放，鼓励人们突破禁欲主义。该剧作既是一部追求自由之爱的颂歌，又是一部鼓吹青春觉醒的颂歌，作者明确地把这种叛逆爱情当作思想解放、个性解放的一个突破口来表现，而不再是停留在反对父母之命、媒妁之言这一狭隘含义之内。杜丽娘从小生活在封建大家庭，父亲拘管严格，她连刺绣之余倦眠片刻，都要受到严父的呵斥，并连带埋怨其“娘亲失教”。父亲请封建老塾师来讲书，也是为了从儒教经典方面进一步拘束丽娘的身心。可怜杜丽娘长到如花似玉的年纪，竟连家中偌大的一座后花园都未曾去过，而是整日被拘在自己的闺房中，竟然如同身处监牢一般不得自由。所以被禁锢极深的杜丽娘反抗也极为激烈，做梦、做鬼、做人都体现出无限“至情”。剧本深刻地解剖了人性从压抑到苏醒、爱情从禁锢到解放的过程，反映了备受礼教摧残的广大女性要求主宰自己命运、实现生命价值的强烈呼声。很显然，作者是把杜、柳之间的爱情当作个性解放思潮的一个缩影来展示的，这就把反封建的主题和要求个性解放的主题结合到一起，使作品上升到了一个新的思想高度，同时也超越了以往仅仅把爱情描写停留在反对父母之命、反对封建礼教的狭隘层面上的剧作，显示出了一定的进步性。

汤显祖用超浪漫主义的表现手法刻画了生而死、死而生，但仍追求爱情的杜丽娘形象。在剧中，杜丽娘就是“至情”的化身，她为情而死、为情而生的离奇经历扣人心弦，引起了多方面的反响。吕天成在《曲品》中评价《牡丹亭》为“上上品”，他说：“杜丽娘事甚奇，而着意发挥，怀春慕色之情，惊心动魄。且巧妙迭出，无境不新，真堪千古矣。”

## 三、《牡丹亭》的艺术成就

沈德符在其著作《顾曲杂言》中说：“《牡丹亭》一出，家传户诵，几令《西厢》减价。……乃才情自足不朽也。”《牡丹亭》除了有深刻的思想内涵外，其艺术成就也是非常卓越的。

### （一）采用双线交织、多头并进的结构

全剧紧密围绕杜丽娘为情而死，又为情而复生这一核心，精心构织情节，起承转合自然流畅。第一出“标目”是开场语，用一至两支曲子向观众介绍立言大意和剧情梗概。第二出“言怀”是“冲场”，主要人物登场，先唱引子，再念定场诗、定场白，自报姓名、出身、经历，交代事情由来等。从第三出开始，《牡丹亭》可以在结构上分为三个部分。从第三出“训女”至第二十出“闹殇”，共十八出，这是全剧的第一个部分。主线以杜丽娘为中心，表现的是女主人公杜丽娘因梦伤情、思君离魂之前的闺阁生活。主线之外还安排了两条副线：其一是表现边境番虏生活，即描写金主完颜亮的第十五出“虏谍”和描写草寇溜金王李全的第十九出“牝贼”；其二是描绘柳梦梅的生活，包含第六出“怅眺”和第十三出“诀谒”。其他分出专写人物，如第四出“腐叹”中的儒生陈最良，第十七出“道觋”和第十八出“诊祟”中的石道姑等。从第二十一出“谒遇”至第四十出“仆侦”，一共二十出，是《牡丹亭》的第二个部分。其中，第二十四出“拾画”和第二十六出“玩真”影响最大，成为剧场的经典情节，第三十二出“冥誓”和第三十五出“回生”也颇为重要。从第四十一出“耽试”到最后的第五十五出“圆驾”，一共十五出，是剧本的第三个部分。在这一部

分中，由于淮安城被围困，番虏这条副线得到加强，而杜宝的介入和柳梦梅打探杜父消息的淮安之行，与杜丽娘京城遇母等主线层面上的情节双峰并峙。最后，在金殿之上，各色人物集聚一堂，杜丽娘、柳梦梅大团圆。从总体上看，《牡丹亭》的结构是围绕着杜丽娘为情而死，又为情而复生这一戏剧的“大主脑”而构建的，起承转合相当有序，圆转成熟，一环紧扣一环，波澜迭起。

### （二）人物形象塑造成功

在作品中，汤显祖塑造了一个为爱而死又为爱而生的至情女子形象——杜丽娘。杜丽娘是南宋初年江西南安太守杜宝的独生女儿，自幼深得父母宠爱。杜丽娘生得花容月貌、娇美无比，性情中有温文尔雅、坚韧执着的一面，也有柔肠百结、多愁善感、痴心重情的一面。她虽深居闺阁，接受封建礼教的熏陶，但骨子里却隐藏着对传统礼法的叛离意识和对残酷现实的反抗精神，内心燃烧着挣脱封建牢笼、粉碎理学枷锁、追求个性解放与美好爱情的强烈愿望。她因情而亡，又因情而生，杜丽娘这种超越生死的“至情”，是对封建“天理”的直接蔑视。对于作者来说，杜丽娘的起死回生，其实就是一种在现实中无法找到出路，只能转而向梦幻世界寻找解脱的苦闷与无奈。不过，无法否认的是，杜丽娘对爱情的执着追求和对礼教的反对，使她成为古典戏剧所塑造的完美动人的妇女形象之一。

男主人公柳梦梅英俊潇洒，气质非凡，博学多才，却时运不济，父母早亡，举目无亲，仅靠郭驼经营果园花圃供养。他尽管生活窘迫，但仍心志高远，坚持发奋苦读。他与杜丽娘因梦生情，忠贞不渝，为让丽娘重生甘冒杀头之险掘坟救人，因自己的敢作敢为成就了一段绝世爱情。杜宝，是杜丽娘的父亲，唐代大诗人杜甫的后裔，历任南安太守、淮扬安抚使、平章军国重事（相当于丞相），文武双全，有百步穿杨之绝技，但他性格古板固执，思想顽固僵化。一方面，杜宝视封建礼教为天经地义，信奉“存天理，去人欲”的礼法教条；另一方面，他又有清名惠政，恪尽职守，上忧国家安危，下重百姓疾苦，不取民间分毫，颇著声名，深受皇帝器重和百姓爱戴。陈最良是杜丽娘的家庭教师，年过六十，他满脑子仁义道德，满口之乎者也，是封建卫道士的典型代表。

### （三）剧作语言高超精妙

《牡丹亭》以文词典丽著称，宾白饶有机趣，曲词兼有北曲的泼辣跳脱及南词的婉转精丽。剧作善于援用典故，以及引用或化用前人诗词，意境深远。例如，在“惊梦”这一出中，杜丽娘有如下念白：

【隔尾】天呵，春色恼人，信有之乎！常观诗词乐府，古之女子，因春感情，遇秋成恨，诚不谬矣。吾今年已二八，未逢折桂之夫；忽慕春情，怎得蟾宫之客？昔日韩夫人得遇于郎，张生偶逢崔氏，曾有《题红记》《崔徽传》二书。此佳人才子，前以密约偷期，后皆得成秦晋。〔长叹介，云〕吾生于宦族，长在名门。年已及笄，不得早成佳配，诚为虚度青春，光阴如过隙耳。

在这样短短的几句念白中，就连用了“折桂”“蟾宫客”“韩夫人遇于郎”“张生逢崔氏”“秦晋”等多个典故，增强了语言的文学性与经典性。

在曲文和念白中，剧作大量引用或化用前人诗词。如，“惊梦”出白“云髻罢梳还对镜，罗衣欲换更添香”引唐代薛逢《宫词》诗句；“正是梦无彩凤双飞翼，心有灵犀一点通”引唐代李商隐《无题》诗句，原诗“梦”作“身”；“闲花傍砌如依主，娇鸟嫌笼会骂人”化用唐代李山甫《公子家》诗中句——“鹦鹉嫌笼解骂人”；“寻梦”出“他趁这春三月红绽雨肥天”化用唐代杜甫《陪郑广文游何将军山林十首》诗中句——“红绽雨肥梅”。这些引用或化用前人诗词的成句，大多能够与剧中的情节相融合，体现了作者渊博的知识与高超的文字功底。

《牡丹亭》语言浓丽华艳，却不失通俗易懂，剧作雅俗共赏，一些曲词流传至今，依然脍炙人口。例如，在“惊梦”这一出中，杜丽娘有如下唱段：

【步步娇】〔旦唱〕袅晴丝吹来闲庭院，摇漾春如线。停半晌、整花钿。没揣菱花，偷人半面，迤逗的彩云偏。〔行介，云〕步香闺怎便把全身现！

这支曲描写的是杜丽娘在春天的感召下，怀着自我欣赏的心情开始梳妆打扮，把少女的娇羞、青春活力，以及不知名的情绪，通过一系列动作描写刻画得活灵活现。

【醉扶归】〔旦唱〕你道翠生生出落的裙衫儿茜，艳晶晶花簪八宝填，可知我常一生儿爱好是天然。恰三春好处无人见。不提防沉鱼落雁鸟惊喧，则怕的羞花闭月花愁颤。〔贴云〕早茶时了，请行。〔行介，云〕你看："画廊金粉半零星，池馆苍苔一片青。踏草怕泥新绣袜，惜花疼煞小金铃。"〔旦唱〕不到园林，怎知春色如许！

这支曲首先用春香的"翠生生出落的裙衫儿茜，艳晶晶花簪八宝填"来赞美丽娘的服饰之美，再用丽娘的表白"可知我常一生儿爱好是天然"来指出丽娘的天生丽质，其美丽当得上一句"沉鱼落雁之貌，闭月羞花之容"的赞叹。后面那句"不到园林，怎知春色几许"则流露出杜丽娘拥有这般倾城容颜却无人欣赏的孤独感，为后文主人公的郁郁寡欢留下了伏笔。

【皂罗袍】原来姹紫嫣红开遍，似这般都付与断井颓垣。良辰美景奈何天，赏心乐事谁家院！恁般景致，我老爷和奶奶再不提起。〔合〕朝飞暮卷，云霞翠轩；雨丝风片，烟波画船——锦屏人忒看的这韶光贱！

"原来姹紫嫣红开遍，似这般都付与断井颓垣。良辰美景奈何天！赏心乐事谁家院？"姹紫嫣红的美好景色都给了断井颓垣观赏，杜丽娘由物及人，一种自怜的情绪油然升起。"朝飞暮卷，云霞翠轩，雨丝风片，烟波画船"，这曼妙韶光与那幽禁在深闺中的女子，却也是水月一场。这支曲既是写景，亦是写情，是在用良辰美景来衬托丽娘对青春的伤感幽怨。

从上面三支曲可以看出，《牡丹亭》的曲词语言不仅典雅大方，而且不失本色行当。戏曲家吕天成十分推崇汤显祖，称他为"绝代奇才"和"千秋之词匠"。明人王骥德在其著作《曲律》中指出："词隐之持法也，可学而知也；临川之修辞也，不可勉而能也。"他把汤显祖的《牡丹亭》比作"新出小旦，妖冶风流，令人魂销肠断"①，表明汤显祖在语言方面有着无比惊人的造诣。

**（四）具有鲜明的浪漫主义特色**

1. 表现了强烈的理想主义色彩

作者开篇指出杜丽娘的"情"，并将其作为线索，贯穿全文："天下女子有情，宁有如杜丽娘者乎！梦其人即病，病即弥连，至手画形容，传于

---

① 中国戏曲研究院．中国古典戏曲论著集成：第 4 册 [M]. 北京：中国戏剧出版社，1959.

世而后死。死三年矣，复能溟莫中求得其所梦者而生。如丽娘者，乃可谓之有情人耳。情不知所起，一往而深。生者可以死，死可以生。生而不可与死，死而不可复生者，皆非情之至也。”作者把杜丽娘作为理想化“至情”的化身来描写，赋予“情”超越生死的力量。在这部剧作中，杜丽娘经历了现实、梦幻与幽冥三个境界，这显然是作者幻想的产物。作者借用三种境界的艺术对比表达了理想和现实的冲突，用梦幻和幽冥反衬出了现实社会的残酷。

2. 作者用“梦”来写理想

汤显祖通过编织梦和醒、死和生等曲折离奇的故事情节，突显出了理想与现实、情与理之间的矛盾。作者十分喜欢写梦，也十分擅长写梦，在他的四部戏剧作品中，“梦”都是故事结构中的重要环节，由梦而演绎出了一场场曲折离奇、引人入胜、感人肺腑的戏。汤显祖在其著作《复甘义麓》中曾说“因情成梦，因梦成戏”，认为梦是情的反映，写梦也就是写情。汤显祖正是运用梦的这种特点，安排了杜丽娘与柳梦梅的梦境。柳梦梅的梦写得十分简单，只是通过他自己的叙述交代一下，为以后他与杜丽娘的相会埋一伏笔。而作者对杜丽娘的梦则编写得细致入微，有声有色。剧本“惊梦”一出，从丽娘游园写起，细致地描述了她如何因园中之景而引发埋藏在内心深处的感情。其中，【山坡羊】一曲，丽娘倾吐内心之幽怨，情真意切，缠绵悱恻，令听者无不为之动容。丽娘正是由此“情”而进入梦境的。接着，在梦中，丽娘在美丽的花园里见到了她心目中向往的情人，其间虽然免不了少女初次与异性接触的羞涩，但仍大胆地投入情人的怀抱，两情交融，畅其欢快。然而，正当丽娘在梦中与柳梦梅难舍难分之时，却被杜母的到来打断。当她醒来之后，立即遭到了杜母严厉的教训，要她遵循“女孩儿只合香闺坐”的规训，不得超越礼教藩篱一步。这里，汤显祖通过这一梦一醒的情节安排，突出了理想与现实、情与理的强烈对比，激发起人们对封建礼教的抗争。

3. 作者在剧中运用了一系列意象和象征手法，使剧作充满抒情诗色彩

例如，“柳梦梅”中的“柳”，一方面，代表着柳梦梅，是一种情感标志；另一方面，柳是一种生命旺盛的植物，因此它在剧作中更是一种内在精神的物化，象征着整个情感故事会像柳树一样顽强生长。全文均未离

开“柳”的意象，构筑了浪漫的气息，使作品折射出独特的文化内涵。特别需要指出的是，剧本的艺术构思具有离奇跌宕的幻想色彩，使故事情节离奇曲折，富于变化。明末清初的文学家毛先舒在其著作《诗辨坻·词曲》中说道：“曲至临川，临川曲至《牡丹亭》，惊奇环壮，幽艳淡沲，古法新制，机杼递见，谓之集成，谓之诣极。音节失谱，百之一二，而风调流逸，读之甘口，稍加转换，便已爽然。雪中芭蕉，政自不容割缀耳。”在前人的这些评论中，可以看出他们对汤显祖才情及其剧作的推崇与赞赏。

汤显祖的创作在当时和后世都产生了很大影响。明代戏曲理论批评家沈德符在其著作《顾曲杂言》中说：“汤义仍《牡丹亭》梦一出，家传户诵，几令《西厢》减价。”明代末期出现了一些刻意学习汤显祖、追求文采的剧作家，如阮大铖和孟称舜等，后人因之有玉茗堂派或临川派之说。如今，《牡丹亭》依然是中国戏剧文学史上一颗耀眼的明珠，璀璨夺目，标志着明代传奇发展的最高峰，是中国戏剧文学发展史上的一个重要里程碑。

## 【作品精选】

### ［明］汤显祖《牡丹亭》

#### 第七出·闺塾

〔末上，云〕“吟余改抹前春句，饭后寻思午晌茶。蚁上案头沿砚水，蜂穿窗眼咂瓶花。”我陈最良杜衙设帐，杜小姐家传《毛诗》。极承老夫人馆待。今日早膳已过，我且把毛注潜玩一遍。〔念介，云〕“关关雎鸠，在河之洲。窈窕淑女，君子好逑。”好者好也，逑者求也。〔看介，云〕这早晚了，还不见女学生进馆，却也娇养的紧。待我敲三声云板。〔敲云板介，云〕春香，请小姐上书。

【绕池游】〔旦引贴捧书上，唱〕素妆才罢，缓步书堂下。对净几明窗潇洒。〔贴唱〕《昔氏贤文》，把人禁杀，恁时节则好教鹦哥唤茶。〔见介〕〔旦云〕先生万福。〔贴云〕先生少怪。〔末云〕凡为女子，鸡初鸣，咸盥、漱、栉、笄，问安于父母。日出之后，各供其事。如今女学生以读书为事，须要早起。〔旦云〕以后不敢了。〔贴云〕知道了。今夜不睡，三更时分，请先生上书。〔末云〕昨日上的《毛诗》，可温习？〔旦云〕温习了。则待讲解。〔末云〕你念来。〔旦念书介，云〕“关关雎鸠，在河之洲。窈窕淑女，君子好逑。”〔末云〕听讲。“关关雎鸠”，雎鸠是个鸟，关关鸟声也。〔贴云〕怎样声儿？〔末作鸠声〕〔贴学鸠声诨介〕〔末云〕此鸟性喜幽静，在河之洲。〔贴云〕是了。不是昨日是前日，不是今年是去年，俺衙内关着个斑鸠儿，被小姐放去，一去去在何知州家。〔末云〕胡说，这是兴。〔贴云〕兴个甚的那？〔末云〕兴者起也。起那下头窈窕淑女，是幽闲女子，有那等君子好好的来求他。〔贴云〕为甚好好的求他？〔末云〕多嘴哩。〔旦云〕师父，依注解书，学生自会。但把《诗经》大意，教演一番。

【掉角儿】〔末唱〕论《六经》，《诗经》最葩，闺门内许多风雅。有指证，姜源产哇；不嫉妒，后妃贤达。更有那咏鸡鸣，伤燕羽，泣江皋，思汉广，洗净铅华。有风有化，宜室宜家。〔旦云〕这经文偌多？〔末云〕《诗》三百，一言以蔽之，没多些，只“无邪”两字，付与儿家。书讲了。春香取文房四宝来模字。〔贴下取上，云〕纸、墨、笔、砚在此。〔末云〕这甚么墨？〔旦云〕丫头错拿了，这是螺子黛，画眉的。〔末云〕这甚么笔？〔旦作笑介，云〕这便是画眉细笔。〔末云〕俺从不曾见。拿去，拿去！这是甚么纸？〔旦云〕薛涛笺。〔末云〕拿去，拿去。只拿那蔡伦造的来。这是甚么砚？是一个是两个？〔旦云〕鸳鸯砚。〔末云〕许多眼？〔旦云〕泪眼。〔末〕哭什么子？一发换了来。〔贴背介，云〕好个标老儿！待换去。〔下换上，云〕这可好？〔末看介，云〕着。〔旦云〕学生自会临书。春香还劳把笔。〔末云〕看你临。〔旦写字介〕〔末看惊介，云〕我从不曾见这样好字。这甚么格？〔旦云〕是卫夫人传下美女簪花之格。〔贴云〕待俺写个奴婢学夫人。〔旦云〕还早哩。〔贴云〕先生，学生领出恭牌。〔下，旦云〕敢问师母尊年！〔末云〕目下平头六十。〔旦云〕学生待绣对鞋儿上寿，请个样儿。〔末云〕生受了。依《孟子》上样儿，做个“不知足而为屦”罢了。〔旦云〕还不见春香来。〔末云〕要唤他么？〔末叫三度介〕〔贴上，云〕害淋的。〔旦作恼介，云〕劣丫头那里来？〔贴笑介，云〕溺尿去来。原来有座大花园。花明柳绿，好耍子哩。〔末云〕哎也，不攻书，花园去。待俺取荆条来。〔贴云〕荆条个甚么？

【前腔】女郎行、那里应文科判衙？止不过识字儿书涂嫩鸦。〔起介〕〔末云〕古人读书，有囊萤的，趁月亮的。〔贴云〕待映月，耀蟾蜍眼花；待囊萤，把虫蚁儿活支煞。〔末云〕悬梁、刺股呢？〔贴云〕比似你悬了梁，损头发；刺了股，添疤痆。有甚光华！〔内叫卖花介〕〔贴云〕小姐，你听一声声卖花，把读书声差。〔末云〕又引逗小姐哩。待俺当真打一下。〔末作打介〕〔贴闪介，云〕你待打、打这哇哇，桃李门墙，险把负荆人唬煞。〔贴抢荆条投地介〕〔旦云〕死丫头，唐突了师父，快跪下。〔贴跪介〕〔旦云〕师父看他初犯，容学生责认一遭儿。

【前腔】手不许把秋千索拿，脚不许把花园路踏。〔贴云〕则瞧罢。〔旦云〕还嘴，这招风嘴，把香头来绰疤；招花眼，把绣针儿签瞎。〔贴云〕瞎了中甚用？〔旦云〕则要你守砚台，跟书案，伴“诗云”，陪“子曰”，没的争差。〔贴云〕争差些罢。〔旦挦贴发介，云〕则问你几丝儿头发，几条背花？敢也怕些些夫人堂上那些家法。〔贴云〕再不敢了。〔旦云〕可知道？〔末云〕也罢，松这一遭儿。起来。〔贴起介〕

【尾声】〔末唱〕女弟子则争个不求闻达，和男学生一般儿教法。你们工课完了，方可回衙。咱和公相陪话去。〔合〕怎孤负的这一弄明窗新绛纱。〔末下〕〔贴作背后指末骂介〕村老牛，痴老狗，一些趣也不知。〔旦作扯介，云〕死丫头，“一日为师，终身为父”，他打不的你？俺且问你那花园在那里？〔贴作不说〕〔旦作笑问介〕〔贴指介，云〕兀那不是！〔旦云〕可有什么景致？〔贴云〕景致么，有亭台六七座，秋千一两架。绕的流觞曲水，面着太湖山石。名花异草，委实华丽。〔旦云〕原来有这等一个所在，且回衙去。

〔旦〕也曾飞絮谢家庭，李山甫〔贴〕欲化西园蝶未成。张泌

〔旦〕无限春愁莫相问，赵嘏〔合〕绿阴终借暂时行。张祜

## 第十出·惊梦

【绕地游】〔旦上，唱〕梦回莺啭，乱煞年光遍。人立小庭深院。〔贴上，唱〕炷尽沉烟，抛残绣线，恁今春关情似去年？

【乌夜啼】〔旦唱〕晓来望断梅关，宿妆残。〔贴唱〕你侧着宜春髻子

恰凭阑。〔旦唱〕剪不断，理还乱，闷无端。〔贴唱〕已分付催花莺燕借春看。〔旦云〕春香，可曾叫人扫除花径？〔贴云〕分付了。〔旦云〕取镜台衣服来。〔贴取镜台衣服上，唱〕“云髻罢梳还对镜，罗衣欲换更添香。”镜台衣服在此。

【步步娇】〔旦唱〕袅晴丝吹来闲庭院，摇漾春如线。停半晌、整花钿。没揣菱花，偷人半面，迤逗的彩云偏。〔行介，云〕步香闺怎便把全身现！〔贴云〕今日穿插的好。

【醉扶归】〔旦唱〕你道翠生生出落的裙衫儿茜，艳晶晶花簪八宝填，可知我常一生儿爱好是天然。恰三春好处无人见。不堤防沉鱼落雁鸟惊喧，则怕的羞花闭月花愁颤。〔贴唱〕早茶时了，请行。〔行介，唱〕你看：“画廊金粉半零星，池馆苍苔一片青。踏草怕泥新绣袜，惜花疼煞小金铃。”〔旦云〕不到园林，怎知春色如许！

【皂罗袍】〔旦唱〕原来姹紫嫣红开遍，似这般都付与断井颓垣。良辰美景奈何天，赏心乐事谁家院！恁般景致，我老爷和奶奶再不提起。〔合〕朝飞暮卷，云霞翠轩；雨丝风片，烟波画船——锦屏人忒看的这韶光贱！〔贴云〕是花都放了，那牡丹还早。

【好姐姐】〔旦唱〕遍青山啼红了杜鹃，荼蘼外烟丝醉软。春香呵，牡丹虽好，他春归怎占的先！〔贴云〕成对儿莺燕呵。〔合〕闲凝眄，生生燕语明如剪，呖呖莺歌溜的圆。〔旦云〕去罢。〔贴云〕这园子委是观之不足也。〔旦云〕提他怎的！〔行介，唱〕

【隔尾】观之不足由他缱，便赏遍了十二亭台是惘然。到不如兴尽回家闲过遣。〔做到介〕〔贴唱〕“开我西阁门，展我东阁床。瓶插映山紫，炉添沉水香。”小姐，你歇息片时，俺瞧老夫人去也。〔下〕〔旦叹介〕“默地游春转，小试宜春面。”春呵，得和你两留连，春去如何遣？咳，恁般天气，好困人也。春香那里？〔做左右瞧介〕〔又低首沉吟介〕天呵，春色恼人，信有之乎！常观诗词乐府，古之女子，因春感情，遇秋成恨，诚不谬矣。吾今年已二八，未逢折桂之夫；忽慕春情，怎得蟾宫之客？昔日韩夫人得遇于郎，张生偶逢崔氏，曾有《题红记》《崔徽传》二书。此佳人才子，前以密约偷期，后皆得成秦晋。〔长叹介，唱〕吾生于宦族，长在名门。年已及笄，不得早成佳配，诚为虚度青春，光阴如过隙耳。〔泪介，唱］可惜妾身颜色如花，岂料命如一叶乎！

【山坡羊】没乱里春情难遣，蓦地里怀人幽怨。则为俺生小婵娟，拣名门、一例里神仙眷。甚良缘，把青春抛的远！俺的睡情谁见？则索因循腼腆。想幽梦谁边，和春光暗流传？迁延，这衷怀那处言！淹煎，泼残生，除问天！身子困乏了，且自隐几而眠。〔睡介〕〔梦生介，生持柳枝上，唱〕“莺逢日暖歌声滑，人遇风情笑口开。一径落花随水入，今朝阮肇到天台。”小生顺路儿跟着杜小姐回来。怎生不见？〔回看介，云〕呀，小姐，小姐！〔旦作惊起介〕〔相见介〕〔生云〕小生那一处不寻访小姐来，却在这里！〔旦作斜视不语介〕〔生云〕恰好花园内，折取垂柳半枝。姐姐，你既淹通书史，可作诗以赏此柳枝乎？〔旦作惊喜，欲言又止介〕〔背云〕这生素昧平生，何因到此？〔生笑介，云〕小姐，咱爱杀你哩！

【山桃红】则为你如花美眷，似水流年，是答儿闲寻遍。在幽闺自怜。小姐，和你那答儿讲话去。〔旦作含笑不行〕〔生作牵衣介〕〔旦低问，云〕那边去？〔生云〕转过这芍药栏前，紧靠着湖山石边。〔旦低问，云〕秀才，去怎的？〔生低答，云〕和你把领扣松，衣带宽，袖梢儿揾着牙儿苫也，则待你忍耐温存一晌眠。〔旦作羞〕〔生前抱〕〔旦推介〕〔合〕是那处曾相见，相看俨然，早难道这好处相逢无一言？〔生强抱旦下〕〔末扮花神束发冠，红衣插花上，唱〕“催花御史惜花天，检点春工又一年。蘸客伤心红雨下，勾人悬梦彩云边。”吾乃掌管南安府后花园花神是也。因杜知府小姐丽娘，与柳梦梅秀才，后日有姻缘之分。杜小姐游春感伤，致使柳秀才入梦。咱花神专掌惜玉怜香，竟来保护他，要他云雨十分欢幸也。

【鲍老催】〔末唱〕单则是混阳蒸变，看他似虫儿般蠢动把风情搧。一般儿娇凝翠绽魂儿颤。这是景上缘，想内成，因中见。呀，淫邪展污了花台殿。咱待拈片落花儿惊醒他。〔向鬼门丢花介，唱〕他梦酣春透了怎留连？拈花闪碎的红如片。秀才才到的半梦儿，梦毕之时，好送杜小姐仍归香阁。吾神去也。〔下〕

【山桃红】〔生、旦携手上〕〔生唱〕这一霎天留人便，草藉花眠。小姐可好？〔旦低头介〕〔生云〕则把云鬟点，红松翠偏。小姐休忘了呵，见了你紧相偎，慢厮连，恨不得肉儿般团成片也，逗的个日下胭脂雨上鲜。〔旦云〕秀才，你可去呵？〔合〕是那处曾相见，相看俨然，早难道这好处相逢无一言？〔生云〕姐姐，你身子乏了，将息，将息。〔送旦依前作睡介〕〔轻拍旦介，云〕姐姐，俺去了。〔做回顾介，云〕姐姐，你可十分将息，我再来瞧你那。“行来春色三分雨，睡去巫山一片云。”〔下〕〔旦做惊醒，低叫介，云〕秀才，秀才，你去了也？〔又做痴睡介〕〔老旦上，唱〕夫婿坐黄堂，娇娃立绣窗。怪他裙衩上，花鸟绣双双。”孩儿，孩儿，你为甚瞌睡在此？〔旦做醒，叫秀才介〕咳也。〔老旦云〕孩儿怎的来？〔旦作惊起介，云〕奶奶到此！〔老旦云〕我儿，何不做些针指，或观玩书史，舒展情怀？因何昼寝于此？〔旦云〕儿适在花园中闲玩，忽值春暄恼人，故此回房。无可消遣，不觉困倦少息。有失迎接，望母亲恕儿之罪。〔老旦云〕孩儿，这后花园中冷静，少去闲行。〔旦云〕领母亲严命。〔老旦云〕孩儿，学堂看书去。〔旦云〕先生不在，且自消停。〔老旦叹介，云〕女孩儿长成，自有许多情态，且自由他。正是：“宛转随儿女，辛勤做老娘。”〔下〕〔旦长叹介，看老旦下介，云〕哎也，天那，今日杜丽娘有些侥幸也。偶到后花园中，百花开遍，睹景伤情。没兴而回，昼眠香阁。忽见一生，年可弱冠，丰姿俊妍。于园中折得柳丝一枝，笑对奴家说：“姐姐既淹通书史，何不将柳枝题赏一篇？”那时待要应他一声，心中自忖，素昧平生，不知名姓，何得轻与交言。正如此想间，只见那生向前说了几句伤心话儿，将奴搂抱去牡丹亭畔，芍药阑边，共成云雨之欢。两情和合，真个是千般爱惜，万种温存。欢毕之时，又送我睡眠，几声“将息”。正待自送那生出门，忽值母亲来到，唤醒将来。我一身冷汗，乃是南柯一梦。忙身参礼母亲，又被母亲絮了许多闲话。奴家口虽无言答应，心内思想梦中之事，何曾放怀。行坐不宁，自觉如有所失。娘呵，你教我学堂看书去，知他看那一种书消闷也。〔做掩泪介，唱〕

【绵搭絮】雨香云片，才到梦儿边。无奈高堂，唤醒纱窗睡不便。泼新鲜冷汗粘煎，闪的俺心悠步亸，意软鬟偏。不争多费尽神情，坐起谁忺？则待去眠。〔贴上，唱〕“晚妆销粉印，春润费香篝。”小姐，薰了被窝睡罢。

【尾声】〔旦唱〕困春心游赏倦，也不索香薰绣被眠。天呵，有心情那梦儿还去不远。

春望逍遥出画堂，张说 间梅遮柳不胜芳。罗隐

可知刘阮逢人处？许浑 回首东风一断肠。韦庄

## 第十二出·寻梦

【夜游宫】〔贴上，唱〕腻脸朝云罢盥，倒犀簪斜插双鬟。侍香闺起早，睡意阑珊。衣桁前，妆阁畔，画屏间。伏侍千金小姐，丫鬟一位春香。请过猫儿师父，不许老鼠放光。侥幸《毛诗》感动，小姐吉日时良。拖带春香遣闷，后花园里游芳。谁知小姐瞌睡，恰遇着夫人问当。絮了小姐一会，要与春香一场。春香无言知罪，以后劝止娘行。夫人还是不放，少不得发咒禁当。〔内介，云〕春香姐，发个甚咒来？〔贴唱〕敢再跟娘胡撞，教春香即世里不见儿郎。虽然一时抵对，乌鸦管的凤凰？一夜小姐焦躁，起来促水朝妆。由他自言自语，日高花影纱窗。〔内介，云〕快请小姐早膳。〔贴唱〕"报道官厨饭熟，且去传递茶汤。"〔下〕

【月儿高】〔旦上，唱〕几曲屏山展，残眉黛深浅。为甚衾儿里不住的柔肠转？这憔悴非关爱月眠迟倦，可为惜花，朝起庭院？忽忽花间起梦情，女儿心性未分明。无眠一夜灯明灭，怪煞梅香唤不醒。昨日偶尔春游，何人见梦。绸缪顾盼，如遇平生。独坐思量，情殊怅怳。真个可怜人也。〔闷介〕〔贴捧茶食上，唱〕"香饭盛来鹦鹉粒，清茶擎出鹧鸪斑。"小姐早膳哩。〔旦云〕咱有甚心情也！

【前腔】梳洗了才匀面，照台儿未收展。睡起无滋味，茶饭怎生咽？〔贴云〕夫人分付，早饭要早。〔旦唱〕你猛说夫人，则待把饥人劝。你说为人在世，怎生叫做吃饭？〔贴云〕一日三餐。〔旦云〕咳，甚瓯儿气力与擎拳！生生的了前件。你自拿去吃便了。〔贴唱〕受用余杯冷炙，胜如剩粉残膏。〔下〕〔旦云〕春香已去。天呵，昨日所梦，池亭俨然。只图旧梦重来，其奈新愁一段。寻思展转，竟夜无眠。咱待乘此空闲，背却春香，悄向花园寻看。〔悲介，云〕哎也，似咱这般，正是："梦无彩凤双飞翼，心有灵犀一点通。"〔行介，云〕一径行来，喜的园门洞开，守花的都不在。则这残红满地呵！

【懒画眉】最撩人春色是今年。少什么低就高来粉画垣，元来春心无处不飞悬。〔绊介，云〕哎，睡荼蘼抓住裙衩线，恰便是花似人心好处牵。这一湾流水呵！

【前腔】为甚呵，玉真重溯武陵源？也则为水点花飞在眼前。是天公不费买花钱，则咱人心上有啼红怨。咳，孤负了春三二月天。〔贴上，云〕吃饭去，不见了小姐，则得一径寻来。呀，小姐，你在这里！

【不是路】何意婵娟，小立在垂垂花树边。才朝膳，个人无伴怎游园？〔旦〕画廊前，深深蓦见衔泥燕，随步名园是偶然。〔贴唱〕娘回转，幽闺窣地教人见，那些儿闲串？那些儿闲串？

【前腔】〔旦作恼介，云〕唗，偶尔来前，道的咱偷闲学少年。〔贴云〕咳，不偷闲，偷淡。〔旦云〕欺奴善，把护春台都猜做谎桃源。〔贴云〕敢胡言，这是夫人命，道春多刺绣宜添线，润逼炉香好腻笺。〔旦云〕还说甚来？〔贴云〕这荒园堑，怕花妖木客寻常见。去小庭深院，去小庭深院！〔旦云〕知道了。你好生答应夫人去，俺随后便来。〔贴云〕"闲花傍砌如依主，娇鸟嫌笼会骂人。"〔下〕〔旦云〕丫头去了，正好寻梦哩。

【忒忒令】那一答可是湖山石边，这一答似牡丹亭畔。嵌雕阑芍药芽儿浅，一丝丝垂杨线，一丢丢榆荚钱。线儿春甚金钱吊转！呀，昨日那书生将柳枝要我题咏，强我欢会之时，好不话长！

【嘉庆子】是谁家少俊来近远，敢迤逗这香闺去沁园？话到其间腼腆。他捏这眼，奈烦也天；咱噷这口，待酬言。

【尹令】那书生可意呵，咱不是前生爱眷，又素乏平生半面。则道来生出现，乍便今生梦见。生就个书生，恰恰生生抱咱去眠。那些好不动人春意也。

【品令】他倚太湖石，立着咱玉婵娟。待把俺玉山推倒，便日暖玉生烟。捱过雕阑，转过秋千，掯着裙花展。敢席着地，怕天瞧见。好一会分明，美满幽香不可言。梦到正好时节，甚花片儿吊下来也！

【豆叶黄】他兴心儿紧咽咽，呜着咱香肩。俺可也慢掂掂做意儿周旋。等闲间把一个照人儿昏善，那般形现，那般软绵。忑一片撒花心的红影儿吊将来半天。敢是咱梦魂儿厮缠？咳，寻来寻去，都不见了。牡丹亭，芍药阑，怎生这般凄凉冷落，杳无人迹？好不伤心也！

【玉交枝】〔泪介，唱〕是这等荒凉地面，没多半亭台靠边，好是咱眯睽色眼寻难见。明放着白日青天，猛教人抓不到魂梦前。霎时间有如活现，打方旋再得俄延，呀，是这答儿压黄金钏匾。要再见那书生呵。

【月上海棠】怎赚骗，依稀想像人儿见。那来时荏苒，去也迁延。非远，那雨迹云踪才一转，敢依花傍柳还重现。昨日今朝，眼下心前，阳台一座登时变。再消停一番。〔望介，云〕呀，无人之处，忽然大梅树一株，梅子磊磊可爱。

【二犯幺令】偏则他暗香清远，伞儿般盖的周全。他趁这，他趁这春三月红绽雨肥天，叶儿青。偏迸着苦仁儿里撒圆。爱煞这昼阴便，再得到罗浮梦边。罢了，这梅树依依可人，我杜丽娘若死后，得葬于此，幸矣。

【江儿水】偶然间心似缱，梅树边。这般花花草草由人恋，生生死死随人愿，便酸酸楚楚无人怨。待打并香魂一片，阴雨梅天，守的个梅根相见。〔倦坐介〕〔贴上，云〕"佳人拾翠春亭远，侍女添香午梦清。"咳，小姐走乏了，梅树下盹。

【川拨棹】你游花苑，怎靠着梅树偃？〔旦唱〕一时间望，一时间望眼连天，忽忽地伤心自怜。〔泣介〕〔合〕知怎生情怅然，知怎生泪暗悬？〔贴云〕小姐甚意儿？

【前腔】〔旦唱〕春归人面，整相看无一言，我待要折，我待要折的那柳枝儿问天，我如今悔，我如今悔不与题笺。〔贴云〕这一句猜头儿是怎言？〔合前〕〔贴云〕去罢。〔旦作行又住介唱〕

【前腔】为我慢归休，缓留连。〔内鸟啼介，云〕听，听这不如归春暮天，难道我再，难道我再到这亭园，则挣的个长眠和短眠！〔合前〕〔贴云〕到了，和小姐瞧奶奶去。〔旦云〕罢了。

【意不尽】软哈哈刚扶到画阑偏，报堂上夫人稳便。咱杜丽娘呵，少不得楼上花枝也则是照独眠。

〔旦〕武陵何处访仙郎？释皎然〔贴〕只怪游人思易忘。韦庄

〔旦〕从此时时春梦里，白居易〔贴〕一生遗恨系心肠。张祜

## 第二十四出·拾画

【金珑璁】〔生上，唱〕惊春谁似我？客途中都不问其他。风吹绽蒲桃褐，雨淋殷杏子罗。今日晴和，晒衾单兀自有残云涴涴。"脉脉梨花春院香，一年愁事费商量。不知柳思能多少？打叠腰肢斗沈郎。"小生卧病梅花观中，喜得陈友知医，调理痊可。则这几日间春怀郁闷，何处忘忧？早

是老姑姑到也。

【一落索】〔净上，唱〕无奈女冠何，识的书生破。知他何处梦儿多？每日价欠伸千个。秀才安稳！〔生云〕日来病患较些，闷坐不过。偌大梅花观，少甚园亭消遣。〔净云〕此后有花园一座，虽然亭榭荒芜，颇有寒花点缀。则留散闷，不许伤心。〔生云〕怎的得伤心也！〔净作叹介，云〕是这般说。你自去游便了。从西廊转画墙而去，百步之外，便是篱门。三里之遥，都为池馆。你尽情玩赏，竟日消停，不索老身陪去也。“名园随客到，幽恨少人知。”〔下〕〔生云〕既有后花园，就此迤逦而去。〔行介，云〕这是西廊下了。〔行介，云〕好个葱翠的篱门，倒了半架。〔叹介，云〕（集唐）“凭阑仍是玉阑干（王初），四面墙垣不忍看（张隐）。想得当时好风月（韦庄），万条烟罩一时干（李山甫）。”〔到介，云〕呀，偌大一个园子也。

【好事近】则见风月暗消磨，画墙西正右侧左。〔跌介，唱〕苍苔滑擦，倚逗着断垣低垛，因何蝴蝶门儿落合？原来以前游客颇盛，题名在竹林之上。客来过，年月偏多，刻画尽琅玕千个。咳，早则是寒花绕砌，荒草成窠。怪哉，一个梅花观，女冠之流，怎起的这座大园子？好疑惑也。便是这湾流水呵！

【锦缠道】门儿锁，放着这武陵源一座。恁好处教颓堕！断烟中见水阁摧残，画船抛躲，冷秋千尚挂下裙拖。又不是曾经兵火，似这般狼籍呵，敢断肠人远、伤心事多？待不关情么，恰湖山石畔留着你打么陀。好一座山子哩。〔窥介，云〕呀，就里一个小匣儿。待把左侧一峰靠着，看是何物？〔作石倒介，云〕呀，是个檀香匣儿。〔开匣看画介，云〕呀，一幅观世音喜相。善哉，善哉！待小生捧到书馆，顶礼供养，强如埋在此中。

【千秋岁】〔捧匣回介，唱〕小嵯峨，压的旃檀合，便做了好相观音俏楼阁。片石峰前，那片石峰前，多则是飞来石，三生因果。请将去炉烟上过，头纳地，添灯火，照的他慈悲我。俺这里尽情供养，他于意云何？〔到介，云〕到了观中，且安置阁儿上，择日展礼。〔净上，云〕柳相公多早了！

【尾声】〔生唱〕姑姑，一生为客恨情多，过冷澹园林日午矬。老姑姑，你道不许伤心，你为俺再寻一个定不伤心何处可。

〔生〕僻居虽爱近林泉，伍乔〔净〕早是伤春梦雨天。韦庄

〔生〕何处邈将归画府？谭用之〔合〕三峰花半碧堂悬。钱起

## 第二十八出·幽媾

【夜行船】〔生上，唱〕瞥下天仙何处也？影空濛似月笼沙。有恨徘徊，无言窨约。早是夕阳西下。“一片红云下太清，如花巧笑玉娉停。凭谁画出生香面？对俺偏含不语情。”小生自遇春容，日夜想念。这更阑时节，破些工夫，吟其珠玉，玩其精神。倘然梦里相亲，也当春风一度。〔展画玩介，云〕呀，你看美人呵，神含欲雨，眼注微波。真乃“落霞与孤鹜齐飞，秋水共长天一色”。

【香偏满】晚风吹下，武陵溪边一缕霞，出托个人儿风韵杀。净无瑕，明窗新绛纱。丹青小画，又把一幅肝肠挂。小姐小姐，则被你想杀俺也。

【懒画眉】轻轻怯怯一个女娇娃，楚楚臻臻像个宰相衙。想他春心无那对菱花，含情自把春容画，可想到有个拾翠人儿也逗着他？

【二犯梧桐树】他飞来似月华，俺拾的愁天大。常时夜夜对月而眠，这几夜呵，幽佳，婵娟隐映的光辉杀。教俺迷留没乱的心嘈杂，无夜无明快着他。若不为擎奇怕涴的丹青亚，待抱着你影儿横榻。想来小生定是有缘也。再将他诗句朗诵一番。〔念诗介，唱〕

【浣纱溪】拈诗话，对会家。柳和梅有分儿些。他春心迸出湖山罅，飞上烟绡萼绿华。则是礼拜他便了。〔拈香拜介〕傒倖杀，对他脸晕眉痕心上掐，有情人不在天涯。小生客居，怎能勾小姐风月中片时相会也。

【刘泼帽】恨单条不惹的双魂化，做个画屏中倚玉蒹葭。小姐呵，你耳朵儿云鬓月侵芽，可知他一些些都听的俺伤情话？

【秋夜月】堪笑咱。说的来如戏耍。他海天秋月云端挂，烟空翠影遥山抹。只许他伴人清暇，怎教人佻达。

【东瓯令】俺如念咒，似说法。石也要点头，天雨花。怎虔诚不降的仙娥下？是不肯轻行踏。〔内作风起，生按住画介，唱〕待留仙怕杀风儿刮，粘嵌着锦边牙。怕刮损他，再寻个高手临他一幅儿。

【金莲子】闲啧牙，怎能勾他威光水月生临榻？怕有处相逢他自家，

则问他许多情，与春风画意再无差。再把灯剔起细看他一会。〔照介，唱〕

【隔尾】敢人世上似这天真多则假。〔内作风吹灯介〕〔生云〕好一阵冷风袭人也。险些儿误丹青风影落灯花。罢了，则索睡掩纱窗去梦他。〔打睡介〕〔魂旦上，唱〕“泉下长眠梦不成，一生余得许多情。魂随月下丹青引，人在风前叹息声。”妾身杜丽娘鬼魂是也。为花园一梦，想念而终。当时自画春容，埋于太湖石下。题有“他年得傍蟾宫客，不是梅边是柳边”。谁想魂游观中几晚，听见东房之内，一个书生高声低叫：“俺的姐姐，俺的美人。”那声音哀楚，动俺心魂。悄然蓦入他房中，则见高挂起一轴小画。细玩之，便是奴家遗下春容。后面和诗一首，观其名字，则岭南柳梦梅也。梅边柳边，岂非前定乎！因而告过了冥府判君，趁此良宵，完其前梦。想起来好苦也。

【朝天懒】怕的是粉冷香销泣绛纱，又到的高唐馆玩月华。猛回头羞飒髻儿鬈，自擎拿。呀！前面是他房头了。怕桃源路径行来诧，再得俄旋试认他。〔生睡中念诗介〕“他年若傍蟾宫客，不在梅边在柳边。”我的姐姐呵。〔旦听打悲介，唱〕

【前腔】是他叫唤的伤情咱泪雨麻，把我残时诗句没争差。难道还未睡呵？〔瞧介〕〔生又叫介〕〔旦云〕他原来睡屏中作念猛嗟牙。省喧哗，我待敲弹翠竹窗栊下。〔生作惊醒，叫“姐姐”介〕〔旦悲介，唱〕试展香魂去近他。〔生云〕呀，户外敲竹之声，是风是人？〔旦云〕有人。〔生云〕这咱时节有人，敢是老姑姑送茶来？免劳了。〔旦云〕不是。〔生云〕敢是游方的小姑姑么？〔旦云〕不是。〔生云〕好怪，好怪，又不是小姑姑。再有谁？待我启门而看。〔生开门看介〕

【玩仙灯】呀，何处一娇娃，艳非常使人惊诧。〔旦作笑闪入〕〔生急掩门〕〔旦敛衽整容见介，云〕秀才万福。〔生云〕小娘子到来，敢问尊前何处，因何夤夜至此？〔旦云〕秀才，你猜来。

【红衲袄】〔生云〕莫不是莽张骞犯了你星汉槎，莫不是小梁清夜走天曹罚？〔旦云〕这都是天上仙人，怎得到此。〔生云〕是人家彩凤暗随鸦？〔旦摇头介〕〔生云〕敢甚处里绿杨曾系马？〔旦云〕不曾一面。〔生云〕若不是认陶潜眼挫的花，敢则是走临邛道数儿差？〔旦云〕非差。〔生云〕想是求灯的？可是你夜行无烛也，因此上待要红袖分灯向碧纱？

【前腔】〔旦唱〕俺不为度仙香空散花，也不为读书灯闲濡蜡。俺不似赵飞卿旧有瑕，也不似卓文君新守寡。秀才呵，你也曾随蝶梦迷花下。〔生想介，云〕是当初曾梦来。〔旦云〕俺因此上弄莺簧赴柳衙。若问俺妆台何处也，不远哩，刚刚在宋玉东邻第几家。〔生做想介，云〕是了。曾后花园转西，夕阳时节，见小娘子走动哩。〔旦云〕便是了。〔生云〕家下有谁？

【宜春令】〔旦唱〕斜阳外，芳草涯，再无人有伶仃的爹妈。奴年二八，没包弹风藏叶里花。为春归惹动嗟呀，瞥见你风神俊雅。无他，待和你剪烛临风，西窗闲话。〔生背介，云〕奇哉，奇哉，人间有此艳色！夜半无故而遇明月之珠，怎生发付！

【前腔】他惊人艳，绝世佳。闪一笑风流银蜡。月明如乍，问今夕何年星汉槎？金钗客寒夜来家，玉天仙人间下榻。〔背介，云〕知他，知他是甚宅眷的孩儿，这迎门调法？待小生再问他。〔回介，云〕小娘子夤夜下顾小生，敢是梦也？〔旦笑介，云〕不是梦，当真哩。还怕秀才未肯容纳。〔生云〕则怕未真。果然美人见爱，小生喜出望外。何敢却乎？〔旦云〕这等真个盼着你了。

【耍鲍老】幽谷寒涯，你为俺催花连夜发。俺全然未嫁，你个中知察，拘惜的好人家。牡丹亭，娇恰恰；湖山畔，羞答答；读书窗，淅喇喇。良夜省陪茶，清风明月知无价。

【滴滴金】〔生唱〕俺惊魂化，睡醒时凉月些些。陡地荣华，敢则是梦中巫峡？亏杀你走花阴不害些儿怕，点苍苔不溜些儿滑，背萱亲不受些儿吓，认书生不着些儿差。你看斗儿斜，花儿亚，如此夜深花睡罢。笑咖咖，吟哈哈，风月无加。把他艳软香娇做意儿耍，下的亏他？便亏他则半霎。〔旦云〕妾有一言相恳，望郎恕罪。〔生笑介，云〕贤卿有话，但说无妨。〔旦云〕妾千金之躯，一旦付与郎矣，勿负奴心。每夜得共枕席，平生之愿足矣。〔生笑介，云〕贤卿有心恋于小生，小生岂敢忘于贤卿乎？〔旦云〕还有一言。未至鸡鸣，放奴回去。秀才休送，以避晓风。〔生云〕这都领命。只问姐姐贵姓芳名？

【意不尽】〔旦叹介，唱〕少不得花有根元玉有芽，待说时惹的风声大。〔生唱〕以后准望贤卿逐夜而来。〔旦唱〕秀才，且和俺点勘春风这第一花。

〔生〕浩态狂香昔未逢，韩愈〔旦〕月斜楼上五更钟。李商隐
〔旦〕朝云夜入无行处，李白〔生〕神女知来第几峰？张子容

## 第三十二出·冥誓

【月云高】〔生上，唱〕暮云金阙，风幡淡摇拽。但听的钟声绝，早则是心儿热。纸帐书生，有分氲兰麝。咱时还早。荡花阴，单则把月痕遮。〔整灯介，云〕溜风光，稳护着灯儿烨。〔笑介，云〕"好书读易尽，佳人期未来。"前夕美人到此，并不提防，姑姑搅攘。今宵趁他未来之时，先到云堂之上攀话一回，免生疑惑。〔作掩门行介，云〕此处留人户半斜，天呵，俺那有心期在那些。〔下〕

【前腔】〔魂旦上，云〕孤神害怯，珮环风定夜。〔惊介，云〕则道是人行影，原来是云偷月。〔到介，云〕这是柳郎书舍了。呀，柳郎何处也？闪闪幽斋，弄影灯明灭。魂再艳，灯油接；情一点，灯头结。〔叹介，云〕奴家和柳郎幽期，除是人不知，鬼都知道。〔泣介，云〕竹影寺风声怎的遮，黄泉路夫妻怎当赊？"待说何曾说，如颦不奈颦。把持花下意，犹恐梦中身。"奴家虽登鬼录，未损人身。阳禄将回，阴数已尽。前日为柳郎而死，今日为柳郎而生。夫妇分缘，去来明白。今宵不说，只管人鬼混缠到甚时节？只怕说时柳郎那一惊呵，也避不得了。正是："夜传人鬼三分话，早定夫妻百岁恩。"

【懒画眉】〔生上，云〕画阑风摆竹横斜。〔内作鸟声惊介，云〕惊鸦闪落在残红榭。呀，门儿开也。玉天仙光降了紫云车。〔旦出迎介，云〕柳郎来也。〔生揖介，云〕姐姐来也。〔旦唱〕剔灯花这咱望郎爷。〔生唱〕直恁的志诚亲姐姐。〔旦云〕秀才，等你不来，俺集下了唐诗一首。〔生云〕洗耳。〔旦念介，云〕"拟托良媒亦自伤（秦韬玉），月寒山色两苍苍（薛涛）。不知谁唱春归曲（曹唐）？又向人间魅阮郎（刘言史）。"〔生云〕姐姐高才。〔旦云〕柳郎，这更深何处来也？〔生云〕昨夜被姑姑败兴，俺乘你未来之时，去姑姑房头看了他动定，好来迎接你。不想姐姐今夜来恁早哩。〔旦云〕盼不到月儿上也。

【太师引】〔生唱〕叹书生何幸遇仙提揭，比人间更志诚亲切。乍温存

笑眼生花，正渐入欢肠啖蔗。前夜那姑姑呵，恨无端风雨把春抄截。姐姐呵，误了你半宵周折，累了你好回惊怯。不嗔嫌，一径的把断红重接。

【琐寒窗】〔旦唱〕是不提防他来的啅嗻，吓的个魂儿收不迭。仗云摇月躲，画影人遮。则没揣的涩道边儿，闪人一跌。自生成不惯这磨灭。险些些，风声扬播到俺家爹，先吃了俺哏尊慈痛决。〔生云〕姐姐费心。因何错爱小生至此？〔旦云〕爱的你一品人才。〔生云〕姐姐敢定了人家？

【太师引】〔旦云〕并不曾受人家红定回鸾帖。〔生云〕喜个甚样人家？〔旦云〕但得个秀才郎情倾意惬。〔生云〕小生到是个有情的。〔旦云〕是看上你年少多情，迤逗俺睡魂难贴。〔生云〕姐姐，嫁了小生罢。〔旦云〕怕你岭南归客路途赊，是做小伏低难说。〔生云〕小生未曾有妻。〔旦笑介，云〕少甚么旧家根叶，着俺异乡花草填接？敢问秀才，堂上有人么？〔生云〕先君官为朝散，先母曾封县君。〔旦云〕这等是衙内了。怎恁婚迟？

【琐寒窗】〔生唱〕恨孤单飘零岁月，但寻常稔色谁沾藉？那有个相如在客，肯驾香车？萧史无家，便同瑶阙？似你千金笑等闲抛泄，凭说，便和伊青春才貌恰争些，怎做的露水相看仳别！〔旦云〕秀才有此心，何不请媒相聘？也省的奴家为你担慌受怕。〔生云〕明早敬造尊庭，拜见令尊令堂，方好问亲于姐姐。〔旦云〕到俺家来，只好见奴家。要见俺爹娘还早。〔生云〕这般说，姐姐当真是那样门庭。〔旦笑介，生云〕是怎生来？

【红衫儿】〔生唱〕看他温香艳玉神清绝，人间迥别。〔旦唱〕不是人间，难道天上？〔生唱〕怎独自夜深行，边厢少侍妾？且说个贵表尊名。〔旦叹介〕〔生背介，唱〕他把姓字香沉，敢怕似飞琼漏泄？姐姐不肯泄漏姓名，定是天仙了。薄福书生，不敢再陪欢宴。尽仙姬留意书生，怕逃不过天曹罚折。

【前腔】〔旦唱〕道奴家天上神仙列，前生寿折。〔生唱〕不是天上，难道人间？〔旦唱〕便作是私奔，悄悄何妨说。〔生唱〕不是人间，则是花月之妖。〔旦唱〕正要你掘草寻根，怕不待勾辰就月。〔生唱〕是怎么说？〔旦欲说又止介，唱〕不明白孤负了幽期，话到尖头又咽。

【相思令】〔生唱〕姐姐，你千不说，万不说。直恁的书生不酬决，更向谁边说？〔旦唱〕待要说，如何说？秀才，俺则怕聘则为妻奔则妾，受了盟香说。〔生唱〕你要小生发愿，定为正妻，便与姐姐拈香去。

【滴溜子】〔生、旦同拜，唱〕神天的，神天的，盟香满爇。柳梦梅，柳梦梅，南安郡舍，遇了这佳人提挈，作夫妻。生同室，死同穴。口不心齐，寿随香灭，〔旦泣介〕〔生云〕怎生吊下泪来？〔旦云〕感君情重，不觉泪垂。

【闹樊楼】〔旦唱〕你秀才郎为客偏情绝，料不是虚脾把盟誓撇。哎，话吊在喉咙剪了舌。嘱东君在意者，精神打叠。暂时间奴儿回避趄，些儿待说，你敢扑惚忪害跌。〔生云〕怎的来？〔旦云〕秀才，这春容得从何处？〔生云〕太湖石缝里。〔旦云〕比奴家容貌争多？〔生看惊介云〕可怎生一个粉扑儿？〔旦云〕可知道，奴家便是画中人也。〔生合掌谢画介，云〕小生烧的香到哩。姐姐，你好歹表白一些儿。

【啄木犯】〔旦云〕柳衙内听根节。杜南安原是俺亲爹。〔生云〕呀，前任杜老先生升任扬州，怎么丢下小姐？〔旦云〕你剪了灯。〔生剪灯介〕〔旦唱〕剪了灯、余话堪明灭。〔生云〕且请问芳名，青春多少？〔旦云〕杜丽娘小字有庚帖，年华二八，正是婚时节。〔生云〕是丽娘小姐，俺的人那！〔旦云〕衙内，奴家还未是人。〔生云〕不是人，是鬼？〔旦云〕是鬼也。〔生惊介，云〕怕也，怕也。〔旦云〕靠边些，听俺消详说。话在前教伊休害怯，俺虽则是小鬼头人半截。〔生云〕姐姐，因何得回阳世而会小生？

【前腔】〔旦唱〕虽则是阴府别，看一面千金小姐，是杜南安那些枝叶。注生妃央及煞回生帖，化生娘点活了残生劫。你后生儿蘸定俺前生业。秀才，你许了俺为妻真切，少不得冷骨头着疼热。〔生云〕你是俺妻，俺也不害怕了。难道便请起你来？怕似水中捞月，空里拈花。

【三段子】〔旦唱〕俺三光不灭。鬼胡由，还动迭，一灵未歇。泼残生，堪转折。秀才可谙经典？是人非人心不别，是幻非幻如何说？虽则似空里拈花，却不是水中捞月。〔生唱〕既然虽死犹生，敢问仙坟何处？〔旦唱〕记取太湖石梅树一株。

【前腔】爱的是花园后节，梦孤清，梅花影斜。熟梅时节，为仁儿，心酸那些。〔生云〕怕小姐别有走跳处？〔旦叹介，云〕便到九泉无屈折，衠幽香一阵昏黄月。〔生云〕好不冷。〔旦云〕冻的俺七魄三魂，僵做了三贞七烈。〔生云〕则怕惊了小姐的魂怎好？

【斗双鸡】〔旦唱〕花根木节，有一个透人间路穴。俺冷香肌早偎的半热。你怕惊了呵，悄魂飞越，则俺见了你回心心不灭。〔生云〕话长哩。〔旦云〕畅好是一夜夫妻，有的是三生话说。〔生云〕不烦姐姐再三，只俺独力难成。〔旦云〕可与姑姑计议而行。〔生云〕未知深浅，怕一时间攒不彻。

【登小楼】〔旦唱〕咨嗟、你为人为彻。俺砌笼棺勾有三尺叠，你点刚锹和俺一谜掘。就里阴风泻泻，则隔的阳世些些。〔内鸡鸣介〕

【鲍老催】咳，长眠人一向眠长夜，则道鸡鸣枕空设。今夜呵，梦回远塞荒鸡咽，觉人间风味别。晓风明灭，子规声容易吹残月。三分话才做一分说。

【耍鲍老】俺丁丁列列，吐出在丁香舌。你拆了俺丁香结，须粉碎俺丁香节。休残慢，须急节。俺的幽情难尽说。〔内风起介，云〕则这一剪风动灵衣去了也。〔旦急下〕〔生惊痴介，云〕奇哉，奇哉！柳梦梅做了杜太守的女婿，敢是梦也？待俺来回想一番。他名字杜丽娘，年华二八，死葬后园梅树之下。啐，分明是人道交感，有精有血。怎生杜小姐颠倒自己说是鬼？〔旦又上介，云〕衙内还在此？〔生云〕小姐怎又回来？〔旦云〕奴家还有丁宁。你既以俺为妻，可急视之，不宜自误。如或不然，妾事已露，不敢再来相陪。愿郎留心。勿使可惜。妾若不得复生，必痛恨君于九泉之下矣。

【尾声】〔旦跪介，云〕柳衙内你便是俺再生爷。〔生跪扶起介〕〔旦云〕一点心怜念妾，不着俺黄泉恨你，你只骂的俺一句鬼随邪。〔旦作鬼声下，回顾介〕〔生吊场，低语介，云〕柳梦梅着鬼了。他说的恁般分明，恁般凄切，是无是有，只得依言而行。和姑姑商量去。

梦来何处更为云？李商隐 惆怅金泥簇蝶裙。韦氏子
欲访孤坟谁引至？刘言史 有人传示紫阳君。熊孺登

【思考题】

1. 请简述汤显祖的“至情”理念。
2. 请对杜丽娘进行形象分析。
3. 请简述《牡丹亭》的思想主题。
4. 请简述《牡丹亭》的艺术特色。

# [清]洪昇《长生殿》：万里何愁南共北，两心那论生和死

【作家生平】

洪昇（1645年8月21日—1704年7月2日），字昉思，号稗畦，又号稗村、南屏樵者。汉族，钱塘（今浙江杭州）人，清代著名的戏曲家、诗人，与《桃花扇》作者孔尚任并称“南洪北孔”。

洪昇生于世宦之家，他刚出生时，全家尚在逃难之中，直到满月后才回到城里。洪姓是钱塘的望族，世代书香。其父之名不可考，好读书，喜谈论，出仕清朝。外祖父黄机，康熙朝官至刑部尚书、文华殿大学士兼吏部尚书。

洪昇少年时期，曾受业于陆繁弨、毛先舒、朱之京等明末遗老，既接受了正统的儒家教育，又受到他们遗民思想的熏染。他学习勤奋，很早就显露才华，15岁时已有文名。康熙三年（1664年）七月，他与舅父之女黄兰次结婚，后赴北京国子监肄业，因未得官职，失望而归；27岁前后，遭“天伦之变”的家难，为父母所不容，被迫离家别居，贫至断炊。

康熙十二年（1673年）冬，他再度前往北京谋生。两年以后，他的诗集《啸月楼集》编成，他也因受到李天馥和王士祯诸名流的赏识和培养，诗名大起。洪昇虽卖文为活，却傲岸狂放，徐麟在《长生殿序》中说他“交游宴集，每白眼踞坐，指古摘今”，表明他对现实颇为不满。徐嘉炎在《长歌行送洪昉思南归》中也说他“好古每称癖，逢人不讳狂”。

康熙十八年（1679年）冬，其父以事被诬遣戍，他奔走呼号，向王公大臣求情，并且昼夜兼行，赶回杭州，侍奉父母北行，后来遇赦得免。为此他形容枯槁，心力交瘁。他开始注意民间疾苦，写了《京东杂感》及

《衢州杂感十首》等诗，对人民历遭兵灾及水灾的苦难经历，倍加同情。他还写诗《长安》，其中有“棋局长安事，傍观迥不迷。党人投远戍，故相换新颜”之句，深恶统治集团内部倾轧与朝政翻覆，对社会现实有了较深的认识。

康熙二十七年（1688年），洪昇创作的《长生殿》传奇终于定稿。次年八月，其招伶人演《长生殿》，一时名流多醵金往观。时值孝懿皇后佟氏于前一月病逝，犹未除服，给事中黄六鸿以国恤张乐为“大不敬”之罪名，上章弹劾。洪昇下刑部狱，被国子监除名，参与观戏的如侍读学士朱典、赞善赵执信、台湾知府翁世庸等人，皆被革职。时人有“可怜一夜《长生殿》，断送功名到白头”之句。此案的政治背景为当时朝廷内南北两党斗争，南党以刑部尚书徐乾学为首，多为汉族官僚；北党以相国明珠为首，多为满族官僚，两党互相抨击。洪昇与南党中人较为亲近，且素性兀傲，其《长生殿》中有触犯当时忌讳之处。北党借此发难，欲兴大狱。康熙帝故示宽柔，除对与会者做了处理外，并未深究《长生殿》剧本。洪昇突遭此难，在京中备受白眼揶揄，不得已于康熙三十年（1691年）返回故乡杭州钱塘。但他疏狂如故，虽生活穷困潦倒，亦放浪西湖之上，以写诗填词作曲为乐。

康熙三十四年（1695年），《长生殿》刻印，洪昇老友毛奇龄为其作序，他在序中说：“予敢序哉？虽然，在圣明固宥之矣。”明确指出康熙帝已不再追究这部剧本。康熙三十六年（1697年），江苏巡抚宋荦命人安排演出《长生殿》，观者如蚁，极一时之盛。自此之后，《长生殿》在吴山、松江等地相继演出。康熙四十三年（1704年），江宁织造曹寅在南京集南北名流为盛会，独让洪昇居上座，排演全本《长生殿》，历三昼夜始毕。洪昇自江苏南京返归时，行经浙江乌镇，醉酒后登舟，不幸溺亡，终寿六十。

洪昇著有诗集《稗畦集》《稗畦续集》《啸月楼集》、杂剧《四婵娟》和传奇《长生殿》《回文锦》《回龙记》等，不过目前仅存《长生殿》和《四婵娟》两种。今人辑有《洪昇集》。

## 【作品概要】

唐明皇李隆基自登基后，励精图治，国力日渐强盛，开创了历史上著名的“开元盛世”。但他也因此自满，耽于声色，下旨选美。才貌双全的杨玉环被选中，册封为贵妃，享尽荣宠，连带她的家人亦蒙受天恩：她的哥哥杨国忠被封为丞相，三个姐妹也都被册封为夫人。特别是其中的虢国夫人，不施脂粉、淡雅美丽，同被唐明皇宠幸。后来，由于唐明皇私召梅妃，杨贵妃醋意横生，口不择言，就此惹恼了唐明皇。唐明皇愤而让高力士送她回娘家，不再相见，然而过了一些时日后却又十分后悔。高力士将此事告知杨贵妃，她将自己的一缕头发剪下来，托高力士送给唐明皇。唐明皇见到头发，非常感动，连夜将杨贵妃接回宫中。两人冰释前嫌，于七夕之夜在长生殿立誓，永不分离。自此之后，杨贵妃集万千宠爱于一身。为了讨她欢心，唐明皇不惜劳民伤财，千里迢迢从岭南运来新鲜荔枝给她吃，即所谓“一骑红尘妃子笑，无人知是荔枝来”。由于终日玩乐、笙歌莺舞，唐明皇根本无暇亦无心理会国事，朝政日益腐败。

这段时期，胡人安禄山通过贿赂杨国忠，得到唐明皇重用，被任命为范阳节度使。他招兵买马，积蓄力量，终于起兵谋反。叛军一路势如破竹，攻到长安。眼见就要破城，唐明皇只得带着杨贵妃和一些大臣匆忙逃离，但走到马嵬坡时发生“兵变”。唐明皇在将士们的逼迫下不得已处死了杨国忠，并赐杨贵妃自尽。后来，安禄山叛军被大将郭子仪击败，而唐明皇也成了太上皇，重返长安。唐明皇日夜思念杨贵妃，最终打动了上天，于是唐明皇与杨贵妃重逢，两人自此长相厮守，永不分离。

## 【作品鉴赏】

《长生殿》是清初剧作家洪昇的传奇代表作，取白居易《长恨歌》中的“七月七日长生殿”诗句作为剧本题目，共二卷五十出。第一卷写唐明皇与杨贵妃的相识相知、长生殿盟誓、安史乱起、马嵬之变，以及杨贵妃命殒黄沙的经过。第二卷的内容大都采自野史传闻，写安史之乱后唐玄宗因思念贵妃，派人上天入地，到处寻觅她的灵魂；杨贵妃也深深想念唐明皇，并为自己生前的罪愆忏悔。他们的精诚感动了上天，在织女星的帮助下，终于在月宫中团圆。该剧也从侧面反映和概括了唐朝天宝年间皇帝昏庸、政治腐败给国家和社会带来的巨大灾难，以及几致王朝覆灭的历史教训。

洪昇创作《长生殿》，“前后增改，十余年凡三易稿”，足见其勤奋、严谨。例如，洪昇在作《长生殿》前，先写《沉香亭》一剧，取唐明皇贵妃事（中间有李白事）；其后又取李白，加入李泌辅肃宗事，改名《舞霓裳》；后又更改删减杨贵妃与安禄山之间的宫闱秘事，增其归蓬莱、唐明皇游月宫事，专写两人生死之情，遂定名为《长生殿》。

该剧写成后，清宫内廷尝演此剧，北京的聚和班、内聚班等班社都以演此剧而闻名，其中一些片段还被各种戏剧剧种改编。例如，民国时期梅兰芳的京剧《贵妃醉酒》，即改编自《长生殿》。

## 一、《长生殿》的故事来源

《长生殿》取材广泛，其故事来自唐朝开元、天宝年间的史实。唐明皇李隆基与杨贵妃的故事在安史之乱以后便开始在民间流传，并经常为文人的创作所采用。唐代诗人白居易就写过长诗《长恨歌》，同时期的陈鸿也写过传奇《长恨歌传》，这些都是艺术成就很高的作品。

元明以来，在诸宫调、院本、杂剧、南戏、传奇、弹词、鼓词中，都有关于唐明皇与杨贵妃故事的创作，如元代白朴的杂剧《梧桐雨》和王伯成的《天宝遗事诸宫调》、明代吴世美的传奇《惊鸿记》等。在这些作品中，有的侧重描写唐明皇和杨贵妃荒淫的宫廷生活，有的侧重描写他们的爱情，具有浓厚的悲剧意味。由于元杂剧在清代已无法直接演出，而明代《惊鸿记》中所谓的“涉秽”情节又令清人不满，所以，将一众人所熟知的历史故事编写为一种较完美的演出剧本，成为《长生殿》创作的主要动因。

## 二、《长生殿》的思想主旨

《长生殿》通过对唐明皇和杨贵妃的爱情描写，反映了唐代开元、天宝时期的社会历史生活，是一部寓意深刻的历史剧。剧作首先是流露出强烈的国破家亡之恨，如剧中“弹词”“私祭”两出；其次是表现了爱国思想，这一思想集中地体现在对郭子仪和雷海青这两个人物的描写上。郭子仪曾击败安禄山的叛乱，重立了唐朝社稷；雷海青则抱琵琶痛骂和殴击安禄山，表现了崇高的民族气节。

虽然该剧讲述的是一个浪漫的爱情故事，但《长生殿》中又穿插了许多历史事件和反映百姓疾苦的内容。例如，唐明皇为了让杨贵妃吃到新鲜荔枝，让人快马加鞭，将刚刚采摘下来的荔枝从岭南运到数千里外的长安。在运送过程中，沿途大片农田被马蹄踩坏，百姓的心血付诸东流，还有的百姓因躲闪不及，惨死在马蹄下。这些惨状在与唐明皇和杨贵妃穷奢极欲的生活对比下，极具讽刺意义和批判精神。

《长生殿》既是一部浪漫的爱情剧，又具有历史剧的特色，洪昇在写唐明皇与杨贵妃至死不渝的爱情的同时，又用了相当大的篇幅写安史之乱及当时的社会政治情况。这一双线互相映衬的结构，把李隆基与杨玉环的爱情故事放在重大的历史事件和广阔的社会背景下来描写，除了通过对唐明皇失政的批评寄寓乐极生悲的教训意义外，还通过描写爱情在历史变乱中的丧失和由此引起的痛苦，渲染了个人命运为巨大的历史力量所摆布的哀伤。洪昇在《长生殿自序》中写道："逞侈心而穷人欲，祸败随之。""乐极哀来，垂戒来世，意即寓焉。"这无疑是作者从二人爱情故事里总结出来的，并意图借此警示后人吸取历史教训。

总之,《长生殿》是一部以写"情"为主，兼寓政治教训与历史伤感的作品。剧本虽然谴责了唐明皇的穷奢极欲，但同时表现了对唐明皇和杨贵妃爱情的同情，寄托了作者对美好爱情理想的向往之情。

## 三、《长生殿》的艺术成就

清末的梁廷枏在《曲话》中写道："钱唐洪昇思异撰《长生殿》，为千百年来曲中巨擘。以绝好题目，作绝大文章，学人、才人，一齐俯首。"但是,《长生殿》表面"闹热"，实则感伤，这与作者在明清易代之际痛苦的时代感受与家国巨变的个人体验是密不可分的。可以说，这种感伤和迷惘在清初是一种普遍情绪，从张岱、孔尚任乃至后来曹雪芹的文章中都能体会到这种情绪。而洪昇企图以自己的创作，寻找可以立得住的情感和精神信仰。于是，洪昇在《长生殿》中用热闹的场面做了三个层面的思考：一是

“写情”，写唐明皇和杨贵妃的“钗盒情缘”；二是“谈政”，抒发历史兴亡之感，这是清初汉族士人的普遍心态；三是“寻意”，探索人生与爱情的终极意义。这三个层面层层递进，共同使这部剧作达到了较高的艺术高度。

### （一）《长生殿》主角身份特别，易激起读者的阅读兴趣

这部作品里的两个中心人物是唐明皇和杨贵妃，他们作为古代封建社会的帝王和妃子，其阶级地位决定了他们的生活荒淫糜乱。作者笔下的唐明皇是个既多情又荒淫的皇帝，这部作品的成功之处在于通过描写唐明皇的骄奢淫逸概括出了封建统治者的堕落腐化给人民带来的灾难；但作者写他的多情却给人一种不真实之感。作者在剧作中对杨贵妃进行了更多的“美化”，突出了她的聪明才智和美丽。在这部剧作中，她的性格基本是妒和情：她不但排斥梅妃，而且妒忌自己的姊妹。因为在那种荣辱得失变化不定的环境中，争宠关系到自己的切身利益，失去了帝王的宠爱，也就失去了自己的地位，这正是杨贵妃性格的社会意义。不过，这种利害关系下的争宠，无疑破坏了所谓爱情的真挚。

### （二）《长生殿》结构奇巧，国家大事与男女小情相互映照

《长生殿》采用双线结构，主线紧紧围绕唐明皇和杨贵妃的爱情故事展开，辅线则突出了这段爱情所产生的社会恶果，后者是前者的现实生活情境。两人社会角色的特殊性，以及双线交错的故事结构，是《长生殿》爱情主题出现多义性与模糊性的重要原因。爱情本应是自由的、排他的、个人化的事情，但由于唐明皇和杨贵妃的社会角色与所处时代环境具有双重特殊性，因此，其爱情被赋予了多重性质，既是个人事件，又是社会事件，更是国家事件。当唐明皇与杨贵妃沉溺于爱河，缱绻于二人世界时，唐明皇的“爱江山，更爱美人”必然引发“占了情场”却“弛了朝纲”的恶果，“进果”“贿权”“疑谶”“陷关”“惊变”等诸多关目对此均有表现。作者将李杨二人爱情和安史之乱两条线索互相纠结却又安排得有条不紊，在布局和结构上也独具匠心。一方面，从“定情”到“密誓”，他们的爱情在发展；另一方面，从“贿权”到“陷关”，安禄山慢慢酿成大祸。场次与场次之间互相对照，交错发展。作者在剧作中大量运用对比手法，使宫廷内外、朝野上下、天上人间交相辉映，形成强烈的对照，发人深思，

这正是作者的用心所在。

### （三）《长生殿》曲词优美流畅，人物刻画细致，抒情色彩浓郁

在“弹词”一出中，【转调货郎儿】九支曲子，低回深郁，曲折动人。而随着唱词人身份的改变，《长生殿》的曲词风格也多有变化，如抄录李龟年流落江南时所唱的一支曲子，别有一种苍凉的感觉；剧中几支民间百姓的唱词，则大多通俗风趣。剧中的曲子多数用南曲，但也有不少用北曲，雄壮清丽兼具。例如，“疑谶”“骂贼”“弹词”中的唱词皆为北曲，曲风雄壮、悲壮、苍凉；而“絮阁”“惊变”中的唱词则为南北合套，不单调。全剧几乎把南北曲调都组织在内，五十出无重复之曲调，是洪昇的苦心竭力之作。而且这样大的一部传奇，极便于歌伶演唱。例如，“定情”一出用的【念奴娇】【古轮台】，脱胎于《琵琶记·中秋望月》全场合唱的场面；“密誓”一出用的【商调】【二郎神】，脱胎于《拜月亭》之“拜月”，此曲为商调，昆曲中之六字调，细腻慢曲，一般用于黄昏夜晚情景。诸如此类，《长生殿》选调很是讲究。

## 【作品精选】

## ［清］洪昇《长生殿》

### 第二出·定情

【大石引子·东风第一枝】〔生扮唐明皇引二内侍上，唱〕端冕中天，垂衣南面，山河一统皇唐。层霄雨露回春，深宫草木齐芳。升平早奏，韶华好，行乐何妨。愿此生终老温柔，白云不羡仙乡。

“韶华入禁闱，宫树发春晖。天喜时相合，人和事不违。九歌扬政要，六舞散朝衣。别赏阳台乐，前旬暮雨飞。”朕乃大唐天宝皇帝是也。起自潜邸，入缵皇图。任人不二，委姚、宋于朝堂；从谏如流，列张、韩于省闼。且喜塞外风清万里，民间粟贱三钱。真个太平致治，庶几贞观之年；刑措成风，不减汉文之世。近来机务余闲，寄情声色。昨见宫女杨玉环，德性温和，丰姿秀丽，卜兹吉日，册为贵妃。已曾传旨，在华清池赐浴，

命永新、念奴伏侍更衣。即着高力士引来朝见，想必就到也。

【玉楼春】〔丑扮高力士，二宫女执扇，引旦扮杨贵妃上，唱〕恩波自喜从天降，浴罢妆成趋彩仗。〔宫女云〕六宫未见一时愁，齐立金阶偷眼望。

〔到介，丑进见生跪介，云〕奴婢高力士见驾。册封贵妃杨氏，已到殿门候旨。〔生云〕宣进来。〔丑出介，云〕万岁爷有旨，宣贵妃杨娘娘上殿。〔旦进，拜介，云〕臣妾贵妃杨玉环见驾，愿吾皇万岁！〔内侍云〕平身。〔旦云〕臣妾寒门陋质，充选掖庭，忽闻宠命之加，不胜陨越之惧。〔生云〕妃子世胄名家，德容兼备。取供内职，深惬朕心。〔旦云〕万岁！〔丑云〕平身。〔旦起介，生云〕传旨排宴。〔丑传介，内奏乐。旦送生酒，宫女送旦酒。生正坐，旦傍坐介〕

【大石过曲·念奴娇序】〔生唱〕寰区万里，遍征求窈窕，谁堪领袖嫔墙？佳丽今朝天付与，端的绝世无双。思想，擅宠瑶宫，褒封玉册，三千粉黛总甘让。〔合〕惟愿取、恩情美满，地久天长。

【前腔·换头】〔旦唱〕蒙奖。沉吟半晌，怕庸姿下体，不堪陪从椒房。受宠承恩，一霎里身判人间天上。须仿、冯嫕当熊，班姬辞辇，永持彤管侍君傍。〔合〕惟愿取恩情美满，地久天长。

【前腔·换头】〔宫女唱〕欢赏，借问从此宫中，阿谁第一？似赵家飞燕在昭阳，宠爱处，应是一身承当。休让，金屋装成，玉楼歌彻，千秋万岁捧霞觞。〔合〕惟愿取、恩情美满，地久天长。

【前腔·换头】〔内侍唱〕瞻仰，日绕龙鳞，云移雉尾，天颜有喜对新妆。频进酒，合殿春风飘香。堪赏，圆月摇金，余霞散绮，五云多处易昏黄。〔合〕惟愿取、恩情美满，地久天长。

〔丑云〕月上了。启万岁爷撤宴。〔生云〕朕与妃子，同步阶前，玩月一回。〔内作乐。生携旦前立，众退后，齐立介〕

【中吕过曲·古轮台】〔生唱〕下金堂，笼灯就月细端相，庭花不及娇模样。轻偎低傍，这鬓影衣光，掩映出丰姿千状。〔低笑，向旦介，唱〕此夕欢娱，风清月朗，笑他梦雨暗高唐。〔旦唱〕追游宴赏，幸从今得侍君王。瑶阶小立，春生天语，香萦仙仗，玉露冷沾裳。还凝望，重重金殿宿鸳鸯。

〔生云〕掌灯往西宫去。〔丑应介，内侍、宫女各执灯引生、旦行介〕〔合〕

【前腔·换头】辉煌，簇拥银烛影千行。回看处珠箔斜开，银河微亮。复道回廊，到处有香尘飘扬。夜色如何？月高仙掌。今宵占断好风光，红遮翠障，锦云中一对鸾凰。“琼花”、“玉树”，“春江夜月”，声声齐唱，月影过宫墙。褰罗幌，好扶残醉入兰房。

〔丑云〕启万岁爷，到西宫了。〔生云〕内侍回避。〔丑唱〕春风开紫殿，〔内侍唱〕天乐下珠楼。〔同下〕

【余文】〔生唱〕花摇烛，月映窗，把良夜欢情细讲。〔合〕莫问他别院离宫玉漏长。

〔宫女与生、旦更衣，暗下，生、旦坐介，生唱〕银烛回光散绮罗，〔旦唱〕御香深处奉恩多。〔生唱〕六宫此夜含颦望，〔合唱〕明日争传《得宝歌》。〔生云〕朕与妃子偕老之盟，今夕伊始。〔袖出钗、盒介，云〕特携得金钗、钿盒在此，与卿定情。

【越调近词·绵搭絮】〔生唱〕这金钗、钿盒，百宝翠花攒。我紧护怀中，珍重奇擎有万般。今夜把这钗呵，与你助云盘，斜插双鸾。这盒呵，早晚深藏锦袖，密裹香纨。愿似他并翅交飞，牢扣同心结合欢。〔付旦介，旦接钗、盒谢介，唱〕

【前腔·换头】金钗、钿盒赐予奉君欢。只恐寒姿，消不得天家雨露团。〔做背看介，唱〕恰偷观，凤翥龙蟠，爱杀这双头旖旎，两扇团圞。惟愿取情似坚金，钗不单分盒永完。

〔生〕胧明春月照花枝，元稹〔旦〕始是新承恩泽时。白居易

〔生〕长倚玉人心自醉，雍陶〔合〕年年岁岁乐于斯。赵彦昭

## 第二十二出·密誓

【越调引子·浪淘沙】〔贴扮织女，引二仙女上，唱〕云护玉梭儿，巧织机丝。天宫原不着相思，报道今宵逢七夕，忽忆年时。

【鹊桥仙】“纤云弄巧，飞星传信，银汉秋光暗度。金风玉露一相逢，便胜却人间无数。柔肠似水，佳期如梦，遥指鹊桥仙路。两情若是久长时，又岂在朝朝暮暮。”吾乃纤女是也。蒙上帝玉敕，与牛郎结为天上夫妇。年年七夕，渡河相见。今乃下界天宝十载，七月七夕。你看明河无

浪，乌鹊将填，不免暂撤机丝，整妆而待。〔内细乐扮乌鹊上，绕场飞介〕〔前场设一桥，乌鹊飞止桥两边介〕〔二仙女云〕鹊桥已驾，请娘娘渡河。〔贴起行介，唱〕

【越调过曲·山桃红】【下山虎头】俺这里乍抛锦字，暂驾香辎。〔合〕趁碧落无云滓，新凉暮飔，〔做上桥介，唱〕踹上这桥影参差，俯映着河光净泚。【小桃红】更喜杀新月纤，华露滋，低绕着乌鹊双飞翅也，【下山虎尾】陡觉的银汉秋生别样姿。〔做过桥介〕〔二仙女云〕启娘娘，已渡过河来了。〔贴云〕星河之下，隐隐望见香烟一簇，摇飏腾空，却是何处？〔仙女云〕是唐天子的贵妃杨玉环，在宫中乞巧哩。〔贴云〕生受他一片诚心，不免同了牛郎到彼一看。〔合〕天上留佳会，年年在斯，却笑他人世情缘顷刻时。〔齐下〕

【商调过曲·二郎神】〔二内侍挑灯，引生上，唱〕秋光静，碧沉沉轻烟送暝。雨过梧桐微做冷，银河宛转，纤云点缀双星。〔内做笑声，生听介，云〕顺着风儿还细听，欢笑隔花阴树影。内侍，是那里这般笑语？〔内侍问介，云〕万岁爷问，那里这般笑语？〔内云〕是杨娘娘到长生殿去乞巧哩。〔内侍回介，云〕杨娘娘到长生殿去乞巧，故此笑语。〔生云〕内侍每不要传报，待朕悄悄前去。撤红灯，待悄向龙墀觑个分明。〔虚下〕

【前腔·换头】〔旦引老旦、贴同二宫女各捧香盒、纨扇、瓶花、化生金盆上，唱〕宫庭，金炉篆霭，烛光掩映。米大蜘蛛厮抱定，金盘种豆，花枝招飐银瓶。〔老旦、贴云〕已到长生殿中，巧筵齐备，请娘娘拈香。〔做将瓶花、化生盆设桌上，老旦捧香盒，旦拈香介，云〕妾身杨玉环，虔爇心香，拜告双星，伏祈鉴祐。愿钗盒情缘长久订，〔拜介，云〕莫使做秋风扇冷。〔生潜上窥介，云〕觑娉婷，只见他拜倒在瑶阶，暗祝声声。

〔老旦、贴作见生介，云〕呀！万岁爷到了。〔旦急转，拜生介〕〔生扶起介，云〕妃子，在此作何勾当？〔旦云〕今乃七夕之期，陈设瓜果，特向天孙乞巧。〔生笑介，云〕妃子巧夺天工，何须更乞。〔旦云〕惶愧。〔生、旦各坐介〕〔老旦、贴同二宫女暗下〕〔生云〕妃子，朕想牵牛织女隔断银河，一年才会得一度，这相思真非容易也。

【集贤宾】秋空夜永碧汉清，甫灵驾逢迎，奈天赐佳期刚半顷，耳边厢容易鸡鸣。云寒露冷，又趱上经年孤另。〔旦云〕陛下言及双星别恨，使妾凄然。只可惜人间不知天上的事。如打听，决为了相思成病。

〔旦做泪介〕〔生云〕呀！妃子为何掉下泪来？〔旦云〕妾想牛郎织女，虽则一年一见，却是地久天长。只恐陛下与妾的恩情，不能够似他长远。〔生云〕妃子说那里话。

【黄莺儿】〔生唱〕仙偶纵长生，论尘缘也不恁争。百年好占风流胜，逢时对景，增欢助情，怪伊底事翻悲哽。〔移坐近旦低介，云〕问双星，朝朝暮暮，争似我和卿！

〔旦云〕臣妾受恩深重，今夜有句话儿，〔住介〕〔生云〕妃子有话，但说不妨。〔旦对生呜咽介，云〕妾蒙陛下宠眷，六宫无比。只怕日久恩疏，不免白头之叹！

【莺簇一金罗】【黄莺儿】提起便心疼，念寒微，侍掖庭，更衣傍辇多荣幸。【簇御林】瞬息间，怕花老春无剩，【一封书】宠难凭。〔牵生衣泣介，唱〕论恩情，【金凤钗】若得一个久长时，死也应；若得一个到头时，死也瞑。【皂罗袍】抵多少平阳歌舞，恩移爱更；长门孤寂，魂销泪零，断肠枉泣红颜命！

〔生举袖与旦拭泪介，云〕妃子，休要伤感。朕与你的恩情，岂是等闲可比。

【簇御林】休心虑，免泪零，怕移时，有变更。〔执旦手介，唱〕做酥儿拌蜜胶粘定，总不离须臾顷。〔合〕话绵藤，花迷月暗，分不得影和形。

〔旦云〕既蒙陛下如此情浓，趁此双星之下，乞赐盟约，以坚终始。〔生云〕朕和你焚香设誓去。〔携旦行介〕

【琥珀猫儿坠】〔合〕香肩斜靠，携手下阶行。一片明河当殿横，〔旦唱〕罗衣陡觉夜凉生。〔生唱〕惟应和你悄语低言，海誓山盟。

〔生上香揖同旦福介，云〕双星在上，我李隆基与杨玉环，〔旦合〕情重恩深，愿世世生生，共为夫妇，永不相离。有渝此盟，双星鉴之。〔生又揖介，云〕在天愿为比翼鸟，〔旦拜介，云〕在地愿为连理枝。〔合〕天长地久有时尽，此誓绵绵无绝期。〔旦拜谢生介，云〕深感陛下情重，今夕之盟，妾死生守之矣。〔生携旦介，唱〕

【尾声】长生殿里盟私订。〔旦唱〕问今夜有谁折证？〔生指介，唱〕是这银汉桥边，双双牛女星。〔同下〕

【越调过曲·山桃红】〔小生扮牵牛，云巾、仙衣，同贴引仙女上，云〕只见他誓盟密矢，拜祷孜孜，两下情无二，口同一辞。〔小生云〕天孙，你看唐天子与杨玉环，好不恩爱也！悄相偎倚着香肩，没些缝儿。我与你既缔天上良缘，当作情场管领。况他又向我等设盟，须索与他保护。见了他恋比翼，慕并枝，愿生生世世情真至也，〔合〕令他长作人间风月司。〔贴云〕只是他两人劫难将至，免不得生离死别。若果后来不背今盟，决当为之绾合。〔小生云〕天孙言之有理。你看夜色将阑，且回斗牛宫去。〔携贴行介，合〕天上留佳会，年年在斯，却笑他人世情缘顷刻时。

何用人间岁月催，罗邺 星桥横过鹊飞回。李商隐

莫言天上稀相见，李郢 没得心情送巧来。罗 隐

## 第二十八出·骂贼

〔外扮雷海青抱琵琶上，云〕“武将文官总旧僚，恨他反面事新朝。纲常留在梨园内，那惜伶工命一条。”自家雷海青是也。蒙天宝皇帝隆恩，在梨园部内做一个供奉。不料禄山作乱，破了长安，皇帝驾幸西川去了。那满朝文武，平日里高官厚禄，荫子封妻，享荣华，受富贵，那一件不是朝廷恩典？如今却一个个贪生怕死，背义忘恩，争去投降不迭。只图安乐一时，那顾骂名千古。唉，岂不可羞！岂不可恨！我雷海青，虽是一个乐工，那些没廉耻的勾当，委实做不出来。今日安禄山与这一班逆党，大宴凝碧池头，传集梨园奏乐。俺不免乘此，到那厮跟前，痛骂一场，出了这口愤气。便粉身碎骨，也说不得了。且抱着琵琶，去走一遭也呵！

【北仙吕·村里迓鼓】虽则俺乐工卑滥，硁硁愚暗，也不曾读书献策，登科及第，向鹓班高站。只这血性中，胸脯内，倒有些忠肝义胆。今日个睹了丧亡，遭了危难，值了变惨，不由人痛切齿，声吞恨衔。

【元和令】恨子恨泼腥羶莽将龙座渰，癞虾蟆妄想天鹅啖，生克擦直逼的个官家下殿走天南。你道恁胡行堪不堪？纵将他寝皮食肉也恨难劖。谁想那一班儿没掂三，歹心肠，贼狗男。

【上马娇】平日家张着口将忠孝谈，到临危翻着脸把富贵贪。早一齐儿摇尾受新衔，把一个君亲仇敌当作恩人感。咱，只问你蒙面可羞惭？

【胜葫芦】眼见的去做忠臣没个敢。雷海青呵，若不把一肩担，可不枉了戴发含牙人是俺。但得纲常无缺，须眉无愧，便九死也心甘。〔下〕

【南中吕引子·绕红楼】〔净引二军士上，唱〕抢占山河号大燕，袍染赭，冠戴冲天。凝碧清秋，梨园小部，歌舞列琼筵。

孤家安禄山。自从范阳起兵，所向无敌。长驱西入，直抵长安。唐家皇帝逃入蜀中去了，锦绣江山，归吾掌握。〔笑介，云〕好不快活。今日聚集百官，在凝碧池上做个太平筵宴，洒乐一回。内侍每，众官可曾齐到？〔杂云〕都在外殿伺候。〔净云〕宣过来。〔军云〕领旨。〔宣介云〕主上宣百官进见。〔四伪官上，云〕"今日新天子，当时旧宰臣。同为识时者，不是负恩人。"〔见介，云〕臣等朝见。愿主上万岁！万万岁！〔净云〕众卿平身。孤家今日政务稍闲，特设宴在凝碧池上，与卿等共乐太平。〔四伪官云〕万岁。〔军云〕筵宴完备，请主上升宴。〔内奏乐，四伪官跪送酒介〕〔净唱〕

【中吕过曲·尾犯序】龙戏碧池边，正五色云开，秋气澄鲜。紫殿逍遥，暂停吾玉鞭。开宴，走绯衣，鸾刀细割，揎锦袖犀盘满献。〔四伪官献酒再拜介，云〕瑶池下，熊罴鹓鹭，拜送酒如泉。

〔净云〕内侍每，传旨唤梨园子弟奏乐。〔军云〕领旨。〔向内介，云〕主上有旨，着梨园子弟奏乐。〔内应，奏乐介〕〔军送净酒介〕〔合〕

【前腔·换头】当筵，众乐奏钧天。旧日霓裳，重按歌遍。半入云中，半吹落风前。希见，除却了清虚洞府，只有那沉香亭院。今日个仙音法曲，不数大唐年。

〔净云〕奏得好。〔四伪官云〕臣想天宝皇帝，不知费了多少心力，教成此曲，今日却留与主上受用，真乃齐天之福也。〔净笑介，云〕众卿言之有理，再上酒来。〔军送酒介〕〔外在内泣唱介〕

【前腔·换头】幽州鼙鼓喧，万户蓬蒿，四野烽烟。叶堕空宫，忽惊闻歌弦奇变，真个是天翻地覆，真个是人愁鬼怨。〔大哭介，云〕我那天宝皇帝呵，金銮上百官拜舞，何日再朝天？〔净云〕呀！什么人啼哭？好奇怪！〔军云〕是乐工雷海青。〔净云〕拏上来。〔军拉外上，见介〕〔净云〕雷海青，孤家在此饮太平筵宴，你敢擅自啼哭，好生可恶！〔外骂介，云〕唉，安禄山，你本是失机边将，罪应斩首。幸蒙圣恩不杀，拜将封王。你不思报效朝廷，反敢称兵作乱，秽污神京，逼迁圣驾。这罪恶贯盈，指日天兵到来诛戮，还说什么太平筵宴！〔净大怒介，云〕唉，有这等事？孤家入登大位，臣下无不顺从，量你这一个乐工，怎敢如此无礼！军士看刀伺候。〔二军作应，拔刀介〕〔外一面指净骂介，唱〕

【扑灯蛾】怪伊忒负恩，兽心假人面，怒发上冲冠。我虽是伶工微贱也，不似他朝臣靦覥。安禄山，你窃神器，上逆皇天，少不得顷刻间尸横血溅。〔将琵琶掷净介，云〕我掷琵琶，将贼臣碎首报开元。

〔军夺琵琶介〕〔净云〕快把这厮拏去砍了。〔军应拏外砍下〕〔净云〕好恼！好恼！〔四伪官云〕主上息怒。无知乐工，何足介意。〔净云〕孤家心上不快，众卿且退。〔四伪官云〕领旨。臣等恭送主上回宫。〔跪送介〕〔净云〕酒逢知己千钟少，话不投机半句多。〔怒下〕〔四伪官起介，云〕杀得好，杀得好。一个乐工，思量做起忠臣来，难道我每吃太平宴的，倒差了不成！

【尾声】大家都是花花面，一个忠臣值甚钱。〔笑介，云〕雷海青，雷海青，毕竟你未戴乌纱识见浅！

三秦流血已成川，罗　隐　为虏为王事偶然。李山甫
世上何人怜苦节，陆希声　直须行乐不言旋。薛　稷

## 第三十二出·哭像

〔生上，云〕“蜀江水碧蜀山青，赢得朝朝暮暮情。但恨佳人难再得，岂知倾国与倾城。”寡人自幸成都，传位太子，改称上皇。喜的郭子仪兵威大振，指日荡平。只念妃子为国捐躯，无可表白，特勅成都府建庙一座。又选高手匠人，将旃檀香雕成妃子生像，命高力士迎进宫来，待寡人亲自送入庙中供养。敢待到也。〔叹科，云〕咳！想起我妃子呵，

【正宫·端正好】是寡人昧了他誓盟深，负了他恩情广，生拆开比翼鸾凰。说甚么生生世世无抛漾，早不道半路里遭魔障。

【滚绣球】恨寇逼的慌，促驾起的忙。点三千羽林兵将，出延秋，便沸沸扬扬。痛伤心第一程，到马嵬驿舍傍。猛地里爆雷般齐呐起一声的喊响，早子见铁桶似密围住四下里刀枪。恶噷噷单施逞着他领军元帅威能大，眼睁睁只逼拶的俺失势官家气不长，落可便手脚慌张。恨子恨陈元礼呵，

【叨叨令】不催他车儿马儿，一谜家延延挨挨的望；硬执着言儿语儿，一会里喧喧腾腾的谤；更排些戈儿戟儿，一哄中重重叠叠的上；生逼个身儿命儿，一霎时惊惊惶惶的丧。〔哭科，唱〕兀的不痛杀人也么哥！兀的不痛杀人也么哥！闪的我形儿影儿，这一个孤孤凄凄的样。寡人如今好不悔恨也！

【脱布衫】羞杀咱掩面悲伤，救不得月貌花庞。是寡人全无主张，不合呵将他轻放。

【小梁州】我当时若肯将身去抵搪，未必他直犯君王。纵然犯了又何妨，泉台上，倒博得永成双。

【么篇】如今独自虽无恙，问余生有甚风光！只落得泪万行，愁千状。〔哭科，云〕我那妃子呵，人间天上，此恨怎能偿！

〔丑同二宫女、二内监捧香炉、花幡，引杂抬杨妃像，鼓乐行上〕〔丑见生科，云〕启万岁爷，杨娘娘宝像迎到了。〔生云〕快迎进来波。〔丑云〕领旨。〔出科，云〕奉旨宣杨娘娘像进。〔宫女云〕领旨。〔做抬像进、对生，宫女跪，扶像略俯科，云〕杨娘娘见驾。〔丑云〕平身。〔宫女起科，生起立对像哭科，云〕我那妃子呵，

【中吕·上小楼】别离一向，忽看娇样。待与你叙我冤情，说我惊魂，话我愁肠。〔近前叫科，云〕妃子，妃子，怎不见你回笑庞，答应响，移身前傍。〔细看像，大哭科，云〕呀，原来是刻香檀做成的神像！〔丑云〕銮舆已备，请万岁爷上马，送娘娘入庙。〔杂扮校尉，瓜旗伞扇，銮驾队子上〕〔生云〕高力士传旨，马儿在左，车儿在右，朕与娘娘并行者。〔丑云〕领旨。〔生上马，校尉抬像，排队引行科〕〔生唱〕

【么篇】谷碌碌凤车呵紧贴着行，袅亭亭龙鞭呵相对着扬。依旧的辇儿厮并，肩儿齐亚，影儿成双。情暗伤，心自想。想当时联镳游赏，怎到头来刚做了恁般随倡！

〔到科〕〔丑云〕到庙中了，请万岁爷下马。〔生下马科，云〕内侍每，送娘娘进庙去者。〔銮驾队子下〕〔内侍抬像，同宫女、丑随生进，生做入庙看科，唱〕

【满庭芳】我向这庙里抬头觑望，问何如西宫南苑，金屋辉光？那里有鸳帏、绣幕、芙蓉帐。空则见颤巍巍神幔高张，泥塑的宫娥两两，帛装

的阿监双双。剪簇簇幡旌飏，招不得香魂再转，却与我摇曳吊心肠。

〔生前坐科〕〔丑云〕吉时已届，候旨请娘娘升座。〔生云〕宫人每，伏侍娘娘升座者。〔宫女应科，云〕领旨。〔内细乐，宫女扶像对生，如前略俯科，云〕杨娘娘谢恩。〔丑云〕平身。〔生起立，内鼓乐，众扶像上座科〕〔生唱〕

【快活三】俺只见宫娥每簇拥将，把团扇护新妆。犹错认定情初，夜入兰房。〔悲科，云〕可怎生冷清清独坐在这彩画生绡帐！

〔丑云〕启万岁爷，杨娘娘升座毕。〔生云〕看香过来。〔丑跪奉香，生拈香科，唱〕

【朝天子】热腾腾宝香，映荧荧烛光，猛逗着往事来心上。记当日长生殿里御炉傍，对牛女把深盟讲。又谁知信誓荒唐，存没参商！空忆前盟不暂忘。今日呵，我在这厢，你在那厢，把着这断头香在手添凄怆。高力士看酒过来，朕与娘娘亲奠一杯者。〔丑奉酒科，云〕初赐爵。〔生捧酒哭科，唱〕

【四边静】把杯来擎掌，怎能勾檀口还从我手内尝。按不住凄惶，叫一声妃子也亲陈上。泪珠儿溶溶满觞，怕添不下半滴葡萄酿。

〔丑接杯献座科〕〔生云〕我那妃子呵，

【般涉调·耍孩儿】一杯望汝遥来享，痛煞煞古驿身亡。乱军中抔土便埋藏，并不曾瀽半碗凉浆。今日呵，恨不诛他肆逆三军众，祭汝含酸一国殇。对着这云帏像，空落得仪容如在，越痛你魂魄飞扬。

〔丑又奉酒科，云〕亚赐爵。〔生捧酒哭科，唱〕

【五煞】碧盈盈酒再陈，黑漫漫恨未央，天昏地暗人痴望。今朝庙宇留西蜀，何日山陵改北邙！〔丑又接杯献座科〕〔生哭科，云〕寡人呵，与你同穴葬，做一株冢边连理，化一对墓顶鸳鸯。

〔丑又奉酒科，云〕终赐爵。〔生捧酒科，唱〕

【四煞】奠灵筵礼已终，诉衷情话正长。你娇波不动，可见我愁模样？只为我金钗钿盒情辜负，致使你白练黄泉恨渺茫。〔丑接杯献科〕〔生哭科，云〕向此际捶胸想，好一似刀裁了肺腑，火烙了肝肠。

〔丑、宫女、内侍俱哭科〕〔生看像惊科，云〕呀！高力士，你看娘娘的脸上，兀的不流出泪来了。〔丑同宫女看科，云〕呀！神像之上，果然满面泪痕，奇怪！奇怪！〔生哭科，云〕哎呀！我那妃子呵，

【三煞】只见他垂垂的湿满头，汪汪的含在眶，纷纷的点滴神台上。分明是牵衣请死愁容貌，回顾吞声惨面庞。这伤心真无两，休说是泥人堕泪，便教那铁汉也肠荒！

〔丑云〕万岁爷请免悲伤，待奴婢每叩见娘娘。〔同宫女、内侍哭拜科〕〔生唱〕

【二煞】只见老常侍双膝跪，旧宫娥伏地伤。叫不出娘娘千岁，一个个含悲向。〔哭科，云〕妃子呵，只为你当日在昭阳殿里施恩遍，今日个锦水祠中遗爱长。悲风荡，肠断杀数声杜宇，半壁斜阳。

〔丑云〕请万岁爷与娘娘焚帛。〔生云〕再看酒来。〔丑奉酒焚帛，生酬酒科，唱〕

【一煞】叠金银山百座，化幽冥帛万张。纸铜钱怎买得天仙降？空着我衣沾残泪鹃留怨，不能勾魂逐飞灰蝶化双，蓦地里增悲怆。甚时见鸾骖碧汉，鹤返辽阳？

〔丑云〕天色已晚，请万岁爷回宫。〔生云〕宫娥，可将娘娘神帐放下者。〔宫娥云〕领旨。〔做下神幔，内暗抬神像下科〕〔生云〕起驾。〔丑应科〕〔生做上马，銮驾队子复上，引行科〕〔生唱〕

【煞尾】出新祠泪未收，转行宫痛怎忘？对残霞落日空凝望。寡人今夜呵，把哭不尽的衷情，和你梦儿里再细讲。

数点香烟出庙门，曹　邺　巫山云雨洛川神。权德舆
翠蛾仿佛平生貌，白居易　日暮偏伤去住人。封彦冲

## 第四十八出·寄情

【南吕过曲·懒画眉】〔末扮道士元神上，唱〕海外曾闻有仙山，山在虚无缥缈间。贫道杨通幽，适见织女娘娘，说杨妃在蓬莱山上，即便飞过海上诸山，一径到此。见参差宫殿彩云寒。前面洞门深闭，不免上前看来。〔看介，唱〕试将银榜端详觑，〔念介〕“玉妃太真之院”。呀！是这里了。〔做抽簪叩门介，云〕不免抽取琼簪轻叩关。

【前腔】〔贴扮仙女上，唱〕云海沉沉洞天寒，深锁云房鹤径闲。〔末又叩介〕〔贴云〕谁来花下叩铜环？〔开门介，云〕是那个？〔末见介，

云〕贫道杨通幽稽首。〔贴云〕到此何事？〔末云〕大唐太上皇帝，特遣贫道问候玉妃。〔贴云〕娘娘到璇玑宫去了，请仙师少待。〔末云〕原来如此。我且从容伫立瑶阶上，〔贴云〕远远望见娘娘来了。〔末云〕遥听仙风吹珮环。

【前腔】〔旦引仙女上，唱〕归自云中步珊珊，闻有青鸾信远颁。〔见末介，云〕呀！果然仙客候重关。〔贴迎介〕〔旦云〕道士何来？〔贴云〕正要禀知娘娘，他是唐家天子人间使，衔命迢遥来此山。

〔旦进介，云〕既是上皇使者，快请相见。〔仙女请末进介〕〔末见科，云〕贫道杨通幽稽首。〔旦云〕仙师请坐。〔末坐介〕〔旦云〕请问仙师何来？〔末云〕贫道奉上皇之命，特来问候娘娘。〔旦云〕上皇安否？〔末云〕上皇朝夕思念娘娘，因而成疾。

【宜春令】自回銮后，日夜思，镇昏朝潸潸泪滋。春风秋雨，无非即景伤心事。映芙蓉人面俱非，对杨柳新眉谁试？特地将他一点旧情，倩咱传示。

【前腔】〔旦泪介，唱〕肠千断，泪万丝。谢君王钟情似兹。音容一别，仙山隔断违亲侍。蓬莱院月悴花憔，昭阳殿人非物是。漫自将咱一点旧情，倩伊回示。

〔末云〕贫道领命。只求娘娘再将一物，寄去为信。〔旦云〕也罢！当年承宠之时，上皇赐有金钗、钿盒，如今就分钗一股，劈盒一扇，烦仙师代奏上皇。只要两意能坚，自可前盟不负。〔做分钗、盒，泪介，云〕侍儿，将这钗、盒送与仙师。〔贴递钗盒与末介〕〔旦云〕仙师请上，待妾拜烦。〔末云〕不敢。〔旦拜介，唱〕

【三学士】旧物亲传全仗尔，深情略表孜孜。半边钿盒伤孤另，一股金钗寄远思。幸达上皇，只愿此心坚似始，终还有相见时。

〔末云〕贫道还有一说，钗盒乃人间所有之物，献与上皇，恐不深信。须得当年一事，他人不知者，传去取验，才见贫道所言不谬。〔旦云〕这也说得有理。〔旦低头沉吟介，唱〕

【前腔】临别殷勤重寄词，词中无限情思。哦，有了。记得天宝十载，七月七夕长生殿，夜半无人私语时。那时上皇与妾并肩而立，因感牛女之事，密相誓心：愿世世生生，永为夫妇。〔泣介，唱〕谁知道比翼分飞连理死，绵绵恨无尽止。

〔末云〕有此一事，贫道可覆上皇了。就此告辞。〔旦云〕且住，还有一言。今年八月十五日夜，月中大会，奏演《霓裳》，恰好此夕，正是上皇飞升之候。我在那里专等一会，敢烦仙师届期指引上皇到彼。失此机会，便永无再见之期了。〔末云〕贫道领命。〔旦云〕仙师，说我

〔旦〕含情凝睇谢君王，白居易　尘梦何如鹤梦长。曹　唐

〔末〕密奏君王知入月，王　建　众仙同日咏霓裳。李商隐

【思考题】

1. 请简述《长生殿》的故事渊源。
2. 如何认识《长生殿》中唐明皇与杨贵妃的爱情悲剧？
3. 请简述《长生殿》的艺术成就。

# ［清］孔尚任《桃花扇》：不因重做兴亡梦，儿女浓情何处消

## 【作家生平】

孔尚任（1648年11月1日—1718年），字聘之，又字季重，号东塘（《随园诗话》作东堂），别号岸堂，自称云亭山人。山东曲阜人，孔子第六十四代孙，清初诗人、著名戏曲家。

孔尚任年少博学，除了“举业”之外，他还广泛涉猎礼、乐、兵、农之术，可见其抱负不小，但偏偏科场失意，中了秀才之后便屡试不第，只得捐纳了一个国子监生资格。他还考证过乐律，这为他创作《桃花扇》打下了音律基础。孔尚任早年在家乡时，就听到过“李香君血溅诗扇”及南明王朝灭亡的故事，感慨颇多，由此萌发了“借离合之情，写兴亡之感”的创作冲动，产生了《桃花扇》最初的构思。

康熙二十五年（1686年），康熙皇帝南巡归来，路经山东，到曲阜祭孔。孔尚任被举荐在御前讲经，并做了皇帝游览孔府的向导，他深得康熙赏识，被破格任命为国子监博士，为诸生讲解经义。此后，孔尚任曾出仕赴淮扬治水，参加疏浚黄河入海口和京杭大运河的工程；他还到过南京、扬州一带寻访，对因南明阉党专权、官吏腐败导致南明灭亡的历史有了更多感触，同时为他日后创作《桃花扇》积累了丰富的素材。回京之后不久，孔尚任升为户部主事，任宝泉局监铸。在此期间，他买下了海波巷的一处宅院，将书斋命名为“岸堂”，并为书斋题诗：“海波巷里红尘少，一架藤萝是岸堂。”经过多年的生活积累和创作准备，孔尚任全身心地投入剧本的创作。北京是元杂剧的发祥地，到明清时期，戏剧活动在京城已十分活跃。在这种良好的大环境中，孔尚任借鉴了前人的经验，经过十多年的艰

辛努力，三易其稿，创作出了不朽的名剧——《桃花扇》。

《桃花扇》一问世便引起了极大的轰动，该剧作还未刊刻，王公贵族便争相传抄，甚至有一天夜里，内侍竟然找到孔尚任索取全本，直接送入了宫中。康熙三十九年（1700 年）正月初七，孔尚任邀集了名士挚友 18 人在岸堂相聚。酒席宴前，孔尚任让伶人清唱《桃花扇》新曲，众友人无不称快。同年元宵，都御史李楠令艺人排演《桃花扇》，之后《桃花扇》又由著名昆曲班在菜市口胡同的碧山堂大戏台上连演数场，一时轰动京城，名闻天下。同年三月初，孔尚任升为户部广东清吏司员外郎，但半月不到即被罢官。时人都明白，正是《桃花扇》日益受到追捧，断绝了孔尚任的仕途，正如其自嘲的所谓“命薄忽遭文字憎”。康熙四十一年（1702 年），孔尚任从京城回到了山东曲阜老家，并于康熙五十七年（1718 年）以古稀之年逝于家中。

孔尚任与洪昇被后世并称为“南洪北孔”，被誉为康熙时期照耀文坛的“双子星”。他们的作品《桃花扇》和《长生殿》代表了中国古代历史剧作的最高成就，是世界文化宝库中的瑰宝奇葩。

孔尚任的戏剧除《桃花扇》外，还有《大忽雷》和《小忽雷传奇》；除戏剧外，他还著有诗集五部，分别是《鳣堂集》《湖海集》《岸堂稿》《长留集》《石门集》。

## 【作品概要】

明思宗崇祯末年，曾是改革派的“东林党人”避逃南京，重新组织“复社”。复社中坚、号称“明末复社四公子”之一的侯方域在南京参加科举考试，落第未归，寓居莫愁湖畔，邂逅秦淮歌妓李香君。后经杨龙友介绍相互结识，两人男才女貌、两情相悦，逐渐陷入爱河。订婚之日，侯方域以题诗扇为信物赠予李香君。

当时被罢官隐居南京的魏忠贤余党阮大铖正为复社士子所不容，得知侯方域手头拮据，遂以重金置办妆奁，托其结拜兄弟杨龙友送去，以笼络侯方域，意欲借此缓和自己与复社的关系。不料他的心思却被李香君看破，侯方域义形于色，退回了妆奁，阮大铖因此怀恨在心。

李自成攻占北京，马士英、阮大铖在南京拥立福王朱由崧登基，建立了弘光政权。他们擅权乱政，排挤复社士子。当此之时，镇守武昌的宁南侯左良玉以“清君侧”为名兵逼南京，弘光小朝廷陷入恐慌。因左良玉曾得侯方域之父提拔，侯方域遂写信劝阻，却被阮大铖诬陷为暗通叛军，侯方域为避害，只得只身逃往扬州，投奔督师史可法，参赞军务。逼走侯方域后，阮大铖等人强将李香君许配给漕抚田仰，李香君坚决不从，以死相抗，欲撞头自尽，未遂，血溅诗扇。后来，杨龙友将扇面血痕点染成一树桃花的桃花图，这就是贯穿全剧的桃花扇的来历。

阮大铖邀马士英在赏心亭赏雪选妓，被李香君趁机痛骂，她本人却仍不免被选入宫中教戏。李香君托苏昆生将桃花扇带给侯方域，侯方域因此回南京探望，反被阮大铖逮捕入狱。之后，清军渡江，弘光君臣逃亡，侯方域方得出狱，避难栖霞山，在白云庵与李香君相遇。在张道士的点拨之下，二人双双出家。

全剧还穿插了当时的许多重大历史事件，如南明君臣如何花天酒地，四镇带兵打内战，史可法坚守扬州、城破投河自尽等。

【作品鉴赏】

《桃花扇》是孔尚任的传奇代表作，这部剧从孔尚任隐居石门期间写成初稿，到康熙三十八年（1699年）最后定稿，历时约20年。全剧共四十四出，除试一出“先声”、闰二十出“闲话”、加二十一出“孤吟”、续四十出“余韵”之外，大致可分为四个部分：第一部分从第一出“听稗”到第十二出“辞院”，主要写侯方域和李香君的结合及由合而离，同时表现复社文人对阮大铖的斗争，以及左良玉欲东下就粮之事，为马士英、阮大铖迫害侯方域埋下伏线；第二部分从第十三出“哭主”到第二十出“移防”（其中第十七出“拒媒”插入李香君拒嫁田仰的内容，不仅使情节有变化，还为后面戏剧矛盾的激发提供线索），主要写侯方域的活动，同时通过描写拥立福王，马、阮当权，史可法被排挤，四镇内讧，朝政黑暗，展示统治阶级内部派系斗争的日益尖锐，为南明覆亡埋下了伏笔；第三部分从第二十一出“媚座”到第二十五出“选优”，主要写李香君的活动，通过描写马、阮对李香君的无情迫害，揭示出南明统治集团腐朽的本质，以及李香君对爱情的坚贞和她疾恶如仇的优秀品质；第四部分则从第二十六出“赚将”到第四十出“入道”，通过马、阮倒行逆施，大捕复社文人，以及左兵东下声讨马、阮，史可法困守扬州等情节，对统治集团的分崩离析做了集中的分析，展示了明末广阔的社会图景。南明亡后，入狱、入宫的侯、李二人得以重逢，最后他们却割断儿女私情，双双入道修真。

《桃花扇》自问世以来的三百多年间，曾被改编成多个剧种上演。在抗日战争时期，剧作家欧阳予倩先生也曾改编过这部剧本，他将结尾改成侯方域剃发留辫，改换清服入仕，找到李香君后，李香君愤而和其断交，以讽喻当时的汉奸卖国贼汪精卫之流。1949 年后，中央实验话剧院几度将《桃花扇》搬上舞台，在国内外演出；当代导演谢晋曾将《桃花扇》搬上银幕；上海电视台也曾将《桃花扇》改编成电视连续剧《李香君》。

## 一、《桃花扇》的“文字狱”风波

孔尚任在创作《桃花扇》之前，因机缘巧合受到康熙皇帝的眷顾，不但以监生的身份被破格任命为国子监博士，而且第二年就被重用，随工部去淮扬疏浚运河。然而令人奇怪的是，孔尚任在写完《桃花扇》后，晋升户部员外郎不到一个月便被罢官免职，理由是耽于诗酒、监铸不善等“莫须有”罪名。究其根本，很可能是因《桃花扇》的内容徘徊在清初“文字狱”的边缘。

孔尚任创作的这一部传奇戏剧与以往的戏剧作品并不一样，它有一个非常明晰的历史背景。清朝入关之后，孔尚任的族兄孔尚则曾在南明弘光朝任职，亲眼见证、亲身经历了很多南明遗事，其回乡后曾屡屡与孔尚任谈起这些遗事，促使孔尚任产生了“写一部有关南明王朝历史戏剧”的最初念头。

另外，孔尚任在随工部去淮扬疏浚运河时，遇到了河道总督和漕运总督的明争暗斗，见识并厌倦了清代官场上的尔虞我诈，转而以诗文结交南方人士。在滞留淮扬的三年时间里，他与明朝遗民多有往来，也曾漫游南京，去过秦淮河、燕子矶、明故宫及明孝陵等地，甚至还拜访了已经出家的明末锦衣卫千户张怡。这使得孔尚任不仅搜罗到了南明王朝极多的隐事、轶事，还在精神上受到了明朝遗民们极大的影响，而其孔子后裔的身份，则令其对“天下兴亡”有了更多的感慨。这些内容都被孔尚任融入了

《桃花扇》的写作之中，不仅罗列了剧情出处，还流露在字里行间。在以往的戏剧里，才子佳人之间的爱情往往因世道混乱而横生波折，但《桃花扇》恰恰与之相反，写侯方域和李香君在战乱中的离合，其目的便是借此来展现兴亡之感。在这部剧作中，故事的讲述已经变得不再重要，核心是抒发兴亡之感。

作为全剧的线索，“桃花扇”本是一柄侯、李二人定情的普通折扇，但却因为被李香君的鲜血溅染而变得不同寻常。侯方域出于爱国，与奸臣阮大铖、马士英矛盾日深，不得不出走投奔史可法。而李香君却遭遇了阮大铖等奸佞的迫害，她以一介风尘女子的身份于宴席之上痛骂奸臣，宁死不屈，最终想要撞壁自尽，其额间鲜血迸溅到了这一柄定情折扇上。侯方域的好友杨龙友根据折扇上的血迹，在折扇上点染出了一朵一朵的桃花，这就是“桃花扇”的由来。

南明王朝在面对清朝铁骑的时候，不思自强，最终令清朝铁骑长驱直入，攻破扬州，史可法力尽沉江，南明覆灭。然而，故事到这里却还未结束，侯方域与李香君于战乱之后再次重逢，按照一般的剧情描写，二人应该隐居江湖之间，不问世事才对，但《桃花扇》却安排了一个让人意想不到的结局。在“入道”一出中，道士张瑶星劝侯方域、李香君二人出家修道，侯方域以男女室家、人之大伦回应，结果张瑶星却直接痛骂。剧中这样写道：

〔生云〕待咱夫妻还乡，都要报答的。

〔外云〕你们絮絮叨叨，说的俱是那里话。当此地覆天翻，还恋情根欲种，岂不可笑！

〔生云〕此言差矣！从来男女室家，人之大伦，离合悲欢，情有所钟，先生如何管得？

〔外怒介，云〕呵呸！两个痴虫，你看国在那里、家在那里、君在那里、父在那里？偏是这点花月情根，割他不断么？

【北水仙子】堪叹你儿女娇，不管那桑海变。艳语淫词太絮叨，将锦片前程，牵衣握手神前告。怎知道姻缘簿久已勾销；翅楞楞鸳鸯梦醒好开交，碎纷纷团圆宝镜不坚牢。羞答答当场弄丑惹的旁人笑，明荡荡大路劝你早奔逃。

张瑶星一番话令侯、李二人冷汗淋漓，如梦方醒，如此破碎江山，哪里还能找到一块干净土地栖身呢？出家入道，远离凡尘，尚且能求得一个心安罢了。这个结局是孔尚任在《桃花扇》里刻意安排的，无论是史实记载还是其他艺术虚构，都没有类似情节。孔尚任之所以为故事写下这样的结局，就是为了表现“亡国”的破灭感，甚至还包含着对封建制度走向衰落而无可奈何的叹息。

孔尚任和其在淮扬结交的明朝遗老们都不同，他是地地道道的清朝人，他在诗文和《桃花扇》传奇中所表现出来的情感，不是对清王朝的愤恨，更不是对明王朝的怀念和惋惜。所以，《桃花扇》所传递出来的情感不是遗民之思，确切来说是更高一筹的“天下兴亡”之叹。在最后一出“余韵”里，孔尚任用八首《哀江南》套曲将这种感情抒发到了更为幽深的地步，“眼看他起朱楼，眼看他宴宾客，眼看他楼塌了”，不仅唱出了南明的衰败，也不仅是表现对大明王朝三百年历史的慨叹，更多的是表达处于王朝末期文人内心追求的破灭和对未来的忧患。

《桃花扇》之所以最终并没有被纳入“文字狱”，一方面是因为传奇戏剧属于通俗文学，并不像“诗文”那样受到统治者重视；另一方面还在于，《桃花扇》虽然对南明表露出同情的姿态，但并没有由此产生对清朝的愤恨，而是转为对“兴亡”的咏叹，这才使它得以流传至今。

## 二、《桃花扇》的思想主旨

《桃花扇》是清代剧作家孔尚任磨砺二十余年所创作的一部历史传奇剧作，《桃花扇》一问世，就受到了许多人的追捧，不仅在各城市频繁演出，“岁无虚日”，连偏僻的地方也时有演出，可见其在思想和艺术方面所达到的成就之高，魅力之远。剧作描写南明王朝兴亡的历史悲剧，以明末文人侯方域与秦淮名妓李香君悲欢离合的爱情故事为线索，深刻描写南明王朝的兴亡与明朝的覆灭，即所谓“借离合之情，写兴亡之感”。孔尚任在《桃花扇小引》中，对其写作主旨进行了阐述：“《桃花扇》一剧，皆南朝新事，父老犹有存者。场上歌舞，局外指点，知三百年之基业，隳于何人？败于何事？消于何年？歇于何地？不独令观者感慨涕零，亦可惩创人心，为末世之一救矣。”

由此可见，全剧的主旨之一是总结明亡教训，以为后世吸取。孔尚任在最后一折“余韵”中也说道：“残山梦最真，旧境丢难掉，不信这舆图换稿。”这些无不透露出孔尚任深切的民族情感。南明王朝灭亡的原因，一方面是清朝的打击，另一方面也是最主要的，即朝内的腐败，权奸误国。阮党余孽对复社文人的迫害也加速了南明的灭亡。全剧的另一主旨是“惩创人心”，即对误国的阮党余孽进行鞭挞，对忠臣孝子如史可法、左良玉、黄得功等进行歌颂，并揭示复社文人在当时的表现和作用。可以说，《桃花扇》是明朝灭亡以后，第一部以戏剧的形式，展现明末复杂的社会矛盾和民族矛盾，评价南明的历史，艺术地总结这一段历史教训的传奇剧作。

从整体来看，《桃花扇》无疑是一部哀悼南明灭亡的挽歌，孔尚任在剧中不但揭示了南明覆亡的多方面原因，而且还对南明之亡流露出同情哀悼之意。在剧中，明朝孤臣如张瑶星、老赞礼，清流文人如侯方域、兰田叔，下层市民如柳敬亭、苏昆生等三类人物全都相聚于南京栖霞山，大设水陆道场，追奠明亡殉难君臣，借结社入道，抒发亡国毁家的遗恨。作品暴露了南明小朝廷的昏庸和腐败，揭露了上层统治集团及军事首领间的尖锐矛盾，刻画了马士英、阮大铖一伙迫害清议派和无辜百姓的凶残面目，鞭笞了他们在国家危急时刻的投降主义本质。在表现正面人物时，孔尚任描写了史可法抗击清兵的决心，表现了他在“江山易主”以后沉江殉国的英雄气概，赞扬了李香君关心国家命运、反抗邪恶势力的可贵气节，肯定了民间艺人柳敬亭、苏昆生为挽救国家危局不惜奔波，以及他们和其他歌妓、艺人、书商等下层人民反对权奸、关心国事、不做亡国奴的正义感和民族气节。在正反人物形象的强烈对比中，人们看出了明朝江山沦亡、“舆图换稿”的历史悲剧，由此激发了人们的故国情感，唤醒了人们潜在的民族意识。

《桃花扇》内容宏富，内涵深刻，它既是哀悼南明之亡的一曲挽歌，又是饱含强烈民族情绪、抒发爱国思想的一曲颂歌，也是孔尚任假借优孟衣冠总结历史经验教训、探索人生理想的沉痛反思。作者成功塑造了阮大铖的权奸形象，深刻揭示了权奸误国导致南明灭亡的历史事实。剧中所写的侯方域等复社文人与阮大铖的斗争，实际上是明代万历、天启以来统治阶级内部长期派系斗争的延续。他们在政治上继承了东林党的主张，有其进步性，有的还在抗击清军的斗争中表现出了民族气节，对于打击黑暗腐朽势力、稳定南明动乱局势起到一定作用。剧中也描写了侯方域劝阻左良玉挥师东下、反对拥立福王的业绩，南明统治者对复社进步文人的血腥镇压，也是加速这个王朝灭亡的原因之一。然而，复社文人在国难当头之际，有时也只是吟诗写帖，纸上讨兵，口边诛敌，而且依然流连风月，买醉逐歌，这表现了封建文人的软弱性，单凭这些文人，是无法使南明政权避免土崩瓦解的命运的。

## 三、《桃花扇》的艺术成就

《桃花扇》是一部伟大的现实主义历史剧，其从深度和广度上反映现实，有很高的艺术表现力，达到了较高的艺术成就。剧作不仅塑造了一系列栩栩如生的人物形象，还在悲剧的结局方面也突破了才子佳人大团圆的传统模式，男女之情与兴亡之感都得到了哲理性的升华。清人刘中柱在《桃花扇题辞》中说："往昔之汤临川，近今之李笠翁，皆非敌手。奇而真，趣而正，谐而雅，丽而清，密而淡，词家能事毕矣。前后作者，未有盛于此本，可为名世一宝。"清人刘廷玑在《长留集序》中说："海内之重东塘者，不仅诗也。即以诗言，而《湖海》《岸堂》《石门》诸集，盈尺等身，亦洋洋乎当代之大家矣。"

### （一）《桃花扇》有"末世百象图"之说，内容繁富，人物众多，场景斑驳

全剧共有三十名出场演员，作者将其分为"色部""气部"和"总部"。色部是贯穿全剧表现"离合之情"故事主要情节的人物，又分为以男主角侯方域为首及其周围人物的"左部"，和以女主角李香君为首及其周围人物的"右部"，共十六人；气部是表现历史背景"兴亡之感"的人物，又分为以史可法为首的忠臣"奇部"和以马士英等为首的奸臣"偶部"，孔尚任将弘光皇帝分在奇部，共十二人；总部只有两人，即"经星"张瑶星道士和"纬星"南京太常寺老赞礼，他们作为剧中穿插的人物，既便于介绍故事背景，又可以补充交代叙事情节。

这些出场人物，上自帝王将相，下至歌妓艺人，包罗万象，精彩纷

呈。虽然人物众多，身份复杂，活动场景多样，但孔尚任将这些人物处理安排得当，有主有次，褒贬不一，而其性格却各不相同。例如，同是奸党，马士英有权有势，喜爱别人奉承，贪鄙而无才略；阮大铖则狡诈阴险，善于出谋划策。对不同的人物，作者也采用了不同的表现手法，有的点染成趣，有的进行平实的白描，有的则采用夸张的手法，不同表现手法的运用，使人物的个性化色彩浓厚。

作者在作品中塑造了一系列光辉的艺术形象，如侯方域、李香君、杨龙友等。其中，最为光彩照人的是女主人公李香君和男主人公侯方域。李香君虽然是个身世卑微的妓女，但她才貌出众，有着高尚的品格，她坚持正义，敢于冲破封建礼教，也敢于追求自己的爱情，具有不为利诱、不畏强权的斗争精神。作者以侯方域赠给李香君的诗扇作为戏曲的主要线索，寓意深刻。这把诗扇本是侯方域与李香君的定情之物，在后面的情节中，李香君以诗扇作武器，抗拒阮大铖等人对她的迫害，最后更不惜血溅诗扇，以死守楼。这一情节不仅表现了她对爱情的坚贞，而且揭露了阮大铖借此对复社文人进行报复的卑鄙企图。因此，孔尚任通过这把诗扇，把南明复社文人对魏阉余孽的斗争联系了起来。从“却奁”到“骂筵”，香君的不贪富贵、不畏强权、深明大义、嫉恶如仇被展现得淋漓尽致。例如，当她知道阮大铖送来妆奁时，义正词严地责备侯朝宗：

官人是何等说话，阮大铖趋附权奸，廉耻丧尽；妇人女子，无不唾骂。他人攻之，官人救之，官人自处于何等也？……官人之意，不过因他助俺妆奁，便要徇私废公；那知道这几件钗钏衣裙，原放不到我香君眼里。

剧作通过一连串的戏剧行动，展现出李香君在当时政治斗争中的鲜明态度和爱憎分明的性情。在“骂筵”一折中，李香君的家国情感与当权者的腐败奢靡的冲突得到了集中的体现。李香君借排演《燕子笺》，当庭对马士英、阮大铖展开控诉，揭露了南明王朝的腐败没落：“堂堂列公，半边南朝，望你峥嵘。出身希贵宠，创业选声容，后庭花又添几种。把俺胡撮弄，对寒风雪海冰山，苦陪觞咏。”这不仅唱出了李香君心中的愤恨，还是作者对南明王朝灭亡教训的总结。李香君因为她的特殊身份，能够直接了解到南明王朝上层官僚的腐败生活，她知道，这样的王朝必将走向灭亡，所以她要冒死唱出这样的歌曲来做最后的反抗。然而，一个歌妓的痛骂、呐喊是无力而苍白的，她并不能改变一丝一毫的现状，侯、李二人的爱情悲剧也正是家国悲剧的具体体现。在乱世之中，李香君一个柔弱女子却能至死忠于自己的国家和民族，展现了巾帼不让须眉的精神品格。

### （二）《桃花扇》构思精巧，叙事独到，寓意深厚

桃花扇是侯方域、李香君的定情之物，孔尚任用它叙写男女主人公的沉浮命运，又用它勾连出各色人物的活动。一把精美纤巧的扇子，在孔尚任手中不仅串络着纷乱的历史人物与事件，还以小见大地呈现出南明偏安小朝廷破灭的必然性，构思极为精巧。“从一开始的题扇，到后来的溅扇、绘扇、寄扇，再到最后的撕扇，这柄小小的扇子串起了整部戏的内容。这就是作者所说的龙与珠的关系。正是这巧妙的结构意图，才使得整部《桃花扇》的结构不但给人以宏大的历史感，同时也不失缜密、圆融。”①

在叙事结构上，《桃花扇》存在多条叙事线索，属于一种复合型的叙事序列，它们经过一系列的互补和叠加后，形成了绵密、完整的有机形态。其中有两个最主要的序列：一个是历尽悲欢离合，为爱千里寄扇的侯、李爱情故事；另一个是诉说南明朝廷兴亡的国家故事。这两个叙事序列贯穿该戏的始终，并在恰当的时机不断转换，使得《桃花扇》在叙事上高潮迭起，如线如珠。作者在叙事时还运用了对比的手法，使剧情的发展更加引人入胜，侯方域两上媚香楼就是一个明显的例子。“眠香”一出写侯方域初上媚香楼，正是暮春三月、江南草长的季节，桃红柳绿，春情无限，媚香楼上，侯、李沉浸在“春宵一刻天长久”的喜气洋洋之中；而“题画”一出写侯方域第二次上媚香楼，只见庭院寂寥，一片荒凉，媚香楼上，纸破窗棂，纱裂帘幔，“对景触情，怎能忍住一双眼泪”。这一喜一悲，两相对比，深刻地反映了社会大动荡给人们生活带来的巨大变化。另外，作者在剧情处理上，还特别注意情节发展的前后照应。例如，在第一出的“听稗”中，侯方域上场时就说陈定生、吴次尾二人住在蔡益所书坊，后来在第二十九出的“逮社”里，写侯方域到蔡益所书坊访问陈定生、吴

① 欧阳光．元明清戏剧分类选讲[M]．北京：高等教育出版社，2007：31-32.

次尾，因而一起被捕。又如，在“听稗”一出中，侯方域约陈定生等人去道院赏梅，家童来说：“魏府徐公子要请客看花，一座大大道院，早已占满了。”到了续四十出“余韵”，这位徐公子却穿上了清朝的服装，在上元县当了一名皂隶，下乡访拿山林隐逸。可谓伏线千里，前后照应。再如，开头描写的莫愁湖上那一片“江山胜处，酒卖斜阳，勾引游人醉赏”的艳丽风光，与结尾墙倒宫塌、满地蒿莱、夕阳残照的萧条光景相互关联映衬，构成了全局在环境气氛上的强烈对比。从这些地方可以看出作者在布局上的独具匠心。

尤其值得称道的是，《桃花扇》寓意深厚。在一个民族沦落、社稷倾圮的时代，作者把高尚的人格赋予身为风尘女子的李香君，把一个既有才情又相对孱弱的灵魂赋予享有盛名的才子侯方域，而将最深沉的同情寄寓在社会地位卑微的民间艺人身上。孔尚任借助他们之口，抒发了对末世既临的无可奈何、无可挽回的叹息。例如，苏昆生的悲歌，既是对回光返照的南明王朝的凭吊，也是对三百年大明江山一朝覆亡的伤感，更是对瞬息万变的历史兴亡的慨叹。在这些凭吊、伤感、慨叹的深处，蕴含着对封建王朝覆灭的历史趋势的预感，可以说，《桃花扇》唱出了封建末世的时代哀音。作者透过这种时代哀音，表现出封建末世文人心中的破败感、失落感和忧患感，以及相互交织躁动的感伤情怀。

《桃花扇》不仅在当时轰动一时，还被后世给予了极高评价，影响深远。清代刘中柱《桃花扇题辞》云：“一部传奇，描写五十年前遗事，君臣将相，儿女友朋，无不人人活现，遂成天地间最有关系文章。”清代沈默《桃花扇题辞》云：“《桃花扇》一书，全由国家兴亡大处感慨结想而成，非正为儿女细事作也。大凡传奇皆主意于风月，而起波于军兵离乱；唯《桃花扇》乃先痛恨于山河迁变，而借波折于侯李。读者不可错会，以致目迷于宾中之宾，主中之主。山人胸中，有一段极大感慨；适然而遇侯李之事，又适然而逢苏柳之辈；是以奇奇幻幻，撰出全册，当在野史之列，不应作戏曲观。”

清朝康熙年间，在宣武门外大街的校场口路东，曾有一条著名的胡同叫海柏胡同。孔尚任曾在海柏胡同居住，他为自己的书房取名为“岸堂”，并在《长流集》的诗题中写道：“岸堂予京宇也，在海波寺街。其前有青场，乃先朝牧马处。”并有诗云：“青草官田邻马苑，海波萧寺接天街。”遥忆当年孔尚任居所，定是烟火人生，自在风雅，别有一番况味。然而昔日风华，如今已难寻旧迹，但是在这里诞生的《桃花扇》，无疑已成为中国戏剧史上的一座丰碑。

【作品精选】

## ［清］孔尚任《桃花扇》

### 第七出·却奁

癸未三月

〔杂扮保儿掇马桶上，云〕龟尿龟尿，撒出小龟。鳖血鳖血，变成小鳖。龟尿鳖血，看不分别。鳖血龟尿，说不清白。看不分别，混了亲爷。说不清白，混了亲伯。〔笑介，云〕胡闹！胡闹！昨日香姐上头，乱了半夜。今日早起，又要刷马桶，倒溺壶，忙个不了。那些孤老、表子还不知搂到几时哩！〔刷马桶介〕

【夜行船】〔末唱〕人宿平康深柳巷，惊好梦门外花郎。绣户未开，帘钩才响，春阻十层纱帐。

下官杨文骢，早来与侯兄道喜。你看院门深闭，侍婢无声，想是高眠未起。〔唤介，云〕保儿，你到新人窗外，说我早来道喜。〔杂云〕昨夜睡迟了，今日未必起来哩。老爷请回，明日再来罢。〔末笑介，云〕胡说！快快去问。〔小旦内问介，云〕保儿！来的是那一个？〔杂云〕是杨老爷道喜来了。〔小旦忙上，唱〕倚枕春宵短，敲门好事多。〔见介，云〕多谢老爷，成了孩儿一世姻缘。〔末云〕好说。〔问介〕新人起来不曾？〔小旦云〕昨晚睡迟，都还未起哩。〔让坐介，云〕老爷请坐，待我去催他。〔末云〕不必，不必。〔小旦下〕

【步步娇】〔末唱〕儿女浓情如花酿，美满无他想，黑甜共一乡。可也亏了俺帮衬，珠翠辉煌，罗绮飘荡，件件助新妆，悬出风流榜。

〔小旦上，云〕好笑！好笑！两个在那里交扣丁香，并照菱花，梳洗才完，穿戴未毕。请老爷同到洞房，唤他出来，好饮扶头卯酒。〔末云〕

惊却好梦，得罪不浅。〔同下〕〔生、旦艳妆上〕

【沉醉东风】〔生、旦唱〕这云情接着雨况，刚搔了心窝奇痒，谁搅起睡鸳鸯。被翻红浪，喜匆匆满怀欢畅。枕上余香，帕上余香，消魂滋味，才从梦里尝。

〔末、小旦上〕〔末云〕果然起来了，恭喜！恭喜！〔一揖，坐介〕〔末云〕昨晚催妆拙句，可还说的入情么？〔生揖介，云〕多谢！〔笑介，云〕妙是妙极了，只有一件。〔末云〕那一件？〔生云〕香君虽小，还该藏之金屋。〔看袖介，云〕小生衫袖，如何着得下？〔俱笑介〕〔末云〕夜来定情，必有佳作。〔生云〕草草塞责，不敢请教。〔末云〕诗在那里？〔旦云〕诗在扇头。〔旦向袖中取出扇介〕〔末接看介，云〕是一柄白纱宫扇。〔嗅介，云〕香的有趣。〔吟诗介，云〕妙！妙！只有香君不愧此诗。〔付旦介，云〕还收好了。〔旦收扇介〕

【园林好】〔末唱〕正芬芳桃香李香，都题在宫纱扇上。怕遇着狂风吹荡，须紧紧袖中藏，须紧紧袖中藏。〔末看旦介，云〕你看香君上头之后，更觉艳丽了。〔向生介，云〕世兄有福，消此尤物。〔生云〕香君天姿国色，今日插了几朵珠翠，穿了一套绮罗，十分花貌，又添二分，果然可爱。〔小旦云〕这都亏了杨老爷帮衬哩。

【江儿水】送到缠头锦，百宝箱，珠围翠绕流苏帐，银烛笼纱通宵亮，金杯劝酒合席唱。今日又早早来看，恰似亲生自养，赔了妆奁，又早敲门来望。

〔旦云〕俺看杨老爷，虽是马督抚至亲，却也拮据作客，为何轻掷金钱，来填烟花之窟？在奴家受之有愧，在老爷施之无名。今日问个明白，以便图报。〔生云〕香君问得有理，小弟与杨兄萍水相交，昨日承情太厚，也觉不安。〔末云〕既蒙问及，小弟只得实告了。这些妆奁酒席，约费二百余金，皆出怀宁之手。〔生云〕那个怀宁？〔末云〕曾做过光禄的阮圆海。〔生云〕是那皖人阮大铖么？〔末云〕正是。〔生云〕他为何这样周旋？〔末云〕不过欲纳交足下之意。

【五供养】〔末唱〕羡你风流雅望，东洛才名，西汉文章。逢迎随处有，争看坐车郎。秦淮妙处，暂寻个佳人相傍，也要些鸳鸯被、芙蓉妆。你道是谁的，是那南邻大阮，嫁衣全忙。

〔生云〕阮圆老原是敝年伯，小弟鄙其为人，绝之已久。他今日无故用情，令人不解。〔末云〕圆老有一段苦衷，欲见白于足下。〔生云〕请教。〔末云〕圆老当日曾游赵梦白之门，原是吾辈。后来结交魏党，只为救护东林，不料魏党一败，东林反与之水火。近日复社诸生，倡论攻击，大肆殴辱，岂非操同室之戈乎？圆老故交虽多，因其形迹可疑，亦无人代为分辩。每日向天大哭，说道："同类相残，伤心惨目。非河南侯君，不能救我。"所以今日谆谆纳交。〔生云〕原来如此，俺看圆海情辞迫切，亦觉可怜。就便真是魏党，悔过来归，亦不可绝之太甚，况罪有可原乎？定生、次尾皆我至交，明日相见，即为分解。〔末云〕果然如此，吾党之幸也。〔旦怒介，云〕官人是何说话，阮大铖趋附权奸，廉耻丧尽，妇人女子，无不唾骂。他人攻之，官人救之，官人自处于何等也？

【川拨棹】不思想，把话儿轻易讲。要与他消释灾殃，要与他消释灾殃，也提防傍人短长。官人之意，不过因他助俺妆奁，便要狥私废公。那知道这几件钗钏衣裙，原放不到我香君眼里。〔拔簪脱衣介，云〕脱裙衫，穷不妨；布荆人，名自香。

〔末云〕呵呀！香君气性，忒也刚烈。〔小旦云〕把好好东西，都丢一地，可惜！可惜！〔拾介〕〔生云〕好！好！好！这等见识，我倒不如，真乃侯生畏友也。〔向末介，云〕老兄休怪，弟非不领教，但恐为女子所笑耳。

【前腔】〔生唱〕平康巷，他能将名节讲；偏是咱学校朝堂，偏是咱学校朝堂，混贤奸不问青黄。那些社友平日重俺侯生者，也只为这点义气。我若依附奸邪，那时群起来攻，自救不暇，焉能救人乎？节和名，非泛常；重和轻，须审详。

〔末云〕圆老一段好意，也还不可激烈。〔生云〕我虽至愚，亦不肯从井救人。〔末云〕既然如此，小弟告辞了。〔生云〕这些箱笼，原是阮家之物，香君不用，留之无益，还求取去罢。〔末云〕正是！"多情反被无情恼，乘兴而来兴尽还"。〔下〕〔旦恼介〕〔生看旦介，云〕俺看香君天姿国色，摘了几朵珠翠，脱去一套绮罗，十分容貌，又添十分，更觉可爱。〔小旦云〕虽如此说，舍了许多东西，倒底可惜。

【尾声】金珠到手轻轻放，惯成了娇痴模样，辜负俺辛勤做老娘。〔生云〕些须东西，何足挂念。小生照样赔来。〔小旦云〕这等才好。

〔小旦〕花钱粉钞费商量，〔旦〕裙布钗荆也不妨。

〔生〕只有湘君能解佩，〔旦〕风标不学世时妆。

## 第二十二出·守楼

甲申十月

〔外、小生拿内阁灯笼、衣、银跟轿上，云〕“天上从无差月老，人间竟有错花星。”〔外云〕我们奉老爷之命，硬娶香君，只得快走。〔小生云〕旧院李家母子两个，知他谁是香君。〔末急上呼介，云〕转来同我去罢。〔外见介，云〕杨姑老爷肯去，定娶不错了。〔同行介，云〕“月照青溪水，霜沾长板桥。”来此已是，快快叫门。〔叫门介〕〔杂扮保儿上，云〕才关后户，又开前庭。迎官接客，卑职驿丞。〔问介，云〕是那个叫门？〔外云〕快开门来。〔杂开门惊介，云〕呵呀！灯笼火把，轿马人夫，杨老爷来夸官了。〔末云〕唗！快唤贞娘出来。〔杂大叫介，云〕妈妈出来，杨老爷到门了。〔小旦急上问介，云〕老爷从那里赴席回来么？〔末云〕适在马舅爷相府，特来报喜。〔小旦云〕有什么喜？〔末云〕有个大老官来娶你令爱哩。〔指介，唱〕

【渔家傲】你看这彩轿青衣门外催，你看这三百花银，一套绣衣。〔小旦惊介，云〕是那家来娶，怎不早说？〔末云〕你看灯笼大字成双对，是中堂阁内。〔小旦云〕就是内阁老爷自己娶么？〔末云〕非也。漕抚田公，同乡至戚，赠个佳人奉玉杯。

〔小旦云〕田家亲事，久已回断，如何又来歪缠？〔小生拿银交介，云〕你就是香君么？请受财礼。〔小旦云〕待我进去商量。〔外云〕相府要人，还等你商量。快快收了银子，出来上轿罢。〔末云〕他怎敢不去，你们在外伺候，待我拿银进去，催他梳洗。〔末接银，杂接衣，同小旦作进介〕〔小生、外云〕我们且寻个老表子燥脾去。〔俱暂下〕〔小旦、末、杂作上楼介〕〔末唤介，云〕香君睡下不曾？〔旦上，云〕有甚紧事，一片吵闹。〔小旦云〕你还不知么？〔旦见末介，云〕想是杨老爷要来听歌。〔小旦云〕还说甚么歌不歌哩。

【剔银灯】忙忙的来交聘礼，凶凶的强夺歌妓。对着面一时难回避，执着名别人谁替。〔旦惊介，云〕唬杀奴也！又是那个天杀的？〔小旦云〕还是田仰，又借着相府的势力，硬来娶你。堪悲，青楼薄命，一霎时杨花乱吹。

〔小旦向末介，云〕老爷从来疼俺母子，为何下这毒手？〔末云〕不干我事，那马瑶草知你拒绝田仰，动了大怒，差一班恶仆登门强娶。下官怕你受气，特为护你而来。〔小旦云〕这等多谢了，还求老爷始终救解。〔末云〕依我说三百财礼，也不算吃亏。香君嫁个漕抚，也不算失所。你有多大本事，能敌他两家势力？〔小旦思介，云〕杨老爷说的有理，看这局面，拗不去了。孩儿趁早收拾下楼罢！〔旦怒介，云〕妈妈说那里话来！当日杨老爷作媒，妈妈主婚，把奴嫁与侯郎，满堂宾客，谁没看见。现收着定盟之物。〔急向内取出扇介，云〕这首定情诗，杨老爷都看过，难道忘了不成？

【摊破锦地花】案齐眉，他是我终身倚，盟誓怎移。宫纱扇现有诗题，万种恩情，一夜夫妻。〔末云〕那侯郎避祸逃走，不知去向。设若三年不归，你也只顾等他么？〔旦云〕便等他三年，便等他十年，便等他一百年，只不嫁田仰。〔末云〕呵呀！好性气，又像摘翠脱衣骂阮圆海的那番光景了。〔旦云〕可又来，阮、田同是魏党，阮家妆奁尚且不受，倒去跟着田仰么？〔内喊介，云〕夜已深了，快些上轿，还要赶到船上去哩。〔小旦劝介，云〕傻丫头！嫁到田府，少不了你的吃穿哩。〔旦云〕呸！我立志守节，岂在温饱。忍寒饥，决不下这翠楼梯。

〔小旦云〕事到今日，也顾不得他了。〔叫介，云〕杨老爷放下财礼，大家帮他梳头穿衣罢。〔小旦替梳头，末替穿衣介〕〔旦持扇前后乱打介〕〔末云〕好利害，一柄诗扇，倒像一把防身的利剑。〔小旦云〕草草妆完，抱他下楼罢。〔末抱介〕〔旦哭介，云〕奴家就死不下此楼。〔倒地撞头晕卧介〕〔小旦惊介〕呵呀！我儿苏醒，竟把花容，碰了个稀烂。〔末指扇介，云〕你看血喷满地，连这诗扇都溅坏了。〔拾扇付杂介〕〔小旦唤介，云〕保儿，扶起香君，且到卧房安歇罢。〔杂扶旦下〕〔内喊介，云〕夜已三更了，诓去银子，不打发上轿，我们要上楼拿人哩。〔末向楼下介，云〕管家略等一等，他母子难舍，其实可怜的。〔小旦急介，云〕孩儿碰坏，外边声声要人，这怎么处？〔末云〕那宰相势力，你是知道的，这番羞了他去，你母子不要性命了。〔小旦怕介，云〕求杨老爷救俺则个。〔末云〕没奈何，且寻个权宜之法罢。〔小旦云〕有何权宜之法？〔末云〕娼家从良，原是好事，况且嫁与田府，不少吃穿，香君既没造化，你倒替他享受去罢。〔小旦急介，云〕这断不能。一时一霎，叫我如何舍的。〔末怒介，云〕明日早来拿人，看你舍得舍不得。〔小旦呆介，云〕也罢！叫香君守着楼，我去走一遭儿。〔想介，云〕不好！不好！只怕有人认的。〔末云〕我说你是香君，谁能辨别。〔小旦云〕既是这等，少不得又装新人了。〔忙打扮完介，向内叫介，云〕香君我儿，好好将息，我替你去了。〔又嘱介，云〕三百两银子，替我收好，不要花费了。〔末扶小旦下楼介〕

【麻婆子】〔小旦唱〕下楼下楼三更夜，红灯满路辉。出户出户寒风起，看花未必归。〔小生、外打灯抬轿上，云〕好，好，新人出来了，快请上轿。〔小旦别末介，云〕别过老爷罢。〔末云〕前途保重，后会有期。〔小旦云〕老爷今夜且宿院中，照管孩儿。〔末云〕自然。〔小旦上轿介，唱〕萧郎从此路人窥，侯门再出岂容易。〔行介，唱〕舍了笙歌队，今夜伴阿谁。〔俱下〕〔末笑介，云〕贞丽从良，香君守节，雪了阮兄之恨，全了马舅之威！将李代桃，一举四得，倒也是个妙计。〔叹介，云〕只是母子分别，未免伤心。

匆匆夜去替蛾眉，一曲歌同易水悲。

燕子楼中人卧病，灯昏被冷有谁知。

## 第二十四出・骂筵

乙酉正月

【缕缕金】〔副净扮阮大铖吉服上，唱〕风流代，又遭逢，六朝金粉样，我偏通。管领烟花，衔名供奉。簇新新帽乌衬袍红，皂皮靴绿缝，皂皮靴绿缝。

〔笑介，云〕我阮大铖，亏了贵阳相公破格提挈，又取在内庭供奉。今日到任回来，好不荣耀。且喜今上性喜文墨，把王铎补了内阁大学士，钱谦益补了礼部尚书。区区不才，同在文学侍从之班。天颜日近，知无不言。前日进了四种传奇，圣心大悦，立刻传旨，命礼部采选宫人，要将《燕子笺》被之声歌，为中兴一代之乐。我想这本传奇，精深奥妙，倘被俗手教坏，岂不损我文名。因而乘机启奏："生口不如熟口，清客强似教手。"圣上从谏如流，就命广搜旧院，大罗秦淮，拿了清客妓女数十余人，交与礼部拣选。前日验他色艺，都只平常。还有几个有名的，都是杨龙友旧交，求情免选，下官只得勾去。昨见贵阳相公说道："教演新戏是圣上心事，难道不选好的，倒选坏的不成。"只得又去传他，尚未到来。今乃乙酉新年人日佳节，下官约同龙友，移樽赏心亭，邀俺贵阳师相，饮酒看雪。早已吩咐把新选的妓女，带到席前验看。正是：花柳笙歌隋事业，诙谐裙屐晋风流。〔下〕

【黄莺儿】〔老旦扮卞玉京道妆背包急上，唱〕家住蕊珠宫，恨无端业海风，把人轻向烟花送。喉尖唱肿，裙腰舞松，一生魂在巫山洞。俺卞玉京，今日为何这般打扮，只因朝廷搜拿歌妓，逼俺断了尘心。昨夜别过姊妹，换上道妆，飘然出院，但不知那里好去投师。望城东云山满眼，仙界路无穷。〔飘摇下〕〔副净、外、净扮丁继之、沈公宪、张燕筑三清客上〕

【皂罗袍】〔副净唱〕正把秦淮箫弄，看名花好月，乱上帘栊。风纸签名唤乐工，南朝天子春心动。我丁继之年过六旬，歌板久抛。前日托过杨老爷，免我前往，怎的今日又传起来了。〔外、净云〕俺两个也都是免过的，不知又传，有何话说。〔副净拱介，云〕两位老弟，大家商量，我们一班清客，感动皇爷，召去教歌，也不是容易的。〔外、净云〕正是。〔副净云〕二位青年上进，该去走走，我老汉多病年衰，也不望甚么际遇了。今日我要躲过，求二位遮盖一二。〔外云〕这有何妨，太公钓鱼，愿者上钩。〔净云〕是！是！难道你犯了王法，定要拿去审问不成。〔副净云〕既然如此，我老汉就回去了。〔回行介，唱〕急忙回首，青青远峰。逍遥寻路，森森乱松。〔顿足介，唱〕若不离了尘埃，怎能免得牵绊。〔袖出道巾、黄绦换介，转头呼介，云〕二位看俺打扮罢，道人醒了扬州梦。〔摇摆下〕

〔外云〕咦！他竟出家去了，好狠心也。〔净云〕我们且坐廊下晒暖，待他姊妹到来，同去礼部过堂。〔坐地介〕〔小旦扮寇白门，丑扮郑妥娘，杂扮差役跟上〕〔小旦唱〕桃片随风不结子，〔丑唱〕柳绵浮水又成萍。〔望介，云〕你看老沈老张不约俺一声儿，先到廊下向暖，我们走去，打他个耳刮子。〔相见，诨介〕〔外问杂介，云〕又传我们到那里去？〔杂云〕

传你们到礼部过堂，送入内庭教戏。〔外云〕前日免过俺们了。〔杂云〕内阁大老爷不依，定要借重你们几个老清客哩。〔净云〕是那几个？〔杂云〕待我瞧瞧票子。〔取票看介，云〕丁继之、沈公宪、张燕筑。〔问介，云〕那姓丁的如何不见？〔外云〕他出家去了。〔杂云〕既出了家，没处寻他，待我回官罢！〔向净、外介，云〕你们到了的，竟往礼部过堂去。〔净云〕等他姊妹们到齐着。〔杂云〕今日老爷们秦淮赏雪，吩咐带着女客，席上验看哩。〔外、净云〕既是这等，我们先去了。正是：传歌留乐府，擫笛傍宫墙。〔下〕〔杂看票问小旦介，云〕你是寇白门么？〔小旦云〕是。〔杂问丑介，云〕你是卞玉京么？〔丑云〕不是，我是老妥。〔杂云〕是郑妥娘了。〔问介，云〕那卞玉京呢？〔丑云〕他出家去了。〔杂云〕咦！怎么出家的都配成对儿。〔问介，云〕后边还有一个脚小走不上来的，想是李贞丽了？〔小旦云〕不是，李贞丽从良去了。〔杂云〕我方才拉他下楼，他说是李贞丽，怎的又不是？〔丑云〕想是他女儿顶名替来的。〔杂云〕母子总是一般，只少不了数儿就好了。〔望介，云〕他早赶上来也。

【忒忒令】〔旦唱〕下红楼残腊雪浓，过紫陌早春泥冻。不惯行走，脚儿十分痛。传凤诏，选蛾眉，把丝鞭，骑骄马，催花使乱拥。

奴家香君，被捉下楼，叫去学歌，是俺烟花本等，只有这点志气，就死不磨。〔杂喊介，云〕快些走动。〔旦到介〕〔小旦云〕你也下楼了，屈尊，屈尊。〔丑云〕我们造化，就得服侍皇帝了。〔旦云〕情愿奉让罢。〔同行介〕〔杂云〕前面是赏心亭了，内阁马老爷，光禄阮老爷，兵部杨老爷，少刻即到。你们各人整理伺候。〔杂同小旦、丑下〕〔旦私语介，云〕难得他们凑来一处，正好吐俺胸中之气。

【前腔】赵文华陪着严嵩，抹粉脸席前趋奉。丑腔恶态，演出真鸣凤。俺做个女祢衡，挝渔阳，声声骂，看他懂不懂。

〔净扮马士英，副净扮阮大铖，末扮杨文骢，外、小生扮从人喝道上〕〔旦避下〕〔副净云〕琼瑶楼阁朱微抹。〔末云〕金碧峰峦粉细勾。〔净云〕好一派雪景也。〔副净云〕这座赏心亭，原是看雪之所。〔净云〕怎么原是看雪之所？〔副净云〕宋真宗曾出周昉雪图，赐与丁谓，说道："卿到金陵，可选一绝景处张之。"因建此亭。〔净看壁介，云〕这壁上单条，想是周昉雪图了。〔末云〕非也。这是画友蓝瑛新来见赠的。〔净云〕妙！妙！你看雪压钟山，正对图画，赏心胜地，无过此亭矣。〔末吩咐介，云〕就把炉、榼、游具，摆设起来。〔外、小生设席坐介〕〔副净向净介，云〕荒亭草具，恃爱高攀，着实得罪了。〔净云〕说那里话。可笑一班小人，奉承权贵，费千金盛设，十分丑态，一无所取，徒传笑柄。〔副净云〕晚生今日扫雪烹茶，清谈攀教，显得老师相高怀雅量，晚生辈也免了几笔粉抹。〔净云〕呵呀！那戏场粉笔，最是利害，一抹上脸，再洗不掉。虽有孝子慈孙，都不肯认做祖父的。〔末云〕虽然利害，却也公道，原以儆戒无忌惮之小人，非为我辈而设。〔净云〕据学生看来，都吃了奉承的亏。〔末云〕为何？〔净云〕你看前辈分宜相公严嵩，何尝不是一个文人，现今《鸣凤记》里抹了花脸，着实丑看。岂非赵文华辈奉承坏了。〔副净打恭介，云〕是！是！老师相是不喜奉承的，晚生惟有心悦诚服而已。〔末云〕请酒。〔同举杯介〕〔副净问外介，云〕选的妓女，可曾叫到了么？〔外禀介〕叫到了。〔杂领众妓叩头介〕〔净细看介，吩咐介，云〕今日雅集，用不着他们，叫他礼部过堂去罢。〔副净云〕特令到此伺候酒席的。〔净云〕留下那个年小的罢。〔众下〕〔净问介，云〕他唤什么名字？〔杂禀介，云〕李贞丽。〔净笑介，云〕丽而未必贞也。〔笑向副净介，云〕我们扮过陶学士了，再扮一折党太尉何如？〔副净云〕妙！妙！〔唤介，云〕贞丽过来斟酒唱曲。〔旦摇头介〕〔净云〕为何摇头？〔旦云〕不会。〔净云〕呵呀！样样不会，怎称名妓。〔旦云〕原非名妓。〔掩泪介〕〔净云〕你有甚心事，容你说来。

【江儿水】〔旦唱〕妾的心中事，乱似蓬，几番要向君王控。拆散夫妻惊魂迸，割开母子鲜血涌，比那流贼还猛。做哑装聋，骂着不知惶恐。

〔净云〕原来有这些心事。〔副净云〕这个女子却也苦了。〔末云〕今日老爷们在此行乐，不必只是诉冤了。〔旦云〕杨老爷知道的，奴家冤苦，也值当不的一诉。

【五供养】堂堂列公，半边南朝，望你峥嵘。出身希贵宠，创业选声容，后庭花又添几种。把俺胡撮弄，对寒风雪海冰山，苦陪觞咏。

〔净怒介，云〕哇！这妮子胡言乱道，该打嘴了。〔副净云〕闻得李贞丽，原是张天如、夏彝仲辈品题之妓，自然是放肆的。该打！该打！〔末云〕看他年纪甚小，未必是那个李贞丽。〔旦恨介，云〕便是他待怎的！

【玉交枝】东林伯仲，俺青楼皆知敬重。干儿义子从新用，绝不了魏家种。〔副净云〕好大胆，骂的是那个，快快采去丢在雪中。〔外采旦推倒介〕〔旦唱〕冰肌雪肠原自同，铁心石腹何愁冻。〔副净云〕这奴才，当着内阁大老爷，这般放肆，叫我们都开罪了。可恨！可恨！〔下席踢旦介〕〔末起拉介〕〔净云〕罢！罢！这样奴才，何难处死，只怕妨了俺宰相之度。〔末云〕是！是！丞相之尊，娼女之贱，天地悬绝，何足介意。〔副净云〕也罢！启过老师相，送入内庭，拣着极苦的脚色，叫他去当。〔净云〕这也该的。〔末云〕着人拉去罢！〔杂拉旦介〕〔旦云〕奴家已拼一死。吐不尽鹃血满胸，吐不尽鹃血满胸。

〔拉旦下〕〔净云〕好好一个雅集，被这奴才搅乱坏了。可笑！可笑！〔副净、末连三揖介，云〕得罪！得罪！望乞海涵，另日竭诚罢。〔净云〕兴尽宜回春雪棹。〔副净云〕客羞应斩美人头。〔净、副净从人喝道下〕〔末吊场介，云〕可笑香君才下楼来，偏撞两个冤对，这场是非免不了的。若无下官遮盖，香君性命也有些不妥哩。罢！罢！选入内庭，倒也省了几日悬挂。只是媚香楼无人看守，如何是好？〔想介，云〕有了，画友蓝瑛托俺寻寓，就接他暂住楼上，待香君出来，再作商量。

赏心亭上雪初融，煮鹤烧琴宴巨公，
恼杀秦淮歌舞伴，不同西子入吴宫。

## 第二十八出·题画

乙酉三月

〔小生扮山人蓝瑛上，云〕“美人香冷绣床闲，一院桃开独闭关。无限浓春烟雨里，南朝留得画中山。”自家武林蓝瑛，表字田叔，自幼驰声画苑。与贵筑杨龙友笔砚至交，闻他新转兵科，买舟来望，下榻这媚香楼上。此楼乃名妓香君梳妆之所，美人一去，庭院寂寥，正好点染云烟，应酬画债。不免将文房画具，整理起来。〔做洗砚、涤笔、调色、揩盏介，云〕没有净水怎处？〔想介，云〕有了，那花梢晓露，最是清洁，用他调丹濡粉，鲜秀非常。待我下楼，向后园收取。〔手持色盏暂下〕

【齐破阵】〔生新衣上，唱〕地北天南蓬转，巫云楚雨丝牵。巷滚杨花，墙翻燕子，认得红楼旧院。触起闲情柔如草，搅动新愁乱似烟，伤春人正眠。

小生在黄河舟中，遇着苏昆生，一路同行，心忙步急，不觉来到南京。昨晚旅店一宿，天明早起，留下昆生看守行李，俺独自来寻香君，且喜已到院门之外。

【刷子序犯】只见黄莺乱啭，人踪悄悄，芳草芊芊。粉坏楼墙，苔痕绿上花砖。应有娇羞人面，映着他桃树红妍。重来浑似阮刘仙，借东风引入洞中天。

〔作推门介，云〕原来双门虚掩，不免侧身潜入，看有何人在内。〔入介，唱〕

【朱奴儿犯】呀！惊飞了满树雀喧，踏破了一墀苍藓。这泥落空堂帘半卷，受用煞双栖紫燕。闲庭院，没个人传，蹑踪儿回廊一遍，直步到小楼前。

〔上指介，云〕这是媚香楼了。你看寂寂寥寥，湘帘昼卷，想是香君春眠未起。俺且不要唤他，慢慢的上了妆楼，悄立帐边，等他自己醒来，转睛一看，认得出是小生，不知如何惊喜哩！〔作上楼介，唱〕

【普天乐】手拽起翠生生罗襟软，袖拨开绿杨线。一层层栏坏梯偏，一桩桩尘封网罥。艳浓浓楼外春不浅，帐里人儿腼腆。〔看几介，唱〕从几时收拾起银拨冰弦，摆列着描春容脂箱粉盏，待做个女山人画叉乞钱。〔惊介，云〕怎的歌楼舞榭，改成个画院书轩，这也奇了。〔想介，云〕想是香君替我守节，不肯做那青楼旧态，故此留心丹青，聊以消遣春愁耳。〔指介，云〕这是香君卧室，待我轻轻推开。〔推介，云〕呀！怎么封锁严密，倒像久不开的。这又奇了，难道也没个人看守。〔作背手徬徨介，唱〕

【雁过声】萧然，美人去远，重门锁，云山万千，知情只有闲莺燕。尽着狂，尽着颠，问着他一双双不会传言。熬煎，才待转，嫩花枝靠着疏篱颤。〔下听介，云〕帘栊响，似有个人略喘。〔瞧介，云〕待我看是谁来。〔小生持盏上楼，惊见介，云〕你是何人，上我寓楼？〔生云〕这是俺香君妆楼，你为何寓此？〔小生云〕我乃画士蓝瑛，兵科杨龙友先生送俺作寓的。〔生云〕原来是蓝田老，一向久仰。〔小生问介，云〕台兄尊号？〔生云〕小生河南侯朝宗，亦是龙友旧交。〔小生惊介，云〕呵呀！文名震耳，才得会面。请坐，请坐。〔坐介，生云〕我且问你，俺那香君那里去了？〔小生云〕听说被选入宫了。〔生惊介，云〕怎、怎的被选入

宫了！几时去的？〔小生云〕这倒不知。〔生起，掩泪介，唱〕

【倾杯序】寻遍，立东风渐午天，那一去人难见。〔瞧介，唱〕看纸破窗棂，纱裂帘幔。裹残罗帕，戴过花钿，旧笙箫无一件。红鸳衾尽卷，翠菱花放扁，锁寒烟，好花枝不照丽人眠。

想起小生定情之日，桃花盛开，映着簇新新一座妆楼。不料美人一去，零落至此。今日小生重来，又值桃花盛开，对景触情，怎能忍住一双眼泪。〔掩泪坐介，唱〕

【玉芙蓉】春风上巳天，桃瓣轻如剪，正飞绵作雪，落红成霰。不免取开画扇，对着桃花赏玩一番。〔取扇看介，唱〕溅血点作桃花扇，比着枝头分外鲜。这都是为着小生来。携上妆楼展，对遗迹宛然，为桃花结下了死生冤。

〔小生云〕请教这扇上桃花，何人所画？〔生云〕就是贵东杨龙友的点染。〔小生云〕为何对之挥泪？〔生云〕此扇乃小生与香君订盟之物。

【山桃红】那香君呵！手捧着红丝砚，花烛下索诗篇。〔指介，云〕一行行写下鸳鸯券。不到一月，小生避祸远去，香君闭门守志，不肯见客，惹恼了几个权贵。放一群吠神仙朱门犬。那时硬抢香君下楼，香君着急，把花容呵，似鹃血乱洒啼红怨。这柄诗扇恰在手中，竟为溅血点坏。〔小生云〕可惜！可惜！〔生云〕后来杨龙友添上梗叶，竟成了几笔折枝桃花。〔拍扇介〕这桃花扇在，那人阻春烟。

〔小生看介，云〕画的有趣，竟看不出是血迹来。〔问介，云〕这扇怎生又到先生手中？〔生云〕香君思念小生，托苏师父到处寻俺，把这桃花扇当了一封锦字书。小生接得此扇，跋涉来访，不想香君又入宫去了。〔掩泪介〕〔末扮杨龙友冠带，从人喝道上，云〕“台上久无秦弄玉，船中新到米襄阳。”〔杂入报介，云〕兵科杨老爷来看蓝相公，门外下轿了。〔小生慌迎见介〕〔末上楼见生，揖介，云〕侯兄几时来的？〔生云〕适才到此，尚未奉拜。〔末云〕闻得一向在史公幕中，又随高兵防河。昨见塘报，高杰于正月初十日，已为许定国所杀，那时世兄在那里来？〔生云〕小弟正在乡园，忽遇此变，扶着家父逃避山中，一月有余。恐为许兵追踪，故又买舟南来。路遇苏昆生，持扇相访，只得连夜赴约。竟不知香君已去。〔问介，云〕请问是几时去的？〔末云〕正月八日被选入宫的。〔生云〕到几时才出来？〔末云〕遥遥无期。〔生云〕小生只得在此等他了。〔末云〕此处无可留恋，倒是别寻佳丽罢。〔生云〕小生怎忍负约，但得他一信，去也放心。

【尾犯序】〔生唱〕望咫尺青天，那有个瑶池女使，偷递情笺。明放着花楼酒榭，丢做个雨井烟垣。堪怜！旧桃花刘郎又撚，料得新吴宫西施不愿。横揣俺天涯夫婿，永巷日如年。

〔末云〕世兄不必愁烦，且看田叔作画罢。〔小生画介〕〔生、末坐看介，云〕这是一幅桃源图？〔小生云〕正是。〔末问介，云〕替那家画的？〔小生云〕大锦衣张瑶星先生，新修起松风阁，要裱做照屏的。〔生赞介，云〕妙！妙！位置点染，别开生面，全非金陵旧派。〔小生作画完介，云〕见笑，见笑！就求题咏几句，为拙画生色何如？〔生云〕不怕写坏，小生就献丑了。〔题介，云〕"原是看花洞里人，重来那得便迷津。渔郎诳指空山路，留取桃源自避秦。"归德侯方域题。〔末读介，云〕佳句。寄意深远，似有微怪小弟之意。〔生云〕岂敢！〔指画介，唱〕

【鲍老催】这流水溪堪羡，落红英千千片。抹云烟，绿树浓，青峰远。仍是春风旧境不曾变，没个人儿将咱系恋。是一座空桃源，趁着未斜阳将棹转。

〔起介〕〔末云〕世兄不消埋怨，而今马、阮当道，专以报仇雪恨为事。俺虽至亲好友，不敢谏言。恰好人日设席，唤香君供唱。那香君性气，你是知道的，手指二公一场好骂。〔生云〕呵呀！这番遭他毒手了。〔末云〕亏了小弟在傍，十分劝解，仅仅推入雪中，吃了一惊。幸而选入内庭，得保性命。〔向生介，云〕世兄既与香君有旧，亦不可在此久留。〔生云〕是！是！承教了。〔同下楼行介，唱〕

【尾声】热心肠早把冰雪咽，活冤业现摆着麒麟楦。〔收扇介〕俺且抱着扇上桃花闲过遣。〔竟下介〕〔末云〕我们别过蓝兄，一同出去罢。〔生云〕正是忘了作别。〔做别介，云〕请了！〔小生先闭门下〕〔生、末同行介〕

〔生〕重到红楼意惘然，〔末〕闲评诗画晚春天；

〔生〕美人公子飘零尽，〔末〕一树桃花似往年。

## 第三十九出·栖真

乙酉六月

【醉扶归】〔净扮苏昆生同旦上〕〔旦唱〕一丝幽恨嵌心缝，山高水远会相逢。拿住情根死不松，赚他也做游仙梦。看这万叠云白罩青松，原是俺天台洞。

〔唤介，云〕师父，我们幸亏蓝田叔领到栖霞山来，无意之中，敲门寻宿，偏撞着下玉京做了这保真庵主，留俺暂住，这也是天缘奇遇。只是侯郎不见，妾身无归，还求师父上心寻觅。〔净云〕不要性急。你看烟尘满地，何处寻觅，且待庵主出来，商量个常住之法。〔老旦扮卞玉京道妆上，唱〕

【皂罗袍】何处瑶天笙弄，听云鹤缥缈，玉珮玎玲。花月姻缘半生空，几乎又把桃花种。〔见介，云〕草庵淡薄，屈尊二位了。〔旦云〕多谢收留，感激不尽。〔净云〕正有一言奉告，江北兵荒马乱，急切不敢前行。我老汉的吹歌，山中又无用处，连日搅扰，甚觉不安。〔老旦云〕说那里话。旧人重到，蓬山路通。前缘不断，巫峡恨浓，连床且话襄王梦。〔净云〕我苏昆生有个活计在此。〔换鞋、笠，取斧、担、绳索介，云〕趁这天晴，俺要到岭头涧底，取些松柴，供早晚炊饭之用，不强如坐吃山空么？〔老旦云〕这倒不敢动劳。〔净云〕大家度日，怎好偷闲。〔挑担介，云〕“脚下山云冷，肩头野草香。”〔下〕〔老旦闭门介〕〔旦云〕奴家闲坐无聊，何不寻些旧衣残裳，付俺缝补，以消长夏。〔老旦云〕正有一事借重。这中元节，村中男女，许到白云庵与皇后周娘娘悬挂宝幡，就求妙手，替他成造，也是十分功德哩。〔旦云〕这样好事，情愿助力。〔老旦取出幡料介〕〔旦云〕待奴薰香洗手，虔诚缝制起来。〔做洗手缝幡介，唱〕

【好姐姐】念奴前身业重，绑十指筝弦箫孔。慵线懒针，几曾作女红。〔老旦云〕香姐心灵手巧，一捻针线，就是不同的。〔旦云〕奴家那晓针线，凭着一点虔心罢了。仙幡捧，忏悔尽教指头肿，绣出鸳鸯别样工。〔共绣介〕〔副末扮老赞礼，丑扮柳敬亭，背行李领生上〕

【皂罗袍】〔生唱〕避了干戈纵横，听飕飕一路，涧水松风。云锁栖霞两三峰，江深五月寒风送。〔副末云〕这是栖霞山了，你们寻所道院，趁早安歇罢。〔生看介，云〕这是一座葆真庵，何不敲门一问。石墙萝户，忙寻炼翁，鹿柴鹤径，急呼道童，仙家那晓浮生恸。

〔副末敲门介〕〔老旦起问介，云〕那个敲门？〔副末云〕俺是南京来的，要借贵庵暂安行李。〔老旦云〕这里是女道住持，从不留客的。

【好姐姐】你看石墙四耸，昼掩了重门无缝。修真女冠，怕遭俗客哄。〔丑云〕我们不比游方僧道，暂住何妨。〔老旦云〕真经讽，谨把祖师清规奉，处女闺阁一样同。

〔旦云〕说的有理，比不得在青楼之日了。〔老旦云〕这是俺修行本等，不必睬他，且去香厨用斋罢。〔同下〕〔副末又敲门介〕〔生云〕他既谨守清规，我们也不必苦缠了。〔副末云〕前面庵观尚多，待我再去访问。〔行介〕〔副净扮丁继之道装，提药篮上，唱〕

【皂罗袍】采药深山古洞，任芒鞋竹杖，踏遍芳丛。落照苍凉树玲珑，林中笋蕨充清供。〔副末喜介，云〕那边一位道人来了，待我上前问他。〔拱介，云〕老仙长，我们上山来做好事的，要借道院暂安行李，敢求方便一二。〔副净认介，云〕这位相公，好像河南侯公子。〔丑云〕不是侯公子是那个？〔副净又认介，云〕老兄你可是柳敬亭么？〔丑云〕便是。〔生认介，云〕呵呀！丁继老，你为何出了家也？〔副净云〕侯相公，你不知么？俺善才迟暮，羞入旧宫。龟年疏懒，难随妙工，辞家竟把仙箓诵。

〔生云〕原来因此出家。〔丑云〕请问住持何山？〔副净云〕前面不远，有一座采真观，便是俺修炼之所。不嫌荒僻，就请暂住何如？〔生云〕甚好。〔副末云〕二位遇着故人，已有栖身之地。俺要上白云庵，商量醮事去了。〔生云〕多谢携带。〔副末彼此别介，云〕"人间消孽海，天上礼仙坛。"〔下〕〔副净携生、丑行介，云〕跨过白泉，又登紫阁。雪洞风来，云堂雨落。〔生惊介，云〕面前一道溪水，隔断南山，如何过去？〔副净云〕不妨。靠岸有只渔船，俺且坐船闲话，等个渔翁到来，央他撑去，不上半里，便是采真观了。

〔同上船坐介〕〔丑云〕我老柳少时在泰州北湾，专以捕鱼为业。这渔船是弄惯了的，待我撑去罢。〔生云〕妙！妙！〔丑撑船介〕〔生问副净介，云〕自从梳栊香君，借重光陪，不觉别来便是三载。〔副净云〕正是。且问香君入宫之后，可有消息么？〔生云〕那得消息来。〔取扇指介，云〕

这柄桃花扇，还是我们订盟之物，小生时刻在手。

【好姐姐】把他桃花扇拥，又想起青楼旧梦。天老地荒，此情无尽穷。分飞猛，杳杳万山隔鸾凤，美满良缘半月同。

〔丑云〕前日皇帝私走，嫔妃逃散，料想香君也出宫门。且待南京平定，再去寻访罢。〔生云〕只怕兵马赶散，未必重逢了。〔掩泪介〕〔副净指介，云〕那一带竹篱，便是俺的采真观，就请拢船上岸罢。〔丑挽船，同上岸介〕〔副净唤介，云〕道僮，有远客到门，快搬行李。〔内应介〕〔副净云〕请进。〔让入介〕

〔生〕门里丹台更不同，〔副净〕寂寥松下养衰翁。

〔丑〕一湾溪水舟千转，〔生〕跳入蓬壶似梦中。

## 第四十出·入道

乙酉七月

【南点绛唇】〔外扮张薇瓢冠衲衣，持拂上，唱〕世态纷纭，半生尘里朱颜老。拂衣不早，看罢傀儡闹。恸哭穷途，又发哄堂笑。都休了，玉壶琼岛，万古愁人少。

贫道张瑶星，挂冠归山，便住这白云庵里。修仙有分，涉世无缘。且喜书客蔡益所随俺出家，又载来五车经史。那山人蓝田叔也来皈依，替我画了四壁蓬瀛。这荒山之上，既可读书，又可卧游，从此飞升尸解，亦不算懵懂神仙矣。只有崇祯先帝，深恩未报，还是平生一件缺事。今乃乙酉年七月十五日，广延道众，大建经坛，要与先帝修斋追荐。恰好南京一个老赞礼，约些村中父老，也来搭醮。不免唤出弟子，趁早铺设。〔唤介，云〕徒弟何在？〔丑扮蔡益所，小生扮蓝田叔道装上，云〕尘中辞俗客，云里会仙官。〔见介，云〕弟子蔡益所、蓝田叔，稽首了。〔拜介，外云〕尔等率领道众，照依黄箓科仪，早铺坛场，待俺沐浴更衣，虔心拜请。正是：清斋朝帝座，直道在人心。〔下〕〔丑、小生铺设三坛，供香花茶果，立幡挂榜介，唱〕

【北醉花阴】高筑仙坛海日晓，诸天群灵俱到，列星众宿来朝。幡影飘摇，七月中元建醮。

〔丑云〕经坛斋供，俱已铺设整齐了。〔小生指介，云〕你看山下父老，捧酒顶香，纷纷来也。〔副末扮老赞礼，领村民男女，顶香捧酒，挑纸钱、锭锞、绣幡上〕〔副末唱〕

【南画眉序】携村醪，紫降黄檀绣帕包。〔指介，唱〕望虚无玉殿，帝座非遥。问谁是皇子王孙，撇下俺村翁乡老。〔掩泪介，唱〕万山深处中元节，擎着纸钱来吊。

〔见介，云〕众位道长，我们社友俱已齐集了，就请法师老爷出来巡坛罢。〔丑、小生向内介，云〕铺设已毕，请法师更衣巡坛，行洒扫之仪。〔内三鼓介〕〔杂扮四道士奏仙乐，丑、小生换法衣捧香炉，外金道冠、法衣，擎净盏，执松枝，巡坛洒扫介〕

【北喜迁莺】〔合〕净手洒松梢，清凉露千滴万点抛。三转九回坛边绕，浮尘热恼全浇。香烧，云盖飘，玉座层层百尺高。响云璈，建极宝殿，改作团瓢。〔外下〕

〔丑、小生向内介，云〕洒扫已毕，请法师更衣拜坛，行朝请大礼。〔丑、小生设牌位。正坛设故明思宗烈皇帝之位，左坛设故明甲申殉难文臣之位。右坛设故明甲申殉难武臣之位〕〔内奏细乐介〕〔外九梁朝冠、鹤补朝服、金带、朝鞋、牙笏上，跪祝介，云〕伏以星斗增辉，快睹蓬莱之现；风雷布令，遥瞻阊阖之开。恭请故明思宗烈皇帝九天法驾，及甲申殉难文臣，东阁大学士范景文，户部尚书倪元璐，刑部侍郎孟兆祥，协理京营兵部侍郎王家彦，左都御史李邦华，右副都御史施邦耀，大理寺卿凌义渠，太常寺少卿吴麟征，太仆寺丞申佳胤，詹事府庶子周凤翔，谕德马世奇，中允刘理顺，翰林院检讨汪伟，兵科都给事中吴甘来，巡视京营御史王章，河南道御史陈良谟，提学御史陈纯德，兵部郎中成德，吏部员外郎许直，兵部主事金铉，武臣新乐侯刘文炳，襄城伯李国祯，驸马都尉巩永固，协理京营内监王承恩等。伏愿彩仗随车，素旗拥驾。君臣穆穆，指青鸟以来临；文武皇皇，乘白云而至止。共听灵籁，同饮仙浆。〔内奏乐，外三献酒，四拜介〕〔副末、村民随拜介〕

【南画眉序】〔外唱〕列仙曹，叩请烈皇下碧霄。舍煤山古树，解却宫绦。且享这椒酒松香，莫恨那流贼闯盗。古来谁保千年业，精灵永留山庙。〔外下〕〔丑、小生左右献酒，拜介〕〔副末、村民随拜介〕

【北出队子】〔丑、小生唱〕虔诚祝祷，甲申殉节群僚。绝粒刎颈恨难消，坠井投缳志不挠，此日君臣同醉饱。

〔丑、小生云〕奠酒化财，送神归天。〔众烧纸牌钱锞，奠酒举哀介〕〔副末云〕今日才哭了个尽情。〔众云〕我们愿心已了，大家吃斋去。〔暂下〕〔丑、小生向内介，云〕朝请已毕，请法师更衣登坛，做施食功德。〔设焰口，结高坛介〕〔内作细乐介〕〔外更华阳巾、鹤氅，执拂子上，拜坛毕，登坛介〕〔丑、小生侍立介〕〔外拍案介，云〕窃惟浩浩沙场，举目见空中之楼阁；茫茫苦海，回头登岸上之瀛州。念尔无数国殇，有名敌忾，或战畿辅，或战中州，或战湖南，或战陕右。死于水，死于火，死于刃，死于镞，死于跌扑踏践，死于厉疫饥寒。咸望滚榛莽之髑髅，飞风烟之磷火，远投法座，遥赴宝山。吸一滴之甘泉，津含万劫；吞盈掬之玉粒，腹果千春。〔撒米、浇浆、焚纸，鬼抢介〕

【南滴溜子】沙场里，沙场里，尸横蔓草；殷血腥，殷血腥，白骨渐槁。可怜风旋雨啸，望故乡无人拜扫。饿魄馋魂，来饱这遭。

〔丑、小生云〕施食已毕，请法师普放神光，洞照三界，将君臣位业，指示群迷。〔外云〕这甲申殉难君臣，久已超升天界了。〔丑、小生云〕还有今年北去君臣，未知如何结果？恳求指示。〔外云〕你们两廊道众，斋心肃立，待我焚香打坐，闭目静观。〔丑、小生执香，低头侍立介〕〔外闭目良久介，醒向众介，云〕那北去弘光皇帝，及刘良佐、刘泽清、田雄等，阳数未终，皆无显验。〔丑、小生前禀介，云〕还有史阁部、左宁南、黄靖南，这三位死难之臣，未知如何报应？〔外云〕待我看来。〔闭目介〕〔杂白须、幞头、朱袍，黄纱蒙面，幢幡细乐引上，云〕吾乃督师内阁大学士兵部尚书史可法，今奉上帝之命，册为太清宫紫虚真人，走马到任去也。〔骑马下〕〔杂金盔甲、红纱蒙面，旗帜鼓吹引上，云〕俺乃宁南侯左良玉，今奉上帝之命，封为飞天使者，走马到任去也。〔骑马下〕〔杂金盔甲、黑纱蒙面，旗帜鼓吹引上，云〕俺乃靖南侯黄得功，今奉上帝之命，封为游天使者，走马到任去也。〔骑马下〕〔外开目介，云〕善哉！善哉！方才梦见阁部史道邻先生，册为太清宫紫虚真人；宁南侯左昆山、靖南侯黄虎山，封为飞天、游天二使者。一个个走马到任，好荣耀也。

【北刮地风】则见他云中天马骄，才认得一路英豪。咭叮当奏着钧天乐，又摆些羽葆干旄。将军刀，丞相袍，挂符牌都是九天名号。好尊荣，好逍遥，只有皇天不昧功劳。

〔丑、小生拱手介，云〕南无天尊！南无天尊！果然善有善报，天理昭彰。〔前禀介，云〕还有奸臣马士英、阮大铖，这两个如何报应？〔外云〕待俺看来。〔闭目介〕〔净散发披衣跑上，云〕我马士英做了一生歹事，那知结果这台州山中。〔杂扮霹雳雷神，赶净绕场介〕〔净抱头跪介，云〕饶命！饶命！〔杂劈死净，剥衣去介〕〔副净冠带上，云〕好了！好了！我阮大铖走过这仙霞岭，便算第一功了。〔登高介〕〔杂扮山神、夜叉，刺副净下，跌死介〕〔外开目介，云〕苦哉！苦哉！方才梦见马士英击死台州山中，阮大铖跌死仙霞岭上。一个个皮开脑裂，好苦恼也。

【南滴滴金】明明业镜忽来照，天网恢恢飞不了。抱头颅由你千山跑，快雷车偏会找，钢叉又到。问年来吃人多少脑，这顶浆两包，不够犬饕。

〔丑、小生拱手介，云〕南无天尊！南无天尊！果然恶有恶报，天理昭彰。〔前禀介，云〕这两廊道众，不曾听得明白，还求法师高声宣扬一番。〔外举拂高唱介〕〔副末、众村民执香上，立听介〕

【北四门子】〔外唱〕众愚民暗室亏心少，到头来几曾饶，微功德也有吉祥报，大巡环睁眼瞧。前一番，后一遭，正人邪党，南朝接北朝。福有因，祸怎逃，只争些来迟到早。

〔副末、众叩头下〕〔老旦扮卞玉京，领旦上，云〕天上人间，为善最乐。方才同些女道，在周皇后坛前挂了宝幡，再到讲堂参见法师。〔旦云〕奴家也好闲游么？〔老旦指介，云〕你看两廊道俗，不计其数，瞧瞧何妨。〔老旦拜坛介，云〕弟子卞玉京稽首了！〔起同旦一边立介〕〔副净扮丁继之上，云〕人身难得，大道难闻。〔拜坛介，云〕弟子丁继之稽首了。〔起唤介，云〕侯相公，这是讲堂，过来随喜。〔生急上，云〕来了！“久厌尘中多苦趣，才知世外有仙缘。”〔同立一边介〕〔外拍案介，云〕你们两廊善众，要把尘心抛尽，才求得向上机缘。若带一点俗情，免不了轮回千遍。〔生遮扇看旦，惊介，云〕那边站的是俺香君，如何来到此处？〔急上前拉介〕〔旦惊见介，云〕你是侯郎，想杀奴也。

【南鲍老催】想当日猛然舍抛，银河渺渺谁架桥，墙高更比天际高。书难捎，梦空劳，情无了，出来路儿越迢遥。〔生指扇介，云〕看这扇上桃花，叫小生如何报你。看鲜血满扇开红桃，正说法天花落。

〔生、旦同取扇看介〕〔副净拉生，老旦拉旦介，云〕法师在坛，不可只顾诉情了。〔生、旦不理介〕〔外怒拍案介，云〕哇！何物儿女，敢到此处调情？〔忙下坛，向生、旦手中裂扇掷地介，云〕我这边清净道场，那容得狡童游女，戏谑混杂。〔丑认介，云〕阿呀！这是河南侯朝宗相公，法师原认得的。〔外云〕这女子是那个？〔小生云〕弟子认的他，是旧院李香君，原是侯兄聘妾。〔外云〕一向都在何处来？〔副净云〕侯相公住在弟子采真观中。〔老旦云〕李香君住在弟子葆真庵中。〔生向外揖介，云〕这是张瑶星先生，前日多承超豁。〔外云〕你是侯世兄，幸喜出狱了。俺原为你出家，你可知道么？〔生云〕小生那里晓得。〔丑云〕贫道蔡益所，也是为你出家。这些缘由，待俺从容告你罢。〔小生云〕贫道是蓝田叔，特领香君来此寻你，不想果然遇着。〔生云〕丁、卞二师收留之恩，蔡、田二师接引之情，俺与香君世世图报。〔旦云〕还有那苏昆生，也随奴到此。〔生云〕柳敬亭也陪我前来。〔旦云〕这柳、苏两位，不避患难，终始相依，更为可感。〔生云〕待咱夫妻还乡，都要报答的。〔外云〕你们絮絮叨叨，说的俱是那里话。当此地覆天翻，还恋情根欲种，岂不可笑！〔生云〕此言差矣！从来男女室家，人之大伦，离合悲欢，情有所钟，先生如何管得？〔外怒介，云〕阿呸！两个痴虫，你看国在那里？家在那里？君在那里？父在那里？偏是这点花月情根，割他不断么？

【北水仙子】堪叹你儿女娇，不管那桑海变。艳语淫词太絮叨，将锦片前程，牵衣握手神前告。怎知道姻缘簿久已勾销，翅楞楞鸳鸯梦醒好开交，碎纷纷团圆宝镜不坚牢。羞答答当场弄丑惹的旁人笑，明汤汤大路劝你早奔逃。

〔生揖介，云〕几句话，说的小生冷汗淋漓，如梦忽醒。〔外云〕你可晓得么？〔生云〕弟子晓得了。〔外云〕既然晓得，就此拜丁继之为师罢。〔生拜副净介〕〔旦云〕弟子也晓得了。〔外云〕既然也晓得，就此拜卞玉京为师罢。〔旦拜老旦介〕〔外吩咐副净、老旦介，云〕与他换了道扮。〔生、旦换衣介〕〔副净、老旦云〕请法师升座，待弟子引见。〔外升座介〕〔副净领生，老旦领旦，拜外介，唱〕

【南双声子】芟情苗，芟情苗，看玉叶金枝凋；割爱胞，割爱胞，听凤子龙孙号。水沤漂，水沤漂；石火敲，石火敲。剩浮生一半，才受师教。

〔外指介，云〕男有男境，上应离方，快向南山之南，修真学道去。〔生云〕是，大道才知是，浓情悔认真。〔副净领生从左下〕〔外指介，云〕女有女界，下合坎道，快向北山之北，修真学道去。〔旦云〕是，回头皆幻景，对面是何人？〔老旦领旦从右下〕〔外下座大笑三声介，唱〕

【北尾声】你看他两分襟，不把临去秋波掉。亏了俺桃花扇扯碎一条条，再不许痴虫儿自吐柔丝缚万遭。

白骨青灰长艾萧，桃花扇底送南朝。

不因重做兴亡梦，儿女浓情何处消。

【思考题】

1. 如何理解《桃花扇》的“兴亡之叹”？

2. 请简述《桃花扇》的艺术成就。

3. 请简述《桃花扇》的历史地位与影响。

# 参考文献

## 一、文学作品类


[1] 汤显祖 . 汤显祖集全编 [M]. 徐朔方，校 . 上海：上海古籍出版社，2015.

[2] 纪君祥 . 赵氏孤儿 [M]. 上海：上海古籍出版社，2010.

[3] 高明 . 琵琶记 [M]. 蔡运长，注 . 北京：华夏出版社，2000.

[4] 顾学颉 . 元人杂剧选 [M]. 北京：人民文学出版社，1956.

[5] 章自福 . 中国古代十大名剧 [M]. 贵阳：贵州人民出版社，1995.

[6] 林音，伟民 . 中国十大古典名剧 [M]. 西安：三秦出版社，2002.

[7] 王季思 . 重订增注中国十大古典喜剧集 [M]. 济南：齐鲁书社，1991.

[8] 王季思 . 重订增注中国十大古典悲剧集 [M]. 济南：齐鲁书社，1991.

[9] 蓝立蓂 . 关汉卿集校注 [M]. 北京：中华书局，2018.

[10] 董建文 . 中国十大古典悲剧喜剧白话故事（全二册）[M]. 济南：济南出版社，2003.

[11] 金金 . 中国十大古典悲剧故事 [M]. 海拉尔：内蒙古文化出版社，2010.

[12] 卞孝萱，黄清泉 . 中国古代文学作品选（1-4 册）[M]. 武汉：华中师范大学出版社，2001.

[13] 房开江主编 . 中国历代文学作品选（1-4 册）[M]. 贵阳：贵州人民出版社，2005.

[14] 关汉卿 . 窦娥冤 [M]. 杭州：浙江古籍出版社，1998.

[15] 王实甫 . 西厢记 [M]. 王季思，校注 . 上海：上海古籍出版社，1963.

[16] 柯丹丘 . 暖红室汇刻荆钗记 上、下 [M]. 扬州：江苏广陵古籍刻印社 ,1980.

[17] 汤显祖 . 牡丹亭 [M]. 陈同，谈则，钱宜，合评 . 李保民，点校 . 上海：上海古籍出版社，2016.

[18] 洪昇 . 长生殿 [M]. 吴人，评点 . 李保民，点校 . 上海: 上海古籍出版社，2016.

[19] 孔尚任 . 桃花扇 [M]. 云亭山人，评点 . 李保民，点校，上海 : 上海古籍出版社，2017.

[20] 高明 . 琵琶记 [M]. 北京：中华书局出版，1958.

## 二、研究著作类

[1] 王国维 . 宋元戏曲史 [M]. 长沙：岳麓书社，2009.

[2] 谭霈生 . 论戏剧性 [M]. 北京：北京大学出版社，1981.

[3] 叶长海 . 中国戏剧学史稿 [M]. 北京：中国戏剧出版社，2005.

[4] 傅谨 . 戏剧鉴赏 [M]. 北京：北京大学出版社，2017.

[5] 董健，马俊山 . 戏剧艺术十五讲 [M]. 北京：北京大学出版社，2006.

[6] 张燕瑾 . 中国古代戏曲专题 [M]. 北京：高等教育出版社，2002.

[7] 朱栋霖，范培松 . 心灵的诗学——朱栋霖戏剧论集 [M]. 南京：江苏人民出版社，2005.

[8] 朱栋霖 . 大学戏剧鉴赏 [M]. 上海：华东师范大学出版社，2007.

[9] 余秋雨 . 戏剧审美心理学 [M]. 成都：四川人民出版社，1985.

[10] 杜长胜 . 中国古典戏曲剧目导读 [M]. 北京：学苑出版社，2010.

[11] 李修生，赵义山 . 中国分体文学史：戏曲卷 [M]. 上海：上海古籍出版社，2007.

[12] 陈文兵，华金余 . 戏曲鉴赏 [M]. 北京：对外经济贸易大学出版社，2008.

[13] 麻国钧 . 中国古典戏剧流变与形态论 [M]. 北京：文化艺术出版社，2010.

[14] 王晓依 . 中国古代戏剧史略 [M]. 哈尔滨：哈尔滨工程大学出版社，2010.

[15] 施旭升 . 戏剧艺术原理 [M]. 北京：中国传媒大学出版社，2006.

[16] 张庚，郭汉城 . 中国戏曲通史 [M]. 北京：中国戏剧出版社，1992.

[17] 马积高 . 清代学术思想的变迁与文学 [M]. 长沙：湖南人民出版社，2002.

[18] 廖可斌 . 明代文学复古运动研究 [M]. 上海：上海古籍出版社，1994.

[19] 么书仪 . 中国戏曲 [M]. 北京：北京出版社，2017.

[20] 郭涤 . 中国戏剧经典作品赏析 [M]. 北京：高等教育出版社，2005.

[21] 郭英德，谢思炜 . 中国古典文学研究史 [M]. 北京：中华书局，1995.

[22] 曹勇军 . 中外戏剧名著选读教学参考书 [M]. 南京：江苏教育出版社，2005.

[23] 凌冬，潘中艺 . 中国古代戏曲名作欣赏 [M]. 北京：中国人民公安大学出版社，2009.

[24] 欧阳光 . 元明清戏剧分类选讲 [M]. 北京：高等教育出版社，2007.

[25] 门岿 . 粉墨功名：元代曲家的文化精神与人生意趣 [M]. 济南：济南出版社，2008.

## 三、文学史类

[1] 章培恒，骆玉明 . 中国文学史（上中下）[M]. 上海：复旦大学出版社，1997.

[2] 游国恩 . 中国文学史（1-4 册）[M]. 北京：人民文学出版社，2002.

[3] 刘大杰 . 中国文学发展史（上中下）[M]. 上海：上海古籍出版社，1997.

[4] 郭预衡 . 中国古代文学史（1-4 册）[M]. 上海：上海古籍出版社，1998.

[5] 罗宗强，陈洪 . 中国古代文学史（1-2 册）[M]. 上海：华东师范大学出版社，2000.

# 附　录

## 一、中国戏曲相关概念

### （一）元曲

元曲是元代杂剧和散曲的合称。其曲文形式与词相近，用长短句，但格律较自由，多用口语，便于直率地表达感情。元曲与唐诗、宋词一样，在中国文学史上具有很高的地位。其中，尤以剧曲（即杂剧）成就最高，故人们通常把“元曲”作为元杂剧的同义语，如《元曲选》实际上是元杂剧集。同时，把剧称为“曲”，也反映出当时人们对戏剧中“曲”的重视。“元曲”均用北方流行的曲调，故又称“北曲”。

### （二）杂剧

杂剧是一个戏曲名词。我国戏剧史上有多种以杂剧为名的表演形式，其特点各有不同。杂剧在此处指元杂剧。元杂剧是一种用北曲演唱的，把唱、念、科、舞有机结合起来表现完整故事的综合性戏曲形式，它融合了前代各种表演艺术，代表着元代文学的最高成就。

### （三）院本

院本同杂剧一样，也是一个戏曲名词。金元时，戏曲艺人的居处称行院，行院演出所用的脚本即称院本，院本体裁与宋代杂剧相同。元代陶宗仪《辍耕录》云：“院本、杂剧其实一也。”

### （四）北曲

北曲是宋金元时期北方戏曲、散曲所用各种曲调的总称，与“南曲”相对。北曲大都源于北方民间曲调和唐宋大曲、宋词，也受北方少数民族音乐的影响。北曲用韵以《中原音韵》为准，无入声，主要以弦乐器伴奏。凡套数每套都用同一宫调的若干曲牌组成，《九宫大成南北词宫谱》所收北曲曲牌有 581 个。元杂剧都用北曲，明清传奇部分用北曲。

### （五）宫调

宫调是古代音乐调名的统称。我国历代称宫、商、角、变徵、徵、羽、变宫为七声，以其中任何一声为主均可构成一种调式。凡以宫为主的调式称“宫”，以其他各声为主的调式则称“调”，统称“宫调”。以七声配十二律，理论上可得八十四宫调，但实际并不全用。例如，隋唐燕乐根据琵琶的四根弦，在每根弦上构成七调，得二十八宫调；南宋词音乐只用七宫十一调；元代北曲用六宫十一调；明清以来，南曲只有五宫八调；而南北曲最常用者不过五宫四调，合称九宫。

### （六）南戏

南戏是南曲戏文的简称，这一戏种原来是流行于浙江温州一带的地方戏，所以又称温州杂剧或永嘉杂剧。南戏约产生于北宋末南宋初，其形式有别于北方杂剧，唱腔轻柔婉转，音乐属南曲系统，为南方群众所喜爱。元灭南宋后，南戏一度衰微，元代后期杂剧衰落后，它又兴盛起来，形式也趋向成熟，后来发展为明清的传奇。

### （七）散曲

散曲是曲的一种体式。散曲在元明两代盛行，它有别于“剧曲”，多用于抒情、状物、写景，是继诗、词之后兴起的新诗体。散曲无宾白科介，只能清唱，分小令与套数两种。

### （八）小令

1. 词中的短小者

明人曾以 58 字以内者为小令（见明刻本《类编草堂诗余》），实则并不绝对。

2. 散曲中的只曲

这种小令与“套数”相对，一般以一支曲子为独立单位。但也有例外，如“带过曲”“集曲”“重头”“换头”等都是小令的特殊形式。

### （九）套数

古代剧曲或散曲（小令除外）中，用多种曲牌互相连贯，有首有尾成为一套的，名“套数”，又叫“套曲”。套数一般由两支以上同一宫调的曲牌相联，如宫调虽异，但管色相同者也可互借入套，称为“借宫”或“犯调”。散曲的套数亦称“散套”，必须首尾一韵。

### （十）诸宫调

诸宫调是宋金元说唱艺术的一种。诸宫调的形式是把同一个宫调中的许多曲子联成一套，再把若干不同宫调的套曲连在一起演唱故事。表演者在表演时讲唱相间，以唱为主。这种形式因用琵琶等乐器伴奏，亦被称为“掐弹词”。据宋代王灼在其著作《碧鸡漫志》等书中记载，诸宫调的唱法是北宋民间艺人孔三传创造的。完整流传至今的诸宫调作品，唯金代董解元的《西厢记诸宫调》一种。诸宫调对元杂剧曲牌联套的体制有直接影响。

### （十一）宋元话本

话本是中国古代小说的一种样式。话本始于唐，盛于宋元，是当时“说话”艺人讲演故事所用的底本，主要有“小说”“讲史”两种。小说篇幅较短，多反映市民的生活和思想；讲史篇幅较长，多讲说历代兴废之事。话本在思想内容、艺术形式等方面较前代均有新的突破，在中国小说史上有承前启后的重要作用。

### （十二）宋杂剧

宋杂剧有两种含义：第一，是宋代各种滑稽表演、歌舞、杂戏的统称；第二，是从唐代参军戏一脉相承下来的一种戏剧形式。据南宋耐得翁《都城纪胜》记载，宋杂剧有末泥、引戏、副净、副末、装孤五个角色。其中，副净、副末分别从唐代参军戏中的参军、苍鹘转化而来，在剧中起“发乔”“打诨”的作用。宋杂剧在演出时，“先做寻常熟事一段，名曰艳段；次做正杂剧，同名为两段”（见南宋吴自牧《梦粱录》）。宋杂剧中滑稽、讽刺的戏占很大比重，不过从《武林旧事》所载杂剧名目看，其内容已很广泛，并不全是滑稽戏，在形式上还有歌舞成分。

### （十三）入话

入话是宋代话本的术语。在话本的开头，作者往往会安排若干首诗词或一个小故事，内容与正文略有关联，它起着安定听众情绪和加深听众印象的作用，同时也是为了照顾来晚的听众。话本前面的诗词或小故事就叫入话，也叫“笑要头回”“得胜头回”或“得胜利市头回”。

### （十四）“铁崖体”

“铁崖体”特指元末诗人杨维祯独具艺术个性的诗歌。杨维祯个性狂狷，认为诗是个人性情的表现，强烈主张艺术创作个性化。他力图打破元代中期缺乏生气、面目雷同的诗风，追求构思的超乎寻常和意象的奇特不凡。最能体现“铁崖体”特色的，是他的乐府诗。

### （十五）楔子

楔子是元杂剧在正文四折以外的短的独立段落。楔子原指用来塞紧器物的竹木片，后在戏曲、小说中用来指引子，起点明、补充正文的作用。每本杂剧通常只用一楔子，放在剧的开端，但也有不用楔子或用两个楔子，放在折与折之间的。

## 二、中国戏剧的特征

戏剧是由演员扮演角色，在舞台上当众表演故事情节的一种综合性舞台艺术，它借助文学、音乐、舞蹈、美术等艺术手段塑造舞台艺术形象，揭示社会矛盾，反映现实生活，是文学体裁的一种。在文学方面，人们通常所说的戏剧，往往指的是排演舞台艺术所参照的文字蓝本，即剧“本”。戏剧是一种由演员在舞台上表演的艺术，因而要受舞台的制约，要适合演出的需要。戏剧的特点如下：

### （一）时间空间的集中性

剧本不像小说、散文那样可以不受时间和空间的限制，它要求时间、人物、情节、场景高度集中在舞台范围内。而且时间、场景和人物，要能通过幕、场变换集中在舞台上展现。

剧本中通常用“幕”和“场”来表示段落和情节。“幕”指情节发展的一个大段落。一幕可分为几场，一场指一幕中发生空间变换或时间隔开的情节。剧本一般篇幅不能太长，人物不能太多，场景也不能过多地转换。

#### （二）矛盾冲突的尖锐性

各种文学作品都要表现社会的矛盾冲突，而戏剧被拘束在有限的空间和时间里，要反映的矛盾更加尖锐突出。因为戏剧这种文学形式就是为了集中反映现实生活中的矛盾冲突而产生的，所以说，没有矛盾冲突就没有戏剧。又因为剧本受篇幅和演出时间的限制，所以剧情中反映的现实生活必须凝缩在适合舞台演出的矛盾冲突中。

#### （三）人物语言的性格化

人物台词，也就是剧中人物的语言。人物语言是性格化的，是富有动作性的，即人物的语言是同人物的行动联系在一起的。台词的表现形式有：对话、独白、旁白（登场人物离开其他人物而向观众说话）、内白（在后台说话）、潜台词（即是言中有言，意中有意，弦外有音，是语言的多义现象）等。

### 三、中国戏剧的分类

#### （一）按照表现形式分类

根据表现形式的不同，戏剧可以分为话剧、歌剧、舞剧、诗剧、歌舞剧等。

#### （二）按照剧情分类

根据剧情的繁简和结构的不同，戏剧可以分为多幕剧、独幕剧。

#### （三）按照题材时代背景分类

根据题材反映时代的不同，戏剧可以分为历史剧、现代剧。

#### （四）按照故事情节分类

根据情节主题的不同，戏剧可以分为悲剧、喜剧、正剧（悲喜剧）。

1. 悲剧

悲剧指描写主人公因和现实环境的冲突，或因本身的过错而失败、受难以致毁灭的一种戏剧。悲剧的主人公大多是正面人物，或英雄人物。悲剧的戏剧冲突表现为：正面主人公所追求的进步理想或所从事的正义事业，在具体的历史条件下，被强大的现实势力阻挠而不能实现，最后以主人公的失败、受难或毁灭告终；或主人公虽不是英雄人物，甚至有严重缺点，但他要实现的某种理想有合理因素，却因受到恶势力的打击而失败、受难或毁灭。

2. 喜剧

喜剧一般以讽刺和嘲笑丑恶、落后现象，从而肯定美好进步的现实和理想为主要内容。喜剧的矛盾冲突包括先进、美好的事物同落后、丑恶的事物之间的对立和冲突，也包括丑恶与丑恶事物之间、先进与先进事物之间的某种冲突。喜剧的本质是对旧事物的讽刺和否定，以及对新事物的歌颂、赞美和肯定。

3. 正剧

正剧因兼有悲剧和喜剧的因素，也叫悲喜剧。正剧由于兼有悲剧和喜剧的特点，能够多方面地反映社会生活，扩大和增强戏剧反映生活的广泛性和深刻性。

## 四、传统戏曲基本知识

### （一）声腔

戏曲名词，某些戏曲剧种或剧中的腔调由于在音乐或演唱方式上具有较多的共同特点，因此，人们一般把这些关系密切的剧种和腔调统称为一种声腔，或归为一个声腔系统。声腔的形成大抵是某些古老剧种流传各地，同当地剧种结合，或同各地语言、音乐结合产生支派的结果。例如，昆腔发展出了北昆、川昆、湘昆等，而这些声腔又汇合成为昆腔的声腔系统。自明迄今，影响广泛的声腔有昆腔、高腔、梆子腔、皮黄腔等。

### （二）四大声腔

四大声腔是明代中叶流行的海盐腔、弋阳腔、余姚腔、昆山腔等四个戏曲剧种的合称。这四个剧种对后来一些地方戏曲的兴起和演变有很大影响。清朝乾隆年间的四大声腔指南昆、北弋、东柳、西梆。明代以来，昆腔、高腔、梆子腔、皮黄腔各自形成了影响广泛的声腔系统，现在一般称这四腔为“四大声腔”。

### （三）角色

角色是指在传统戏曲中根据剧中不同性别、年龄、身份、性格等的人物而划分的类型。例如，一般男子称生或末，老年妇女称老旦等，不同的角色各具表演上的不同特点。近代以来，各戏曲剧种大都以生、旦、净、末、丑为基本类型，并各有分支，如生又分老生、小生、武生，旦又分青衣、花旦、武旦、老旦等。演员往往专演一种类型的角色，因而形成了各种专门行当。习惯上，“角色”同“行当”通用，如旦角也称旦行。

### （四）行当

行当是传统戏曲演员专业分工的类别。例如，京剧有生、旦、净、丑四个总的行当，每个行当中又有细密的分支，如生行又分老生、小生、武生等。旧时还有专演举龙套的“流行”和专司武打的“武行”。

#### 1. 生

生，传统戏曲角色行当，扮演男性人物。除元杂剧外，宋元南戏及明清传奇，都有这行角色。生行一般扮演青壮年男子，常是剧中的主要人物。此后，各地方戏曲剧种中的生行，大都根据所扮人物年龄、身份的不同，划分为许多专行，如老生、小生、武生等，这些不同的专行在表演上各有特点。

#### 2. 旦

旦，传统戏曲角色行当，扮演女性人物。旦行与生行一样，大都根据所扮人物年龄、身份的不同，划分为许多专行，如正旦（青衣）、花旦、老旦、武旦等。

#### 3. 净

净，俗称“花脸”“花面”。净行以面部化装，运用各种色彩和图案勾勒脸谱为突出标志，常扮演威武、豪爽、粗犷等性格特殊的男性人物。

4. 丑

丑，又称“小花脸”“三花脸”。丑行在面部化装时用白粉在鼻梁眼窝间勾画小块脸谱，重念白，重插科打诨，嗓音要求结实清脆。

### （五）唱念做打

唱念做打是戏曲表演的四种艺术手段，也是戏曲表演的四项基本功，通常被称为“四功”。

1. 唱

唱指的是唱功。唱是戏曲的主要艺术手段之一，学习唱功的第一步是喊嗓、吊嗓，这一步的目的是扩大演员的音域、音量，锻炼演员歌喉的耐力和音色，分辨字音的四声阴阳、尖圆清浊、五音四呼，练习咬字、归韵、喷口、润腔等技巧。但唱功更重要的是善于运用声乐技巧来表现人物的性格、感情和精神状态，通过声乐的艺术感染力，表达剧中人的心境。

2. 念

念指的是念白。念白与唱互相补充、配合，也是表达人物思想感情的重要艺术手段。演员从小练基本功，念白也是其必修课之一。戏曲念白大体上可分为两大类：韵白和散白。这两类都是经过艺术提炼的语言，具有节奏感和音乐性，铿锵悦耳，与唱相互协调。

3. 做

做指的是做功，也就是表演，一般又特指舞蹈化的形体动作，是戏曲有别于其他表演艺术的主要标志之一。演员在创作角色时，手、眼、身、步各有多种程式，髯口、翎子、甩发、水袖也各有多种技法。戏曲演员应该灵活运用这些程式化的舞蹈语汇，以突出人物性格、年龄和身份的特点，使自己塑造的艺术形象更成功。

4. 打

打指的是武功，一般分为把子功和毯子功两大类。这一艺术手段要求戏曲演员不仅要有深厚的功底，而且要善于运用这些难度极高的技巧，准确地展示人物的精神面貌和神情气质。凡用古代刀枪剑戟等兵器（俗称“刀枪把子”）对打或独舞的，称把子功；在毯子上翻滚跌扑的，称毯子功。

## 五、京剧四大名旦

京剧四大名旦是指梅兰芳、荀慧生、程砚秋、尚小云这四位杰出的旦角表演艺术家。他们是20世纪20年代在京剧舞台上异军突起的四位明星，他们以各自的风格特色、各自的代表剧目，形成了“四大流派”，即梅派、荀派、程派和尚派。他们改变了老生唱主角一统天下的现象，形成了旦角挑班唱戏的新局面，创造了京剧舞台争奇斗艳、绚丽多姿的鼎盛时期。

### （一）梅兰芳

梅兰芳的表演以庄重深邃、气势非凡、简洁凝练而艺压群芳，他塑造了《宇宙锋》的赵艳容、《霸王别姬》的虞姬、《贵妃醉酒》的杨玉环、《凤还巢》的程雪娥等形象。最为可贵的是，他不以奇特取巧，而是在平淡中见神采，成为京剧旦角的楷模，被誉为一代宗师。

### （二）程砚秋

程砚秋的表演以文武昆乱无不精湛的艺术造诣而声名鹊起。他的青衣戏《武家坡》、花旦戏《闹学》、刀马旦戏《穆柯寨》、武旦戏《沈云英》、昆腔戏《思凡》和《费宫人》都给观众留下了深刻的印象。变声后，他为嗓音所限，为了露巧藏拙，他在唱腔上独辟蹊径，终以低回委婉、俏丽华美的“程腔”演出了《三击掌》《骂殿》《荒山泪》《窦娥冤》等戏，为旦角的唱腔开辟了新天地。

### （三）尚小云

尚小云的表演以神完气足、明快俏丽、美媚柔脆和文戏武唱为特点，他创造的《汉明妃》的昭君、《福寿镜》的胡氏、《双阳公主》的公主、《摩登伽女》的钵吉帝等艺术形象，不但显示了他深厚的、文武全能的功力，而且都有标新立异之处，给人耳目清明之感。

### （四）荀慧生

荀慧生的表演，无论唱、念、做、打，均在细微之处见神韵、见精巧。荀慧生很注意从情感投入及唱、念、做、打中去刻画人物形象，使人物的神态深入人心。所以他在唱念表演中绝无矫揉造作之感，而能神到、意到，一唱一动挥洒自如。他在《杜十娘》《红娘》《勘玉钏》《大英杰烈》《荀灌娘》戏曲中出演的角色都有各自准确的个性和特点，极其生动、逼真。

## 六、中外著名戏剧作品

### （一）中国古代著名戏剧作品

关汉卿:《拜月亭》《窦娥冤》《单刀会》《救风尘》。

高文秀:《黑旋风双献功》。

白朴:《梧桐雨》《墙头马上》。

马致远:《青衫泪》《汉宫秋》。

纪君祥:《赵氏孤儿》。

李行道:《灰阑记》。

康进之:《李逵负荆》。

王实甫:《西厢记》。

武汉臣:《生金阁》。

郑光祖:《倩女离魂》。

柯丹丘:《荆钗记》。

高明:《琵琶记》。

汤显祖:《牡丹亭》。

洪昇:《长生殿》。

孔尚任:《桃花扇》。

李渔:《风筝误》。

### （二）外国著名戏剧作品

埃斯库罗斯:《被缚的普罗米修斯》。

索福克勒斯:《俄狄浦斯王》。

欧里庇得斯:《美狄亚》。

莎士比亚:《哈姆雷特》《奥塞罗》《李尔王》《麦克白》《威尼斯商人》《无事生非》《皆大欢喜》《第十二夜》。

高乃依:《熙德》。

莫里哀:《伪君子》。

雨果:《欧那尼》。

易卜生:《玩偶之家》。

贝克特:《等待戈多》。

# 后　记

中国传统戏曲因其鲜明的民族特征和深厚的文化底蕴，在中国古代文学史中占据重要的地位。关汉卿、纪君祥、王实甫、汤显祖、洪昇、孔尚任等人的剧作，在辉煌的文学史中闪耀着璀璨的光芒。这些名家名剧，真实反映了人们对假、恶、丑的鞭挞和对真、善、美的自觉追求，是中华优秀传统文化的重要内容，也是中华民族文化精神与核心价值的生动体现。学习、研究我国优秀的戏剧作品，对于传承中华民族艺术，弘扬中国传统文化，坚定人们的文化自信，具有重要的历史意义和时代价值。

我要编写一本适合本科教学的古代戏剧教材，起念于2011年冬。那一年九月，我承担学校对外汉语专业选修课“中国十大名剧赏析”的教学工作。之前因没有合适的教材，我自己特地编了戏剧原文专辑作为教案。之后，我又陆陆续续搜集整理了相关文献资料，共计二十余万字。然而，我的这些“土”材料虽然能够在课堂上讲授，却不能真正散发到学生手上。为了让学生能够名正言顺地使用这些材料，遂有了申报本科教学质量工程教材建设项目的想法和行动。幸运的是，我提交的申报材料顺利获批立项。在此，首先要感谢学校学院领导，尤其是教务处等职能部门对我的大力支持和帮助。本书即是在多方领导关心和教务处、外国语学院、巴基斯坦研究中心的经费支持下资助出版的。在此，本人特别致以衷心的感谢。

从起笔到完成教材的编写，是一件十分不易的事。其间，本人因为赴地方挂职而中断研究工作。所幸的是，对于戏剧的热爱使我克服困难，坚持下来。当然，我多年来一直对戏剧充满热爱的动因，与我的祖父和种种生命偶然有关。我的祖父自小父母双亡，他因患病没有得到及时医治，以致双目失明。后来信丰县安西镇一师傅教会祖父拉二胡，为了谋生，祖父自十五六岁时就背着二胡，带着简单的行囊走过赣南很多地方。后来，92岁高龄的祖父因病住院，我前往探望。在同一病房，祖父偶遇早年听过他弹唱的老人。老人对我们诉说了祖父当年的风采，说祖父一人身兼几个角色，一边拉二胡，一边吟唱着生离死别、悲欢离合的故事。情到深处，唱者和听者无不感动，悲痛时泣涕涟涟，高兴时则拍手叫好。老人对我说，你祖父讲唱的故事是最感人最好听的。我听到这些往事时，深受触动。我能感受到，正是因祖父内心的丰盈和良善，因他那一份对他者命运的共情力，才能把那些“传说”“故事”表达得如此动人。而我因流淌着祖父的血脉，才会冥冥中无意识地喜欢戏曲，这种喜欢是绵长的，不经意地糅合进了我的生命。我记得我在浙江大学读研时，所居之地西溪校区与浙江小百花越剧团相邻。有一年，小百花越剧团来浙大巡演，在《赵氏孤儿·夺子》选段中，程婴强夺妻子怀抱的婴儿，程妻悲痛欲绝，呐喊：“程婴，你，你，你还我孩儿！你还我孩儿！”巨大的痛苦使程妻瞬间变得疯癫，她无意识地唱道：“亲不亲，恨太恨，逼得我，一团乱麻拎不清。跪地求夫君，挖个七尺坑。上天路遥远，入地去寻安生。将我母子放进去，躲过一程是一程。温饱饥寒不劳你，自有土地婆婆来照应。十八年后再相认，还你漂漂亮亮一后生。娶一个，水灵灵的新媳妇，生下孙儿孙女一大群。”此时，唱者早已泪流满面。我想这是为人母的最大心愿，然而这原本最普通最朴素的愿望却为了“义”、为了“恩”、为了“社稷”而被舍弃了。平民英雄程婴大义灭亲，令我震撼并热泪盈眶。我突然想到了曹禺先生对《雷雨》题旨的叙述，他说：“《雷雨》所显示的，并不是因果，并不是报应，而是我所觉得的天地间的‘残忍’。”[①]这种“残忍”在《赵氏孤儿》中表现为大善大恶的矛盾冲突，以及善如何被恶纠缠、被恶势力毁灭的残酷。鲁迅曾说：“不过在戏台上罢了，悲剧将人生的有价值的东西毁灭给人看”，而在这种毁灭中，我们体悟到了悲剧的力量，感受到了悲剧人物的巨大精神力量和伟大人格，我们心灵也得以洗涤、净化。因为懂得，所以慈悲，这就是文学艺术所带来的审美冲击和精神意义。作为一名教师，我有责任把这些文学、人生、生命、价值等命题作为重要课题加以讲授、传播，而这也

① 曹禺．雷雨[M].北京：北京十月文艺出版社，2017：4.

是编写这一戏剧教材的意义所在。

人海茫茫，相遇相知，唯缘而已。山水一程，三生有幸，得遇诸多良师益友关怀提点。感恩学校学院领导给予我的深切关心和大力支持，使我能够安心、舒心地工作、著述。感谢我的学生，他们青春阳光、朝气蓬勃，给予我源源不断的动力，使我感受到身为人师，站在三尺讲台的神圣与尊严。尤其感谢20汉语2班的陈圆圆、余圆圆、唐亚格、陈露、谢湘南、黄恩慈、谢紫璇七位学生倾满热情参与校对文稿，她们说阅读这些戏剧内容的时候深受教益，这让我一直惶恐的心稍稍安妥；衷心感谢中南大学出版社的陈应征先生，他对拙作提出了诸多宝贵的意见和建议；我还要感恩家人的友爱亲善，不离不弃。生命中最大的温暖，是和至亲至爱年岁并进；最美的场景，是“家人闲坐，灯火可亲”。祈愿爱我的人和我爱的人往后余生皆得所愿、平安喜乐。

是为后记。

李火秀

2023年4月28日

**图书在版编目(CIP)数据**

中国十大古典名剧鉴赏 / 李火秀, 何小陆编著.
长沙: 中南大学出版社, 2025. 4.
ISBN 978-7-5487-6083-2
Ⅰ. I207. 37
中国国家版本馆 CIP 数据核字第 20242B3Y52 号

**中国十大古典名剧鉴赏**
**ZHONGGUO SHIDA GUDIAN MINGJU JIANSHANG**

李火秀　何小陆　编著

□出 版 人　林绵优
□责任编辑　沈常阳
□责任印制　唐　曦
□出版发行　中南大学出版社
　　社址: 长沙市麓山南路　　邮编: 410083
　　发行科电话: 0731-88876770　　传真: 0731-88710482
□印　　装　定州启航印刷有限公司

□开　　本　710 mm×1000 mm　1/16　□印张 15. 75　□字数 240 千字
□版　　次　2025 年 4 月第 1 版　□印次 2025 年 4 月第 1 次印刷
□书　　号　ISBN 978-7-5487-6083-2
□定　　价　98. 00 元

图书出现印装问题, 请与经销商调换